D1027628

Leçons de conduite

Données de catalogage avant publication (Canada)

Tyler, Anne

    Leçons de conduite

    Traduction de: Breathing lessons.

    ISBN 2-7640-0199-1

    I. Hoffenberg, Juliette. II. Titre.

PS3570.Y45B7414 1997   813'.54   C97-941207-2

Titre original: *Breathing Lessons*
traduit de l'américain par Juliette Hoffenberg

© 1988, Anne Tyler
© 1994, Calmann-Lévy, pour la traduction française
© 1997, Les Éditions Quebecor

Bibliothèque nationale du Québec
Bibliothèque nationale du Canada
ISBN 2-7640-0199-1

LES ÉDITIONS QUEBECOR
7, chemin Bates
Outremont (Québec)
H2V 1A6
Téléphone: (514) 270-1746

Éditeur: Jacques Simard
Coordonnatrice à la production: Dianne Rioux
Conception de la page couverture: Bernard Langlois
Photo de la page couverture: Grant V. Faint / The Image Bank
Impression: Imprimerie L'Éclaireur

Anne Tyler

Leçons de conduite

LES ÉDITIONS
Quebecor

1

Maggie et Ira Moran avaient un enterrement ce samedi. L'amie d'enfance de Maggie venait de perdre son mari. Deer Lick, où le service était prévu à dix heures et demie, se trouvait sur une route de campagne à cent cinquante kilomètres au nord de Baltimore. Ira avait donc envisagé un départ vers huit heures. Ce qui le mettait en rogne (il n'était pas du matin). Sans compter que le samedi était son jour le plus chargé au travail, et qu'il n'avait personne pour le remplacer. Et puis la voiture était chez le carrossier pour un lifting général. On ne pourrait la récupérer que samedi à l'ouverture, à huit heures précises. Ira avait bien suggéré d'abandonner la partie, mais Maggie objecta que c'était leur devoir. Elle connaissait Serena depuis toujours ou presque : quarante-deux ans d'amitié qui remontaient au cours préparatoire de Mlle Kimmel.

Ils dormirent plus tard que prévu – Maggie avait dû se tromper en réglant le réveil. Il fallut s'habiller à toute allure, avaler des céréales froides, et un café à l'eau du robinet. Tandis qu'Ira filait au magasin mettre un mot sur la porte à l'attention de ses clients, Maggie se rendit au garage. Pour les funérailles, elle avait mis sa robe des grandes occasions, à ramages bleu et blanc avec des manches chauve-souris, et des escarpins vernis noirs. Habituée qu'elle était aux semelles de crêpe, les petits talons ralentissaient sa démarche. Autre problème, ses collants : elle se retrouvait on ne sait comment avec l'entrejambe à mi-cuisses et devait se presser à pas raccourcis, dévalant le trottoir sans aucun naturel comme ces petits jouets courts sur pattes qu'on remonte avec une clé.

Heureusement, le garage n'était pas loin. (Dans ce quartier, les façades se mêlaient – alternance de petites maisons comme la leur parmi les studios de photo, instituts de beauté, auto-écoles et cabinets de pédicure.) Il faisait un temps de rêve en cette journée de septembre, un temps chaud et ensoleillé, avec juste ce qu'il faut de brise pour rafraîchir le visage. Elle tapotait sa frange qui tendait à rebiquer, et serrait sous le bras sa pochette du soir. Elle prit à gauche pour tomber sur Harbor Body & Fender, son rideau vert écaillé déjà relevé, découvrant un intérieur caverneux où persistait une odeur de peinture et de vernis à ongles.

Le chèque était prêt, les clés sur le contact : elle était libre de partir en moins de deux. Leur vénérable Dodge gris-bleu attendait au fond du garage; elle avait fière allure malgré son grand âge. On avait redressé le pare-chocs arrière, changé le capot défoncé, effacé de la carrosserie une demi-douzaine de cicatrices, et maquillé les taches de rouille sur les portières. Ira avait raison, finalement : pas besoin de nouvelle voiture. Elle se coula derrière le volant. La radio s'alluma lorsqu'elle mit le contact : c'était *Baltimore matin*, l'émission de Mel Spruce dans laquelle les auditeurs interviennent à l'antenne. Elle régla le siège, ajusté pour quelqu'un de plus grand, inclina le rétroviseur. Il lui renvoya son visage rond et légèrement moite, ses yeux bleus plissés et comme préoccupés par quelque chose – en fait le souci d'y voir clair dans la pénombre. Elle passa en première et glissa vers la sortie, où le garagiste déchiffrait un panneau apposé sur la vitre de son bureau.

La question du jour était : « Qu'est-ce qui fait le mariage idéal ? » Une femme répondait que c'étaient les intérêts communs. « Par exemple, regarder les mêmes programmes à la télé », expliquait-elle. Maggie se fichait des ingrédients du mariage idéal. (Elle était mariée depuis vingt-huit ans.) Elle baissa la glace pour lancer un « À la prochaine ! » au garagiste qui leva le nez. Elle le dépassa en douceur – en femme maîtresse d'elle-même, pour une fois, dûment chaussée et maquillée, dans sa voiture non cabossée.

Une petite voix s'élevait : « Si je vais me remarier ? Si la première fois, c'était par amour ?... Oui, c'était le grand amour, pur et authentique, et ça n'a pas marché du tout. Samedi prochain, je me marie pour la sécurité. »

Maggie jeta les yeux sur le cadran : « Fiona ? » interrogea-t-elle.

Elle voulut freiner mais son pied trouva l'accélérateur : la voiture bondit directement sur la chaussée. Un camion de chez Pepsi venant de la gauche s'écrasa dans l'aile avant – le seul endroit du véhicule épargné jusqu'à ce jour.

Du temps où Maggie jouait au base-ball avec ses frères, elle avait si peur d'être éliminée qu'elle supportait les mauvais coups sans broncher. Elle se relevait et se remettait à courir comme si de rien n'était, malgré ses genoux en sang. Cela lui revint en mémoire tandis que le garagiste accourait en pestant. À sa question : « Vous n'avez rien ? », elle se redressa et répondit avec dignité : « Tout va très bien, merci », en démarrant sans laisser le temps au routier de sortir de son camion, ce qui n'était pas plus mal à en juger par l'expression de son visage. Plus alarmant était ce bruit de crécelle qui venait du capot, comme d'une boîte de conserve traînée sur le gravier. Aussi, une fois passé le tournant et les deux hommes disparus de son rétroviseur – l'un se grattant la tête, l'autre agitant les bras –, elle s'arrêta. Fiona avait disparu des ondes. C'était au tour d'une femme à la voix rauque de comparer ses cinq maris. Maggie éteignit le moteur et sortit constater les dégâts. Le pare-chocs s'était recroquevillé vers l'intérieur, de sorte qu'il frottait contre le pneu ; une chance que la roue pût encore tourner. Elle s'accroupit sur le trottoir, empoigna la carcasse, et se mit à tirer. (Elle se rappelait s'être tapie dans les hautes herbes qui bornaient le terrain, et ses contorsions pour décoller une jambe de pantalon de son genou écorché.) Des écailles de peinture gris-bleu tombaient sur ses genoux. Quelqu'un passait dans son dos, mais elle fit semblant de rien et se cramponna de plus belle. Cette fois-ci, le pare-chocs avait bougé, mais pas suffisamment pour libérer le pneu. Elle se releva, s'essuya les mains. Puis elle remonta dans la voiture, où elle resta assise une bonne minute. « Fiona! » répéta-t-elle. Quand elle remit le contact, la radio passait une pub. Une banque vantait ses crédits. Elle l'éteignit.

Ira attendait devant le magasin, insolite et bizarrement voyant dans son costume marine. Une masse de cheveux poivre et sel ébouriffait son front. Une enseigne au-dessus de sa tête se balançait dans la brise : CHEZ SAM, ENCADREMENT. UN PROFESSIONNEL POUR VOS TABLEAUX, BRODERIES ET TAPISSERIES. Sam était le père d'Ira. Voilà bien trente ans qu'il ne s'occupait plus de rien, trente ans qu'il avait soi-disant « le cœur fragile ». Maggie y pensait toujours entre guillemets. Elle ignora à dessein les fenêtres du premier, l'appartement où Sam coulait des jours oisifs et querelleurs, entassé avec les deux sœurs d'Ira. Il devait sûrement être là, à regarder. Elle se gara et passa sur le siège de droite.

La mine d'Ira découvrant sa voiture fut exemplaire. L'air satisfait et approbateur, il contournait le véhicule quand il s'arrêta net devant le pare-chocs. Sa longue fissure osseuse et brune s'allongea encore. Ses yeux, si étroits qu'on ne pouvait dire s'ils étaient noirs ou marron foncé, se fendirent en deux traits obliques et perplexes. Il ouvrit la portière, prit place au volant et regarda Maggie avec consternation.

« Ce qu'on appelle un impondérable, fit-elle.

— Entre ici et le garage ?

— J'ai entendu Fiona à la radio.

— Cinq cents mètres! Même pas! Cinq ou six cents mètres!

« – Ira. Fiona se remarie. »

Elle vit avec soulagement qu'il semblait renoncer au sujet. Quelque chose sur son front se dérida. Il la regardait interloqué et finit par dire :

« Fiona qui ?

– Fiona la femme de ton fils, voyons! On en connaît beaucoup des Fiona ? Fiona la mère de ton unique petite-fille, et voilà qu'elle épouse quelqu'un de totalement inconnu, et pour un mariage de raison encore. »

Ira recula son siège et commença à rouler. Il semblait écouter quelque chose – peut-être le frottement du pare-chocs sur les pneus ? Mais apparemment, sa réparation de fortune avait suffi.

« Comment tu le sais ? demanda-t-il.

– Je viens de l'entendre à la radio.

– On annonce ça à la radio ?

– Elle participait à une émission.

– Elle ne se prend pas pour n'importe qui, dis donc.

– Mais non, je te dis, elle ne faisait que... Et elle a dit qu'elle n'avait jamais aimé que Jesse.

– Elle a dit ça *à la radio* ?

– C'était *Baltimore matin*, Ira, où les auditeurs téléphonent.

– Franchement, je ne comprends pas ces gens qui se déballent en public.

– Et si Jesse l'avait entendue ? pensa Maggie à voix haute.

– Jesse ? À huit heures du matin ? On a de la chance s'il émerge avant midi. »

Maggie préféra ne pas relever. Pourtant Jesse était matinal, et d'ailleurs il travaillait le samedi. Ira sous-entendait plutôt, comme d'habitude, qu'il était flemmard. (Ira était bien plus dur qu'elle avec leur fils. Il ne voyait pas la moitié de ses qualités.) Face à la route, elle regardait défiler les maisons, les devantures, les quelques passants en train de promener leur chien. Il n'avait pas plu de l'été et les trottoirs avaient pris un aspect crayeux. L'air en suspension semblait comme de la gaze. Devant

11

une épicerie, un garçon dépoussiérait tendrement les rayons de son vélo.

« Bon. Tu as commencé sur Empry Street, fit Ira.

– Hmm ?

– La rue du garage.

– Oui, Empry Street.

– Puis à droite sur Daimler... »

Le voilà reparti sur son pare-chocs. Elle coupa :

« Ça s'est passé en sortant du garage.

– Comment, tu veux dire là ? Sur place ?

– J'ai voulu freiner mais j'ai appuyé sur l'accélérateur.

– Mais c'est pas possible !

– Eh bien, j'ai entendu Fiona à la radio, et ça m'a fait un choc.

– Enfin Maggie, freiner, ça n'est pas une question de volonté ! Tu conduis depuis l'âge de seize ans. Comment peux-tu confondre le frein et l'accélérateur ?

– C'est comme ça, Ira, d'accord ? J'ai eu un choc et je me suis trompée. Alors n'en parlons plus, s'il te plaît.

– Je veux dire, c'est quand même un réflexe.

– Si tu y tiens tant, je paierai la réparation sur mon salaire. »

C'était à son tour de tenir sa langue. Elle vit qu'il ouvrait la bouche et se ravisait. (Elle avait un salaire dérisoire. Elle s'occupait de petits vieux dans une maison de retraite.)

S'ils avaient su plus tôt, elle aurait nettoyé l'intérieur, pensait-elle. Le tableau de bord était parsemé de tickets de parking. À ses pieds, un assortiment de gobelets et de Kleenex froissés. Des tresses de fil noir et rouge s'échappaient de la boîte à gants, déconnectant la radio si par hasard le passager croisait les jambes. Elle tenait Ira pour responsable de cet état de fait : les hommes engendraient fatalement où qu'ils se trouvent une panoplie de branchements, de câbles et de fils électriques. Il n'était même pas sûr qu'ils s'en rendent compte.

Ils remontaient vers le nord sur la route de Belair. Le cadre avait changé. Cimetières et terrains de jeux s'étendaient, espacés par de petits commerces – débits de boissons, pizzas à emporter, tavernes et bars exigus et sombres, rapetissés par leurs antennes paraboliques. Puis s'ouvrait une autre aire de loisir. La circulation se faisait de plus en plus dense. Tous en train de vaquer aux festivités du week-end, songeait Maggie. On voyait des grappes d'enfants à l'arrière des voitures. C'était l'heure des leçons de gymnastique et de l'entraînement au baseball.

« L'autre jour, fit Maggie, j'ai oublié comment dire " le ramassage scolaire ".

— Et quel intérêt de se rappeler ça ?

— C'est bien ce que je veux dire.

— Pardon ?

— Je veux dire que le temps passe, quoi. J'expliquais à un de mes patients que sa fille ne viendrait pas le voir. Je lui disais, " c'est aujourd'hui son jour de, euh ", et je ne trouvais pas le mot. Quand je pense qu'hier encore, Jesse avait un match, ou Daisy un goûter d'enfants... Je passais tout mon week-end au volant !

— Et à ce propos, demanda Ira, tu es rentrée dans une autre voiture ? ou simplement dans un poteau ? »

Maggie sortit ses lunettes de son sac.

« C'était un camion.

— Mon Dieu. Et tu l'as amoché ?

— J'ai pas remarqué.

— Tu n'as pas remarqué.

— Je ne me suis pas arrêtée. »

Elle chaussa ses lunettes et cligna des yeux. Tout se fit plus discret, plus élégant.

« En d'autres termes, c'est un délit de fuite, Maggie ?

— Rien du tout ! C'était juste un petit, enfin, le genre de truc qui arrive, quoi. Tu ne vas pas en faire une histoire.

— Arrête-moi si je me trompe, reprit Ira. Tu as déboulé du garage, tu es rentrée dans un camion, et tu as filé.

— Non, c'est le camion qui m'est rentré dedans.

— Mais c'est toi qui étais en faute.

— Eh bien, s'il faut absolument un coupable...

– Et donc, tu as tout simplement continué ta route.
– Exact. »

Il se tut. Un silence lourd de menaces.

« C'était un camion énorme, dit Maggie. Un camion de chez Pepsi pratiquement blindé! Je parie qu'il n'a même pas une égratignure.

– Mais tu n'as pas éprouvé le besoin de vérifier.

– J'avais peur d'être en retard. C'est toi qui as insisté pour partir à l'heure, je te ferai remarquer.

– Tu sais qu'au garage, ils ont ton nom et ton adresse, n'est-ce pas? Il suffit au chauffeur de les demander pour qu'on trouve les flics devant la porte en rentrant.

– Ira, je t'en prie, laisse tomber. Tu ne vois pas dans quel état je suis? Je vais enterrer le mari de ma plus ancienne, de ma plus chère amie. Dieu sait ce que Serena éprouve en ce moment, et je suis là, à plus de cent kilomètres. Et en plus, je dois apprendre à la radio que Fiona va se marier, alors que c'est clair comme le jour qu'ils s'aiment encore. Ils se sont toujours aimés; c'est juste qu'elle et Jesse n'arrivent pas à communiquer, ou quelque chose comme ça. Sans parler du fait que l'enfant – notre unique descendance! – hérite tout à coup d'un beau-père. J'ai l'impression que tout se défait... Ma famille, mes amis, tout fiche le camp! Comme si c'était, je ne sais pas, moi, le big bang! Jamais plus on ne verra cette gosse, tu comprends?

– De toute façon, on ne la voit jamais », murmura Ira. Il ralentit au feu rouge.

« Qui sait, ce nouveau mari est peut-être une brute...

– Allons, Maggie, on peut quand même faire confiance à Fiona. »

Elle lui jeta un regard. (Cela ne lui ressemblait pas de dire du bien de Fiona.) Il fixait le feu rouge, des pattes d'oie au coin des yeux.

« Certes, on peut espérer qu'elle ait bien choisi, commença Maggie prudemment. Mais on ne peut pas savoir. Peut-être que c'est quelqu'un de sympathique, de diplomate. Qui peut prévoir ce qui va arriver? Peut-être qu'il sera très gentil avec Leroy. Mais dès qu'il sera bien installé... »

Le feu passa au vert. Ira repartit.

« Leroy, réfléchissait Maggie. Tu crois qu'on s'y fera un jour ? On dirait un nom de garçon. Un nom de footballeur. Et la prononciation : *Lee*-roy. Un vrai western.

— Tu as emporté la carte ? Elle était sur la table du petit déjeuner.

— Parfois je me dis qu'on devrait le prononcer à notre façon, Le-*roy*. »

Elle réfléchit.

« La carte, Maggie. Tu l'as ?

— C'est dans mon sac. Le-*Rroy*, répéta-t-elle, en roulant le R à la française.

— Ce n'est pas comme si on la voyait régulièrement.

— Mais on devrait, Ira, on devrait. On pourrait même lui rendre visite cet après-midi.

— Hein ?

— Regarde où ils habitent : Cartwheel. C'est presque notre chemin. Ce qu'on peut faire, dit-elle en fourrageant dans son sac, c'est aller à l'enterrement... Ttt, mais où est cette carte ? Aller à l'enterrement puis revenir par la Route 1 pour... Tu sais quoi ? je crois que j'ai oublié la carte.

— Bravo, Maggie.

— J'ai dû la laisser sur la table.

— Mais je t'ai demandé en partant, je t'ai dit, tu emportes la carte ou c'est moi qui la prends ? Tu m'as répondu : " T'inquiète pas. Je la mets dans mon sac ! "

— Écoute, il n'y a pas de quoi s'énerver, dit Maggie. Il suffira de lire les panneaux ; c'est à la portée de tout le monde.

— C'est un peu plus compliqué que ça.

— D'ailleurs, Serena m'a donné l'itinéraire au téléphone.

— Maggie, tu crois sincèrement que les indications de Serena vont nous servir à quelque chose ? Elles nous mèneraient tout droit au Canada ou en Arizona ! Adieu, notre foyer !

15

« – Bon, c'est pas le moment de se moquer d'elle. »

Maggie secoua son sac : un portefeuille et un paquet de Kleenex tombèrent sur ses genoux.

« C'est elle qui a réussi à nous mettre en retard pour sa propre réception de mariage, n'oublie pas. Cette petite salle des fêtes pas possible, que nous avons mis une heure à trouver.

– Vraiment, Ira. On dirait que pour toi, les femmes ont toutes une cervelle de moineau. »

Elle abandonna ses recherches : visiblement, elle avait égaré les consignes de Serena. Elle continua :

« C'est pour le bien de Fiona, figure-toi. Elle aura besoin de nous pour garder la petite.

– Garder la petite ?

– Pendant leur lune de miel. »

Il la jaugea d'un air indéfinissable.

« Elle se marie samedi, dit Maggie. On n'emmène pas une gosse de sept ans en voyage de noces. »

Toujours pas de réaction.

Ils avaient quitté la banlieue, les maisons se raréfiaient. Ils passèrent une décharge de voitures, une zone broussailleuse, un centre commercial avec quelques véhicules parqués sur une immensité de béton. Ira se mit à siffloter. Maggie cessa de tripoter la fermeture de son sac et se tut.

Ira pouvait passer des jours entiers sans dire trois mots, et si d'aventure il parlait, il n'était guère plus facile de percer ses sentiments. C'était un être renfermé, un introverti – son plus grand défaut. Mais ses sifflotements le trahissaient. Pour prendre un exemple marquant : dans les premiers temps de leur mariage, ils avaient eu une violente dispute. Après s'être plus ou moins rabibochés, il était parti travailler en sifflant un air dont les paroles n'étaient revenues à Maggie qu'ensuite. *I wonder if I care as much*, disaient-elles, *as I did before...*

Le plus souvent, c'était une association anodine, une chanson de circonstance. – *This Old House* pour bricoler à la maison, ou *The Wichita Lineman* pour étendre la lessive. *Do, do, that voodoo...* sifflait-il inconsciemment cinq bonnes minutes s'il évitait une crotte de chien sur le trottoir. Parfois, elle n'avait pas la moindre idée de l'air en question. Comme maintenant par exemple : c'était un truc de crooner qu'il avait dû capter ce matin en se rasant, auquel cas ça ne voulait rien dire...

Ah si : Patsy Cline. La chanson intitulée *Crazy*.

Elle se redressa brusquement et dit :

— C'est tout à fait normal de garder ses petits-enfants, Ira Moran. »

Il sursauta.

« On les garde des mois, pendant tout l'été, même!

— Mais on ne débarque pas à l'improviste.

— Bien sûr que si!

— Selon Ann Landers, ça ne se fait pas. »

Ann Landers, son héroïne.

« Et ça n'est pas comme si nous étions liés à Fiona, dit-il. Nous ne sommes plus ses beaux-parents.

— Nous sommes les grands-parents de Leroy, qu'on le veuille ou non. »

Il pouvait difficilement objecter.

Ce tronçon de route, c'était vraiment n'importe quoi. On avait laissé pousser au hasard, ici, un barbecue en plein air, là, un concessionnaire pour piscines. Une remorque sur le bas-côté débordait de citrouilles : VOTRE POIDS EN CITROUILLES, $ 1.50, disait l'écriteau. Elles annonçaient l'automne. En attendant, il faisait si chaud qu'une fine sueur humectait la lèvre supérieure de Maggie. Elle baissa la vitre, recula devant une bouffée d'air brûlant, la remonta. Il y avait assez de vent comme ça : Ira conduisait d'une main, le coude gauche sur la fenêtre grande ouverte. Ses poignets nus dépassaient des manches du costume.

Serena avait coutume de dire qu'il était plein de mystère. C'était un compliment, autrefois, à l'époque où Maggie ne sortait pas encore avec lui. Elle fréquentait quelqu'un d'autre et Serena répétait :

« Comment peux-tu lui résister ? Il est si étrange, si secret...

17

– Je n'ai pas à résister, disait-elle, il ne me court pas après. »

Elle se posait tout de même des questions. (Serena ne s'était pas trompée. C'était un mystère complet.) Son amie avait choisi pour sa part le garçon le plus limpide du monde. Ce bon vieux Max! Tout d'un bloc. « Mon meilleur souvenir », avait-il raconté une fois – il avait vingt ans et terminait sa première année d'université – « Avec deux autres copains, on rentrait d'une fête. J'avais un peu trop bu. Donc, voilà que je m'endors sur le siège arrière... et quand je me réveille, je ne vois que du sable autour de moi. Ils m'avaient traîné droit sur Carolina Beach, pour rigoler. Ha! ha! Il est six heures du matin, je m'assieds, et il n'y a que le ciel voilé autour de moi, du ciel et encore du ciel, qui se fond insensiblement à la mer, tout là-bas. Alors je me lève, je me mets à poil, je cours me jeter dans les vagues. Tout seul comme un roi. Le plus beau jour de ma vie. »

Si on lui avait dit que trente ans plus tard il mourrait d'un cancer, laissant à Maggie, pour tout souvenir de lui, l'éclat de cette aube marine!... La brume, la sensation de l'air chaud sur la peau nue, le choc glacé du premier rouleau, son odeur d'iode – c'est comme si elle y était. Elle se sentit soudain pleine de reconnaissance pour les publicités miroitant pêle-mêle au soleil, par exemple, et même pour le siège en Skaï collant dans son dos.

« Qui peut-elle bien épouser, je me le demande, dit Ira.

– Quoi? demanda Maggie, un peu ailleurs.

– Fiona.

– Ah, dit Maggie. Elle n'a pas précisé. »

Ira voulait doubler un camion-citerne et se penchait pour voir venir la circulation en sens inverse. Il reprit après une pause :

« Je m'étonne qu'elle ne l'ait pas présenté, tant qu'elle y était.

– Elle se marie pour trouver la sécurité. C'est tout ce qu'elle a dit. La fois d'avant c'était par amour et ça n'a pas marché.

– Par amour ! s'exclama Ira. Elle avait dix-sept ans. Qu'est-ce qu'elle y connaissait, à l'amour ? »

Maggie le regarda. Elle aurait bien voulu savoir ce qu'ils en savaient eux-mêmes. Mais Ira s'était mis à pester contre le camion d'essence.

« Peut-être qu'il est plus âgé, dit-elle. Quelqu'un de paternel, s'il s'agit d'être sécurisée.

– Ce type sait pertinemment que j'essaie de doubler, et il n'arrête pas de déborder sur la gauche.

– Peut-être qu'elle se marie pour arrêter de travailler, dit Maggie.

– J'ignorais qu'elle travaillait.

– Elle a trouvé un job, Ira. Tu sais bien ! Elle nous l'a dit : elle travaille dans un salon de beauté depuis que Leroy va à la maternelle. »

Ira klaxonna.

« C'est bien la peine de faire la conversation avec toi. Tu n'écoutes même pas.

– Maggie, il y a quelque chose qui ne va pas ? demanda Ira.

– Pourquoi tu me demandes ça ?

– Ce que tu peux être agressive, aujourd'hui.

– Je ne suis pas agressive, dit-elle en remontant d'un cran ses lunettes. Elle distinguait le bout de son nez, rose et rond sous la monture.

– C'est à cause de Serena, fit-il.

– Serena ?

– Tu es embêtée, alors tu te défoules sur moi.

– Évidemment que je suis embêtée, mais je t'assure que je ne me défoule pas le moins du monde.

– Si. Et tu n'arrêtes pas de nous bassiner avec Fiona, alors que ça fait des années que tu n'y pensais plus.

– C'est pas vrai ! Et qu'est-ce que tu en sais si je pense à elle ? »

Ira réussit à dépasser son camion.

Ils avaient atteint la campagne. Deux hommes coupaient du bois en lisière d'une forêt, sous l'œil d'un chien noir et luisant. Les arbres étaient encore verts, mais le feuillage déjà passé annonçait les métamorphoses de l'automne. Maggie contemplait la clôture d'un champ. Bizarre, comme une image peut vous hanter à votre insu, telles ces bribes de rêve qui vous reviennent le matin. Ce n'est qu'en revoyant l'original qu'on s'étonne : comment! c'était là, cela existait depuis toujours? Cette clôture, par exemple. Ils refaisaient la route de Cartwheel et elle l'avait enregistrée au cours de ses voyages clandestins. Elle l'avait inconsciemment faite sienne. « La clôture », fit-elle.

« Hum ? » Ira tourna la tête, mais elle avait déjà disparu.

Maggie était restée dans la voiture à guetter la maison de la mère de Fiona, attentive au moindre signe d'une apparition de Leroy. Ira aurait été furieux s'il avait su! C'était juste après leur rupture, à la suite d'une scène que Maggie préférait oublier. (Elle y pensait comme à « cet horrible malentendu » et l'avait banni de son esprit.) Oh, quelles journées terribles. Elle n'avait plus sa tête à elle. Leroy était tout bébé, et Fiona, la pauvrette, sans aucune expérience! Maggie faisait tout, toujours à s'affairer à leur côté. Alors, elle avait pris son après-midi pour se rendre à Cartwheel. Elle s'était garée non loin et bientôt Fiona était sortie avec Leroy dans les bras. Elle s'était éloignée d'un pas vif, ses longs cheveux blonds dansant derrière elle, le petit visage du bébé posé sur l'épaule comme un bouton de rose. Le cœur de Maggie avait bondi comme si elle était amoureuse. Et amoureuse, elle l'était : de Leroy et de Fiona ensemble, et même de son propre fils, avec cet air maladroit qu'il avait en serrant sa fille contre son blouson de cuir noir. Elle n'osa pas se montrer – pas cette fois, en tout cas. Mais une fois rentrée, elle alla dire à Jesse :

« Je suis allée à Cartwheel aujourd'hui. »

Son visage se crispa. Il la regarda droit dans les yeux, avant de se détourner :

« Et alors ?

– Je n'ai pas pu lui parler. Mais on voit bien que tu lui manques. Elle était seule avec Leroy. Personne d'autre.

– Qu'est-ce que ça peut me faire, avec qui elle est ? »
demanda Jesse.

Mais dès le lendemain, il sautait dans la voiture. Maggie respira. (C'était un garçon affectueux, qui avait du cœur et un charme fou. Tout serait vite réglé.) Il ne rentra pas de la journée – elle appelait toutes les heures de son travail pour vérifier – et revint au moment du dîner.

« Eh bien demanda-t-elle.

– Eh bien, quoi ? » fit-il en grimpant l'escalier, pour aller s'enfermer dans sa chambre.

Elle comprit alors qu'il y faudrait un peu de temps.

Jusqu'aux trois ans de Leroy, ils s'étaient manifestés pour les anniversaires – en grands-parents modèles, arrivant au jour dit avec des cadeaux. Mais dans sa tête, les vraies visites, c'étaient ces virées incognito, celles qu'elle ne planifiait pas, comme si d'invisibles liens l'attiraient vers le nord. Elle partait pour le supermarché et se retrouvait Route 1, le col du manteau relevé pour dissimuler son visage. Elle traînait longtemps dans l'unique square de Cartwheel, à inspecter ses ongles auprès du bac à sable. Elle rôdait dans l'allée, coiffée de la perruque rousse de Junie, la sœur d'Ira. Par moments, elle s'imaginait vieillir ainsi. Peut-être qu'elle s'engagerait comme bénévole pour faire traverser la rue aux enfants, quand Leroy commencerait l'école. Ou comme cheftaine, avec une petite éclaireuse à ses côtés pour faire plus vrai. Peut-être qu'elle pourrait être son chaperon pour son premier bal. Enfin, n'exagérons rien. Elle savait aux lourds silences de Jesse, à l'air distrait de Fiona quand elle poussait la balançoire, qu'ils ne demeureraient pas longtemps séparés. Quoique...

Un après-midi, elle suivit la mère de Fiona qui promenait Leroy dans sa poussette. Mrs. Stuckey était une femme assez négligée, sans âge, et qui fumait sans arrêt. Maggie lui faisait confiance comme à un arracheur de dents. Et à juste titre, car elle avait osé laisser la poussette devant la pharmacie, et tout bonnement abandonné Leroy pour entrer. Maggie était horrifiée. Leroy allait être enlevée! N'importe quel passant pouvait la kidnapper. Maggie s'approcha et s'agenouilla devant la poussette. « Ma cocotte ? » dit-elle. « Tu veux venir avec ta grand-mère ? » L'enfant la regardait. Elle avait, oh, dans les dix-huit mois, et son visage semblait étonnamment mûr. Ses jambes avaient perdu leur rondeur potelée. Elle avait les yeux du même bleu laiteux que ceux de Fiona, et pour l'heure plutôt vides et sans expression, comme si elle ne la reconnaissait pas. « C'est moi, ta mémé », fit Maggie, mais Leroy se mit à se tortiller et à chercher de la tête. « Mom-mom ? » fit-elle. C'était flagrant, elle se tournait vers l'endroit où Mrs. Stuckey avait disparu. Maggie se releva et s'éloigna très vite. D'être ainsi repoussée lui avait fait mal, physiquement, comme un coup à la poitrine. Elle cessa dorénavant de jouer les espionnes.

Au printemps, les bois par ici étaient remplis de jonquilles. Elles éclairaient les collines comme du gypsophile dans un bouquet. Une fois, elle avait vu un petit animal – pas un lapin ni un raton laveur, mais quelque chose de mince et de fuselé – elle avait freiné pour pouvoir l'examiner dans son rétro. Mais il avait détalé.

« On peut compter sur Serena pour compliquer les choses, continua Ira, elle aurait pu nous appeler à la mort de Max, mais non, elle attend la dernière minute. Il est décédé mercredi, elle téléphone vendredi soir. Trop tard pour consulter Bison fûté. »

Il fronça les sourcils à la perspective de la route.

« Hum, dit-il. Tu ne crois pas qu'elle va me demander de porter le cercueil, par hasard ?

– Elle ne m'en a pas parlé.

– Mais elle t'a dit qu'elle avait besoin de nous.

– Elle voulait dire un soutien moral, je pense.

– Mais ça s'apparente à un soutien moral, non ?

– Ben..., plutôt physique ?

– On verra bien », fit Ira.

Ils traversèrent une commune où de petits magasins se regroupaient au milieu des terres. Quelques femmes bavardaient devant une maison. Maggie les observa. Elle se sentait mise à l'écart, un peu envieuse, comme si elle les connaissait.

« De toute façon, je ne suis pas habillé comme il faut, dit Ira.

— Mais si.

— J'aurais dû mettre un costume noir.

— Tu n'as pas de costume noir, fit remarquer Maggie.

— Je suis en bleu marine.

— Ça ira très bien.

— Et j'ai mes problèmes de dos. »

Elle lui jeta un regard.

« Et c'est pas comme si on n'avait jamais été très proches », ajouta-t-il.

Maggie posa une main sur la sienne.

« Ne t'inquiète pas, lui dit-elle. Je suis sûre qu'elle souhaite juste notre présence... »

Il eut un petit sourire piteux, du coin de la bouche.

Comme il était étrange, devant la mort! Le moindre mal le pétrifiait. Quand elle avait eu son appendicite, il s'était débrouillé pour ne pas venir à l'hôpital en invoquant un rhume qui pouvait être contagieux. Dès qu'un des enfants était malade, il prétendait qu'il n'y avait rien, que c'était pure fiction de la part de Maggie. Toute allusion au fait qu'il n'était pas éternel (un courrier de l'assurance-vie, par exemple) le heurtait comme un scandale. Il se faisait sombre et plein de rancœur. Maggie, à l'inverse, s'inquiétait de vivre trop longtemps — sa maison de retraite lui en avait fait voir.

Et si elle mourait la première, il ferait sans doute comme si de rien n'était. Il continuerait à aller à ses affaires, en sifflotant un petit air connu. Lequel, en l'occurrence?

Ils traversaient à présent le fleuve Susquehanna. Les structures sinueuses de la centrale de Conowingo surgissaient sur leur droite. Maggie se pencha à la portière. On entendait le vacarme de l'eau tout en bas; elle respirait à grands traits, buvant la vapeur qui montait comme une fumée depuis le fleuve.

« Je viens de me rappeler quelque chose, dit Ira en élevant la voix. Cette artiste, là, comment s'appelle-t-elle ? Elle devait apporter une série de peintures ce matin.

Maggie referma la vitre.

« Tu n'as pas mis ton répondeur ?

— Ça n'aurait servi à rien. On s'était mis d'accord comme ça.

— Peut-être qu'on peut lui téléphoner de quelque part.

— Je n'ai pas pris son numéro, dit Ira, qui se creusait la tête. On pourrait peut-être appeler Daisy, pour qu'elle la prévienne ?

— Daisy doit être au travail, à cette heure-ci.

— Merde ! »

L'image de Daisy lui apparut, nette et gracieuse, avec le teint mat d'Ira et ses attaches délicates à elle.

« Mon Dieu, dit Maggie. Quelle tristesse de rater son dernier jour à la maison.

— Mais elle n'est pas là ; tu viens de le dire toi-même.

— Elle sera de retour en fin de journée. »

Ils devaient l'emmener à l'Université le lendemain – sa première année d'études, la première année loin des parents. Ira dit :

« Toute la journée coincés dans la voiture, tu en auras marre bien assez vite.

— Marre d'être avec Daisy ? Certainement pas.

— On en reparlera demain.

— Écoute, fit Maggie. On saute la réception.

— Quelle réception ?

— Enfin, comment dit-on, quand on va chez les gens après l'enterrement ?

— Pas de problème, dit Ira.

— Comme ça, on sera rentrés tôt, même si on passe chez Fiona.

— C'est pas vrai, Maggie, tu continues avec cette histoire ?

— Si la cérémonie est terminée vers midi, mettons, et qu'on va directement à Cartwheel... »

La voiture déboîta brusquement, crissant sur du gravier. Un instant, Maggie crut qu'Ira piquait une crise. (Elle avait l'art de le pousser à bout.) Mais non, il s'arrêtait à une station d'essence, une station à l'ancienne, en bois blanc, avec deux hommes en salopette assis sur un banc.

« Besoin d'une carte », jeta-t-il en sortant.

Maggie descendit la vitre pour appeler :

« Tu peux regarder s'ils ont un distributeur ? J'ai une petite faim. »

Il fit un geste et marcha vers le banc.

À l'arrêt, la chaleur se répandait du toit comme du beurre fondu. Maggie sentait le sommet de son crâne chauffer, imaginant sa chevelure, tel un métal, virer du brun au cuivre. Sa main pianotait mollement à l'extérieur.

Si seulement ils arrivaient jusqu'à chez Fiona, le tour était joué. Ira n'était pas insensible, après tout. Il avait fait sauter l'enfant sur ses genoux. Il avait accueilli ses gazouillis du même ton respectueux dont il avait usé avec ses propres enfants :

« Non, c'est vrai ? Tu m'en diras tant. Eh bien maintenant que tu m'y fais penser, ça me dit quelque chose, en effet. »

Tant et si bien que Maggie (la crédulité même) avait demandé :

« Mais quoi ? Qu'est-ce qu'elle t'a dit ? »

Alors, il lui avait décoché ce regard rentré, énigmatique, dont il avait la spécialité ; et le bébé aussi.

Non, il n'était pas insensible ; il fondrait littéralement devant Leroy, à peine aurait-il posé les yeux sur elle. C'était une question de mémoire, simplement. De nos jours, il était si facile d'oublier ! Fiona avait certainement oublié combien elle avait été amoureuse au début, et comme elle l'avait cherché, son Jesse, avec son groupe de rock. Elle avait dû refouler tout ça, car elle non plus n'était pas insensible. Maggie avait bien vu son visage décomposé, quand ils étaient arrivés pour le premier anniversaire de Leroy – sans Jesse. C'était uniquement de l'orgueil, à présent, de l'orgueil blessé.

« Tu te rappelles ? lui demandait Maggie. Souviens-toi, la seule chose qui comptait pour vous, c'était d'être ensemble. Vous alliez partout tous les deux, chacun la main dans la poche arrière de l'autre ! »

Cela lui semblait un peu de mauvais goût à l'époque, mais aujourd'hui ses yeux se remplissaient de larmes.

Oh, la tristesse de cette journée ! Quand l'on entrevoit ainsi la fin de toutes choses, et la séparation des êtres qui s'aiment ! Et elle qui n'avait pas écrit à Serena, ni même entendu le son de sa voix depuis plus d'un an, jusqu'à ce coup de fil d'hier soir où son amie pleurait si fort qu'elle avalait la moitié des mots. En cet instant (Maggie laissait le vent jouer entre ses doigts comme une eau tiède), la fuite du temps lui semblait insoutenable.

« Serena, invoquait-elle, tu te rends compte : toutes ces choses qu'on s'était promis de ne pas faire, au grand jamais, quand on serait grandes. Qu'on ne ferait pas de chichis. Qu'on ne resterait pas sur la plage à se faire bronzer au lieu d'aller nager. Qu'on ne nagerait pas le nez en l'air à cause d'une mise en plis. Qu'on ne ferait pas la vaisselle juste après le dîner, pour ne pas embêter nos maris... Tu te rappelles ? C'était quand, la dernière fois que tu as reporté ta vaisselle pour rester avec Max ? Et quand, la dernière fois que Max s'en est même rendu compte ? »

Ira revenait en déployant une carte routière. Maggie retira ses lunettes et s'épongea les yeux sur sa manche.

« Tu as trouvé ce que tu voulais ? »

Il plongea derrière la carte sans s'arrêter. Le recto était illustré de vues panoramiques. Il monta dans la voiture et soupira :

« J'aurais dû appeler Bison fûté. » Il mit le moteur.

« Si j'étais toi, je ne m'en ferais pas, dit-elle. On a tout le temps.

— Pas vraiment, Maggie. Et il y a de plus en plus de monde. Toutes les petites vieilles font leur sortie du week-end. »

C'était faux ; on voyait surtout des poids lourds. Ils

dépassèrent un camion de déménagement, pour se retrouver derrière une Buick et un nouveau camion-citerne, peut-être celui de tout à l'heure. Maggie remit ses lunettes.

JÉSUS, annonçait un panneau, – ESSAYEZ, VOUS NE LE REGRETTEREZ PAS!, et un autre, INSTITUT DE COSMÉTOLOGIE BUBBA MACDUFF. Ils entraient en Pennsylvanie. La route, parfaitement goudronnée sur une centaine de mètres, comme en signe de bonne intention, redevint cabossée comme avant. Ils parcouraient un paysage rural, grands espaces aux lignes courbes, vert comme un dessin d'enfant. Des vaches noires se détachaient sur les collines. TESTEZ VOTRE COMPTEUR, lut Maggie. Le temps de s'asseoir bien droit, une borne signalait : 0,1 km. Elle vérifia le compteur.

« Virgule huit exactement, dit-elle à Ira.

– Hmm ?

– Je teste le compteur. »

Ira desserra son nœud de cravate.

0,2. 0,3. Bon. 0,4 km. Tiens, elle pouvait se tromper, mais les décimales semblaient un peu à la traîne à mesure qu'elles défilaient sur le cadran. 0,5 : cela se confirmait.

« Ça fait longtemps que tu l'as pas fait réviser ? demanda-t-elle.

– De quoi ?

– Le compteur.

– Je ne l'ai jamais fait réviser.

– Jamais, tiens donc! Soi-disant que c'est *moi* qui n'entretiens pas les bagnoles.

– Regarde-moi ça. Une nonagénaire lâchée en liberté sur la route. Sa tête ne dépasse même pas le volant. »

Il doubla la Buick, de sorte que Maggie manqua l'un des repères.

« Mince, fit Maggie. Je l'ai raté à cause de toi. »

Il ne répondit pas. Il n'avait même pas l'air de s'excuser. Elle se prépara pour le septième signal, scrutant au loin. Le voilà! Un coup d'œil sur le compteur : l'unité commençait *à peine* à paraître. Cela finit par

27

l'impatienter. Curieusement, le chiffre suivant arriva vite, presque trop vite.

« Allons bon, fit-elle.

– Que se passe-t-il ?

– Ce truc me rend dingue », dit-elle en surveillant le bas-côté et le compteur en même temps.

Le 6 arrivait sur le compteur, cette fois avec plusieurs secondes d'avance, elle aurait pu en jurer. Elle secoua la tête. Ira lui jeta un regard.

« Pas si vite, enfin.

– Hein ?

– Ralentis ! Je crois qu'on va pas y arriver. Tu vois : voilà le 7 sur le cadran, le voilà qui monte, qui monte... Mais *où* est la borne ? Allez, borne ! Montre-toi ! On a dû la dépasser. On... »

La borne apparut.

« Ah ! » fit Maggie.

Le 7 se mit en place juste au même moment, si exactement qu'elle crut entendre le déclic.

« Ouf ! dit-elle en s'affalant sur son siège. C'était moins une.

– Tout ça est réglé à l'usine, tu sais.

– C'est ça, il y a un quart de siècle, quoi. Je suis épuisée.

– Je me demande à quel moment on quitte la Route 1, dit Ira.

– J'ai l'impression d'être passée sous un rouleau compresseur. »

Maggie froissait sa robe entre le pouce et l'index.

On voyait des groupes de camions stationnés çà et là – sans personne alentour, sans raison visible. Maggie l'avait déjà remarqué au cours de ses précédents voyages, et ne trouvait pas d'explication. Les conducteurs étaient-ils partis à la pêche, à la chasse, ou quoi ? La vie au grand air avait-elle ses secrets ?

« Et ces banques, dit-elle à Ira. Dans tous ces patelins, on dirait des maisons de poupée, avec leurs briques et leur parterre de fleurs. Tu as remarqué ? Tu y mettrais ton argent, toi ?

« — Pourquoi pas.

— Moi, j'aurais pas confiance.

— Avec ta fortune colossale, la taquina Ira.

— Ça ne fait pas très professionnel, c'est tout.

— Bon. D'après la carte, dit-il, on peut continuer sur la Route 1 pas mal après Oxford. Serena veut qu'on bifurque à Oxford, si j'ai bien compris, mais... Tu peux regarder s'il te plaît ? »

Maggie prit la carte posée entre eux et se mit à chercher, section par section. Elle voulait éviter de tout déplier. Elle s'attirerait les remarques d'Ira en repliant de travers.

« Oxford, fit-elle. C'est dans le Maryland ou la Pennsylvanie ?

— En Pennsylvanie, Maggie. Là où la nationale 10 part vers le nord.

— Eh bien alors ! Elle nous a dit de prendre la 10, justement, je m'en souviens très bien.

— Oui, mais si nous... Tu m'écoutes ou quoi ? Si on restait sur cette route, on irait plus vite, car je crois qu'on peut couper plus haut et tomber sur Deer Lick.

— D'accord, Ira, mais pourquoi nous a-t-elle indiqué la nationale ? Il doit y avoir une bonne raison.

— Une raison ? Serena ? Serena Gill avoir une bonne raison ? »

Elle aplatit sa carte d'un geste irrité. Il parlait toujours comme ça de ses amies. Comme s'il était jaloux. Il devait croire que les femmes passaient leur vie à parler de lui derrière son dos. Typique : tout devait tourner autour de lui. Il est vrai que cela arrivait, quelquefois.

« Il y avait un distributeur là-bas ? demanda-t-elle.

— Que du sucré. Rien qui te plaise.

— Je meurs de faim.

— J'aurais pu prendre des bonbons, mais je me suis dit que tu n'en voudrais pas.

— Pas de chips ou quelque chose, tu es sûr ? je crève de faim.

— Des Mars, des Nuts, des Rochers... »

Elle fit une grimace et revint à la carte.

« Si j'étais toi, je prendrais la 10, dit-elle.

– Je suis presque sûr qu'il y a un chemin plus haut.

– Ben, pas vraiment.

– Quoi, pas vraiment ? Y en a un ou y en n'a pas ?

– Euh, dit-elle. À vrai dire, je ne vois pas très bien où est Deer Lick. » Il mit son clignotant.

« On va s'arrêter pour déjeuner et je vais regarder la carte, dit-il.

– Déjeuner ? Mais je ne veux pas déjeuner !

– Tu viens de dire que tu mourais de faim.

– Oui, mais je fais un régime ! C'est juste histoire de grignoter.

– Parfait. Va pour grignoter.

– Vraiment, Ira, tu fais toujours ça. Saboter mes régimes.

– Eh bien, tu prendras un café ou ce que tu veux ! Il faut absolument que je voie cette carte. »

Ils descendaient une rue pavée entre deux rangées identiques de maisons nouvelles, chacune pourvue d'une cabane à outils métallique en forme de petite grange rouge. Pas l'ombre d'un endroit où s'arrêter, pensait Maggie, lorsqu'au prochain détour parut évidemment un café avec quelques véhicules stationnés devant. Un néon poussiéreux affichait derrière la vitre : CHEZ NELL. ÉPI-CERIE CAFÉ. Ira se rangea à côté d'une Jeep ornée d'un autocollant des Prêtres de Judas. Maggie descendit de voiture, rajustant subrepticement l'entrejambe de ses collants.

Le magasin sentait le pain de mie et le papier d'emballage. Une odeur de cantine. Çà et là, des dames examinaient des conserves. Au fond, le café – un long comptoir sous un mur couvert de photos aux couleurs affadies, présentant des omelettes orangeâtres et des chapelets de saucisses blêmes. Maggie et Ira prirent place l'un à côté de l'autre. Ira déploya sa carte tandis que Maggie regardait la serveuse nettoyer son gril. Elle vaporisait un produit, grattouillait d'épais restes à l'aide d'une spatule, et recommençait l'opération. De dos, avec sa blouse, on aurait dit un large rectangle blanc, avec son chignon gris plaqué par des épingles.

« Et pour vous, ce sera quoi ? » finit-elle par demander sans se retourner.

« Juste un café, s'il vous plaît », dit Ira sans lever les yeux.

Maggie hésitait. Elle enleva ses lunettes pour examiner les photos.

« Euh, alors, un café aussi... Attendez que je réfléchisse, je devrais prendre une salade, ou quelque chose comme ça, mais...

– On ne fait pas de salades », dit la serveuse qui posa son détergent et vint vers Maggie en s'essuyant les mains. Dans sa face ridée, ses yeux avaient une couleur étrange, clairs comme du verre dépoli.

« Ou alors la salade et les tomates d'un sandwich, c'est tout ce que je peux faire, ajouta-t-elle.

– En ce cas (Maggie prit l'air enjoué), peut-être un de ces sachets de chips sur le présentoir – mais je ne devrais pas. J'ai cinq kilos à perdre d'ici Thanksgiving. Toujours les mêmes kilos en trop. Ça fait longtemps que j'y travaille, mais cette fois-ci, c'est la bonne ! »

La serveuse versa deux tasses de café. « Vous ? Vous voulez maigrir ? ! »

Sur sa blouse, *Mabel* était brodé en rouge : un nom que Maggie n'avait pas entendu depuis son enfance. Qu'était-il advenu de toutes les Mabel ? Mentalement, elle essayait le prénom sur un bébé d'aujourd'hui. La femme continuait :

« C'est triste mais tout le monde veut avoir l'air d'un cure-dents, de nos jours.

– C'est bien l'avis d'Ira ; il dit qu'il m'aime comme je suis », fit Maggie.

Elle chercha son approbation, mais il était plongé dans la carte, ou faisait semblant. Il était toujours très gêné quand elle sympathisait avec des inconnus.

« Mais voyez, si je veux acheter une robe, ça ne tombe

31

pas bien! À croire qu'il ne faudrait pas avoir de poitrine!... Le problème, c'est que je manque de volonté. J'adore le salé! Les condiments. Les trucs épicés. » Elle brandit à témoin ses chips mexicaines.

« Qu'est-ce que je devrais dire ? demanda Mabel. Le docteur dit que je suis trop grosse et que mes jambes sont foutues.

– Trop grosse ? Allons! Où ça ? Je ne vois pas.

– Il dit que ça irait dans un autre métier. Mais serveuse, c'est pas bon pour la circulation.

– Notre fille est serveuse », dit Maggie.

Elle ouvrit le paquet et croqua une chips :

« Parfois, elle doit rester debout huit heures de suite sans pause. Je peux vous dire qu'elle a vite troqué les sandales pour les semelles de crêpe, alors qu'elle avait juré de ne jamais en porter.

– Me dites pas que vous avez déjà une fille en âge de travailler ?

– Oh, elle est encore adolescente. C'était juste un job d'été. Elle part demain pour l'Université.

– Des études! Elle est intelligente, alors!

– Oh, peut-être, ce n'est pas à moi de le dire, dit Maggie. Mais c'est vrai qu'elle a reçu une bourse. »

Elle tendit le sachet :

« Vous en voulez ? »

Mabel prit une poignée.

« Moi, je n'ai que des garçons, dit-elle à Maggie. Ils sont pas doués pour ça. Autant leur demander la lune.

– Oui, je comprends. Le nôtre, c'est pareil.

– Allez faire vos devoirs, je leur disais. Non, ils trouvaient toujours une demi-douzaine d'excuses. En général, ils disaient que la maîtresse n'en avait pas donné ce coup-ci – bien sûr, c'étaient des bobards.

– C'est Jesse tout craché, dit Maggie.

– Et leur père! renchérit Mabel. Toujours à les défendre. Tous là, à se liguer et moi comme une imbécile. Qu'est-ce que j'aurais aimé avoir une fille, je vous dis pas!

– Les filles ont leurs problèmes aussi, vous savez. »

Visiblement, Ira voulait poser une question (l'index posé sur la carte, il regardait Mabel avec insistance). Il serait prêt à partir juste après, aussi essayait-elle de gagner du temps :

« Par exemple, les filles sont plus secrètes. On s'imagine qu'elles nous disent tout, mais on se trompe. Prenez Daisy : une enfant si gentille, toujours obéissante. Et voilà qu'elle se met dans la tête de partir pour ses études supérieures. J'ignorais tout de ses projets. J'ai dit : " Daisy ? Tu n'es pas bien avec nous ? " Bien sûr, je savais qu'elle irait à l'Université, mais enfin les autres jeunes se contentent très bien de l'université de Maryland, il me semble. " Et pourquoi ne pas rester près de Baltimore ? " j'ai demandé, mais elle m'a dit : " Voyons, maman, tu sais très bien que j'ai toujours voulu aller à Harvard ou Princeton. " Je n'en savais rien du tout ! Je n'en avais aucune idée ! Et depuis qu'elle a obtenu cette bourse, elle est méconnaissable. N'est-ce pas, Ira ? Mon mari dit – continua-t-elle précipitamment, regrettant cette ouverture – mon mari dit qu'elle fait sa crise d'adolescence. Que ce sont des problèmes nouveaux pour elle, qui la rendent si difficile, si critique envers nous, et qu'il ne faut pas en faire un drame. Mais c'est dur, c'est vraiment dur. On dirait que tout à coup, rien ne va plus ; tout ce qu'on fait est mal, comme si elle cherchait de bonnes raisons pour nous quitter. Mes cheveux sont trop frisés, je parle trop, je mange trop de fritures. Et Ira est mal habillé, et il n'y connaît rien en affaires. »

Mabel opinait du bonnet, gravement. Ira trouvait certainement qu'elle se laissait aller. Il ne disait rien, mais il commençait à s'agiter sur son siège. Elle choisit de l'ignorer et continua :

« Vous savez ce qu'elle m'a dit l'autre jour ? J'avais fait pour la première fois un genre de gratin au thon. Je lui demande au dîner : " C'est délicieux, non ? tu ne trouves pas ? " Et Daisy répond... »

Ses yeux s'embuèrent. Elle respira un grand coup.

« Daisy ne bougeait pas et m'observait, ça m'a paru très

33

long, avec une expression, comment dire, fascinée ; et finalement elle demande : " Dis-moi, maman, est-ce que cela relève d'une décision consciente de ta part de devenir *ordinaire* ? " »

Maggie voulait continuer, mais ses lèvres tremblaient. Elle posa les chips et farfouilla dans son sac à la recherche d'un Kleenex. Mabel secoua la tête. Ira dit :

« Nom de Dieu, je t'en prie, Maggie.

— Je suis désolée, dit-elle à Mabel. Mais ça m'a bouleversée.

— Bien sûr que ça vous a bouleversée, la consola Mabel. (Elle rapprocha un peu sa tasse de café.) Évidemment !

— Je veux dire, je ne vois pas ce que j'ai de si ordinaire, dit Maggie.

— Exactement ! dit Mabel. Mais dites-le-lui, à cette petite ! Défendez-vous ! Savez ce que j'ai dit à Bobby, mon aîné ? Tiens, maintenant que j'y pense, y avait du thon à dîner ; quelle coïncidence. Il dit comme ça qu'il n'en peut plus de manger des restes. Je lui fais : " Jeune homme, si tu n'es pas content, tu peux te lever de table. La porte est ouverte et le train passe devant. Débrouille-toi, je dis, mitonne-toi ta cuisine toi-même. Et on verra si tu te payes du filet mignon tous les soirs. " Et je parlais sérieusement. Il croyait que c'était du baratin, mais il a vite compris ; et j'ai jeté toutes ses affaires sur le capot de sa voiture. Maintenant, il habite avec sa copine à l'autre bout de la ville. Jamais, il n'aurait cru que je le mettrais à la porte.

— Mais attendez ; je ne veux pas qu'elle s'en aille, moi. J'étais heureuse avec Daisy à la maison. C'est comme pour Jesse : il a ramené sa femme et son bébé, nous vivions tous ensemble, j'étais ravie ! Mon mari pense que Jesse est un raté. Il croit qu'à cause d'une mauvaise influence, toute sa vie a été gâchée – ce qui est ridicule. Son ami Don Burnham n'a fait que lui dire qu'il avait du talent. C'est si terrible que ça ? Mais évidemment, Jesse qui n'était pas exactement brillant en classe, avec son père qui le houspillait sans arrêt ; si vous lui dites qu'il a un don, qu'il est fait pour faire de la musique – eh bien, qu'est-ce que vous croyez ? Qu'il va tourner le dos à cette perspective, qu'il ne va pas s'accrocher ?

– Bien sûr que non ! dit Mabel d'un ton outré.

– Bien sûr que non. Il s'est mis à chanter dans un groupe de hard-rock. Il a quitté le lycée ; il collectionnait les filles, il s'est attaché à l'une d'elles et il l'a épousée ; je ne vois pas où est le mal. Ils se sont installés chez nous – il ne gagnait pas beaucoup d'argent. J'étais aux anges ! Un adorable petit bébé... Mais elle est partie après une scène affreuse. Juste comme ça : debout et au revoir. C'était seulement une dispute, en fait, mais vous savez ce que c'est, le ton monte. J'ai dit : " Ira, va la rattraper, c'est de ta faute. " (Ira s'en était mêlé, et je lui en veux encore.) Mais il a refusé, il a dit qu'elle faisait ce qu'elle voulait. Il a dit qu'ils n'avaient qu'à s'en aller, qu'on la laisse partir, mais c'est comme si elle avait arraché cet enfant de ma propre chair, en me laissant une blessure ouverte au flanc !...

– Ah, les petits-enfants. Ne m'en parlez pas.

– Sans vouloir vous interrompre, je..., commença Ira.

– Oh, Ira, rétorqua Maggie. Prends donc la 10 et ferme-la. »

Il la fustigea d'un air glacial. Elle piqua du nez dans son Kleenex.

« Vous connaissez Deer Lick ? demanda-t-il à Mabel.

– Deer Lick, Deer Lick... Ça me dit quelque chose.

– Il doit y avoir un embranchement sur la Route 1.

– Ça, je saurais pas vous dire, lui dit Mabel. Elle se tourna vers Maggie : Encore un peu de café ?

– Euh, non merci », dit Maggie.

Elle n'avait pas touché à son café. Elle avala quand même une petite gorgée, pour manifester sa gratitude.

Mabel prit la note et la tendit à Ira. Debout les mains dans les poches, il rassemblait sa petite monnaie pour payer. Maggie replia bien proprement le sachet de chips, après avoir mis dedans son Kleenex humide, histoire de ne pas faire de saletés.

« Eh bien, je vous remercie pour tout, fit-elle.

– Allez, et prenez soin de vous », répondit Mabel.

Elles devraient peut-être s'embrasser, pensait Maggie, comme deux amies qui se quittent après déjeuner.

Elle ne pleurait plus, mais elle sentit qu'Ira était dégoûté tandis qu'il la précédait vers la voiture. C'était comme une paroi de verre, lisse et hermétique, qui la laissait en dehors. Il aurait dû épouser Ann Landers, tiens. Elle monta en voiture. Le siège la brûlait à travers l'étoffe de sa robe. Ira grimpa de son côté et claqua la portière. Ann Landers, ç'aurait été la femme idéale pour lui. Une épouse sensée, à la dent dure. Parfois, quand elle entendait Ira grogner son approbation à la lecture de sa prose mordante, elle se sentait réellement jalouse.

Ils repassèrent devant les maisons de tout à l'heure, en cahotant sur la petite route pavée. La carte était là, posée entre eux, bien repliée. Elle ne fit pas de commentaires sur l'itinéraire. Elle regardait par la vitre, reniflant discrètement de temps à autre.

« Six ans et demi, dit Ira. Non, sept, et tu continues à traîner cette histoire avec Fiona. Raconter à de parfaits inconnus que c'est ma faute si elle est partie. Il fallait bien un coupable, n'est-ce pas, Maggie ?

– Oui. On doit prendre ses responsabilités, affirma Maggie à la face du paysage.

– Et tu ne t'es jamais demandé si c'était ta faute, par hasard ?

– On va recommencer à se disputer comme des idiots ? fit-elle, pivotant à 180 degrés pour lui faire front.

– J'aimerais bien savoir qui a mis le sujet sur le tapis.

– Ira, je n'ai fait que rappeler les faits.

– Est-ce qu'on t'avait sonné, Maggie ? Quel besoin as-tu de te répandre auprès d'une serveuse ?

– Tu as quelque chose contre les serveuses ? C'est une occupation parfaitement honorable. Et je te rappelle que notre propre fille, Daisy, a travaillé comme serveuse.

– C'est d'une logique imparable.

– S'il y a une chose que je déteste chez toi, siffla Maggie, c'est ton attitude supérieure. On ne peut pas avoir une discussion civilisée, un échange normal, non. Tout de suite tu me rabaisses, tu me fais sentir que je suis médiocre et incohérente. Tandis que Monsieur plane au-dessus de tout ça.

— Moi au moins, je n'étale pas ma vie privée au café du coin.

— Oh, laisse-moi descendre, dit-elle. Je ne te supporte plus !

— Avec plaisir, dit-il en continuant à rouler.

— Je veux descendre, je te dis ! »

Il la regarda et ralentit. Elle prit son sac et le serra des deux mains contre sa poitrine.

« Tu vas t'arrêter ? Ou est-ce que je dois sauter en marche ? »

Il s'arrêta.

Maggie descendit et claqua la portière. Elle tourna les talons et repartit en direction du café. Un court instant, il sembla qu'Ira allait rester sur place, mais elle l'entendit passer les vitesses et démarrer.

Le soleil déversait des coulées de lumière jaune ; ses souliers crépitaient sur le gravier. Son cœur battait. Elle se sentait bien, en un sens. Ivre de fureur et d'exaltation.

Elle arriva devant la première ferme. Des fleurs sauvages se balançaient le long des barrières, un tricycle attendait devant le garage. Quel calme ! On entendait à distance le chant des oiseaux dans les arbres au fond des champs. Elle avait vécu toute sa vie dans la rumeur des villes, se disait-elle. Comme si Baltimore était actionnée, nuit et jour, par une immense machinerie souterraine. Comment avait-elle fait ? Elle décida tout à coup de ne plus revenir. Elle avait marché vers le café dans l'idée vague de se renseigner sur la gare la plus proche, ou peut-être de trouver un conducteur à la mine acceptable pour rentrer ; mais à quoi bon retourner chez elle ?

Devant la deuxième ferme, la boîte aux lettres imitait un wagon de pionniers. Une barrière entourait le terrain – de simples bornes reliées par une chaîne, le tout blanchi à la chaux, pour faire joli. Elle posa son sac sur l'une d'entre elles pour faire l'inventaire. Le problème de ces sacs du soir, c'est qu'ils étaient minuscules. Pour tous les jours, elle avait un cabas en toile, de quoi tenir des semaines. Bon, il y avait quand même le nécessaire : un peigne, un paquet de Kleenex et du rouge à lèvres. Et dans son portefeuille, trente-quatre dollars et des poussières, et un chèque en blanc. Plus deux cartes de crédit, mais l'important c'était le chèque. Elle irait vite ouvrir un compte à la banque la plus proche, elle pouvait retirer jusqu'à... mettons trois cents dollars. Trois cents dollars, une petite fortune pour voir venir. Jusqu'à ce qu'elle trouve du travail. Pour les cartes de crédit, Ira ferait certainement opposition. Mais elle pourrait encore s'en servir ce week-end.

Elle feuilleta les volets de plastique de son portefeuille : son permis de conduire, sa carte de bibliothèque, une photo de Daisy au lycée, un bon pour du shampooing, et une photo en couleurs de Jesse sur le perron. Daisy était en surimpression – la grande mode de l'année dernière – de sorte que son profil ciselé transparaissait derrière un portrait de face, le menton haut. Jesse portait son immense manteau noir et une longue écharpe rouge, dont les franges pendaient sous le genou. Elle fut frappée, presque choquée, par sa beauté. D'une goutte de sang indien de son père, il avait fait quelque chose d'éblouissant : de hautes pommettes lisses, des cheveux de jais, de longs yeux noirs. Mais il regardait impassiblement l'objectif, l'air hautain, l'œil voilé, tout comme Daisy. Ni lui ni elle n'avaient plus aucun besoin de Maggie.

Elle rangea le tout et referma son sac. Quand elle reprit sa marche, ses escarpins étaient devenus raides et inconfortables, comme si ses pieds avaient changé de taille durant sa pause. Ils avaient dû gonfler ; il faisait vraiment très chaud. Mais c'était tant mieux. Comme ça, elle pourrait dormir à la belle étoile si nécessaire. Elle se trouverait une meule de foin. À condition que cela existe encore.

Ce soir, elle appellerait Serena pour s'excuser. Elle

téléphonerait en PCV. Elle pouvait se le permettre avec sa meilleure amie. Dans un premier temps, elle refuserait peut-être de la prendre, puisque Maggie l'avait laissé tomber – elle prenait si facilement la mouche – mais elle finirait par lui parler et Maggie pourrait s'expliquer.

« Écoute, lui dirait-elle, aujourd'hui, je donnerais pas mal pour aller à l'enterrement d'Ira. »

Mais peut-être serait-ce maladroit, étant donné les circonstances ?

Elle apercevait le café, avec derrière un bâtiment en parpaings, et au-delà quelque chose d'indéterminé qui pouvait être une ville. Sans doute une de ces petites villes brouillonnes de la Route 1, uniquement conçue pour le trafic routier. Elle prendrait une chambre dans un motel tout simple, une chambre guère plus grande que le lit en son milieu. Elle imaginait avec un certain plaisir le couvre-lit usé sur un matelas concave. Elle retournerait chez Nell acheter des conserves pour le dîner. On ne dirait jamais assez que les soupes, par exemple, pouvaient se manger telles quelles sans les faire réchauffer, que cela constituait en outre une alimentation variée et équilibrée. (Ne pas oublier d'acheter un ouvre-boîte.)

Pour ce qui est de trouver un emploi, elle avait peu d'espoir de dénicher une maison de retraite dans ce trou. Elle ferait du secrétariat, alors. Elle savait taper et connaissait la comptabilité. Rien de bien extraordinaire : elle avait appris au magasin. Elle pourrait peut-être vendre des pièces détachées, devenir l'une de ces dames qu'on voyait dans les stations-service derrière leur guichet. Au pire, elle ferait caissière. Serveuse. Passer la serpillière, que diable. Elle n'avait que quarante-huit ans, elle était en parfaite santé, et contrairement à ce qu'on pouvait croire, elle pouvait faire n'importe quoi du moment qu'elle s'y mettait.

Elle cueillit une fleur de chicorée qu'elle se ficha dans les cheveux derrière l'oreille. Ira la trouvait empotée. Tout le monde la trouvait empotée. À quoi tenait cette réputation de gourde, de pitre, qu'elle s'était faite ? Une fois au travail, il y avait eu un fracas et un grand bruit d'éclats de verre, et l'infirmière de garde avait dit : « Maggie ? » Comme ça, sans se poser de questions ! Et Maggie qui n'était même pas dans les parages. Elle n'y était pour rien. Enfin, tout ça pour dire l'impression qu'elle faisait.

Dire qu'elle pensait qu'Ira aurait toujours pour elle le regard qu'il avait eu, en cette première nuit ! Elle se tenait devant lui dans son déshabillé de jeune mariée, à la lueur tamisée de la lampe de chevet. Elle avait défait le premier bouton, puis le deuxième : l'étoffe avait glissé sur ses épaules, hésité un peu, pour tomber à terre autour de ses chevilles. Il l'avait regardée droit dans les yeux, retenant son souffle. Elle pensait que cela durerait toute la vie.

Deux hommes discutaient à côté d'une camionnette devant chez Nell. Un gros au visage rougeaud, et un maigrelet tout pâlichon. Ils parlaient des ennuis d'un certain Doug. Elle était consciente d'offrir un curieux spectacle, débarquant de nulle part sur son trente et un. « Bonjour ! » s'écria-t-elle. Elle crut entendre sa mère. Ils cessèrent leur conversation et tournèrent la tête. Le plus maigre retira sa casquette, dont il examina l'intérieur avant de la revisser sur son crâne.

Elle avait le choix entre retourner parler à Mabel, savoir si elle connaissait un logement et un job pour elle, ou gagner la ville et se débrouiller toute seule. En un sens, elle préférait se passer d'elle. Ce serait gênant d'admettre que son mari l'avait plantée là. D'un autre côté, peut-être que Mabel était au courant et lui indiquerait le job idéal. Ou une bonne pension de famille, où elle pourrait utiliser la cuisine et serait accueillie à bras ouverts. Il valait mieux entrer et demander.

La porte écran se referma derrière elle. Elle reconnut l'atmosphère de l'épicerie et se dirigea avec aisance. On voyait Mabel, penchée au-dessus du comptoir, appuyée sur son chiffon roulé en boule, en grande conversation avec un homme en salopette. Ils chuchotaient presque.

« Bien sûr que vous n'y pouvez rien, disait-elle. Qu'est-ce qu'ils croient ? »

40

Maggie se sentit de trop. Elle n'avait pas prévu de partager Mabel avec un tiers. Elle se fit toute petite et se dissimula du côté des crackers, dans l'attente du départ de son rival.

« J'ai beau le retourner dans ma tête, disait l'homme d'une voix grinçante, je ne vois pas comment j'aurais pu faire autrement.

– Ma foi, non. »

Maggie prit une boîte de Ritz. On faisait dans le temps un genre de gâteau aux pommes à base de crackers, et sans la moindre pomme. Comment était-ce possible ? Est-ce qu'on trempait les biscuits dans un genre de cidre ou quelque chose ? Elle chercha, mais l'emballage ne mentionnait pas cette recette.

À l'heure qu'il était, Ira devait réaliser qu'elle était partie pour de bon. Il sentirait à ses côtés cette place vide que laisse une absence brutale après des années d'habitude.

Est-ce qu'il irait quand même à l'enterrement ? Elle n'avait pas pensé à ça. Non, Serena était son amie à elle. Et Max une simple connaissance. D'ailleurs, Ira n'avait pas d'amis. C'était justement le problème.

Il devait conduire tout doucement. Essayer de prendre une décision. Peut-être qu'il avait déjà fait demi-tour.

Il verrait comme on se sent endurci, stoïque, quand on se retrouve tout seul.

Maggie reposa les crackers et se dirigea vers les petits-beurre.

Une fois, il y a longtemps, elle était tombée amoureuse d'un des patients, à la maison de retraite. Cela paraissait comique, bien sûr. Amoureuse d'un vieillard ! Un homme qui se déplaçait en chaise roulante ! Mais voilà. Elle était fascinée par son visage austère, par ses manières courtoises. Elle aimait son langage un peu formel, qui tenait à distance ses propres mots. Et elle savait quelle peine il se donnait pour s'habiller chaque matin, l'air magnifiquement serein alors qu'il s'évertuait de ses pauvres mains paralysées à enfiler les manches de son veston. Il s'appe-

41

lait M. Gabriel. « Ben » pour tout le monde, mais « M. Gabriel » pour Maggie, qui sentait combien toute familiarité l'effarouchait. Elle était gênée de lui venir en aide, et demandait toujours la permission. Elle faisait bien attention à ne pas le toucher. C'était le contraire d'une liaison, si l'on veut. Autant les autres le traitaient chaleureusement, un brin condescendants, autant Maggie se tenait en retrait, pour lui laisser toute sa réserve.

Dans les dossiers, elle avait lu qu'il était à la tête d'une entreprise d'envergure nationale. Oui, elle le voyait bien dans ce rôle. Il avait l'autorité tranchante de l'homme d'affaires et cet air de maîtriser la réalité. Elle vit aussi qu'il était veuf et sans enfants, avec pour toute parenté une sœur célibataire dans le New Hampshire. Il avait vécu seul jusqu'à maintenant et fait sa demande d'admission à la suite d'un incident où son cuisinier avait mis le feu à la maison. Sa préoccupation, écrivait-il, était d'être dans l'incapacité de fuir en cas d'incendie. « Préoccupation » ! Un euphémisme qui dissimulait, une fois qu'on le connaissait, une obsession morbide qui avait atteint des proportions telles que ni une infirmière à domicile, ni l'actuelle surveillance vingt-quatre heures sur vingt-quatre n'avaient pu le rassurer. (Maggie avait remarqué son regard pétrifié, hagard, durant les exercices d'évacuation – les seules fois où il avait l'air d'un malade.)

Mais que faisait-elle à lire son dossier ? Elle n'en avait pas le droit. C'était strictement confidentiel. Elle n'était qu'une assistante dans le service de gériatrie, qualifiée pour faire la toilette, donner à manger, et accompagner les malades aux w.-c.

Même en pensée, elle avait toujours été la plus fidèle des épouses. La tentation ne l'avait jamais effleurée de tromper Ira. Et voilà qu'elle se retrouvait consumée de désir, à inventer des heures durant des stratagèmes pour se rendre indispensable à M. Gabriel. Il ne manquait pas de le remarquer et l'en remerciait bien bas. « Maggie vient de m'apporter des tomates de son jardin », disait-il aux autres infirmières. Lesdites tomates étaient sujettes à une curieuse maladie : elles étaient bulbeuses, moléculaires, tel un agrégat caoutchouteux de petites balles rouges. Le problème persistait d'année en année, malgré la variété des espèces et du terreau employés. Maggie accusait le petit lopin de terre citadine où elle les confinait (ou était-ce le manque de soleil ?), mais elle avait parfois l'impression, à l'œil critique et indulgent d'autrui, qu'elle y était pour quelque chose – avec ses façons tortueuses et désordonnées de progresser à tâtons dans la vie. Mais M. Gabriel n'avait rien remarqué. Il avait déclaré que ses tomates avaient l'odeur d'un jour d'été de 1944. Les rondelles ressemblaient à de petits napperons dentelés – mais il s'était contenté de dire : « Vous ne pouvez pas savoir ce que cela représente pour moi. » Il ne l'avait même pas laissée mettre du sel. Il disait qu'elles étaient prodigieuses, juste nature.

Mais elle n'était pas idiote. Elle savait bien que ce qu'elle aimait, c'était cette image qu'il avait d'elle – Ira n'en serait pas revenu, ni quiconque la connaissait un peu. M. Gabriel la trouvait capable, habile et efficace. Il trouvait qu'elle était la perfection même. Il le lui avait dit. Et ce, durant une période tourmentée de sa vie, où Jesse entrait dans l'âge ingrat, tandis qu'elle vivait une ère de discorde conjugale. Mais rien n'y paraissait. Pour M. Gabriel, elle restait l'infirmière posée, veillant d'une main sereine à l'ordonnance de sa chambre.

La nuit, au lieu de dormir, elle concoctait des dialogues où M. Gabriel finissait par lui avouer sa passion. Il se lamentait qu'il était trop vieux pour lui plaire, elle se récriait qu'il se trompait. C'était la vérité. La seule pensée de reposer sa tête contre lui la faisait fondre et soupirer. Elle promettait de le suivre jusqu'au bout du monde. Fallait-il emmener Daisy ? (Elle avait alors cinq ou six ans.) Emmener Jesse était hors de question ; ce n'était plus un enfant. Mais alors, il s'imaginerait qu'elle préférait Daisy, et pour rien au monde elle ne prendrait ce risque. Elle divaguait, imaginant Jesse les suivre. Il traînerait la patte, tout de noir vêtu, soufflant sous le poids de son matériel hi-fi et d'une grosse pile de disques. Elle pouffa. Ira se retourna dans son sommeil et fit : « Hmm ? » Elle se reprit et ronronna de plaisir – une femme compétente, audacieuse, l'avenir lui souriait.

Tout les séparait. Le destin était contre eux mais son infortune à elle n'avait pas d'équivalent. Comment pourrait-elle à la fois travailler et s'occuper de M. Gabriel ? Il lui fallait une présence de tous les instants. Et comment se recycler ? Elle n'avait eu qu'un emploi au cours de sa vie à la maison de retraite des Fils d'argent. Tu parles comme ils lui donneraient une bonne lettre de recommandation, si elle disparaissait avec l'un des patients.

Autre éventualité : et si au lieu de fuir, elle essayait de s'expliquer avec Ira, afin de prendre calmement ses dispositions ? Elle pourrait emménager dans la chambre de M. Gabriel. Elle serait à pied d'œuvre dès le matin ; plus de temps perdu dans les transports. Quand l'infirmière ferait sa tournée de nuit, elle les trouverait allongés sur le dos côte à côte, avec leur camarade de chambre, Abner Scopes, sur son lit de l'autre côté.

Nouveau gloussement.

Tout cela ne tenait pas debout.

Comme toute personne amoureuse, elle trouvait toutes sortes de prétextes pour mentionner son nom. Ira savait tout sur lui – ses cravates, ses costumes, sa courtoisie, son stoïcisme. « Tu pourrais réserver ton enthousiasme pour mon père ; c'est la famille quand même », disait Ira, qui n'avait rien soupçonné. Le père d'Ira était un geignard, un manipulateur. Rien à voir avec M. Gabriel.

Puis un matin, il y eut une alerte à l'incendie. La sirène résonnait tandis que les haut-parleurs faisaient chorus : « Docteur Rouge en salle 220. » En plein milieu de l'heure de loisir – la mauvaise heure, car les patients étaient tous dispersés. Les plus habiles à faire des bouquets de fleurs artificielles dans la salle réservée à l'artisanat, les moins valides – dont M. Gabriel – à une séance de rééducation. Et bien sûr les grabataires restaient dans leur chambre. Pour eux, c'était facile.

La consigne était de débarrasser les couloirs de tout obstacle, d'enfermer les patients égarés où l'on pouvait, et de signaler d'un ruban rouge les chambres occupées. Maggie ferma la 201 et la 203, où elle avait ses deux patients alités. Elle apposa sur la porte les rubans rouges du placard à balais. Puis elle introduisit une vieille dame errante de Joelle Barrett dans la 202. Elle rangea un chariot vide qui traînait devant la porte, et se précipita pour attraper Lottie Stein, qui arrivait sur son déambulateur en chevrotant. Maggie la mit dans la 201 avec Hepzibah Murray. Arriva Joelle, poussant Lawrence Dunn sur son fauteuil et s'exclamant : « Ooops ! revoilà Tillie ! C'était celle que Maggie venait de poster dans la 202. Toujours les mêmes problèmes avec ces exercices. Ils lui rappelaient ces jeux d'adresse où l'on doit caser dans des trous diverses petites boules qui roulent comme du mercure. Elle captura Tillie qu'elle claquemura derechef. Des bruits inquiétants parvenaient de la 201. Clairement une prise de bec entre Hepzibah et Lottie ; Hepzibah supportait mal cette intrusion. Maggie aurait dû aller voir, et elle aurait dû donner un coup de main à Joelle qui se débattait avec Lawrence, mais il y avait plus urgent. Elle pensait, bien sûr, à M. Gabriel.

Il devait être au bord de la catatonie, mort de frayeur.

Elle quitta son service. (L'interdiction absolue.) Elle passa le bureau des infirmières, prit l'escalier, tourna à droite en bas. La salle de rééducation se trouvait tout au bout du couloir. Ses portes battantes étaient fermées. Elle se dépêcha, contournant un fauteil pliant puis un chariot de linge sale qui n'auraient pas dû être là. Soudain, elle entendit des pas, et le couinement spécifique des semelles de caoutchouc. Elle se figea et regarda autour d'elle. Mrs. Willis ! Ça ne pouvait être qu'elle, l'infirmière-chef ; et Maggie qui était à cent lieues de son service.

Elle ne fit ni une ni deux : elle plongea dans l'immense sac de linge.

Absurde, comprit-elle sur-le-champ. Elle se maudissait tout en chutant dans les draps froissés. Elle aurait pu s'en tirer, cela dit, sauf que le chariot se mit en mouvement. Quelqu'un le rattrapa, et une voix gronda : « Mais qu'est-ce que c'est que cette affaire ? »

Maggie ouvrit les yeux, qu'elle avait fermés comme les petits enfants, dans un dernier effort pour se rendre invisible. Bertha Washington, des cuisines, se tenait au-dessus d'elle, les yeux écarquillés.

« Coucou, dit Maggie.

— Ben ça alors! dit Bertha. Hé, Sateen, viens donc voir la récolte d'aujourd'hui. »

La figure de Sateen Bishop s'encadra à côté de la précédente, s'éclairant d'un large sourire :

« Maggie, ça faisait longtemps! Elle est bien bonne! Tu ne peux pas prendre un bain, comme tout le monde ?

— Une erreur de parcours, dit Maggie en se relevant. Elle se dégagea prestement d'une serviette drapée sur son épaule. Eh bien maintenant, il faut que j'y... »

Mais Sateen s'écria :

« En voiture, Simone!

— Sateen! Non! » implora Maggie.

Sateen et Bertha s'attelèrent au chariot et, riant comme des bossues, foncèrent dans le couloir. Maggie se tenait fermement pour ne pas tomber à la renverse. Elle tanguait en cadence et courba l'échine à l'approche du tournant. Mais les deux femmes étaient plus agiles qu'il n'y paraissait : elles lui firent faire un demi-cercle à bout de bras, et repartirent dans l'autre sens. La frange de Maggie se dressait sous le vent de la course. Elle ressemblait à une figure de proue. Cramponnée aux côtés du chariot, elle suppliait, moitié riant : « Arrêtez! Arrêtez s'il vous plaît! » La grosse Bertha cavalait pesamment, soufflant par le nez. Sateen sifflait entre ses dents. Elles arrivaient au bureau des infirmières quand la fin de l'alerte sonna — une quinte rauque sur le haut-parleur. Comme par magie, les portes s'ouvrirent et M. Gabriel apparut sur son fauteuil roulant, poussé par Mrs. Inman. Non l'éducateur, ni une assistante ou une bénévole, mais Mrs. Inman en personne, la directrice de l'établissement.

Sateen et Bertha s'arrêtèrent net. M. Gabriel était bouche bée.

« Mesdames ? » s'enquit Mrs. Iman.

Maggie s'appuya sur l'épaule de Bertha et sortit du chariot.

« Franchement », fit-elle aux deux femmes. Elle défroissa sa jupe.

« Mesdames, êtes-vous conscientes que nous sommes en pleine alerte ?

— Oui, madame, dit Maggie, qui avait une frousse bleue de ce genre de femmes.

— Et savez-vous l'importance de ce type d'exercice dans une maison médicalisée ?

— C'est-à-dire que..., dit Maggie.

— Ramenez Ben à sa chambre, s'il vous plaît, Maggie. Vous passerez me voir à mon bureau ensuite.

— Bien, madame. »

Elle poussa M. Gabriel jusqu'à l'ascenseur. En se penchant pour appuyer sur le bouton, elle l'effleura du bras. Il tressaillit. Elle dit : « Excusez-moi. » Il ne répondit pas.

Il resta silencieux dans l'ascenseur, peut-être à cause du docteur qui se trouvait là. Mais il persista même après leur sortie au second. L'étage semblait sinistré comme si un ouragan s'était déchaîné. Toutes les portes battaient. Les patients erraient sans but ; le personnel ressortait des chambres le matériel déposé là en catastrophe. Maggie mena M. Gabriel dans la 206. Abner Scopes n'était pas encore rentré. Elle arrêta le fauteuil. Mais il resta assis sans bouger.

« Hou hou, revenez sur terre », dit-elle avec un petit rire.

Ses yeux se tournèrent lentement vers elle. Peut-être qu'il la voyait comme l'héroïne de *I love Lucy* – un peu fofolle, toujours partante pour s'amuser. C'était une possibilité. Sauf que Maggie n'avait jamais aimé ce feuilleton. L'intrigue était toujours si artificielle – les frasques de cette créature si convenues. C'était garanti d'avance. Mais peut-être qu'il s'agissait de tout autre chose.

« C'est pour vous chercher que je suis descendue. »
Il la regardait.

« Je me faisais du souci », ajouta-t-elle.

À tel point que vous avez fait un petit tour pour vous distraire, disait clairement son regard.

C'est alors que Maggie, penchée pour ajuster le frein, fut frappée par quelque chose. Ces rides au coin de la bouche – de profondes crevasses qui tiraient le visage vers le bas : c'étaient les mêmes que chez Ira. Elles se voyaient moins, évidemment. Elles apparaissaient seulement s'il était mécontent de quelque chose. (En général de Maggie.) Et Ira dardait sur elle ce même regard sombre, sobre, inquisiteur.

Pardi, M. Gabriel était un nouvel Ira. Il avait son visage taillé à la serpe, et cette même dignité, et cette distance qui exerçait encore aujourd'hui un tel attrait sur elle. Et cette sœur vieille fille que M. Gabriel entretenait, elle en était sûre, c'était Ira s'occupant de ses propres sœurs et de son parasite de père. Signe d'une nature noble et généreuse, certes. En fait, M. Gabriel n'était que la tentative de Maggie pour refaire l'histoire, pour retrouver la première version d'Ira, cette version des débuts de leur mariage, avant qu'elle n'ait commencé à le décevoir.

Ce n'était pas M. Gabriel qui l'intéressait ; c'était Ira.

Alors, elle avait aidé M. Gabriel à passer sur son fauteuil, puis elle était allée s'occuper des autres patients, et la vie avait repris son cours. Aujourd'hui, M. Gabriel était toujours pensionnaire au Fils d'argent, mais ils étaient moins complices qu'avant. Ces jours-ci, il semblait préférer Joelle. Il était parfaitement aimable, d'ailleurs. Il avait certainement tout oublié de son petit tour dans le chariot à linge.

Mais Maggie n'oubliait pas. Et parfois, en butte à cette paroi glacée du mécontentement d'Ira, elle se faisait une raison. Elle se disait, insensible et lassée, qu'on ne pouvait rien y changer. Qu'on pouvait changer de mari sur cette terre, mais pas de situation. Le *qui*, mais pas le *comment*. On est tous là à tourner en rond, pensait-elle, et elle imaginait notre petite planète tourbillonnant comme ces engins de foire où chacun est cloué à sa place par la force centrifuge.

Elle saisit un paquet de biscuits et lut les ingrédients sur le côté :

« Soixante calories, dit-elle tout haut.

— Allez, tu peux faire une folie, fit Ira dans son dos.

— Cesse de saboter mon régime », dit-elle sans se retourner. Elle replaça le paquet sur l'étagère.

« Belle enfant, ça vous dirait de m'accompagner à un enterrement ? »

Elle haussa les épaules sans mot dire, mais quand il lui passa le bras autour de la taille, elle se laissa faire et l'accompagna jusqu'à la voiture.

2

Pour se repérer à Deer Lick, il suffisait de s'arrêter à l'unique croisement et de regarder aux quatre points cardinaux : le coiffeur, deux stations-service, une quincaillerie, une épicerie, trois églises – tout se révélait en un coup d'œil. Les constructions s'alignaient sagement, comme dans un village de train électrique. Des arbres poussaient çà et là, et les trottoirs disparaissaient après les premiers pâtés de maisons. Les rues s'ouvraient sur le paysage : verdure, champs de maïs, et même ici un gros percheron les naseaux enfouis dans l'herbe.

Ira se gara sur l'asphalte le long de l'église de Fenway Memorial, un cube de bois gris clair coiffé d'un clocher trapu, tel un chapeau de sorcière. Pas une voiture en vue. Il avait vu juste, au bout du compte : la Route 1 était bel et bien plus rapide. Ce qui n'était pas si malin que ça, vu qu'ils avaient une demi-heure d'avance. Maggie s'étonnait de ne voir aucun préparatif.

« On s'est peut-être trompé de jour, dit-elle.

– Impossible. Serena t'a dit " demain ". Je ne vois pas comment on pourrait se tromper.

– On essaie d'entrer ?

– Oui, sauf si c'est fermé. »

Ils sortirent de la voiture. La robe de Maggie collait à ses jambes. Elle se sentait poisseuse. Avec le vent, ses cheveux s'étaient emmêlés, et l'élastique de ses collants roulotté sur lui-même lui sciait le ventre.

Ils montèrent quelques marches. La porte s'ouvrit d'un coup, grinçant comme à contrecœur. Ils se retrouvèrent dans une salle longue et faiblement éclairée, au sol nu, avec une charpente surélevée plongeant sur de sombres rangées de bancs. Des arrangements floraux décoraient la chaire de part et d'autre, ce qui rassura Maggie. On ne voyait des bouquets aussi artificiels qu'aux mariages et aux enterrements.

« Il y a quelqu'un ? » tenta Ira.

Sa voix résonna dans le silence.

Ils s'avancèrent sur la pointe des pieds dans l'allée centrale, en faisant craquer les lames du parquet.

« Tu crois qu'il y a un... côté ou quelque chose ? chuchota Maggie.

— Un côté ?

— Oui, un pour le marié et un autre pour la mariée ? Enfin plutôt... »

Sa bévue lui donna un petit fou rire. Il faut dire qu'elle n'avait pas beaucoup d'expérience dans le domaine des enterrements. Personne n'était mort parmi ses proches, touchons du bois.

« Je veux dire, se reprit-elle, on peut s'asseoir n'importe où ?

— N'importe où sauf devant.

— Merci, Ira. Je ne suis pas complètement idiote. »

Elle se laissa tomber sur un banc à droite au milieu et se poussa pour lui faire place.

« Ils auraient pu mettre un genre de musique, au moins », dit-elle. Ira vérifia l'heure à sa montre.

« La prochaine fois, tu suivras les indications de Serena...

— Quoi, pour me traîner comme un escargot toute la matinée ?

— C'est toujours mieux que d'arriver les premiers.

— Ça ne me dérange pas », dit Ira.

Il plongea la main dans la poche gauche de son veston et ramena un jeu de cartes entouré d'un élastique.

« Ira Moran ! Jouer aux cartes dans la Maison du Seigneur ! »

Il sortit un second jeu de la poche droite.

« Et si quelqu'un arrive ? demanda Maggie.

— Ne t'inquiète pas ; j'ai d'excellents réflexes. »

Il enleva les élastiques et mélangea les cartes. Elles crépitaient bruyamment comme un tir de carabine.

« Très bien, dit Maggie, je vais donc faire comme si je ne te connaissais pas. »

Elle prit ses affaires et sortit à l'autre bout du banc. Ira disposa ses cartes sur la place laissée vide.

Elle alla inspecter un vitrail. Une plaque au-dessous expliquait : À LA MÉMOIRE DE MON CHER ÉPOUX, VIVIAN DEWEY. Un mari nommé Vivian ! Elle étouffa un rire. Cela lui rappela une pensée qui lui venait autrefois, quand les jeunes gens portaient les cheveux si longs : n'était-il pas étrange, un brin morbide, de caresser des boucles soyeuses et ondulantes sur la tête de son amant ?

Les églises lui donnaient toujours des idées baroques.

Elle continua son chemin, ses talons claquant derrière elle avec autorité. Près de la chaire, elle se dressa sur la pointe des pieds pour sentir une fleur blanche et lustrée, qu'elle ne parvenait pas à identifier. Elle n'avait pas la moindre odeur et dégageait une sensation de fraîcheur. Elle frissonna. Elle remonta l'allée centrale vers Ira.

Il avait étalé ses cartes sur une bonne moitié du banc. Il les manipulait en fredonnant. C'était la chanson *The Gambler* – plutôt évident dans ce contexte. Cette réussite était si élaborée qu'elle pouvait durer des heures, mais c'était facile au début, et Ira plaçait ses cartes sans hésitation.

« C'est la partie ennuyeuse, dit-il à Maggie. Je devrais engager un amateur pour ça, comme les vieux maîtres utilisaient leurs élèves pour faire le fond du tableau. »

Elle lui jeta un regard ; elle l'ignorait. Cela semblait de la triche.

« Pourquoi tu ne mets pas ce cinq sur le six ?

— Je ne t'ai rien demandé, Maggie. »

Elle reprit sa promenade, balançant son sac du bout des doigts.

Quel genre d'église pouvait-ce bien être ? Aucun panneau à l'extérieur. Maggie et Serena avaient été élevées dans la foi méthodiste, mais Max était d'une autre confession, que Serena avait fini par suivre. Pourtant, c'est un pasteur méthodiste qui les avait mariés. Maggie avait chanté en duo avec Ira. (Ils commençaient juste à se voir.) Ç'avait été une des plus folles inventions de Serena : un pot-pourri de chansons populaires et de Kahlil Gibran, à une époque où l'on ne sortait guère de *O Promise Me*. Toujours en avance sur son temps, la Serena. Difficile de prévoir ce qu'allait donner l'enterrement.

Maggie fit demi-tour à la porte et revint vers Ira. Il était passé derrière et s'accoudait sur le banc de devant pour avoir une meilleure vision du jeu. Ça commençait sans doute à devenir intéressant ; il sifflait plus lentement : « On ne compte jamais son argent à la table de jeu... » De dos, il ressemblait à un épouvantail, avec ses épaules en portemanteau et ses mèches de crin noir.

« Maggie ! Tu es venue ! » s'exclama Serena depuis le perron.

Maggie se retourna et ne put voir qu'une silhouette à contre-jour.

« Serena ? »

Serena accourut les bras tendus. Elle portait un châle noir qui l'enveloppait complètement, avec de longues franges satinées. Sa chevelure était très noire aussi, sans un cheveu blanc. Quand elles s'embrassèrent, Maggie se prit les doigts dans sa queue de cheval attachée derrière la nuque. Elle se dégagea avec un petit rire. Serena avait plus que jamais ses airs d'Espagnole, avec son buste, son visage ovale et plein, son teint animé.

« Et voilà Ira ! Comment ça va, Ira ? »

Ira se leva (ayant miraculeusement fait disparaître les cartes), et se laissa embrasser sur la joue.

« Je suis vraiment désolé, pour Max, lui dit-il.

— Oh oui, merci ; je suis si heureuse que vous soyez là ;

54

vous ne pouvez pas savoir! Toute la famille de Max a débarqué et je me sens submergée. J'ai réussi à leur fausser compagnie, sous prétexte que j'avais à faire à l'église. Vous avez pris un petit déjeuner?

— Mais oui, dit Maggie. Par contre, j'irais bien aux toilettes.

— Je t'emmène. Ira?

— Ça va, merci.

— On revient dans une minute», dit Serena.

Elle prit le bras de Maggie et la guida vers la sortie.

«Les cousins de Max arrivent de Virginie, continua-t-elle. Il y a son frère George, bien sûr, avec sa femme et sa fille, et Linda est là depuis jeudi avec les petits-enfants...»

Son haleine sentait la pêche, ou bien c'était son parfum. Elle portait des sandales, avec des lanières de cuir cerclées sur ses jambes bronzées. Et sa robe (comme on pouvait s'y attendre) était en mousseline rouge vif, ornée d'une grosse pierre du Rhin sur le décolleté en V.

«C'est peut-être mieux comme ça, disait-elle. Toute cette agitation, ça me change les idées.»

Elle la conduisit en bas d'un escalier qui se trouvait derrière une petite porte, à côté de l'entrée.

«Oh, Serena, comme tu as dû souffrir!

— Eh bien, oui et non. Ça a duré tellement longtemps, Maggie; c'est triste à dire, mais j'étais presque soulagée, au début. Il était malade depuis février, tu sais. Mais on n'a pas compris ce qui se passait. Le mois de février est tellement épouvantable de toute façon: entre les grippes, les fièvres, le toit qui fuit et la chaudière qui lâche. Alors, on n'a pas fait le lien. Il ne se sentait pas trop bien, c'est tout ce qu'il disait. Une douleur par-ci, une douleur par-là... Puis, il est devenu tout jaune. Puis, sa lèvre supérieure a disparu. Je veux dire, un truc pas croyable. C'est difficile d'appeler un médecin pour expliquer... Mais je l'ai regardé un matin et je me suis dit: Mon Dieu qu'il a vieilli! Comme son visage a changé. Nous étions alors en avril, quand tous les gens normaux se sentent revivre.»

55

Elles traversaient un sous-sol tapissé de tuyaux et de canalisations, avec du linoléum par terre, de longues tables en Formica et des chaises pliantes. Maggie se sentait dans son élément. Combien de secrets n'avaient-elles pas échangés dans telle ou telle classe ou à l'aumônerie ? Elle sentait encore l'odeur de papier huilé des fascicules du catéchisme.

« Un jour, je suis rentrée du supermarché et Max n'était pas là. C'était un samedi, et je l'avais laissé en train de travailler au jardin. Bon, je n'ai pas réagi sur le moment, j'ai commencé à ranger les courses... »

Elle introduisit Maggie dans les toilettes carrelées de blanc. Sa voix se mit à résonner.

« Et tout d'un coup qu'est-ce que je vois par la fenêtre ? Une femme totalement inconnue qui approche en le soutenant par le bras. Elle allait d'un pas hésitant, on voyait bien qu'elle le prenait pour un handicapé. Je me suis précipitée. Elle a dit : " Euh, il est à vous ? " »

Serena s'appuya contre un lavabo, les bras croisés, tandis que Maggie choisissait un des cabinets.

« S'il était à moi ! Comme quand la voisine vous ramène le chien en train de faire les poubelles, les moustaches encore dégoulinantes : " C'est à vous, ce chien ? " Mais j'ai répondu oui. Figure-toi qu'elle l'avait recueilli sur Dunmore Road, une paire de cisailles à la main, ne sachant visiblement pas où il allait. Elle lui a demandé s'il avait besoin d'aide, mais il ne pouvait que dire : " J'en sais rien. J'en sais rien. " Il m'a reconnue quand il m'a vue. Son visage s'est illuminé : " Voilà Serena ", a-t-il dit. Alors nous sommes rentrés et je l'ai assis et questionné. Il n'avait jamais vécu un truc pareil. Il s'est retrouvé comme par magie sur Dunmore Road. Quand la femme lui a montré d'où il venait, alors il a vu la maison, et il l'a reconnue, mais comme si ça n'avait rien à voir avec lui. C'était comme s'il s'était absenté momentanément de sa propre vie, m'a-t-il dit. »

Marcy + Dave : il y avait des graffiti à la craie au-dessus du rouleau de papier. Sue Hardy met du coton

DANS SON SOUTIEN-GORGE. Maggie tentait de se faire à cette nouvelle version de Max – vague, éberlué, les genoux flageolants, comme l'un de ses patients à la maison de retraite. Mais elle ne retrouvait que le Max qu'elle avait toujours connu – baraqué comme un joueur de football, avec ses épis de cheveux blonds, son air bon enfant, et sa grosse figure pleine de taches de rousseur; le Max qui avait plongé nu dans l'écume de Carolina Beach. Il faut dire qu'elle ne l'avait pratiquement pas revu au cours des dix dernières années; il n'était pas des plus stables dans le travail et ils avaient déménagé plusieurs fois. Mais son côté d'éternel enfant l'avait toujours frappée. Il était difficile de l'imaginer âgé.

Elle tira la chasse et ressortit pour trouver Serena en contemplation devant ses sandales, un pied pointé.

« Ça t'est déjà arrivé, à toi? de sortir de ta propre vie?

– Euh, pas que je me souvienne, dit Maggie en ouvrant le robinet d'eau chaude.

– Qu'est-ce que ça doit faire, je me demande. Se réveiller un matin et s'étonner de tout – de ce qu'on est devenu, de qui on a épousé, de l'endroit où l'on vit. Par exemple tu serais, mettons en train de faire des courses avec ta fille, mais ce serait toi à sept ou huit ans qui observerait la scène. " Comment! Tu dirais. C'est moi, ça? Au volant d'une voiture et seul maître à bord? À houspiller cette jeune fille comme si je savais ce que je faisais? " Tu rentrerais chez toi et tu considérerais le décor : " Hum, ça n'est pas du meilleur goût. " Tu te regarderais dans le miroir : " Ciel, mon menton commence à dégringoler comme celui de ma mère. " Bref, tu verrais les choses comme elles sont. Tu penserais : " Décidément, mon mari n'est pas un Einstein " ou : " Ma fille serait mieux avec quelques kilos en moins ". »

Maggie toussota. (Toutes ces remarques sonnaient étonnamment juste. La fille de Serena, par exemple, pouvait largement se permettre quelques kilos en moins.) Elle prit un essuie-mains et dit :

« Mais tu m'as dit au téléphone qu'il était mort d'un cancer?

57

– C'est exact. Mais tout était atteint avant le diagnostic. Toutes les parties de son corps, même le cerveau.

– Oh, Serena.

– Il continuait à vendre tranquillement ses espaces publicitaires, et du jour au lendemain, il se retrouve au trente-sixième dessous. Il n'arrive plus à marcher, il ne voit plus rien ; tout va de travers. Il répétait qu'il sentait une odeur de biscuits. Il demandait : " Quand est-ce qu'ils sont prêts, tes petits sablés ? " Ça faisait des années que j'en avais pas fait ! " Apporte-m'en un, Serena, encore tout chaud. " Alors j'en faisais vite un paquet, et il prenait l'air surpris en me voyant arriver, disant qu'il n'avait plus faim.

– Tu aurais dû m'appeler, dit Maggie.

– Et qu'est-ce que ça aurait changé ? »

À vrai dire, rien, pensa Maggie. Elle n'était même pas sûre de comprendre par quoi passait Serena. À chaque étape de leur vie, c'est comme si son amie avait eu une longueur d'avance ; et à chaque étape, elle lui avait tout raconté, à sa manière honnête et crue, comme un étranger ignorant de l'étiquette. Les choses comme elles sont ! C'est Serena qui lui avait dit que le mariage n'était pas un film hollywoodien. C'est elle qui lui avait dit que la maternité était pénible, et qu'au fond, le jeu n'en valait peut-être pas la chandelle. Et maintenant ceci : la mort du conjoint. Maggie était toute retournée, bien que ce ne soit pas contagieux.

Elle se regarda dans le miroir et avisa la petite fleur flétrie qui pendait sur l'oreille gauche. Elle la jeta dans la corbeille. Apparemment Serena n'avait rien remarqué – preuve qu'elle était perturbée.

« Au début, je me demandais, comment est-ce qu'on va faire ? Comment est-ce qu'on va se débrouiller ? Et puis j'ai compris que c'était moi qui devais me débrouiller. Pour Max, il allait de soi que je m'occuperais de lui et du reste. Des ennuis avec le percepteur ? Une nouvelle boîte de vitesse ? C'était mon affaire ; Max avait tout laissé tomber. Il serait mort à temps pour le contrôle fiscal, et il n'avait plus l'usage d'un véhicule. Quelle ironie, quand t'y penses! Je ne pouvais pas mieux espérer. Il ne faut pas tenter le diable, dit-on. Et moi qui avais juré de ne jamais dépendre d'un homme. Qu'on ne me verrait jamais attendre le caprice d'un de ces messieurs! J'en voulais un qui raffole de moi, qui ne me lâche plus, et c'est exactement ce que j'ai eu. Exactement. Max les yeux rivés sur moi, à suivre mes moindres faits et gestes. Quand on a dû l'hospitaliser, il m'a suppliée de ne pas l'abandonner et j'ai monté la garde nuit et jour. Je lui en voulais. Je lui avais tellement répété de faire de l'exercice, de prendre un peu soin de lui, et il rétorquait que c'était la mode, ces histoires de santé. Que le jogging provoquait des infarctus. À l'entendre, les trottoirs étaient jonchés de cadavres. Je le voyais là sur son lit et je disais : " Oκ, Max, mais qu'est-ce que tu préfères? Une mort violente dans une chouette combinaison fluo, ou rester coincé ici avec des tubes partout? " J'ai dit ça, sans me gêner! J'ai été atroce avec lui.

— Allons, fit Maggie d'une petite voix, je suis sûre que tu ne pensais pas...

— C'est exactement ce que je pensais. Pourquoi toujours se raconter des histoires, Maggie? J'ai été atroce. Et là-dessus, il est mort.

— Oh, ma pauvre!

— C'était la nuit, la nuit de mercredi. Je me suis sentie soulagée d'un grand poids, je suis rentrée chez moi et j'ai dormi douze heures d'affilée. Le lendemain, Linda est arrivée du New Jersey et ça m'a fait du bien; avec son mari et ses enfants. Mais je me sentais fébrile. Comme si je passais à côté de l'essentiel. Je ne tenais pas en place. Tu te souviens de ce truc qu'on faisait quand on était petit? On se tenait dans l'encadrement d'une porte, on poussait le chambranle des deux mains; après on faisait un pas en avant et les bras s'élevaient tout seuls, comme si toute cette pression avait été emmagasinée pour plus tard; que c'était, euh, rétroactif. Et puis les gosses de Linda se sont mis à embêter le chat. Ils lui ont mis les pyjamas de l'ours en peluche, et Linda n'a pas réagi. Elle n'a jamais réussi à les tenir. Max et moi, on se mordait la langue pour ne pas faire de remarques. Quand ils nous rendaient visite, on ne disait rien mais on se regardait à travers la pièce : juste un signe de connivence, tu sais. Et brusquement, il n'y avait plus personne pour échanger un regard. C'est là que j'ai compris que je l'avais perdu pour toujours. »

Elle rassembla ses cheveux par-dessus l'épaule et en examina les pointes. Ses pommettes étaient humides. Elle pleurait sans avoir l'air de s'en rendre compte.

« Alors j'ai sifflé toute une bouteille de vin, continuat-elle, et j'ai appelé tous les gens que je connaissais, tous nos amis du temps où Max me faisait la cour. Toi, et Sissy Parton, et les jumelles...

– Les Barley ! Elles vont venir ?

– Bien sûr, ainsi que Jo Ann Dermott et Nat Abrams, qu'elle a fini par épouser, si tu veux savoir...

– Jo Ann ! Ça fait une éternité !

– Elle va lire des extraits du *Prophète*. Toi et Ira, vous chanterez.

– Quoi ?

– Vous chanterez *Love Is a Many Splendored Thing*.

– Pitié, Serena ! Pas *Love Is a Many Splendored Thing* !

– Vous l'avez bien chanté à notre mariage ?

– D'accord, mais...

– C'est sur cette chanson que Max m'a avoué ses sentiments pour moi, dit Serena en s'essuyant délicatement les yeux avec un coin du châle. Le 22 octobre 1955. Tu te souviens ? Le bal de fin d'année. C'est Terry Simpson qui m'accompagnait, mais je suis repartie avec Max.

– Mais nous sommes à un enterrement.

– Et alors ?

– C'est pas un... hit-parade. »

Bang, bang, bang : des accords plaqués au piano firent vibrer le plafond au-dessus de leurs têtes. Serena se drapa dans son châle :

« Il faut que je remonte.

— Serena, dit Maggie en lui emboîtant le pas. Nous n'avons pas chanté en public depuis votre mariage!

— Ça ne fait rien. Je ne tiens pas à ce que ce soit professionnel. J'aimerais que ce soit un genre de reprise; un rappel comme font les gens pour leurs noces d'or. Il me semble que ce serait plaisant.

— Plaisant! Mais tu sais que les chansons, euh, prennent des rides, disait Maggie en la poursuivant parmi les tréteaux. Pourquoi pas quelques hymnes de consolation? Il n'y a pas de chœur, dans cette église? »

Au pied de l'escalier, Serena se retourna brusquement :

« Écoute. C'est un petit service de rien du tout que je te demande, à toi ma meilleure amie. Allez, on a tout fait ensemble! Le cours préparatoire de Mrs. Kimmel! Miss van Deeter! Nos mariages, nos bébés! Tu m'as aidée avec ma vieille mère. J'étais là quand Jesse s'est fait arrêter.

— Oui, mais...

— Hier soir, j'ai réfléchi et je me suis dit : pourquoi faire une cérémonie? Il n'y aura personne; nous ne sommes pas du quartier. Et ça n'est pas un enterrement, d'ailleurs. Puisque j'irai disperser ses cendres sur le fleuve Chesapeake l'été prochain. Il n'y a même pas de cercueil. À quoi bon rester assis là à écouter Mrs. Filbert pianoter son gospel? *Stumbling up the Path of Righteousness* et *Death is like a Good Night's Sleep*. Je ne la connais même pas, Mrs. Filbert! Je préfère Sissy Parton. Je préfère que Sissy Parton joue *My Prayer* comme à notre mariage. Alors j'ai pensé, pourquoi ne pas tout refaire? Kahlil Gibran? *Love Is a Many Splendored Thing*?

— Je ne sais pas si tout le monde comprendra, dit Maggie. Ceux qui n'étaient pas à ton mariage, par exemple. (Et même ceux qui y étaient, pensa-t-elle à part soi, certains n'en revenaient pas...)

— Qu'ils se débrouillent. Ça n'est pas pour eux que je le fais », décréta Serena en grimpant l'escalier.

« Et Ira? » continua Maggie. Les franges du châle lui battaient le visage.

« Tu sais que je suis prête à déplacer des montagnes, Serena, mais je ne pense pas qu'Ira soit très à l'aise dans le rôle de chanteur.

— Ira est un excellent ténor, dit Serena en se retournant. Et toi, tu es un vrai rossignol ; on disait toujours ça, tu te souviens ? Il est grand temps de le faire savoir. »

Maggie soupira et la suivit dans l'allée. Pas la peine de souligner que le rossignol en question avait maintenant près d'un demi-siècle.

Plusieurs personnes étaient arrivées en leur absence et parsemaient les bancs. Serena se pencha pour saluer une femme en chapeau, habillée d'un tailleur noir.

« Sugar ? » dit-elle.

Maggie s'arrêta net et dit :

« Sugar Tilghman ? »

Sugar se retourna. C'était la plus belle fille de la classe autrefois, et elle l'était encore, si tant est qu'on pouvait distinguer quelque chose sous la voilette noire qui ornait son chapeau. Elle faisait plus veuve que la vraie. Enfin, elle avait toujours considéré les habits comme un déguisement...

« Te voilà enfin ! dit Sugar en se levant pour embrasser Serena. Je suis vraiment triste pour toi, pour ta famille... Mais je m'appelle Elizabeth, maintenant.

— Sugar, tu te souviens de Maggie ?

— Maggie Daley ! Quelle surprise. »

Sa joue était douce et tendue sous la voilette. Comme ces oignons qu'on vend par filets au supermarché.

« Quel dommage de se revoir en cette circonstance. Robert voulait venir mais il avait une réunion à Houston. Il t'adresse ses condoléances. Il m'a rappelé comme on s'était perdus pour arriver à ton mariage. On dirait que c'était hier !

— Justement, je voulais te dire. Tu te rappelles, quand tu as chanté en solo après l'échange des alliances ?

— *Born to Be with You*, dit Sugar en riant. C'était pour la sortie ; je vous revois encore. La marche a duré plus longtemps que la chanson : à la fin, on n'entendait plus que tes talons.

— Eh bien, dit Serena, j'aimerais que tu recommences aujourd'hui. »

Sous la surprise, la figure de Sugar pointa à travers la voilette. Elle parut plus vieille qu'à première vue.

« Quoi faire ? dit-elle.

— Chanter. »

Sugar arqua les sourcils, prenant Maggie à témoin. Maggie détourna les yeux. Déjà la pianiste jouait : *My Prayer*. Ce n'était tout de même pas Sissy Parton ? Ce dos grassouillet, avec des fossettes au coude comme des as de pique ? On aurait dit n'importe quelle petite bonne femme.

« Ça fait vingt ans et plus que je n'ai pas chanté, dit Sugar. Et d'ailleurs, je n'ai jamais chanté ! C'était seulement pour la frime !

— Sugar, c'est la seule chose que je te demande.

— Elizabeth.

— Elizabeth. Une petite chanson. Entre amis ! Maggie et Ira chantent aussi.

— Euh, attends voir, dit Maggie.

— Et en plus, *Born te Be with You* ?!

— Quel est le problème, tu veux me dire ? demanda Serena.

— Tu as vu les paroles ? *A tes côtés, pour l'éternité* ? Tu trouves ça convenable pour un enterrement ?

— Un service funèbre à la mémoire de Max, corrigea Serena.

— Quelle est la différence ? dit Sugar.

— Tu vois bien qu'il n'y a pas de cercueil, par exemple.

— Mais *où* est la différence, Serena ?

— C'est pas comme si j'étais à ses côtés dans le cercueil, voyons ! Est-ce que j'ai l'air d'un vampire ? Je veux dire *à ses côtés* au sens spirituel, c'est tout ce que je veux dire. »

Sugar regarda Maggie. Maggie essayait de se rappeler les paroles de *My Prayer*. Dans le contexte d'un enterrement (ou d'un service funèbre), les phrases les plus anodines prenaient une connotation spéciale.

« Tu vas être la risée de la paroisse, conclut froidement Sugar.

– Qu'est-ce que ça peut me faire ? »

Maggie les laissa pour remonter l'allée centrale. Elle était attentive ; il y avait peut-être de vieux amis dans l'assistance. Mais elle ne reconnaissait personne. Elle s'arrêta auprès d'Ira et lui donna une petite tape signifiant : me voilà. Il se poussa d'un cran. Il lisait son agenda de poche – la partie avec les jours fériés et les signes du zodiaque.

« Je rêve, demanda-t-il une fois Maggie assise, ou c'est l'air de *My Prayer* ?

– Tu ne rêves pas. Et devine qui est au piano ? Sissy Parton.

– Qui est Sissy Parton ?

– Voyons, Ira ! Rappelle-toi. Elle jouait au mariage de Serena.

– Ah, peut-être.

– Où toi et moi avons chanté *Love Is a Many Splendored Thing*.

– Comment pourrais-je l'oublier ?

– Que Serena voudrait qu'on rechante aujourd'hui. »

Ira ne sourcilla même pas. Il dit : « Malheureusement, on ne peut rien pour elle.

– Elle est en train de faire une scène à Sugar Tilghman, pour les mêmes raisons. Je ne crois pas qu'on pourra s'en tirer comme ça, Ira.

– Sugar Tilghman est là ? » dit Ira en tournant la tête pour regarder.

Dans le temps, tous les garçons étaient fascinés par Sugar.

« Derrière, avec le chapeau, indiqua Maggie.

– Elle aussi avait chanté ?

– Oui, *Born to Be with You.* »

Ira se remit droit et réfléchit. Il devait penser aux paroles. Il émit un petit grognement pour finir.

« Tu te souviens des paroles de *Love Is a Many Splendored Thing* ?

– Certainement pas », dit Ira.

Un homme s'arrêta à leur hauteur et dit :

« Ça va, les Moran ?

— Tiens ! Durwood », dit Maggie. Elle fit signe à Ira de se pousser pour lui faire une place.

« Durwood. Comment ça va ? dit Ira en allongeant une jambe.

— Si j'avais su que vous veniez, je vous aurais demandé de m'emmener, dit-il en s'installant à côté de Maggie. Peg a dû prendre le bus pour aller au travail.

— C'est idiot ; on aurait dû y penser, dit Maggie. Serena a dû convoquer tout Baltimore.

— Oui, j'ai vu Sugar là-bas », dit Durwood, qui sortit un stylo-bille de la poche intérieure de son veston. C'était un homme taciturne un peu fripé, avec des cheveux gris trop longs. De fines pointes bouclent sur le haut de l'oreille et la nuque, lui donnaient l'air d'un pauvre type. Maggie n'en raffolait pas au lycée ; mais il était resté dans son quartier, il avait épousé une fille de Glen Burnie et avait des enfants. En définitive, elle le voyait plus souvent qu'aucun des amis avec qui elle avait grandi. Encore une ironie du sort, pensait-elle, sans bien se rappeler les raisons initiales de leur hostilité mutuelle.

Durwood se tâtait les poches, à la recherche de quelque chose.

« Vous n'auriez pas un bout de papier, par hasard ? »

Elle ne put trouver que son coupon de shampooing. Elle le lui tendit. Il s'appuya sur un recueil de cantiques et se concentra, le stylo levé, les yeux dans l'espace.

« Qu'est-ce que tu écris ? demanda Maggie.

— J'essaie de me souvenir de la chanson, *I Want You, I Need You, I Love You.* »

Ira poussa un soupir.

L'église se remplissait. Une famille au grand complet s'assit devant eux, les enfants par ordre de taille, de sorte que la rangée de grosses têtes blondes grimpait comme une interrogation. Serena voltigeait parmi ses invités, plaidant et cajolant de plus belle. Les franges de son châle avaient ramassé des moutons de poussière. *My Prayer* résonnait inlassablement.

Maintenant qu'elle voyait tout ce monde surgi du passé, Maggie regrettait de ne pas avoir mieux soigné ses apparences. Elle aurait pu se mettre de la poudre, par exemple, ou du fond de teint – quelque chose pour avoir l'air moins rose. Elle aurait dû essayer un blush marron pour creuser les joues, comme le recommandaient les magazines. Il aurait fallu une robe plus jeune aussi, quelque chose de plus sexy, comme celle de Serena. Sauf qu'elle n'avait rien de tel dans sa garde-robe. Serena avait toujours eu des goûts plus osés – elle était la seule fille de l'école à avoir les oreilles percées. À la limite du mauvais genre, parfois, mais elle le portait bien.

Avec quel panache elle avait défié cette époque compassée! À dix ans, elle portait des ballerines fines comme du parchemin, surpiquées de sequins éclatants. Dans leurs sages mocassins marron, dans leurs chaussettes de laine montant jusqu'aux genoux, les autres filles avaient envié la légèreté de sa démarche et la grâce de ses jambes nues, couvertes de chair de poule et de bobos à chaque récréation. Dans la cafétéria à l'odeur de ragoût, elle apportait des déjeuners audacieux : une fois, de minuscules sardines d'argent bien rangées à plat dans leur boîte. (Elle mangeait la queue et les arêtes : « Miam-miam! » disait-elle en se pourléchant les doigts.) Le jour de la visite des parents, elle conduisait par la main, fièrement, cérémonieusement, une maman scandaleuse : Anita, vêtue de pantalons de toréador vermillon, qui travaillait dans un bar. La petite n'était pas gênée pour un sou de ne pas avoir de père. Du moins, de père dûment marié. Du moins, marié avec sa mère.

Au lycée, elle avait créé sa propre mode, faite de matières fluides, de broderies, de blouses exotiques. Les autres filles portaient des jupes empesées qui les faisaient ressembler, quand elles circulaient dans les couloirs, à des abat-jour festonnés. Serena se distinguait dans son fourreau sensuel et sombre, hérité d'Anita.

Mais curieusement, les garçons avec qui elle sortait n'avaient rien de méchant. Non pas les beaux ténébreux auxquels on aurait pu s'attendre, mais des êtres innocents et lumineux comme Max. Chemise à carreaux et chaussures de tennis : c'était son type. Peut-être qu'elle avait besoin de choses ordinaires, plus qu'elle ne le laissait paraître. C'était certainement ça, mais Maggie ne pouvait pas comprendre, à l'époque. Serena avait tant revendiqué sa différence ! Elle était si chatouilleuse, si susceptible et prompte à vous envoyer au diable. (Combien de fois s'étaient-elles brouillées – Serena détournant les yeux sur son passage avec des airs de duchesse ?) Encore maintenant, avec ce châle théâtral dans lequel elle enrobait ses invités, elle brillait d'un éclat auprès duquel les autres semblaient ternes.

Maggie regarda ses mains. Depuis quelque temps, quand elle pinçait la peau sur le dos de la main et qu'elle relâchait, le repli restait visible de longues secondes.

Durwood murmurait dans son coin et notait des fragments. Puis, il murmurait autre chose, le regard rivé sur les casiers de missels. Maggie sentit poindre une angoisse. Les doigts enlacés, elle chuchota : « *Love is a many splendored thing, it's the April rose that only grows in the...*

– Ne compte pas sur moi pour t'accompagner, dit Ira. »

Maggie ne chanterait pas non plus, mais elle se sentait portée par quelque chose d'indéfinissable. L'église résonnait, imaginait-elle, des ritournelles des années cinquante. *Wondrously, love can see...* et *More than the buds on the May-apple tree...*

Que d'amour romantique dans les variétés ! Toujours ces premières rencontres, ces adieux déchirants, ces baisers au goût de miel, ces chagrins inconsolables, alors que la vie était faite aussi de naissances à répétition, de petits voyages, de bonnes blagues entre amis. Une fois, Maggie avait vu à la télé des archéologues qui avaient exhumé un fragment datant d'on ne sait combien de centaines d'années avant notre ère : et c'était la complainte amoureuse d'un garçon pour une fille qui ne le payait pas de retour. Et il n'y avait pas que les chansons : il y avait aussi les histoires dans les magazines, les romans, les films, et même les réclames pour de la laque ou des sous-vêtements. C'était disproportionné, à la fin. De quoi induire en erreur.

Une silhouette noire mince comme un fil s'agenouilla près de Durwood. C'était Sugar Tilghman, soufflant sur un coin de sa voilette collé au rouge à lèvres.

« Si j'avais su que je ferais les frais du spectacle, je ne serais jamais venue, dit-elle. Oh, Ira! je ne t'avais pas vu.

— Comment ça va? Sugar, dit Ira.

— Elizabeth.

— Pardon?

— Les jumelles ont réagi comme il fallait, dit Sugar. Elles ont refusé tout net.

— Ça leur ressemble bien », dit Maggie. Les Barley avaient toujours été si snob, se préférant l'une l'autre au reste du monde.

« Et Nick Bourne qui n'est même pas venu.

— Nick Bourne?

— Il a dit que c'était trop loin.

— Je n'ai *aucun* souvenir de Nick au mariage, dit Maggie.

— Et le chœur, alors, il en faisait partie.

— Ah, oui, peut-être que tu as raison...

— Et ils ont chanté *True Love*, tu te rappelles? Mais si les jumelles ne participent pas, et que Nick n'est pas là, il ne reste plus que nous quatre, alors elle va laisser tomber.

— Au fond, dit Durwood, je n'ai jamais compris le succès de *True Love*. La mélodie est vraiment sans intérêt.

— Et *Born to Be with You*, dit Sugar. Quelle drôle de fille, Serena, quand même! Elle en avait fait trop. Prendre n'importe quelle rengaine de ce style, qu'on aime bien, d'accord, mais en faire tout un plat. Ça finit par être bizarre. Tout est exagéré, avec elle.

— Comme sa réception de mariage, dit Durwood.

— Oh, cette réception! Avec la famille alignée : la mère toute seule, et cette grosse petite cousine de douze ans, et les parents de Max.

68

— Les parents de Max n'avaient pas l'air fier.

— Ils n'étaient pas d'accord.

— Ils trouvaient qu'elle manquait de classe.

— Ils n'arrêtaient pas de poser des questions sur ses origines.

— Mieux vaut ne pas faire de réception dans ce cas, dit Durwood. Mince alors, autant partir à la sauvette. Je ne sais pas ce qui lui a pris de se donner tant de mal.

— Enfin, pour en revenir à ce qui nous occupe, dit Sugar, j'ai dit à Serena que je voulais bien chanter si elle y tenait, mais alors autre chose. Quelque chose de plus approprié. Je sais, nous sommes supposés réjouir l'âme des défunts, mais il y a des limites. Et elle est prête à accepter, du moment qu'on reste dans la même époque : 1955, 1956 ; pas après.

— *The Great Pretender!* s'exclama Durwood. Tu te souviens, Ira ? Vous vous rappelez ? »

Ira prit l'air pénétré et ulula :

« O-o-o-o-o-o-oh, Yes...

— Pourquoi pas ça ? demanda Durwood à Sugar.

— Allons, soyons sérieux.

— Chante *Davy Crockett* », suggéra Ira.

Ils commencèrent à rivaliser :

« Ou *Yellow Rose of Texas*.

— *Hound Dog*.

— *Papa Loves Mambo*.

— C'est pas drôle, dit Sugar. Vous vous rendez compte que je vais grimper là-haut, que je vais ouvrir la bouche et que rien ne va sortir.

— Et pourquoi pas *Heartbreak Hotel* ? demanda Ira.

— Chut, taisez-vous. Ça va commencer », dit Maggie, qui avait aperçu la famille qui faisait son entrée. Sugar se releva précipitamment et retourna s'asseoir, tandis que Serena, penchée sur deux créatures qui ne pouvaient être que les jumelles, s'installa à leurs côtés sur un banc reculé, et continua à chuchoter. Visiblement, elle n'avait pas perdu tout espoir de les convaincre. Les jumelles portaient leurs cheveux jaunes courts et frisés, comme au lycée, mais de dos, elles avaient le cou décharné comme des poulets, et leurs collerettes roses leur donnaient l'air de Minnie Pearl, la star de Nashville.

Un suisse conduisait la famille le long de l'allée centrale : arrivaient Linda, la fille de Serena, une grosse femme avec des taches de rousseur, avec son mari barbu et deux petits garçons en complet-veston, imbus de la solennité de la circonstance. Un homme aux cheveux clairs suivait, probablement le frère de Max, et une série de gens habillés de couleurs sombres et sévères. Maggie eut un choc en reconnaissant chez eux le large visage de Max. Comme si elle avait oublié la raison de sa présence ici, elle fut brutalement rappelée à l'ordre : Max Gill était bel et bien mort. Ce qui frappait Maggie, c'était la solennité de la mort. On prenait conscience à travers elle qu'on était bien en vie. Était-ce la raison pour laquelle elle se repaissait de notices nécrologiques chaque matin, traquant les noms familiers ? Ou la raison de ces chuchotements apeurés avec les collègues des Fils d'argent, quand l'un des vieillards était emporté sur une civière ?

La famille s'installa au premier rang. Linda jeta un coup d'œil vers Serena, trop occupée à discuter avec les jumelles pour s'en apercevoir. Puis le piano se tut, une porte s'ouvrit du côté de l'autel, et un pasteur maigre et chauve apparut vêtu d'une longue robe noire. Il passa derrière la chaire et alla prendre place dans un grand fauteuil de bois sombre, où il entreprit méticuleusement d'arranger les plis de sa chasuble.

« On dirait le révérend Connors, chuchota Ira.

– Mais non voyons, il est mort depuis longtemps », lui dit Maggie.

Sa voix avait porté plus fort qu'elle n'aurait voulu. Les têtes blondes devant elle se retournèrent.

Le piano se mit en branle avec *True Love*. Apparemment, Sissy comblait l'attente à défaut de chœur. Serena fustigeait les jumelles d'un air accusateur, lesquelles regardaient obstinément devant elles en faisant semblant de rien.

Maggie revoyait le film où Bing Crosby et Grace Kelly interprétaient *True Love*. Ils étaient perchés sur la balustrade d'un yacht. En voilà encore deux qui étaient morts.

Le pasteur ne broncha pas devant cette musique. Il attendit la fin de la dernière note pour se lever et dire : « Tournons-nous à présent vers la Parole Divine... » Il avait une voix éraillée qui montait dans les aigus. Maggie regrettait le révérend Connors. Son sermon faisait trembler les murs. Pour autant qu'elle s'en souvienne, il n'avait pas lu d'extraits des Écritures au mariage de Serena.

Celui-ci avait choisi un psaume, qui évoquait des demeures verdoyantes. Maggie était plutôt soulagée. Le livre des psaumes lui avait laissé l'impression d'une rhapsodie assez paranoïaque, où il était beaucoup question d'ennemis et d'embûches. Elle eut une vision de Max reposant dans un paysage idyllique, auprès de Grace Kelly et de Bing Crosby, avec sa coupe bien dégagée auréolée de soleil. En train de raconter une blague, par exemple. Il les connaissait toutes et les enfilait l'une après l'autre. Serena lui disait : « Ça va, Gill, ça suffit comme ça. » Ils s'appelaient souvent par leur patronyme – Max usant du nom de jeune fille de Serena : « Gare à toi, Palermo. » Maggie les entendait encore. Ce trait les rendait plus aimables que la moyenne des couples mariés. Ils semblaient faciles à vivre : deux camarades ignorant ce sentiment d'impuissance, de colère, d'angoisse, où la réduisait parfois son propre mariage.

Serena avait beau dire que ça n'était pas comme au cinéma, les apparences étaient contre elles. De l'extérieur, son mariage semblait la plus enjouée des comédies familiales. Serena ironique et indulgente, et Max, le joyeux drille de service. Ils donnaient l'image d'une union à toute épreuve, au point que la petite Linda avait toujours fait un peu pièce rapportée. Maggie les enviait. Qu'est-ce que ça pouvait faire, si Max n'était pas une réussite dans le domaine professionnel ? Serena lui avait confié une fois : « Si seulement je n'avais pas cette impression que tout

repose sur moi, que même lui, je le porte à bout de bras! »
Mais elle avait eu un petit geste gai, agitant ses bracelets :
« Enfin qu'est-ce que tu veux, il est quand même bien
mignon! » Et Maggie était d'accord : on ne faisait pas plus
mignon.

(Elle se rappelait – Serena avait-elle oublié? – comment elles avaient passé l'été de leurs dix ans à espionner
l'élégante résidence du père de Serena à Grildford, et
comme elles avaient filé ses fils adolescents et son épouse
si comme il faut. « Je pourrais détruire son petit univers
en une seconde, disait Serena. J'irais frapper à sa porte :
« Tiens, mais qui est donc cette petite fille? – et je ne me
ferais pas prier pour lui dire. » Mais Serena restait cachée
derrière l'un des lions suffisants qui commandaient l'allée
du perron. Puis, elle avait chuchoté : « *Jamais* je ne serai
comme elle, tu peux être sûre. » On aurait pu croire
qu'elle parlait de l'épouse, mais elle voulait dire sa propre
mère. « Madame » Palermo – une victime de l'amour.
Une femme dont chaque trait – jusqu'à sa façon asymé-
trique de laisser chuter ses boucles brunes – accusait
d'anciennes blessures.)

Le révérend se rassit dans un mouvement tournoyant.
Sissy Parton, la tête tournée vers l'assistance, plaqua
quelques accords menaçants.

« C'est à moi? » dit Durwood tout haut.

Les têtes blondes tourniquèrent de nouveau. Il se leva
et remonta l'allée. Apparemment, il fallait deviner tout
seul quand venait son tour. Tant pis si l'on n'avait plus en
tête le programme vieux de trente ans.

Durwood prit la pose auprès du piano, le bras accoudé.
Il fit un signe de tête à son accompagnatrice et entonna
d'une voix de basse :

« Tiens-moi près, serre-moi fort... »

Beaucoup de parents avaient interdit cette chanson. Cet
étalage de désirs et de besoins n'était pas convenable,
disaient-ils. Maggie et ses camarades avaient dû aller
l'apprendre chez Serena ou chez *Oriole hi-fi*, où l'on pouvait s'installer tout l'après-midi en cabine pour écouter
des disques, sans obligation d'achat.

La raison de son inimitié pour Durwood lui revint avec ses tremolos et ses effets de manches. Il fut un temps où il jouissait d'une petite réputation de bon parti – la mèche artiste, l'œil profond, le front soucieux et pressant. À la moindre occasion, il chantait dans l'amphithéâtre : *Believe Me if All Those Endearing Young Charms*. Toujours la même chanson, avec les mêmes gestes théâtraux et ce style de crooner où la voix se brisait d'émotion. Elle était parfois si rauque que la première syllabe était inaudible, suivi de la seconde avec un temps de retard, sous l'œil embué derrière ses lunettes d'une professeur de musique grassouillette. Le journal de l'école l'avait élu *Le compagnon idéal sur une île déserte*. Il avait proposé une sortie à Maggie, qui avait refusé au grand scandale de ses congénères :

« Quoi, tu as dit non à Durwood Clegg ?

– Je le trouve trop doux », avait-elle répliqué, et le mot s'était répandu parmi la classe. « Trop doux... », supputaient les jeunes filles rêveusement.

Elle voulait dire trop mou, trop tendre. Ça ne l'attirait vraiment pas. Si Serena avait décidé qui elle ne voulait pas être, eh bien, Maggie aussi. Et pour ne pas devenir comme sa mère, elle comptait fuir tout homme qui lui rappellerait peu ou prou son père – l'être qu'elle adorait le plus au monde. Très peu pour elle, les candidats timides, gauches, sentimentaux, pleins de bonne volonté, avec qui jouer les femmes fortes. Ça n'est pas elle qui attendrait, glaciale, qu'un mari aux anges ait fini de débiter ses idioties au dîner familial.

Maggie avait donc refusé Durwood Clegg, qu'elle avait vu partir sans regrets faire la cour à Beth Parsons. Elle revoyait Beth en cet instant, bien mieux que Peg, sa femme actuelle. Elle revoyait Durwood de pied en cap : la ceinture de l'Université bouclée dans le dos (en gage de fidélité), sur des pantalons kaki, la chemise Oxford, les mocassins marron ornés de glands. Et il était là en costume cravate – un costume marital trop grand, bon marché, démodé. Durwood se dédoublait comme dans ces cartes postales où deux images se superposent au gré du regard : le don Juan de leur jeunesse, soulignant le front plissé le phrasé de *darling, you're all that I'm living for*, et le Durwood d'aujourd'hui, un peu décati, fronçant les sourcils pour déchiffrer la strophe suivante sur son bout de papier, tendu à bout de bras.

Les enfants devant elle gloussaient. Ils devaient trouver la cérémonie hilarante. Maggie brûlait d'envie d'écraser un recueil de cantiques sur la tête la plus proche.

À la fin de la chanson, quelqu'un applaudit par erreur – deux claques retentirent –, Durwood salua d'un air lâchement soulagé et retourna s'asseoir. Il poussa un soupir en tombant près de Maggie. Son visage était humide de sueur et il s'éventait à l'aide du coupon. Était-il mesquin de le lui redemander ? Hé, une remise de 25 cents, un coupon double...

Jo Ann Dermott montait en chaire, un petit ouvrage relié de cuir à la main. La maturité avait arrondi les angles : la jeune fille un peu godiche était devenue une femme élancée, attrayante, avec sa robe pastel et son maquillage discret.

« Aux noces de Max et de Serena, annonça-t-elle, j'ai lu ce que Kahlil Gibran écrivait sur le mariage. Aujourd'hui, en cette triste occasion, je vais vous lire ce qu'il écrit sur la mort. »

Au mariage, elle avait dit *Gui*bran. Aujourd'hui, c'était *Dji*bran. Maggie ne savait pas quelle prononciation était la bonne.

Jo Ann commença à lire d'une voix étale, comme une maîtresse d'école. Instantanément, Maggie fut prise de nervosité. Elle mit un temps à comprendre pourquoi : c'étaient eux, les suivants. La cadence du *Prophète* avait suffi à le lui rappeler.

Au mariage, on les avait assis sur des chaises pliantes derrière l'autel et Jo Ann était devant avec le révérend Connors. Quand elle avait commencé sa lecture, Maggie avait ressenti haut dans la gorge les palpitations du trac. Elle avait respiré un grand coup, et Ira avait posé la main au creux de ses reins. Cela l'avait rassurée. Quand leur tour était venu, ils avaient commencé exactement ensemble, sur la même note, au même dixième de seconde, comme s'ils étaient destinés l'un à l'autre. C'est du moins ainsi qu'elle l'avait vu à l'époque.

Jo Ann referma son livre et retourna sur son banc. Sissy feuilleta ses partitions, le gras du bras tremblotant. Elle se cala sur son siège et se mit à jouer les premières mesures de *Love Is a Many Splendored Thing*.

Avec un peu de chance, s'ils ne bougeaient pas, Sissy irait jusqu'au bout et se substituerait à eux, comme elle venait de le faire pour le chœur.

Mais les notes de l'introduction se dissipèrent et Sissy regarda de nouveau l'assistance par-dessus son épaule. Ses mains restaient en position. Serena se tourna aussi, et, sachant exactement où trouver Maggie, lui jeta un regard plein d'espoir et d'affection, où n'entrait pas la moindre suspicion qu'elle pût la laisser tomber.

Maggie se leva. Ira resta de marbre. Ç'aurait pu être n'importe qui – un étranger, quelqu'un qui se serait assis là par hasard.

Alors Maggie, qui n'avait jamais chanté seule de sa vie, s'agrippa au siège de devant et lança :

« *L'Amour !* »

Un petit cri aigu.

Le piano vint à la rescousse. Les petits blonds pivotèrent et la regardèrent sous le nez.

« *...est une Merveille aux Mille visages...* », chevrota-t-elle.

Elle se sentait comme une orpheline à la chorale, le dos très droit, ses souliers à bouts ronds résolument collés l'un à l'autre.

Il y eut alors un mouvement à son côté, pas à droite, où Ira restait passif, mais à gauche. Durwood se déploya hâtivement, comme s'il venait de se rappeler quelque chose.

« *C'est la rose d'Avril...* », commença-t-il.

De près, sa voix était tonitruante. Elle évoquait les vibrations d'une feuille de métal.

« *L'Amour est une grâce de la Nature...* », chantaient-ils ensemble. Ils connaissaient les paroles par cœur, à la surprise de Maggie, qui venait de rechercher désespérément ce qui au juste faisait de l'homme un roi.

« C'est la couronne d'or! » clama-t-elle avec assurance. Elle décida qu'il suffisait de se lancer, que les mots suivraient bien. Durwood assurait la mélodie et Maggie se laissait porter, moins timide maintenant, encore qu'elle aurait pu se permettre plus de volume. C'est vrai qu'elle chantait bien. Elle avait fait partie d'une chorale, au moins jusqu'à la naissance des enfants où les choses s'étaient compliquées; elle avait éprouvé un réel plaisir à parfaire une note, à l'arrondir comme une perle ou un fruit mûr à l'instant où il se détache. Bien sûr, l'âge n'avait pas arrangé les choses. Pouvait-on percevoir cette mince fêlure, quand elle montait dans les aigus? Difficile à dire : la congrégation regardait dignement vers l'autel, à part ces satanés petits blonds.

Le temps s'était figé en une pause longue et lente et sirupeuse. Elle était intensément consciente de tous les détails. Elle sentait la manche de Durwood frôler son bras, elle entendait Ira tripoter un élastique. Elle comprenait combien l'auditoire était malléable, tenant pour assuré que cette chanson serait suivie d'une autre, et ainsi de suite.

« *Tu mis ta main sur mon cœur silencieux...* », continua-t-elle, et elle se souvint qu'elle pouffait de rire avec Serena – oh, bien longtemps avant ce fameux bal de fin d'année – car où se trouvait le cœur sinon dans la poitrine? L'amant avait-il donc touché sa poitrine? Serena faisait face à l'autel, attentive et impassible. Sa queue de cheval était maintenue par des boulis-boulis rouges en plastique, que seules portaient les adolescentes. Et comme une jeune fille, elle avait convoqué ses amis du lycée – et personne de cette douzaine de petites villes où Max les avait traînés durant leur vie, où ils n'étaient jamais restés assez longtemps pour lier connaissance.

Une fois leur chanson terminée, Maggie et Durwood se rassirent.

Sissy Parton embraya directement sur *Friendly Persuasion*, mais les jumelles, qui savaient chanter en harmonie aussi bien que les duos de l'époque, restèrent sur leur séant. Serena semblait s'être résignée; elle ne les regarda même pas. Sissy ne joua qu'une strophe, à la suite de quoi le pasteur se leva et dit :

« Nous sommes rassemblés aujourd'hui pour déplorer la perte d'un être cher. »

Maggie était liquéfiée. Ses genoux tremblaient.

Le pasteur se répandit en éloges sur la contribution de Max aux œuvres de la paroisse. Mais il n'avait pas l'air de le connaître personnellement. Et voilà à quoi se réduisait Max : un pingouin à col blanc, une poignée de main énergique. Maggie tourna ses pensées vers Ira. Comment pouvait-il rester assis là, impavide ? Il l'aurait laissée s'enliser dans sa chanson toute seule, ça ne faisait aucun doute. Elle aurait pu bégayer, bafouiller, s'effondrer : il aurait observé la scène aussi froidement que n'importe qui. Et pourquoi pas ? aurait-il dit. Qu'est-ce qui l'obligeait à chanter des refrains démodés aux funérailles du premier venu ? Et comme d'habitude, il aurait raison. Et comme d'habitude, ce serait à elle de céder.

Elle résolut de le quitter dès la fin de la cérémonie. Elle n'allait certainement pas rentrer avec lui à Baltimore. Peut-être qu'elle demanderait à Durwood. Elle éprouva un flot de gratitude pour sa gentillesse. Peu de gens auraient fait ce qu'il avait fait. Il avait un grand cœur, il était sympathique. Elle aurait dû s'en apercevoir plus tôt.

Qui sait ? Si elle avait accepté sa proposition ce soir-là, elle serait peut-être une autre femme aujourd'hui. C'était une affaire de comparaison. Par rapport à Ira, elle paraissait idiote et sentimentale; comme tout le monde d'ailleurs. Elle parlait trop, elle riait trop, elle pleurait trop. Sans compter qu'elle mangeait trop! Et qu'elle buvait trop! Une vraie cruche!

Elle avait tant travaillé à ne pas devenir sa mère, qu'elle était devenue son père.

Le pasteur se rassit avec un grognement audible. On

entendit un froissement d'étoffe quelques bancs plus loin et Sugar Tilghman s'avança, portant son chapeau de paille aussi soigneusement qu'un plateau chargé de mets. Elle alla sur la pointe des pieds voir Sissy et se pencha pour conférer. Elles chuchotèrent. Sugar se redressa et prit place à côté du piano, les mains sagement posées l'une sur l'autre comme leur professeur le leur avait enseigné – pas plus haut que la taille. Sissy joua une mesure que Maggie ne reconnut pas tout de suite. Un suisse s'approcha de Serena : elle accepta son bras et se laissa conduire vers la sortie, les yeux baissés. Sugar commença :

« Quand j'étais petite fille... »

Un autre placeur présenta son bras à la fille de Serena, et l'un après l'autre, les membres de la famille effectuèrent leur sortie. Devant l'autel, Sugar prit son élan et entama le refrain avec ardeur :

> *Que sera sera,*
> *Whatever will be will be*
> *The future's not ours to see,*
> *Que sera sera.*

3

La sortie de l'église rappelait la sortie d'un cinéma en plein jour – on clignait des yeux devant l'éclat du soleil, le chant des oiseaux, et la vie ordinaire qui avait suivi son cours. Serena tenait Linda dans ses bras. Le mari attendait avec les enfants, un peu en retrait et comme en visite. Et tout autour, les anciens de la promotion de 1956 renouaient : « Toi ! ? » s'écriaient-ils. Et c'étaient des : « Mon Dieu comme le temps passe ! », et des : « On croit rêver !... » Les jumelles décrétèrent que Maggie n'avait pas du tout changé. Jo Ann Dermott affirma que tout le monde avait changé, mais plutôt en mieux. Épatant, constatait-elle, ce qu'ils semblaient plus jeunes que leurs parents au même âge. Sugar Tilghman apparut sur le seuil et prit la foule à témoin :

« Et qu'est-ce que je pouvais chanter d'autre ? Je n'avais pas vraiment le choix ! Ce n'était pas trop inconvenant, j'espère ? »

Ils jurèrent leurs grands dieux que non.

« Durwood, merci mille fois, dit Maggie. Tu m'as sauvé la vie.

— Tout le plaisir était pour moi. Tiens, je te rends ton coupon, il est comme neuf. »

Pas exactement ; il était écorné et tout détrempé. Maggie le fit disparaître dans son sac.

Ira se tenait près des voitures en compagnie de Nat

Abrams. Lui et Nat avaient deux ou trois ans de plus que les autres; ils faisaient bande à part. Ira n'en était pas gêné et semblait même très à l'aise. Ils discutaient itinéraires. Maggie entendait des bribes de «bretelles» et d'«échangeurs» et de «nationale 10». Un véritable obsédé.

« Drôle de petit bled, commenta Durwood en regardant à la ronde.

— " Drôle ", tu trouves? dit Maggie.

— On peut vraiment pas appeler ça une ville.

— C'est vrai que c'est petit.

— Je me demande si Serena va rester. »

Ils la regardèrent. On aurait dit qu'elle essayait de réconforter sa fille, de recoller les morceaux. Le visage de Linda était inondé de larmes et Serena la soutenait à bout de bras, tapotant ici et là.

« Je crois qu'elle n'a plus personne à Baltimore?

— Pas que je sache, en tout cas.

— Et sa mère?

— Sa mère est décédée il y a quelques années.

— Ttt, je savais pas, dit Durwood.

— Elle a eu cette maladie, là, une maladie des os...

— Nous autres, nous avions tous, euh, un petit faible pour elle, dans le temps... »

Maggie n'eut pas le loisir de relever. Serena arrivait, entortillée dans son châle.

« Je voulais vous remercier d'avoir chanté, tous les deux. J'y tenais beaucoup!...

— Ira, quelle tête de mule, je suis furax, dit Maggie.

— Très belle cérémonie, Serena.

— Allons, Durwood, avoue que tu as trouvé ça complètement fou. Mais c'était gentil de participer. Tout le monde est si gentil avec moi! »

Son menton se mit à trembler. Elle sortir un Kleenex de son décolleté et se tamponna les yeux.

« Excusez-moi, dit-elle. Je passe d'un extrême à l'autre. J'ai l'impression d'être, je ne sais pas moi, un écran de télé par temps d'orage. Changement à vue.

– C'est bien naturel », l'assura Durwood.

Serena se moucha et rangea son Kleenex.

« Enfin !... La voisine a préparé de quoi se restaurer à la maison. Vous venez, j'espère ? J'ai besoin d'être entourée.

– Mais bien sûr, dit Maggie.

– J'y comptais bien, fit Durwood en chœur. Je vais chercher la voiture.

– Oh, laissez tomber, dit Serena. On y va à pied. C'est juste là. En plus, il n'y a pas vraiment de place pour se garer. »

Elle prit Maggie par le bras et la tira vers la route.

« Ça s'est bien passé, non ? »

Durwood restait en arrière avec Sugar Tilghman.

« Je suis ravie d'avoir eu cette idée. Le père Orbison a failli avoir une attaque, mais j'ai dit, ça ne regarde que moi, après tout ; un service funèbre, c'est fait pour réconforter ceux qui restent, non ? Il a fini par en convenir. Et tu n'as pas encore tout vu ! J'ai une surprise à la maison.

– Une surprise ? Quel genre de surprise ?

– Tu verras bien. »

Elles tournèrent sur une petite rue, gardant leur droite parce qu'il n'y avait plus de trottoir. Les maisons étaient typiques de la Pennsylvanie. Faites de larges rectangles de pierre, leur façade plate percée de rares fenêtres, elles ponctuaient sobrement le bord de la route. Maggie imaginait l'aménagement intérieur : rusticité du mobilier de bois, pas de coussins ni de fanfreluches, l'opposé du confort moderne – une vision romanesque que démentissaient les antennes de télévision, adossées à chaque cheminée.

Le reste de la troupe suivait sans se presser : les dames se tordant les pieds sur le gravier, les messieurs les mains dans les poches. Ira fermait la marche entre Nat et Jo Ann. Il ne semblait pas contrarié de ce changement de programme. Ou s'il l'était, Maggie n'avait pas eu l'heur d'en discuter avec lui.

« Durwood se demandait si tu resterais ici, dit-elle à Serena. Il y a des chances pour que tu reviennes à Baltimore ?

– Oh, c'est si loin tout ça. Je ne connais plus personne.

– Merci pour nous ! Et il y a Durwood Clegg, aussi. Et les jumelles Barley. »

Elles arrivaient juste derrière, bras dessus, bras dessous. Elles avaient toutes les deux fixé des verres fumés sur leurs lunettes.

« Linda me tanne pour que j'aille m'installer dans le New Jersey, à côté de chez eux.

– Ce serait pas mal.

– J'en sais rien. Chaque fois qu'on se retrouve ensemble, je me dis qu'au fond, on n'a pas grand-chose en commun.

– Mais si tu étais dans les parages, tu pourrais aller et venir à ta guise. Sans obligation de rester une fois la conversation épuisée. Et il y a tes petits-enfants.

– Oh, tu sais, les petits-enfants. Je ne me sens pas vraiment liée.

– Ce n'est pas ce que tu dirais si on t'empêchait de les voir.

– Comment va ta petite-fille, à propos ?

– Aucune idée, dit Maggie. Je n'ai pas de nouvelles. Fiona se remarie; j'ai appris ça par hasard.

– Ah bon ? Eh bien, c'est pas plus mal pour Larue d'avoir un homme à la maison...

– Leroy, corrigea Maggie. Mais le problème, c'est que Fiona aime encore Jesse. Elle l'a dit très clairement. C'est juste un mauvais moment à passer. Ce serait une folie de se remarier sur un coup de tête ! Et de penser à la pauvre petite Leroy... Si c'est pas malheureux, tout ce qu'elle a enduré. Raaah ! Vivre dans cette maison pourrie, fumer cigarette sur cigarette...

– Elle fume ! À six ans ?

– Sept ans. Non, c'est sa grand-mère qui fume.

– Ah, tu me rassures, dit Serena.

– Mais ce sont ses poumons qui trinquent.

82

— Oh, Maggie, laisse tomber, dit Serena. Un conseil : lâche du lest ! Ce matin, je regardais les fils de Linda grimper sur la palissade. D'abord j'ai pensé : aïe ! Il faut les rappeler à l'ordre, ils vont déchirer leur petit costume ridicule. Et puis je me suis dit, bah, qu'est-ce que ça peut faire. C'est pas mon problème, après tout. Laisse tomber, va !

— Mais je ne veux pas laisser tomber, dit Maggie. Tu te rends compte de ce que tu dis ?

— Tu n'as pas le choix, continua Serena, enjambant une branche en travers du chemin. C'est comme ça, que tu le veuilles ou non. Tu coupes et tu jettes. Tu as fait ça toute ta vie, non ? On commence à se détacher de ses enfants à peine on les met au monde. Puis vient le grand jour, celui où tu peux les regarder et dire : " Si je disparais aujourd'hui, ils peuvent se débrouiller sans moi ; je suis donc libre de mourir. " Enfin libre ! Quel soulagement ! Jette-moi donc tout ça, Maggie. A la cave, les jouets et la layette ! Vive la ménopause !

— La ménopause ! dit Maggie. Tu es ménopausée ?

— Oui, et fière de l'être.

— Serena, ne me dis pas ça ! »

Maggie se figea, évitant de peu une collision avec les jumelles.

« Enfin que diable, dit Serena. Qu'est-ce que ça peut bien faire ?

— Mais je me souviens encore de nos premières règles !... Tu te rappelles comme nous étions impatientes ? »

Maggie entreprit les jumelles :

« Nous ne parlions plus que de ça. Qui les avait, qui ne les avait pas. Ce que ça faisait. Comment on les cacherait quand on serait mariées... »

Les jumelles opinaient du bonnet. Elles avaient l'air aveugles derrière leurs lunettes.

« Et voilà que c'est terminé pour Serena, leur dit Maggie.

— Ça n'est pas terminé pour *nous*, fit Jeanie Barley.

– Le retour d'âge! s'écria Maggie.

– Merveilleux. Tu ne veux pas crier plus fort? » dit Serena.

Elle passa son bras sous celui de Maggie et l'entraîna.

« Crois-moi, j'y ai à peine songé. Je me suis dit, tant mieux, voilà une bonne chose de faite.

– Moi je n'ai pas le sentiment que les choses se font, continua Maggie, j'ai le sentiment qu'elles se défont. Regarde, mon fils est devenu un homme, ma fille part faire ses études, et on parle de licencier à la maison de retraite. Ils ont passé de nouvelles lois – ils vont titulariser, et renvoyer les vacataires comme moi.

– Et alors? De toute façon, le job n'est pas assez bon pour toi. Toi qui étais toujours la première en classe, tu ne te souviens pas?

– Il me va très bien, ce job. On dirait ma mère. J'aime mon travail!

– Alors reprends tes cours et fais une spécialisation », dit Serena.

Maggie n'insista pas. Elle n'avait plus le courage de discuter.

Elles arrivèrent devant un portillon ouvrant sur une allée pavée. C'était une maison récente, en brique rouge. Un cube moderne et compact, avec un étage. Quelqu'un se tenait derrière la fenêtre pour voir le cortège approcher. La silhouette disparut et réapparut sur le perron : une dame au buste conséquent, comprimé dans son corset sous une robe bleu marine un peu stricte.

« Oh, ma pauvre amie! » s'exclama-t-elle en voyant Serena.

« Venez vite par ici. Entrez vite, tout le monde! Il y a plein de choses à boire et à manger. Quelqu'un veut aller aux toilettes? »

Maggie était candidate. Elle suivit les indications, traversa le salon encombré d'un lourd mobilier sculpté de motifs western, prit un petit couloir et déboucha dans la chambre à coucher. Le décor semblait être l'œuvre de Max : un couvre-lit à l'effigie de plaques minéralogiques

84

multicolores, une collection de chopes de bière sur les étagères. Une photo de Linda en grand costume de diplômée trônait sur le bureau, à côté d'une botte en bronze remplie de stylos et de crayons mordillés. Dans la salle de bains, on avait préparé des serviettes propres et une coupelle de petits savons parfumés. Maggie utilisa un savon qu'elle trouva dans un placard sous le lavabo, et un drap de bain grisâtre accroché derrière le rideau de la douche. Elle se regarda dans le miroir. La promenade ne l'avait pas arrangée. Elle tenta de lisser sa frange. Elle se mit de profil et rentra le ventre. Elle entendait les jumelles commenter la photo de Linda :

« C'est bête qu'elle ressemble plutôt à son père. »

Nat Abrams demanda :

« C'est ici la queue ? » et Maggie répondit de derrière la porte : « Une minute ! »

Elle émergea pour trouver Nat en compagnie d'Ira ; ils parlaient maintenant consommation de litres au cent. Elle retourna au salon. Les invités s'étaient rassemblés près du buffet, où les attendaient des plateaux de sandwiches et de gâteaux. Le mari de Sissy Parton officiait au bar. Maggie le reconnut à ses cheveux presque rose, couleur de bois de cèdre. Elle alla à sa rencontre :

« Bonjour, Michael.

— Maggie Daley ! Bravo pour ta chanson. Mais où était passé Ira ?

— Oh, tu sais, fit-elle évasivement. Tu me donnes un gin tonic ? »

Il s'activa, versant la rasade d'un geste enlevé.

« Je n'aime pas trop ces histoires, dit-il. C'est mon deuxième enterrement cette semaine.

— Ah bon ? Qui d'autre est mort ?

— Oh, un vieux copain de poker. Et le mois dernier, ma tante Linette, et le mois d'avant... Je t'assure, à peine terminées les fêtes de fin d'année pour les gosses, et la série commence. »

Un inconnu vint demander un scotch. Maggie partit traîner dans le salon. On ne parlait guère de Max. Les

85

conversations tournaient autour des championnats de base-ball, de la montée de la violence, ou de la profondeur requise pour planter les bulbes à la fin de l'hiver. Deux femmes que Maggie ne connaissait pas brossaient le portrait composite d'un couple de leur connaissance.

« Il était porté sur la boisson, disait l'une.

— Oui, mais il était fou d'elle.

— Oh, il ne s'en serait jamais sorti sans elle !

— Tu étais à leur brunch de Pâques ?

— Bien sûr que j'y étais ! Avec la pièce montée en chocolat ?

— C'était un cadeau, elle m'avait expliqué. Il lui avait offert le matin même.

— Un gros lapin en chocolat. Qu'il avait rempli de rhum.

— Ce qu'elle ignorait.

— Selon le principe des bouchées à la liqueur.

— Le rhum fuyait par le bas.

— Ça faisait des trous comme si ça avait fondu.

— C'était d'une saleté épouvantable, ça coulait partout sur la nappe.

— Heureusement que c'était une nappe en papier. »

Près du buffet, les jumelles Barley discutaient avec Michael. Elles hochaient de la tête à l'unisson. Avec leurs verres fumés en position haute, telles deux paires d'antennes avenantes, on aurait dit de mignonnes créatures extraterrestres. Jo Ann et Sugar parlaient mariage mixte – le sujet de prédilection de Jo Ann, qui avait visiblement perduré à travers son mariage avec Nat.

« Mais franchement, disait Sugar, tu ne trouves pas que *tous* les mariages sont à un certain degré mixtes ? »

Les deux petits garçons de Linda se bombardaient de gâteau en cachette. Ça avait l'air bon. Maggie allait en saisir une tranche quand son régime lui revint à l'esprit. Elle se sentait un vide ascétique au niveau du thorax. Elle fit le tour de la table, inspectant les mets, résistant même à une assiette de chips.

« C'est moi qui ai fait la salade mixte, disait une dame.

86

– Mixte ?

– Vous rajoutez un paquet de Jell-O à l'orange et un ananas en boîte... »

Une dame aux cheveux crêpés vint dire bonjour et la recette s'interrompit, laissant Maggie avec la sensation crissante de la poudre de Jell-O sur les gencives.

Serena se tenait près du buffet, sous une toile dans les tons gris-vert représentant un oiseau mort devant une corbeille de fruits. Linda et son mari l'entouraient.

« Quand tous ces gens seront partis, maman, disait Linda, on t'emmène dîner où tu veux. Le restaurant que tu préfères. »

Elle parlait un peu fort, comme si sa mère était dure d'oreille : « On va se faire une vraie bouffe.

– Oh, on a tellement de choses ici. Et dans le frigo ! Et puis je n'ai pas très faim, tu sais.

– Allez, belle-maman, dites-nous ce qui vous ferait plaisir. »

Jeff, voilà comment s'appelait le gendre. Maggie ne savait plus son nom de famille. « Euh... », fit Serena, regardant autour d'elle en quête d'inspiration. Ses yeux rencontrèrent ceux de Maggie et continuèrent leur route. Elle finit par dire : « Alors, dans ce cas, peut-être aux Baguettes d'Or. C'est pas mal.

– C'est un restaurant chinois ?

– Eh bien, oui, mais ils ont aussi...

– Ah, ça ne me dit rien du tout, le chinois, dit Linda. Ni le japonais, d'ailleurs, je regrette.

– Rien d'oriental, en fait, fit remarquer Jeff. Puisque tu n'aimes pas la cuisine thaï.

– Non, c'est vrai. Ni celle du Vietnam, ni celle des Philippines.

– Mais...

– Et tu ne digères pas la cuisine indienne, n'oublions pas, dit Jeff.

– Non, avec toutes ces épices, merci bien.

– Elle a mal au ventre, après, dit Jeff à Serena.

– Je dois avoir l'estomac délicat...

87

– Pareil pour les restaurants mexicains, d'ailleurs, rajouta Jeff.

– Mais il n'y a pas de restaurant mexicain ici, coupa Serena. Il n'y a rien de tout cela!

– J'aimerais bien savoir comment ils font, ces Mexicains, continuait Linda, pour avaler tous ces piments.

– Ils n'y arrivent pas, expliqua Jeff. C'est bien simple, ils finissent par développer une espèce d'allergie qui leur recouvre l'intérieur des joues et du palais comme un blindage. »

Serena écarquilla les yeux.

« Bon, dit-elle, et à quel genre de restaurant est-ce que vous pensiez tous les deux?

– On se disait peut-être que le steak house de la Route 1 ?...

– MacMann's? Ah bon.

– Si vous êtes d'accord, bien sûr.

– C'est-à-dire que MacMann's est un peu... bruyant, non? demanda Serena.

– J'ai pas remarqué, dit Linda.

– Je veux dire, c'est toujours plein à craquer.

– Écoute, maman, décide-toi à la fin, rétorqua Linda. C'est pour toi qu'on fait ça, après tout. »

Maggie, juste à côté de leur petit groupe, s'attendait que Serena lève les yeux au ciel et lui jette un regard complice. Mais Serena ne la voyait même pas. Elle semblait, comment dire, diminuée; elle avait perdu tout son allant. Elle porta son verre à ses lèvres et sirota d'un air pensif.

À ce moment, le frère de Max appela :

« Hé, Serena, tu es prête? »

Il désigna une vieille mallette en moleskine sur la table basse. Maggie avait déjà vu ça quelque part, mais où? Le visage de Serena s'illumina. Elle se tourna vers Maggie et lui dit :

« La voilà ma surprise.

– Qu'est-ce que c'est?

– Le film de notre mariage. »

Bien sûr : un projecteur. Comme on n'en faisait plus depuis des siècles. Elle regarda le frère de Max ouvrir les crampons d'acier. De son côté, Serena descendait tous les stores.

« Celui-là fera l'écran, c'est le plus grand, lança-t-elle. Oh là là, j'espère que le film ne s'est pas désintégré, ou effacé, ou enfin bref, ce que font les vieux films !

— Tu veux dire ton mariage avec Max ? demanda Maggie, faisant le tour de la pièce à sa suite.

— Oui, c'est l'oncle Oswald qui l'a tourné.

— Je ne me souviens pas d'une caméra à l'église.

— Je pensais au programme de chansons hier soir, et ça m'est revenu tout à coup. S'il n'est pas tombé en miettes, je me suis dit, comme ce serait drôle de le revoir ! »

Drôle ? Rien n'était moins sûr. Mais Maggie n'aurait pour rien au monde raté la séance. Alors elle prit place sur le tapis, les jambes repliées de côté, et posa son verre par terre. Il y avait une vieille dame sur une chaise juste derrière elle. Maggie voyait d'épaisses chevilles, gainées de coton beige, déborder sur les chaussures.

Les invités avaient été mis au courant. Les anciens condisciples de Serena se rassemblaient autour du projecteur, tandis que les autres participants essaimaient sans but, comme dans une scène observée au microscope. Quelques-uns se dirigèrent vers la porte, mentionnant baby-sitters ou rendez-vous, se promettant bien de garder le contact. D'autres retournèrent vers les boissons et, comme Michael avait déserté, se servirent eux-mêmes. Michael était au milieu du salon avec Nat. Ira avait disparu. Nat demandait à Sugar :

« Tu crois que j'y suis ?

— Si tu as chanté au mariage, certainement.

— Ben non, justement », dit-il d'un air triste.

Avec un peu d'imagination, pensait Maggie, on se serait cru au cours d'instruction civique de M. Alden. (Exception faite pour la vieille dame, qui était restée postée au milieu du salon à savourer sa tasse de thé.) Elle contempla le demi-cercle d'adultes grisonnants, qui avait quelque chose de si usé, de si modeste, de si bonhomme, qu'elle se sentit liée à eux comme à une grande famille. Pourquoi la pensée ne l'avait-elle jamais effleurée qu'ils vieilliraient comme elle, à travers toutes ces années, à travers toutes ces étapes presque obligées de la vie – élever des enfants, les voir grandir, partir, constater les premières rides dans le miroir, accompagner ses propres parents au terme d'une vieillesse fragile et incertaine ? Elle avait conservé d'eux tous l'image fringante du bal de fin d'année.

C'est jusqu'au son du projecteur qui la ramenait en classe – le cliquetis au commencement de la bande, tandis qu'un carré de lumière blanche où dansaient des animalcules se plaquait sur la fenêtre. Que dirait M. Alden s'il les voyait tous ici réunis ? Il était probablement mort, au train où allaient les choses. Et de toute façon, il ne s'agissait ni des progrès de la démocratie ni de la naissance des lois, mais...

Ça alors, Sissy ! Sissy Parton ! Jeune et mince, impeccable avec son chignon cerclé de marguerites, comme la coiffe d'une femme de chambre française. Elle était au piano, les poignets si gracieux, si légers, qu'on aurait pu croire que le film était muet par la seule vertu de son jeu. Elle était vêtue d'une aube blanche, sous laquelle pointait le col rose pâle à la Peter Pan de son chemisier (fuchsia en réalité, se souvenait Maggie). Sissy releva la tête et tourna les yeux vers un point bien précis. La caméra suivit son regard et l'écran s'emplit soudain d'une double rangée de jeunes gens ridiculement bien coiffés, en longues robes à plis. Ils chantaient en silence, leurs bouches formant un ovale parfait. On aurait dit une carte de Noël. Serena reconnut la chanson la première :

« *True Love*, commença-t-elle, *True...* »

Mais elle s'interrompit aussitôt :

« Oh, regardez. Mary Jean Bennett ! Je n'ai même pas pensé à l'inviter. Je l'avais complètement oubliée. Quelqu'un a des nouvelles de Mary Jean ? »

Personne ne répondit, en revanche plusieurs voix continuaient tout bas, rêveusement : « ... *Car toi et moi, nous avons notre ange gardien...*

— Voilà Nick Bourne, ce rat, dit Serena. Soi-disant que c'était trop loin pour venir. »

Elle était assise sur un bras du fauteuil, le cou tendu pour regarder. De profil, elle avait l'air imposante, presque majestueuse, pensait Maggie. Sa belle tête se détachait sur l'écran, un rayon d'argent soulignant le nez aquilin, la bouche ourlée.

Quant à Maggie, on la voyait au premier rang à côté de Sugar Tilghman. Elle avait les cheveux frisottés tout autour de la tête, ce qui lui donnait l'air poupon. Tout ceci était assez humiliant. Mais les autres devaient ressentir la même chose. On entendait distinctement Sugar rouspéter. Et quand la caméra se tourna vers Durwood, avec sur la tête une crête noire et gominée comme un nappage de chocolat sur une glace, il poussa un bref éclat de rire. Présentement, ce jeune Durwood se dirigeait vers le piano, son aube battant ses mollets. Il prit position et marqua un temps. Puis, il entama un silencieux *I want You, I Need You, I Love You*, les yeux plus souvent fermés qu'ouverts, le bras gauche gesticulant avec tant de passion qu'il décapita au passage une fleur de lis dans un vase. Maggie se retint de rire. Tout le monde en faisait autant, sauf la vieille dame qui sursauta : « Mon Dieu ! », en faisant cliqueter sa tasse de thé.

Deux ou trois personnes reprirent l'air en question, ce que Maggie trouva bien charitable.

Après une embardée en zigzag, la caméra fixa Jo Ann Dermott qui montait en chaire. Elle s'appuya et ouvrit un livre. Comme elle ne faisait pas partie du chœur, elle était en tenue de ville – une robe stricte, aux épaules carrées, tombant jusqu'aux pieds, une vraie robe de matrone comme elle n'en mettrait plus jamais. Ses yeux baissés semblaient nus. Comme on ne pouvait pas chanter *Le Prophète*, sa lecture se prolongea dans un silence total de la part des spectateurs. Du côté du buffet, les autres invités parlaient et plaisantaient en faisant tinter les glaçons dans leurs verres.

91

« Pour l'amour de Dieu, que quelqu'un passe! » fit Jo Ann, mais visiblement le frère de Max ne savait pas comment s'y prendre (si tant est qu'on pouvait activer le processus sur un tel engin), aussi durent-ils subir la lecture jusqu'au bout.

La caméra balaya de nouveau l'assemblée et revint sur Sissy, un accroche-cœur plaqué sur le front. Maggie et Ira, côte à côte, attendaient gravement auprès du piano. (Ira était tout jeune, presque un enfant.) Ils prirent leur respiration et commencèrent à chanter. Maggie était un peu boudinée dans sa robe – l'ère des régimes commençait – et Ira avait l'air d'un blanc-bec. Avait-il vraiment les cheveux aussi courts? Il était plus impénétrable que jamais, ce qui faisait partie de son charme. On aurait dit un de ces petits matheux de génie, qui savent trouver la réponse sans passer par la démonstration.

Il avait vingt et un ans, elle dix-neuf. Pas de première rencontre dans leur histoire, pas dont elle se souvienne en tout cas. Ils avaient dû se croiser dans les couloirs, peut-être dès la petite école. Il était sans doute venu chez elle jouer avec ses frères. (Il avait le même âge que Joshua.) Il avait fait partie de la chorale de l'église; ça c'était sûr. Sa famille était de la paroisse, et M. Nichols, toujours à court de voix mâles, avait réussi à le recruter. Mais ça n'avait pas duré. Il avait quitté la chorale durant sa dernière année de lycée. Ou l'année d'après. Maggie n'avait pas vraiment fait attention à sa disparition.

Son petit ami de l'époque était un camarade de classe, Boris Drumm. Il était brun et trapu, la peau tannée, le cheveu ras – déjà un homme, tout ce qu'elle recherchait. C'est lui qui lui avait appris à conduire. À titre d'entraînement, elle devait se lancer toute seule dans le parking des grands magasins Sears Roebuck; il surgissait alors devant ses roues pour tester ses réflexes. Le souvenir qu'elle avait gardé de lui était cette silhouette déterminée, jambes écartées, bras tendus, mâchoires serrées. Un roc indestructible. Elle imaginait qu'elle pourrait le renverser et qu'il réapparaîtrait indemne, comme ces petits jouets ovoïdes lestés de plomb.

Il comptait poursuivre ses études dans le Midwest, mais il était acquis qu'il épouserait Maggie une fois obtenu son diplôme. En attendant, Maggie était destinée à vivre chez ses parents et à s'inscrire au cours Goucher. Elle n'était pas très emballée; c'était une idée de sa mère. Celle-ci, qui avait enseigné l'anglais avant de se marier, avait rédigé tous les papiers d'inscription, y compris la composition personnelle qu'on devait y joindre. Elle tenait fort à l'ascension sociale de ses enfants. (Le père de Maggie était un installateur de rideaux de fer, qui n'avait jamais mis les pieds à l'Université.) Maggie était donc résignée à passer quatre ans au cours Goucher. Et pour participer aux frais, elle avait pris un travail pendant l'été.

Son job consistait à nettoyer les fenêtres de la maison de retraite des Fils d'argent, qui n'était pas encore ouverte au public. C'était un bâtiment flambant neuf de verre et d'acier, sur Erdman Avenue, constitué de trois longues ailes en fer à cheval et de cent quatre-vingt-deux fenêtres. Les grandes baies comptaient douze panneaux de verre, les petites six. Et en bas à gauche de chaque panneau, on pouvait lire sur une étiquette : KRYSTAL KLEER MFG. CO. Ces étiquettes adhéraient à la vitre avec une force que Maggie n'avait jamais vue, et ne revit plus jamais. La substance utilisée aurait dû être brevetée par la Nasa, pensait-elle. Une fois gratté le papier, apparaissait une seconde couche opaque, qu'il fallait tremper d'eau chaude et enlever au rasoir, après quoi il restait encore des filaments de colle grisâtres qui roulaient sous le doigt, et qu'il fallait nettoyer. Au terme de l'opération, l'ensemble était évidemment maculé de rayures et de traces de doigts, alors il fallait vaporiser du détergent et faire briller pendant des heures avec un chiffon doux. Tout un été, de neuf heures à quatre heures, Maggie avait gratté, épongé, frotté. Elle ne sentait plus ses doigts. Elle avait les ongles arrachés. Elle n'avait personne à qui parler car ils n'avaient embauché qu'une seule laveuse de fenêtres, elle-même. Il n'y avait que la radio, qui jouait *Moonglow* et *I Almost Lost My Mind.*

En août, les premiers patients furent admis malgré la continuation des travaux. On les installait dans les parties achevées et Maggie prit l'habitude de faire sa petite tournée. Elle s'enquérait de leur santé. « Pourriez-vous rapprocher la carafe d'eau, s'il vous plaît ? » lui demandait-on, ou bien : « Vous seriez bien mignonne de tirer les rideaux. » Toute à sa tâche, Maggie se sentait utile et compétente. Elle se fit une petite cour parmi les moins malades. Quelqu'un découvrait dans quelle chambre elle travaillait, et rameutait aussitôt trois ou quatre compères qui venaient faire salon autour d'elle. Leur style était d'ignorer sa présence et de se lancer dans des discussions animées. (Le blizzard de 1988 ? de 1989 ? Quel était le plus important dans la tension, les chiffres, ou l'écart entre les deux ?) Mais ils avaient une façon de la mettre dans leur jeu. Elle savait qu'elle était leur seul public. Elle souriait au moment voulu ou hochait la tête, et les petits vieux prenaient l'air satisfait.

Chez elle, personne ne comprit sa décision d'abandonner les études pour aller travailler à la maison de retraite. Qu'était-ce qu'une aide-infirmière, sinon une femme de ménage ? disait sa mère. Une bonne à tout faire ? Et Maggie qui avait la tête si bien faite, qui était sortie si brillamment du lycée. Voulait-elle mener une vie ordinaire ? Ses frères, qui avaient pourtant fait le même type de choix (trois d'entre eux étaient dans le bâtiment, le quatrième était soudeur dans une compagnie de chemin de fer), prétendaient qu'ils attendaient beaucoup mieux d'elle. Et même son père demanda à mi-voix si elle savait ce qu'elle faisait. Mais Maggie restait inébranlable. Qu'avait-elle à faire de l'Université ? Qu'avait-elle à faire de ces bribes d'informations scolastiques comme elle en avait tant appris ? *L'ontogenèse récapitule la phylogenèse* et *La synecdoque est l'usage de la partie pour le tout* ? Elle suivit un programme de la Croix-Rouge, ce qui suffisait à l'époque, et commença dès la rentrée.

La voilà donc, dix-huit ans et demi, à travailler dans une maison de retraite et à vivre chez ses parents, eux-mêmes à la retraite, en compagnie d'un frère célibataire vieilli avant l'âge. Boris Drumm devait financer ses études tout seul et ne venait que pour Noël, passant le reste des vacances à travailler dans un magasin de vêtements près de son campus. Il envoyait des épîtres où il exprimait combien l'éducation avait changé sa vision du monde. L'univers était si plein d'injustice! écrivait-il. Il le découvrait dans toute son horreur. Maggie était bien en peine de lui répondre. Il ne se passait pas grand-chose de son côté. Elle ne voyait plus guère leurs amis du lycée. Certains étaient partis à l'Université; ils avaient changé. D'autres s'étaient mariés, changement plus radical encore. Elle n'avait gardé de contacts réguliers qu'avec Sugar et les jumelles – grâce à la chorale – et bien sûr avec Serena, sa meilleure amie. Mais Boris n'appréciait guère Serena, aussi la mentionnait-elle rarement dans sa correspondance.

Serena travaillait comme vendeuse dans une boutique de lingerie. Elle rapportait des articles translucides, des dentelles aux couleurs invraisemblables. (Quel chemisier pourrait jamais dissimuler l'éclat d'un soutien-gorge rouge vif?) Jouant les mannequins dans une combinaison noire et succincte, elle lui annonça un jour son mariage avec Max, qui terminait sa première année d'Université. C'était le résultat d'un compromis avec ses parents : il s'était engagé à accomplir au moins une année à l'université de Caroline du Nord, et eux, à ne pas insister s'il abandonnait après ce terme. Ils espéraient secrètement, sans vouloir l'admettre, qu'il rencontrerait une jeune fille bien comme il faut et que son béguin pour Serena lui passerait.

Max avait dit qu'une fois mariés, elle n'aurait plus jamais à travailler, disait Serena; et aussi (appréciant langoureusement son épaule laiteuse sous la fine bretelle noire), il la suppliait de l'accompagner au Blue Hen Motel lors de sa prochaine visite. Ils ne feraient rien, disait-il; juste pour être tous les deux. Maggie était admirative et envieuse. Cela semblait romanesque en diable.

« Tu vas y aller, j'espère ? » demanda-t-elle, mais Serena s'exclama :

« Tu me prends pour qui ? Il faudrait que j'aie perdu la tête !

— Mais, Serena... » commença Maggie.

Elle allait dire que la situation n'avait rien à voir avec celle d'Anita, mais l'air farouche de son amie l'arrêta court.

« Je ne suis pas née de la dernière pluie », conclut Serena.

Maggie se demanda quelle serait sa réaction si Boris Drumm l'invitait un jour au motel. Ça ne lui viendrait pas à l'esprit, de toute façon. Était-ce à cause de la tournure épistolaire de leur relation ? Ces derniers temps, elle ne savait plus trop quoi penser. Boris était moins... spontané, moins entier. Il parlait maintenant de faire son droit après l'Université ; il envisageait une carrière politique. Seule la politique, écrivait-il, lui offrait les moyens de son ambition : combattre l'injustice. Comme c'était bizarre : Maggie ne voyait pas les politiciens comme des redresseurs de torts. C'étaient plutôt les commerçants. Toujours à quémander des votes, à rabattre de leur personnalité pour satisfaire le client, à louvoyer dans la quête pathétique d'un point de plus dans les sondages. Elle supportait mal de voir Boris sous ce jour.

Elle se demanda si Serena n'avait jamais eu d'arrière-pensées à propos de Max. Non, sans doute pas. Ils semblaient parfaitement assortis, tous les deux. Elle en avait de la chance.

Le jour de ses dix-neuf ans – c'était la Saint-Valentin de 1957 – tomba un jeudi, jour de chorale. Serena lui fit un gâteau qu'elle découpa en fin de séance. Un gobelet de ginger ale à la main, on chanta *Happy birthday to you*. La vieille Mrs. Britt, qui aurait dû se retirer depuis des années déjà, mais à qui personne n'avait le cœur de le suggérer, regarda à la ronde et soupira.

« Comme c'est triste, dit-elle, de voir tous les jeunes qui s'en vont. Regardez Sissy qui ne vient plus depuis son mariage, et Louisa qui déménage pour Montgomery County, et maintenant le petit Moran qui s'est fait tuer...

– Tuer ? interrogea Serena. Qu'est-ce qui s'est passé ?

– Oh, un de ces accidents stupides au service militaire, répondit Mrs. Britt. Je ne connais pas les détails. »

Sugar, dont le fiancé était chef scout, s'exclama :

« Mon Dieu, mon Dieu, pourvu que Robert revienne sain et sauf ! » comme s'il se battait au couteau dans une jungle lointaine, ce qui n'était pas le cas. (C'était même l'une des brèves périodes de répit que connaissait le pays.) Puis Serena proposa de resservir du gâteau, mais il était tard et chacun se leva pour rentrer.

Cette nuit-là, Maggie se mit à penser au fils Moran, sans savoir pourquoi. Bien que n'ayant jamais fait connaissance, elle possédait de lui une image très nette : un grand garçon voûté, les pommettes hautes, les cheveux noirs et lisses. Elle aurait dû deviner qu'il était condamné. Il était le seul à ne pas chahuter pendant les discours de M. Nichols. Il respirait la maîtrise de soi. Elle se rappela sa voiture, une vraie miraculée de la route, faite de pièces détachées et rafistolée au chatterton. Si elle se concentrait, elle pouvait presque revoir ses mains sur le volant. Elles étaient brunes comme du cuir, très larges à la base du pouce, les jointures toujours encrassées d'huile de moteur. Elle l'imaginait dans son treillis – allant droit à la mort sans sourciller.

Cette nuit-là, elle eut la révélation que sa génération était prise dans l'engrenage du temps. Que comme les autres avant eux, ils grandiraient, puis vieilliraient, puis mourraient. Déjà, leurs cadets se pressaient derrière eux pour prendre la place.

Une lettre de Boris l'informa qu'il ferait tout son possible pour venir à Pâques. Il avait l'air si laborieux et contraint. Il n'avait rien de la belle assurance d'Ira.

Serena reçut pour ses fiançailles un solitaire en forme de cœur. Une bague magnifique. Elle se mit à faire et à défaire des plans de mariage grandioses et compliqués pour le 8 juin, échéance vers laquelle elle cinglait majestueusement, tel un navire, avec toutes ses amies dans son sillage. La mère de Maggie décréta qu'il était absurde de faire tant de tintouin pour un mariage. Elle dit qu'à s'agiter ainsi, on s'exposait à une belle dépression juste après, puis elle changea de ton :

« Cette pauvre petite, qui se donne tant de mal ; je dois dire que je la plains. »

Maggie ne comprenait pas. Pourquoi cette pauvre petite ? Il lui semblait que pour Serena, la vie commençait. C'était elle qui restait sur une voie de garage, pendant que Serena changeait de robe de mariage, se décidant pour un satin blanc immaculé, après avoir élu une robe de dentelle ivoire. Elle programma d'abord un ensemble de musique sacrée, puis un ensemble de musique profane. Et elle fit savoir qu'elle décorerait leur cuisine d'un motif floral.

Maggie tenta de récapituler ce qu'elle savait des Moran. Ils devaient être ravagés par cette perte. Si elle se souvenait bien, la mère était morte. Le père était un personnage un peu maladif, avec la même allure dégingandée qu'Ira, et il y avait des sœurs – deux ou trois peut-être. Elle savait exactement quel banc ils occupaient à l'église. Elle regardait dans leur direction à chaque fois : ils demeuraient introuvables. Elle les attendit tout février, puis mars, mais personne ne se montra.

Boris Drumm arriva pour Pâques et l'accompagna à l'église le dimanche. Maggie faisait partie du chœur et surplombait la rangée où il s'était assis, entre son propre père et son frère Elmer. Et il lui sembla qu'il cadrait très bien avec eux. Trop bien. Comme les hommes de sa famille, il prenait un air de chien battu durant les cantiques, et marmonnait plus qu'il ne chantait, ou peut-être même qu'il se contentait de suivre des lèvres, les yeux de côté comme quelqu'un qui ne veut pas se faire remarquer. Seule la mère de Maggie chantait pour de vrai, le menton énergique, en détachant les syllabes.

Après le dîner du dimanche soir, Boris et Maggie allèrent sur la véranda. Maggie se poussait sur la balancelle, du bout du pied, mollement, tandis que Boris exposait ses aspirations politiques. Il pensait qu'il commencerait au niveau local – peut-être avec un siège au conseil d'administration de la faculté. Et il égrenait toutes les étapes jusqu'au titre de sénateur. « Hmm », fit Maggie. Elle réprima un bâillement.

Puis, Boris se racla la gorge et lui demanda si elle envisageait une formation d'infirmière. Ce serait une bonne idée, disait-il, puisqu'elle était si dévouée à la cause du troisième âge. Sans doute qu'il pensait encore à sa carrière ; une femme de sénateur ne vidait pas les pots de chambre. Elle répondit :

« Mais je ne veux pas être infirmière.

– Tu étais une élève si brillante, pourtant.

– Je ne veux pas être vissée sur ma chaise à remplir des formulaires ; je veux un contact réel avec les gens. »

Sa voix était plus intense que prévu. Il recula.

« Excuse-moi », dit-elle.

Elle se sentait trop grosse. Assise, elle était plus grande que lui, surtout s'il courbait le dos comme maintenant.

« Écoute, Maggie. Il y a quelque chose qui ne va pas ? Je ne te reconnais plus depuis ces vacances.

– Eh bien, ne m'en veux pas, dit-elle, mais j'ai... perdu quelqu'un. Un ami très proche a trouvé la mort. »

Elle n'avait pas le sentiment d'exagérer. Il lui semblait qu'elle était en deuil, qu'elle et Ira avaient réellement été très proches. Ils n'avaient pas eu le temps d'en prendre conscience, voilà tout.

« Mais pourquoi ne me l'as-tu pas dit avant ? demanda Boris. De qui s'agit-il ?

– Tu ne le connaissais pas.

– Qu'est-ce que tu en sais ? Qui est-ce ?

– Oh, écoute. Il s'appelait Ira.

– Ira. Tu veux dire Ira Moran ? »

Elle fit oui de la tête, les yeux au sol.

« Plutôt maigre ? Dans les grandes classes ? »

Elle acquiesça.

« Il avait du sang indien, ou quelque chose comme ça ? »

Elle ne s'en était pas rendu compte, mais c'était bien possible. C'était même tout à fait ça.

« Évidemment que je le connaissais, dit Boris. Bonjour, bonsoir, je veux dire. C'était pas un ami. J'ignorais que tu le connaissais si bien, d'ailleurs. »

Où est-ce qu'elle va chercher tous ces gens-là, disait sa mine renfrognée. D'abord Serena Palermo, et maintenant un Peau-Rouge.

« Je l'aimais énormément.

— Ah bon ? Ah bon. Eh bien, mes sincères condoléances, Maggie. Simplement, j'aurais préféré que tu me le dises plus tôt. »

Après une minute, il dit :

« Et qu'est-ce qui lui est arrivé ?

— Un accident à l'entraînement.

— À l'entraînement ?

— Au service militaire.

— Je ne savais pas qu'il s'était engagé dans l'armée, dit Boris. Je croyais qu'il travaillait au magasin de son père. Ce n'est pas là que j'ai fait encadrer la photo du bal ? " Chez Sam " ? Je crois même que c'est Ira qui s'en est occupé.

— Vraiment ? dit Maggie, et elle s'imagina Ira derrière l'établi — une autre vignette pour sa petite collection de souvenirs. Toujours est-il qu'il y était. Au service militaire, je veux dire. Puis il y a eu cet accident.

— Je suis désolé de l'apprendre. »

Après cela, elle expliqua à Boris qu'elle préférait rester seule, et il répondit que, bien sûr, il comprenait.

Cette nuit-là, elle pleura beaucoup. C'était d'avoir parlé de la mort d'Ira. Elle n'en avait jamais dit un mot à personne jusqu'à présent, pas même à Serena. Serena qui aurait dit :

« Mais qu'est-ce que tu racontes ? Tu le connaissais à peine. »

Serena et elle, ça n'était plus comme avant, se disait Maggie. Elle se mit à pleurer de plus belle, épongeant ses larmes sur le revers du drap.

Le lendemain, Boris repartit. Maggie avait pris sa matinée et l'accompagna au car. Elle se sentit seule après son départ. C'était finalement très triste, qu'il ait fait tout ce trajet juste pour la voir. Elle aurait dû être plus gentille avec lui.

À la maison, sa mère s'était lancée dans le nettoyage de printemps. Elle avait déjà roulé les tapis et sorti les nattes en raphia pour l'été. Elle s'attaquait maintenant aux rideaux qu'elle dégrafait avec bruit. Une lumière morne et blanche emplissait peu à peu la maison. Maggie grimpa au premier et se jeta sur son lit. Hélas, elle était condamnée à vieillir sans époux au sein de cette famille ingrate et sans joie.

Après quelques minutes, elle se releva et se dirigea vers la chambre de ses parents. Elle prit l'annuaire sous le téléphone. *Cadres*, non. *Encadrement*, oui. *Chez Sam. Encadrement*. Elle voulait juste le voir écrit en caractères imprimés, mais elle finit par griffonner l'adresse sur un bloc-notes et remporta le tout dans sa chambre.

Elle n'avait rien d'approprié à la circonstance, aussi choisit-elle le plus simple parmi ses papiers à lettres — blanc avec une fougère verte en bas à gauche. *Cher Monsieur*, écrivit-elle.

Je faisais partie de la chorale comme votre fils et je voulais vous dire avec quelle tristesse j'ai appris sa mort. Ce n'est pas par politesse que je vous écris. Ira est l'être le plus merveilleux que j'aie jamais rencontré. Il avait quelque chose d'unique et je voulais vous assurer que je me souviendrai de lui aussi longtemps que je vivrai.

Veuillez croire, cher Monsieur, en ma profonde sympathie, Margaret M. Daley.

Elle reporta l'adresse sur l'enveloppe, la cacheta, la timbra, puis, sans se donner le temps de se raviser, alla poster sa lettre au coin de la rue.

La possibilité d'une réponse ne l'avait pas effleurée. C'est plus tard, au travail, qu'elle y pensa. Bien sûr, qu'elle était bête! On était censé répondre aux lettres de condoléances. Peut-être M. Moran lui ferait-il une confidence sur Ira, qu'elle pourrait garder et chérir. Peut-être lui dirait-il qu'Ira avait mentionné son nom. Ça n'était pas complètement impossible. Ou encore, voyant qu'elle avait su apprécier son fils à sa juste valeur, il lui enverrait un petit souvenir – une photo par exemple. Ce serait merveilleux, une photo. Elle aurait dû en demander une.

Maggie avait posté sa lettre lundi, elle arriverait sans doute le lendemain. La réponse pourrait venir dès jeudi. Elle expédia son travail jeudi matin dans la fièvre de l'impatience. À l'heure du déjeuner, elle appela chez elle. Le courrier du matin n'était pas arrivé, lui dit sa mère. (Qui ajouta : « Pourquoi ? Tu attends quelque chose ? » le genre de question qui la faisait aspirer à se marier et à disparaître.) Elle rappela à deux heures, pour s'entendre dire qu'il n'y avait rien pour elle.

Ce soir-là, en route pour la chorale, elle refit le compte des jours et se dit qu'après tout, M. Moran n'avait peut-être pas reçu sa lettre le mardi. Elle ne l'avait postée qu'en début d'après-midi, se souvenait-elle. Cela lui redonna espoir. Elle accéléra le pas, faisant de grands signes à Serena qu'elle apercevait sur le perron de l'église.

M. Nichols était en retard. Les membres de la chorale bavardaient et plaisantaient entre eux. Ils étaient tous un peu excités par l'arrivée du printemps, y compris la vieille Mrs. Britt. Les fenêtres de l'église étaient ouvertes et l'on entendait les enfants jouer sur le trottoir. L'air du soir sentait l'herbe coupée. M. Nichols entra, un brin de lavande à la boutonnière. Il avait dû l'acheter dans la rue : le vendeur était apparu le matin même, avec son petit chariot. « Je vous prie de m'excuser », dit-il. Il posa sa serviette sur un banc et se mit à farfouiller dans ses notes.

La porte de l'église se rouvrit : c'était Ira Moran.

Il était très grand et sombre, avec sa chemise blanche, les manches retroussées, et d'étroits pantalons noirs. Il avait une expression sévère qui lui allongeait le menton. Maggie sentit son cœur se glacer. Puis, elle eut une bouffée de chaleur. Elle le fixait avec de grands yeux vides, l'index arrêté à la page dans son livre de cantiques. Ce n'était ni un fantôme, ni un mirage. Il était aussi réel que les bancs de bois vernissés. Moins bien fait que dans son souvenir, mais d'une texture plus complexe – plus physique en un mot; plus mystérieux.

– Oh, Ira. Content de te voir, le salua M. Nichols.

– Merci, dit Ira. Il se faufila parmi les chaises pliantes pour s'installer au fond, avec les hommes. Maggie vit son regard chercher parmi les femmes au premier rang et s'arrêter sur elle. Il était au courant de la lettre, c'était visible. Le rouge lui monta aux joues. Elle, si comme il faut, toujours si prudente, si timide, elle avait commis une gaffe si grossière, qu'elle ne pourrait plus jamais regarder personne en face.

Elle chanta d'une voix sourde, se levant et se rasseyant comme un automate. Elle chanta *Once to Every Man and Nation* et *Shall We Gather at the River*. Puis M. Nichols fit exécuter *Shall We Gather at the River* par les hommes, en faisant répéter un passage. Maggie se pencha vers Mrs. Britt et demanda à voix basse :

« N'est-ce pas le fils Moran ? Celui qui est arrivé en retard ?

– Mais oui, je crois que c'est lui, fit Mrs. Britt, aimable.

– Mais vous ne m'aviez pas dit qu'il était mort ?

– Moi ? » demanda Mrs. Britt. Elle prit l'air étonné et s'adossa au banc. Puis se redressa : « C'est le fils *Rand* qui est mort. Monty Rand.

– Ah », dit Maggie.

Un petit être pâle et mollasson, avec une voix de basse incongrue, lui revint en mémoire. Elle ne l'aimait pas particulièrement.

La séance terminée, elle rassembla ses affaires aussi vite que possible et fut la première dehors. Elle fila, le sac serré contre la poitrine, mais n'avait pas atteint le coin de la rue qu'elle entendit Ira derrière elle.

« Maggie ? » appela-t-il.

Elle ralentit sous un réverbère et s'arrêta, regardant droit devant elle. Il arriva à sa hauteur. L'ombre de ses jambes projetait des ciseaux sur le trottoir.

« Je peux t'accompagner ?

— Si tu veux, fit-elle brièvement. Il régla son pas sur le sien.

— Alors, comment ça va ?

— Ça va.

— C'est fini, les cours ? »

Elle fit oui de la tête. Ils traversèrent une rue.

« Tu as trouvé du travail ?

— Je travaille à la maison de retraite des Fils d'argent.

— Ah, dit-il. C'est bien. »

Il se mit à siffler le dernier cantique de la séance : *Plus près de toi...* Il marchait sans se hâter, les mains dans les poches. Un couple s'embrassait à un arrêt de bus. Maggie s'éclaircit la voix et dit :

« Ce que je suis bête ! Je t'ai confondu avec le fils Rand.

— Rand ?

— Monty Rand ; il est mort au service militaire, et j'ai cru qu'on parlait de toi. »

Elle regardait toujours loin devant. Il était si près qu'elle pouvait sentir l'odeur de sa chemise fraîchement repassée. Elle se demanda qui l'avait repassée. Probablement une de ses sœurs. Mais qu'est-ce qu'elle allait chercher là ? Elle resserra son sac et pressa le pas, mais Ira suivait la cadence. Elle sentait sa présence à portée de main, sa silhouette sombre et voûtée à ses côtés.

« Tu vas écrire au père de Monty, cette fois ? » lui demanda-t-il.

Elle risqua un regard de côté et lui vit un pli ironique au coin des lèvres.

« Tu peux bien rigoler, dit-elle.

— Je ne rigole pas.

— Vas-y ! Dis-le, que j'ai été ridicule.

— Est-ce que j'ai l'air de rigoler ? »

Ils étaient arrivés. On pouvait voir sa maison un peu

plus loin, dans l'alignement des autres, avec son porche illuminé par le néon anti-moustiques. Elle s'arrêta. Cette fois-ci, elle le regarda droit dans les yeux. Il faisait de même, sans l'ombre d'un sourire, les mains toujours fourrées dans les poches. Elle ne se rappelait pas qu'il avait les yeux si bridés. On aurait dit un Asiatique plutôt qu'un Indien.

« Ton père devait être plié en deux, dit-elle.

— Non, il était juste..., il m'a juste demandé si je savais ce que ça voulait dire. »

Elle repensait aux mots qu'elle avait employés. Unique, avait-elle écrit. Mon Dieu. Pire : merveilleux. Elle aurait voulu disparaître dans un trou de souris.

« On se voit à la chorale, dit Ira. Tu es la sœur de Josh, n'est-ce pas ? Mais je ne crois pas qu'on ait été présentés.

— Non, en effet. On ne se connaît pas. »

Elle voulait paraître décidée et raisonnable. Il la regarda attentivement. Puis il dit :

« Et tu crois qu'on pourrait faire connaissance un de ces jours ?

— Euh... C'est que je sors avec quelqu'un.

— Ah bon ? Qui ça ?

— Boris Drumm.

— Ah, d'accord. »

Elle tourna les yeux vers sa maison et dit :

« Nous allons bientôt nous marier.

— Je vois, dit-il.

— Bon, eh bien au revoir alors », lui dit-elle.

Il leva une main en silence, parut réfléchir une seconde, puis tourna les talons et disparut.

Mais le dimanche, il revint se joindre au chœur pour le service religieux. Maggie respira. Elle débordait de reconnaissance, comme si on lui avait donné une seconde chance. Aussi son cœur flancha-t-il lorsqu'il disparut dans la foule à la sortie de l'église. Le jeudi soir, cependant, il était de retour au cours de chant. Il la raccompagna. Ils parlèrent de choses insignifiantes – la voix éraillée de Mrs. Britt, par exemple. Maggie se sentait plus à l'aise. Arrivés devant sa maison, elle vit le chien des voisins qui compissait l'unique rosier de sa mère, sous l'œil placide de sa maîtresse. Elle cria : « Hé, là, faut plus se gêner ! » Elle plaisantait, dans le style un peu rude qu'elle avait appris de ses frères. Ira ne pouvait pas le deviner et perdit contenance. Mrs. Wright rit :

« Vous allez vous y mettre à deux pour le déloger ? »

Ira se détendit. Mais Maggie fut prise de honte, comme si elle avait commis un nouvel impair. Elle se dépêcha de dire bonsoir et se précipita chez elle.

Cela devint une habitude – le jeudi soir, le dimanche matin. On en parla. La mère de Maggie demanda :

« Maggie ? Boris est au courant pour ton nouvel ami ? » et Maggie répliqua :

« Évidemment qu'il est au courant ! »

C'était un mensonge, au mieux, une demi-vérité. (Pour la mère de Maggie, Boris était le futur gendre idéal.) Serena, quant à elle, décréta :

« À la bonne heure ! Il était temps que tu le laisses tomber, ton Monsieur Je-Sais-Tout.

– Je ne l'ai pas laissé tomber !

– Et pourquoi pas ? demanda Serena. Quand tu le compares avec Ira ! Ira est si... mystérieux.

– Tu savais qu'il a du sang indien ? dit Maggie.

– Il est vraiment séduisant. »

Oh, Jesse n'était pas le seul à avoir été influencé par ses amis ! Et Serena fut pour beaucoup dans la suite des événements.

Entre autres, elle leur demanda de chanter en duo pour son mariage. Sans raison apparente (Ira n'avait pas particulièrement de réputation en ce domaine), elle se mit en tête de les faire chanter *Love is a Many Splendored Thing*, juste avant l'échange des alliances. De sorte qu'ils durent répéter ; de sorte qu'il dut aller chez elle. Ils s'apitoyaient sur les goûts de Serena et gloussaient derrière son dos, mais il ne leur vint pas à l'idée de refuser. La mère de Maggie passait et repassait sur la pointe des pieds avec des piles de linge qui n'avaient rien à faire dans le salon.

Un beau jour, chantaient-ils, *sur une colline venteuse...,* et elle éclatait de rire. Mais Ira restait de marbre. Maggie n'était plus la même ces jours-ci : c'était une autre personne, étourdie, instable, maladroite. Il lui semblait parfois que leur sympathie grandissante avait rompu son bel équilibre.

Elle avait compris qu'Ira dirigeait tout seul le magasin d'encadrement – le « cœur fragile » de Sam l'avait rattrapé dès la fin du lycée. Et qu'il vivait à l'étage avec son père et deux sœurs beaucoup plus âgées, l'une un peu lente à ce qu'il paraît, et l'autre un peu sauvage. Il voulait continuer ses études cependant, si jamais il parvenait à rassembler la somme nécessaire. Depuis tout petit, il voulait être médecin. Il lui fit cette confidence d'un ton neutre, et ne semblait pas autrement affecté par la tournure que prenait sa vie. Puis il dit qu'elle pourrait peut-être passer un jour au magasin et rencontrer ses sœurs; elles n'avaient pas l'occasion de voir grand monde. « Non ! » s'écria Maggie, qui rougit et se corrigea.

« Euh, je crois qu'il vaut mieux pas. »

Elle fit semblant de ne pas remarquer l'amusement d'Ira. Elle avait très peur de tomber sur son père. Elle se demandait si les sœurs aussi étaient au courant de la lettre, mais n'osa pas poser la question.

Jamais, pas une fois durant tout ce temps, il n'eut un geste déplacé. Si nécessaire, il lui prenait le bras – mettons pour traverser la rue – et sa main était ferme et chaude sur sa peau nue; mais il la relâchait juste après. Elle ne savait même pas ce qu'il pensait d'elle. Elle ne savait d'ailleurs pas quoi penser de lui. Et puis, il y avait Boris. Elle continuait à lui écrire régulièrement – peut-être même un peu plus que d'habitude.

On fit une répétition générale pour le mariage de Serena. Rien de très formel. Les parents de Max ne daignèrent même pas venir. En revanche, la mère de Serena apparut, coiffée de mille bigoudis roses. Et tout se déroula dans le désordre. Maggie (elle faisait la mariée, ce qui portait bonheur) remonta l'allée centrale plus vite que la musique, car Max avait une douzaine de parents à aller chercher à la gare. Elle marchait au bras d'Anita – encore une innovation de Serena.

« Et qui d'autre me marierait ? demandait-elle. Tu ne vois quand même pas mon père dans ce rôle ? »

Quant à Anita, elle n'avait pas l'air très heureuse de cet arrangement. Elle se tordait les chevilles sur ses talons aiguilles, et dardait de longs ongles rouges dans les chairs de Maggie, pour garder l'équilibre. Devant l'autel, Max enlaça Maggie et dit que, finalement, il allait peut-être bien changer d'avis ; sur quoi Serena, assise un peu plus loin, l'interpella :

« Max Gill, ça suffit comme ça ! »

Avec ses taches de rousseur, Max gardait son air sympathique de garçon grandi trop vite, d'éternel enfant. On avait du mal à l'imaginer marié.

Juste après l'échange des alliances, Max s'éclipsa et les laissa répéter. Tout cela faisait plutôt amateur, ce qui arrangeait bien Maggie, car elle et Ira n'étaient guère brillants. Le début fut heurté, et Maggie oublia qu'ils devaient chanter à tour de rôle la strophe du milieu. Elle entonna les deux premiers vers avec Ira, s'arrêta net de confusion, puis loupa son tour et partit d'un fou rire. À ce moment précis, la face encore hilare, elle aperçut Boris Drumm au premier rang. Il affichait un rictus douloureux, comme quelqu'un qu'on vient de réveiller.

Allons bon ! Elle savait bien qu'il rentrait pour l'été, mais il ne lui avait pas donné de date. Elle fit semblant de ne pas le voir. Elle termina sa chanson, puis redevint la mariée et fit sa sortie, Max en moins, pour que Sugar puisse synchroniser *Born to Be with You*. Après quoi, Serena applaudit et lança :

« Merci, tout le monde ! » et ils s'apprêtèrent à partir en parlant tous en même temps. L'idée était d'aller manger une pizza. Ils convergèrent vers Maggie, restée près de la porte. Boris n'avait pas bougé, l'œil rivé devant lui. Il devait attendre qu'elle le rejoigne. Elle examina sa nuque, immobile et carrée. Serena lui apporta son sac et dit :

« Tu n'es pas seule, je vois. »

Ira était juste derrière. Il s'arrêta devant Maggie et la dévisagea :

« Tu viens avec nous ?

— Je ne crois pas », dit Maggie.

Il hocha la tête, impassible, et partit. Mais il prit une direction différente des autres, comme s'il ne se sentait pas bienvenu sans sa cavalière.

Maggie retourna s'asseoir à côté de Boris. Ils s'embrassèrent. Elle demanda :

« Tu as fait bon voyage ? » et lui : Qui est-ce qui chantait avec toi ? », exactement en même temps.

Elle fit comme si elle n'avait rien entendu et répéta sa question, tandis qu'il continuait :

« C'était Ira Moran, non ?

— Qui ça ? Celui qui chantait avec moi ?

— C'est bien lui ! Mais tu m'as dit qu'il était mort !

— C'était un malentendu, dit-elle.

— Je n'ai pas rêvé, Maggie.

— Je veux dire, j'ai mal compris, il n'était pas mort. Il était seulement, euh, blessé.

— Ah, fit Boris, qui prit un temps pour enregistrer.

— C'était une blessure superficielle. Une blessure au crâne. »

N'était-ce pas une contradiction dans les termes ? Elle passa en revue une flopée de films de série B.

« Et alors quoi ? Il réapparaît un beau jour ? Je veux dire, c'est un revenant ou quoi ? Que s'est-il passé au juste ?

— Écoute, Boris. Je ne sais pourquoi tu reviens sur ce sujet. Ça devient lassant.

— Bon d'accord. Excuse-moi. »

(Avait-elle vraiment semblé si autoritaire ? Difficile à croire, rétrospectivement...)

Le matin du grand jour, Maggie partit de bonne heure pour l'appartement de Serena, situé au deuxième étage d'un petit immeuble. Son amie paraissait calme, mais Anita était dans tous ses états. Dans ces cas-là, elle se mettait à parler très vite, en avalant la ponctuation comme dans une publicité :

— Pourquoi qu'elle se fait pas un chignon comme tout l'monde je lui dis d'puis la semaine dernière ma vieille personne ne porte les cheveux détachés comme ça va donc au coiffeur qui t'fasse de jolies boucles pour sous l'voile...

La cigarette aux lèvres, vêtue d'un peignoir sale en synthétique rose, elle s'agitait en tous sens dans leur cuisine minable. Elle faisait un maximum de bruit sans accomplir grand-chose. Nonchalante dans une grande chemise d'homme appartenant à Max, Serena la coupa :

« Pas de panique, maman, OK ? »

Elle se tourna vers Maggie :

« Maman veut chambouler toute la cérémonie.

— Comment ça ?

— Elle a pas d'demoiselle d'honneur ! glapit Anita. Pas d'cortège et le pire c'est qu'y a personne pour la mener à l'autel !

— Elle trouve que ce n'est pas à elle de me donner le bras.

— Oh ! si seulement ton oncle était là ! continua Anita. On d'vrait pt'êt reculer ton mariage d'une semaine qu'il puisse venir passque tel que c'est, c'est pas possible, c'est trop bizarre, j'les vois déjà les Gill me zieuter sous toutes les coutures et ricaner et d'ailleurs j'me suis brûlé les cheveux avec ma permanente et j'peux *vraiment* pas t'accompagner ma chérie.

— Viens m'aider à enfiler ma robe », dit Serena à Maggie.

Elle l'emmena dans sa chambre, c'est-à-dire la moitié de la chambre d'Anita séparée par un drap de lit, et s'assit devant sa coiffeuse.

« J'ai failli lui donner un bon whisky, mais j'ai peur des effets secondaires.

— Serena, tu es sûre que tu veux épouser Max ? » demanda Maggie tout à trac.

Serena s'étrangla et pivota sur son tabouret.

« Maggie Daley, tu ne vas pas commencer ! On vient de mettre le glaçage sur la pièce montée.

— Mais je veux dire, comment tu le sais ? Comment peux-tu être si sûre d'avoir bien choisi ?

— Je suis sûre parce que je sais que c'est le moment », dit Serena, retournant à son miroir.

Sa voix était redevenue normale. Elle s'appliquait du fond de teint, par petites touches expertes sur le menton, le front et les joues.

« Il est temps que je me marie, c'est tout. Si tu savais comme j'en ai marre des sorties en amoureux, et de faire bonne figure ! Je veux pouvoir m'affaler devant la télé avec mon mari, comme tout le monde. J'ai l'impression de me libérer d'un carcan, tu sais ; c'est comme ça que je le vois.

— Qu'est-ce que tu me racontes ? dit Maggie, appréhendant la réponse. Tu es en train de me dire que tu n'es pas amoureuse de Max ?

— Bien sûr que je l'aime, répondit Serena en se massant le visage. Mais ce n'est pas la première fois, je te rappelle. J'étais raide dingue de Terry Simpson à seize ans. Mais le temps n'était pas venu de me marier, alors ce n'est pas Terry Simpson que j'épouse. »

Maggie ne savait plus quoi penser. Est-ce que c'était comme ça pour tout le monde ? Les avait-on bercés de contes de fées ?

« La première fois que j'ai vu Eleanor, lui avait confié son frère aîné, je me suis dit, c'est cette fille qui sera ma femme un jour. »

Il n'était pas venu à l'esprit de Maggie qu'il était tout simplement prêt à se marier, et donc qu'il gardait l'œil ouvert.

Ici encore, Serena avait déteint sur Maggie.

« Nous ne sommes pas le jouet du destin, semblait-elle dire. Ou du moins, nous pouvons nous en libérer à tout moment. »

Maggie s'assit sur le lit et regarda Serena se poudrer. Dans sa grande chemise, elle ressemblait à n'importe quelle fille du quartier.

« Quand ce sera fini, dit-elle à Maggie, je ferai teindre ma robe en violet. Autant que ça serve. »

111

Maggie la contemplait pensivement.

La cérémonie commençait à onze heures, mais Anita voulait être à l'église très en avance pour parer à tout imprévu. Maggie les accompagna dans leur vieille Chevrolet. Serena conduisait parce que sa mère se sentait un peu nerveuse. Avec la robe bouffante de la mariée qui encombrait tout l'avant, Maggie et Anita s'étaient mises à l'arrière. Anita parlait sans arrêt et saupoudrait de cendres sa robe moirée couleur pêche, très mère-de-la-mariée.

« Maintenant qu'j'y pense Serena j'comprends pas pourquoi tu fais ta réception dans ce local des Anges de la charité, à mille lieues de tout, chaque fois qu'j'ai essayé de le trouver j'me suis paumée et j'ai dû demander dix-huit fois mon chemin... »

Elles s'arrêtèrent en double file devant le magasin de lingerie. Serena sortit, précédée de cascades de satin, pour aller se montrer à sa patronne, Mrs. Knowlton. En attendant, Anita continuait :

« Franchement on peut bien appeler quelqu'un pour tenir un buffet ou réparer les chiottes ou la serrure, tu pourrais penser qu'y aurait pas d'problèmes pour engager un type les cinq p'tites minutes qui faut pour remonter l'église au bras d'ma fille, non ?

— Oui, madame, fit Maggie, extirpant distraitement d'un trou dans le siège un peu de bourre synthétique.

— Des fois, j'crois qu'elle veut m'donner en spectacle. »

Maggie ne savait plus quoi répondre.

Serena finit par revenir, un paquet cadeau dans les bras.

« Mrs. Knowlton m'a défendu de l'ouvrir avant la nuit de noces », dit-elle.

Maggie rougit et jeta un regard en coin du côté d'Anita. Mais Anita regardait par la vitre, soufflant la fumée par les narines.

À l'église, le révérend Connors prit Serena et sa mère à part. Maggie alla rejoindre les autres chanteurs. Mary Jean était déjà là, et bientôt Sissy arriva avec son mari et sa belle-mère. Pas d'Ira à l'horizon. Enfin, il y avait tout le temps. Maggie décrocha sa longue robe blanche des jours de cérémonie et l'enfila par la tête. Elle se perdit dans les plis, émergea tout ébouriffée et dut aller se recoiffer. À son retour, Ira n'était toujours pas là.

Les premiers invités étaient arrivés. Boris s'était placé devant, désagréablement proche d'elle. Il écoutait respectueusement une dame voilée, et hochait du chef d'un air intelligent. Maggie lui trouva quelque chose de crispé dans le port de tête. Elle surveillait l'entrée. Les gens remplissaient l'église au compte-gouttes : arrivaient ses parents, les voisins d'à côté, le vieux professeur de claquettes de Serena. Mais la silhouette familière, longiligne et sombre, manquait à l'appel.

Comme la veille, elle l'avait quitté sans un mot, il allait peut-être lui rendre la pareille.

« Excusez-moi », dit-elle.

Elle s'extirpa des chaises pliantes et fila le long des murs. À la sortie, sa manche se prit dans la poignée de la porte et l'arrêta net. Elle se dégagea sans que personne ne la remarque.

« Salut ! » fit une ancienne camarade de classe.

« Hmm... », répondit Maggie, qui plissait les yeux du haut du perron pour scruter l'horizon.

On ne voyait que les convives de la noce. Elle eut un mouvement d'impatience devant tant de frivolité. Les gens se souriaient et s'accostaient dans ce style gracieux qu'on ne voit que le dimanche. Les dames déambulaient les pieds en dehors, leurs gants blancs luisant au soleil.

Boris la rattrapa sous le porche :

« Maggie ? »

Sans se retourner, elle dévala l'escalier. C'était ce genre de marches larges et espacées, qui défient le pas humain ; elle fut happée dans un rythme bancal.

« Maggie ! » cria Boris ; elle continua de courir une fois sur le trottoir. Elle fendit la foule qu'elle laissa derrière elle, sa robe gonflant comme une voile sous le vent.

Le magasin d'encadrement n'était pas loin, mais il faisait chaud en cette matinée de juin. Elle arriva en haletant. Elle poussa la porte de verre et se retrouva confinée dans une boutique obscure, tapissée d'un vieux linoléum. Des échantillons de cadres en forme de L garnissaient un pan de liège jauni, une épaisse couche de peinture grise recouvrait le comptoir. Et derrière, se tenait un vieil homme voûté, hérissé de mèches blanches sous sa visière. Le père d'Ira.

Elle ne s'attendait pas à le trouver là. Dans son idée, il ne mettait plus les pieds au magasin. Elle hésitait.

« Je peux vous aider ? » dit-il.

Elle croyait n'avoir jamais vu des yeux aussi noirs que ceux d'Ira, mais ces yeux-là étaient encore plus foncés. Au point que le regard lui-même était indiscernable ; la pensée qu'il était aveugle lui traversa l'esprit.

« Je cherchais Ira.

— Ira ne travaille pas aujourd'hui. Il avait une fête ou quelque chose.

— Oui, un mariage ! Il fait partie du chœur. Mais on ne l'a pas encore vu, et je suis passée le prendre.

— Ah bon ? » dit Sam. Il approcha son visage du sien, cherchant du nez, ce qui accusait encore l'impression de cécité. « Vous ne seriez pas Margaret, par hasard ? demanda-t-il.

— C'est moi, oui. »

Il réfléchit un instant, puis ricana d'un petit rire asthmatique.

« Margaret M. Daley », dit-il.

Elle resta de marbre.

« Alors comme ça, vous pensiez qu'il était mort.

— Il est là ?

— Il est là-haut en train de s'habiller.

— Pourriez-vous l'appeler, s'il vous plaît ?

— Et il était mort comment, d'après vous ? demanda-t-il.

— Je l'ai confondu avec quelqu'un d'autre. Monty Rand, bredouilla-t-elle. Monty est mort au service militaire.

« — Au service militaire !

— Pourriez-vous lui dire que je suis là, s'il vous plaît ?

— Ira n'a rien à faire au service militaire. Ira a des responsabilités, figurez-vous. Tout comme s'il était marié. Non pas qu'il puisse jamais se marier, étant donné la situation. Ça fait des années que j'ai des problèmes cardiaques, et il y a une de ses sœurs qui ne tourne pas rond. Tu parles ! L'armée n'en voudrait même pas s'il était volontaire ! On se retrouverait à la charge du gouvernement, moi et les filles. De véritables cas sociaux ! Restez là où on a besoin de vous, ils lui répondraient à l'armée. Pas de place ici pour les soutiens de famille. »

Un bruit dans l'escalier se fit entendre – un roulement sourd. Une porte s'ouvrit dans le plan de liège derrière le comptoir, et Ira apparut :

« Papa... »

Il la vit. Il portait un costume sombre mal coupé sur une chemise blanche et raide. Sa cravate dénouée pendait des deux côtés.

« Nous allons être en retard », lui dit-elle.

Il retroussa le poignet de sa chemise pour vérifier l'heure.

« Allons-y ! » répéta-t-elle.

Elle n'était pas seulement préoccupée du mariage. Il y avait quelque chose de dangereux à rester plus longtemps dans la compagnie de Sam. Et en effet, il commença :

« Moi et ta petite amie, là, on discutait de ton départ pour l'armée.

— L'armée ?

— Impossible, je lui disais. Ira doit s'occuper de nous.

— Bon, de toute façon, papa, je devrais être de retour dans une heure ou deux.

— Si long que ça ! Mais c'est presque toute la matinée ! »

Sam se tourna vers Maggie et expliqua :

« Samedi, c'est le jour le plus chargé. »

Maggie se demanda pourquoi, en ce cas, le magasin était vide. Elle dit :

« Oui, en effet, on devrait...

— Vous savez, reprit Sam, si Ira partait à l'armée, on n'aurait plus qu'à fermer boutique. Brader tout ça corps et biens, alors que l'affaire est dans la famille depuis quarante et un ans, quarante-deux ans en octobre.

— Mais qu'est-ce que tu racontes? lui demanda Ira. Qu'est-ce que j'irais faire à l'armée?

— Mademoiselle ici présente croyait que tu t'étais fait tuer au service militaire, lui dit Sam.

— Ah », fit Ira.

Il dut sentir le danger car ce fut à lui de dire :

« On ferait mieux d'y aller.

— Elle croyait que tu t'étais fait sauter la tête à l'entraînement! »

Il émit son petit rire saccadé. Il avait quelque chose d'un rongeur ou d'une taupe avec ce nez qui s'affairait.

« Et pan, une lettre de condoléances!... Hé! C'est que j'ai eu un choc! »

Il s'adressa à Maggie :

« Pendant un quart de seconde je me suis dit, quoi? Ira est mort? Première nouvelle. Et première nouvelle de vous. Première nouvelle d'une fille quelle qu'elle soit, à vrai dire. Je veux dire, il n'a plus de copains comme avant. Ses copains de l'école, tous des petits cracks, sont partis à l'Université. Ils ont perdu le contact. Il ne voit pas âme qui vive dans ses cordes. Écoute, je lui ai dit. Après avoir digéré le choc. Une fille! Enfin une fille! Il faut sauter sur l'occasion, je lui ai dit.

— Partons », dit Ira à Maggie.

Il souleva le coin du comptoir et fit un pas en avant, mais Sam persistait :

« Le problème, c'est qu'elle se débrouille très bien toute seule, tu vois bien. » Ira se figea sur place, le comptoir en l'air.

« Elle t'écrit son petit mot de condoléances, et c'est fini, la r'voilà gaie comme un pinson.

— Et qu'est-ce qu'il fallait faire, d'après toi? Se jeter dans ma tombe?

116

– Quand même, on peut dire qu'il n'y paraît pas. Une belle petite lettre, un timbre dans le coin, et ouste! On passe au mariage de la copine.

– C'est ça », dit Ira.

Il abaissa le comptoir et rejoignit Maggie. Impénétrable, c'était le mot. Ses yeux ne reflétaient rien, et sa main, quand il lui prit le bras, était parfaitement ferme.

« Vous vous trompez, dit Maggie à Sam.

– Hein?

– Je n'allais pas bien du tout! J'étais désespérée.

– C'est pas la peine de s'exciter, ma petite dame, dit Sam.

– Et si vous voulez savoir, il y a tout plein de filles qui le trouvent merveilleux et je ne suis pas la seule; de plus c'est ridicule de dire qu'il ne peut pas se marier. Vous n'avez pas le droit; tout le monde peut se marier.

– Jamais! Il n'oserait pas. Il doit penser à moi et à ses sœurs. Tu veux nous mettre à l'asile, Ira? Ira! Tu ne vas pas te marier?

– Et pourquoi pas? demanda Ira d'un ton calme.

– Et moi! Et tes sœurs!

– Je l'épouse de toute façon », dit Ira.

Puis il ouvrit la porte et s'effaça pour laisser passer Maggie.

Ils s'arrêtèrent sur le seuil. Il l'enlaça et l'attira près de lui. Sa joue plaquée à l'étroite cage thoracique, elle entendait battre son cœur. Bien que son père pût les voir à travers la vitre, Ira baissa la tête et l'embrassa sur la bouche. Un long baiser, un baiser chaud et profond qui lui laissa les jambes de coton.

Puis ils partirent pour l'église.

Mais à voir le film de Serena, qui aurait pu imaginer ce qui venait de se passer? On aurait dit un couple ordinaire, tout au plus mal assorti. Il était trop grand et trop maigre, elle était trop petite et trop grosse. Ils avaient l'air grave, mais certainement pas au point d'exprimer un quelconque bouleversement. Ils ouvraient et refermaient la bouche dans leur film muet, tandis que l'assistance

117

chantait à leur place, gentiment ironique ou mélodramatique : « *Love is Nature's way of giving, a reason to be living...* »

Seule Maggie savait qu'il lui avait posé la main au creux des reins.

Puis ce fut au tour des jumelles, joignant leurs visages comme des oisillons, de chanter l'entrée en scène de la mariée. Et la caméra atterrit sur Serena, toute de blanc vêtue. Elle remontait l'allée avec sa mère pendue à son bras. Bizarre : vues sous cet angle, aucune des deux ne semblait particulièrement excentrique. Serena regardait droit devant elle, très concentrée. Anita était un peu trop maquillée, peut-être, mais ç'aurait pu être n'importe quelle autre mère vraiment, anxieuse et démodée dans sa robe trop serrée.

« Regardez Serena ! » dit quelqu'un en riant.

Et l'on chantait cette fois :

« *Though I don't know many words to say...* »

Là-dessus, la caméra passa abruptement sur Max, posté devant l'autel auprès du révérend Connors. Une par une, les voix s'éteignirent. Cher Max, pinçant les lèvres et lorgnant de ses yeux bleus l'arrivée de Serena, dans un effort marqué pour être digne et comme il faut. Ses traits s'étaient estompés avec l'âge, sauf les taches de rousseur, qui ressortaient comme des paillettes de métal sur ses larges pommettes.

Maggie sentit les larmes lui monter aux yeux. On sortit des mouchoirs. Personne, pensait-elle, personne ne se doutait à l'époque que tout cela était *pour de vrai*.

Mais bientôt l'on s'égaya de nouveau, parce que la chanson était trop longue et que le couple devait garder la pose sous l'œil attendri du révérend Connors, en attendant que les jumelles veuillent bien se calmer. Et depuis l'échange des alliances et l'apparition de Sugar pour chanter, les invités se poussaient du coude, l'air complice. Impossible, en effet, d'oublier une telle fin.

Max escorta Serena beaucoup trop lentement, du pas noble et mesuré qui devait lui sembler adéquat. Sugar avait terminé sa chanson bien avant qu'ils aient disparu. Serena tirait Max par le bras, chuchotant impérieusement à son oreille, et marcha pratiquement de dos sur les derniers mètres avant de le jeter sur le bas-côté. Et une fois hors du champ, quelle histoire ! Un crescendo de sifflements, puis des cris : « Si tu étais resté à cette foutue répétition, avait-on entendu, au lieu de te tirer pour chercher ta nombreuse famille... »

L'assistance n'avait pas bougé. Ne sachant plus où se mettre, les gens avaient commencé à sourire dans leur barbe, puis on avait éclaté de rire.

« Serena, ma chérie, implorait Max. Calme-toi. Tout le monde nous entend, voyons, mon amour... »

Naturellement, rien ne transparaissait dans le film. La bobine se terminait d'ailleurs, sur un défilé de numéros usagés. Mais dans la pièce, on se rafraîchissait la mémoire en faisant revivre la scène.

« Et sur ce, elle est partie...
— ... En claquant la porte.
— L'église a tremblé sur ses fondations...
— Et nous à se tordre le cou pour regarder, sans savoir quoi faire ! »

Quelqu'un remonta le store : c'était Serena. Elle souriait, les yeux embués. La pièce s'emplit de lumière. On entendait des : « et alors, Serena... » et des : « tu te rappelles ? » Serena approuvait et riait, les larmes aux yeux. La vieille dame soupira : « Ce cher Maxwell », sans remarquer la gaieté qui s'emparait des convives.

Maggie se leva et ramassa son sac. Elle voulait voir Ira ; elle se sentait perdue tout à coup. Elle le chercha du regard, parmi ces visages dénués de sens. Elle alla jusqu'au buffet, mais ne l'y trouva pas. Elle prit le couloir et passa une tête dans la chambre à coucher.

Il était là, assis derrière le bureau. Il avait rapproché le fauteuil et poussé la photo de Linda pour étaler une réussite sur la surface polie. Une main anguleuse tenait un valet, prête à s'abattre. Maggie entra et referma la porte. Elle posa son sac et l'entoura de ses bras, par-derrière.

« Tu as raté un bon film, souffla-t-elle dans ses cheveux. Serena a passé le film de son mariage.

– Ça lui ressemble bien, tiens, dit Ira en plaçant son valet. Ses cheveux sentait la noix de coco – son odeur naturelle, qui persistait quel que soit le shampooing.

– Toi et moi en train de chanter...

– Et bien sûr, ça t'a rendue toute triste et nostalgique.

– Exactement, lui dit-elle.

– Ça te ressemble bien, pour le coup.

– Oui », dit-elle en souriant dans le miroir qui leur faisait face.

Elle était fière de cette affirmation, comme si elle se vantait. Si elle était trop sensible, pensait-elle, au moins avait-elle choisi celui qui saurait l'émouvoir. Si elle était prisonnière des lendemains, au moins avait-elle choisi de quoi ils seraient fait. Elle se sentait forte et libre. Elle regarda Ira ramasser une suite de carreaux, de l'as au dix, qu'il posa sur le valet.

« On avait l'air si jeunes, lui dit-elle. De vrais gosses. On était à peine plus âgés que Daisy aujourd'hui; tu peux imaginer. Et pas une pensée pour celui ou celle qui nous accompagnerait pendant les soixante prochaines années.

– Mmhmm ? » fit Ira.

Il soupesait un roi. Elle coucha sa joue sur ses cheveux. C'était comme de tomber amoureuse. Et de son propre mari! Le côté pratique de la chose la fit sourire – comme de trouver là dans son placard tous les ingrédients requis pour une nouvelle recette.

« Tu te souviens de notre première année de mariage ? C'était horrible. On n'arrêtait pas de se disputer.

– La pire année de ma vie », acquiesça-t-il, et il se recula légèrement pour lui faire une place sur ses genoux.

Ses cuisses sous elle étaient longues et dures – deux rondins de bois.

« Attention à mes cartes », avertit-il, mais elle sentit que son intérêt vacillait.

Elle posa la tête sur son épaule et suivit d'un doigt la couture de sa poche de chemise.

« Le dimanche où on a invité Max et Serena à dîner, tu te souviens ? Nos premiers invités. On a changé cinq fois les meubles de place. J'allais à la cuisine et je revenais pour trouver toutes les chaises éparpillées dans les coins. Et je disais, mais qu'as-tu fait ? et on chamboulait tout et quand les Gill sont arrivés, la table basse était en équilibre sur le canapé et toi et moi on poussait des cris.

— On avait le trac, en fait », dit Ira. Il la tenait enlacée maintenant ; elle entendait le timbre métallique de sa voix résonner dans sa poitrine.

« On essayait de faire comme des adultes, mais on n'était pas sûrs de notre coup.

— Et le premier anniversaire, reprit Maggie. Quel fiasco ! Comme on appelle ça les noces de papier, j'ai eu l'idée géniale de te fabriquer un cadeau moi-même, à partir d'un kit que j'avais vu dans le journal : une horloge en papier !

— C'est drôle, je n'en ai aucun souvenir.

— C'est que je ne te l'ai jamais donnée.

— Et qu'est-ce que c'est devenu ?

— Eh bien, j'ai dû me tromper dans le montage, dit Maggie. Je veux dire, j'ai suivi les instructions, mais ça n'a jamais vraiment marché comme il faut. L'aiguille se traînait, ça s'arrêtait, ça repartait. Un des bords s'enroulait sur lui-même, et il y avait un gros pli sous le douze, où j'avais mis trop de colle... Bref, c'était un truc de pacotille, complètement amateur. J'ai eu si honte que je l'ai jeté à la poubelle.

— Ma chérie.

— J'avais peur que ce soit un symbole ou quelque chose, je veux dire un symbole de notre mariage. J'avais peur qu'on soit nous-mêmes un bricolage, une solution de fortune.

— Diable, dit-il. C'est qu'on apprenait tout juste. On ne savait pas quoi faire l'un de l'autre.

— Maintenant, on sait », chuchota-t-elle, en pressant ses lèvres dans le creux tiède et palpitant sous l'oreille. Sa main descendit doucement vers la boucle de sa ceinture.

« Maggie ? » dit Ira, qui ne fit rien pour l'arrêter. Elle se redressa pour relâcher la ceinture et défaire sa braguette.

« On peut très bien rester assis, continua-t-elle. Personne n'y verra que du feu. »

Ira gémit et l'attira pour l'embrasser. Ses lèvres étaient douces et fermes. Elle crut sentir le sang affluer dans ses veines, avec un bruit de ressac comme dans un coquillage.

« Maggie Daley ! » s'exclama Serena.

Ira sursauta violemment et Maggie sauta sur ses pied. Serena était pétrifiée, une main sur la poignée de la porte. Bouche bée, elle fixait la braguette ouverte d'Ira et les pans de sa chemise.

On ne savait jamais avec Serena. Elle aurait pu éclater de rire, se dit Maggie, ou fondre en larmes. Mais peut-être que l'enterrement l'avait éprouvée, ou le film qui avait suivi, ou son veuvage en général. Toujours est-il qu'elle murmura :

« C'est incroyable. C'est vraiment incroyable.

— Serena...

— Chez moi ! Dans ma chambre à coucher !

— Excuse-moi ; s'il te plaît, excuse-nous, je veux dire... », dit Maggie, tandis qu'Ira, qui se rhabillait précipitamment, expliquait :

« Oui, on ne voulait vraiment pas...

— Tu as toujours été impossible, dit Serena à Maggie. On dirait que tu le fais exprès. On n'est pas aussi dingue par hasard. Tu crois que j'ai oublié ce qui s'est passé avec ma mère, à la maison de retraite ? Et ça, maintenant ! À un enterrement ! Dans la chambre que j'ai partagée avec mon mari !

— C'est un malentendu, Serena. Je t'assure qu'on n'allait pas...

— Un malentendu ! dit Serena. Oh, laissez-moi...

— Comment ?

— Partez », dit-elle, et elle tourna les talons et s'éloigna.

Maggie reprit son sac sans regarder Ira. Lui ramassa ses cartes. Elle sortit la première et le précéda dans le cou-

loir. Au salon, on s'écarta légèrement pour les laisser passer. Maggie se demandait s'ils avaient tout entendu. Certainement. Il y avait une excitation discrète dans l'air. Elle ouvrit la porte d'entrée et se retourna pour dire :
« Bon, eh bien, au revoir ! »
Quelques voix firent écho :
« R'voir, Maggie, r'voir, Ira... »
Dehors, la lumière était aveuglante. Elle regretta de ne pas avoir pris la voiture. Elle saisit la main que lui tendait Ira et s'avança précautionneusement sur le gravier le long de la route. Ses escarpins étaient blanchis d'une fine pellicule de poussière.
« Eh bien, dit Ira après un silence, on peut dire qu'on a mis de l'ambiance...
— Je suis accablée, dit Maggie d'un air sinistre.
— Oh, ça lui passera. Tu sais comment elle est. » Il secoua la tête et ajouta : « Regarde le bon côté des choses, pour une réunion d'anciens camarades de classe...
— Mais ce n'était pas une réunion d'anciens camarades de classe, c'était un enterrement. Un service funéraire. J'arrive et je fous tout en l'air ! Elle va croire qu'on voulait faire les malins, c'est sûr. Qu'on se moque d'elle maintenant qu'elle est veuve. Je m'en veux terriblement.
— Je suis certain qu'elle nous pardonnera », lui dit-il.
Une voiture siffla en les doublant. Ira changea de place et prit Maggie à sa droite, pour la protéger. Ils marchaient maintenant un peu décalés, sans se toucher. Ils avaient récupéré leurs esprits. Ou presque. Un mirage de lumière et de chaleur troublait la vue de Maggie. La vieille demeure de pierre devant laquelle ils passaient sembla tout à coup se dissoudre en une surface miroitante. Elle s'estompa dans un léger tremblement argenté, puis se recomposa et revint à l'état solide.

4

Depuis quelque temps, Ira était obsédé par la propension de l'humanité au gâchis. Les hommes, lui semblait-il, gaspillaient leur vie. Ils dépensaient leur énergie en jalousies mesquines, en vaines ambitions, en amères et durables rancunes. Quoi qu'il fît, ce thème surgissait à sa rencontre comme un avertissement. Non qu'il ne fût averti. Il n'était que trop conscient du gâchis qu'il laissait derrière lui.

Cinquante ans et pas une seule action notable. Il fut un temps où il rêvait de mettre au point un remède pour quelque grave maladie. Au lieu de quoi, il s'occupait à encadrer des carrés de tapisserie au petit point.

Son fils, qui n'avait pas l'oreille musicale, avait abandonné le lycée pour devenir une rock star. Sa fille était du genre à se noyer dans un verre d'eau : elle se rongeait les ongles à vif à la veille des examens. Elle avait des migraines qui l'aveuglaient et se mettait dans un tel état pour ses notes, que le médecin redoutait l'ulcère à l'estomac.

Et sa femme ! Il l'aimait, mais il ne supportait pas cette façon de se refuser à prendre la vie au sérieux. Elle agissait comme si la vie n'était qu'un brouillon, après quoi elle aurait droit à un second tour, puis à un troisième pour se rattraper. Toujours prête à se lancer, aussi maladroite qu'impétueuse, vers rien de particulier – une embardée, un détour au petit bonheur.

Comme aujourd'hui, tiens, avec cette histoire de Fiona. Fiona qui n'était plus de la famille, estimait Ira, même plus une belle-fille, à peine une connaissance. Mais voilà que Maggie, abandonnant sa main au vent tandis qu'ils filaient vers la maison sur la Route 1, Maggie était reprise par sa lubie : rendre visite à Fiona. Ce n'était pas assez d'avoir gâché leur samedi pour Max Gill – encore un détour, dans le genre – il fallait aussi mettre le cap sur Cartwheel, faire un crochet pour s'offrir comme baby-sitter durant l'hypothétique voyage de noces de Fiona. Cela n'avait pas de sens. Fiona avait une mère, non ? Une mère qui s'était toujours occupée de Leroy et sur qui on pouvait bien compter pour la suite des événements.

« Et Mrs. Machin – comment s'appelle-t-elle déjà ? Mrs. Stuckey. Elle n'est plus là ? demanda Ira.

– Oh, Mrs. *Stuckey* ! » fit Maggie, comme s'il était inutile d'en dire plus long.

Elle ramena sa main et remonta la vitre. Son visage s'embrasait au soleil, sa jolie figure ronde et véhémente. Avec le vent, ses cheveux se dressaient en anneaux tout autour de sa tête. Un vent chaud, parfumé au gazoil : il était grand temps de fermer. Quoique cette façon de baisser et de relever la vitre commençât à taper sur les nerfs d'Ira. Maggie changeait d'avis d'une seconde à l'autre, se disait-il. Elle vivait toujours dans l'instant. Un spasme d'irritation lui traversa les tempes.

Voilà une femme qui était capable de perdre toute une soirée à cause d'un faux numéro. Une fois le téléphone avait sonné : « Allô ? » avait-elle répondu et une voix d'homme avait enchaîné :

« Laverne, surtout ne bouge pas. J'envoie Dennis te chercher. »

Et ça avait raccroché : « Attendez ! » avait crié Maggie dans l'appareil muet.

Typique. Cet homme, quel qu'il soit, avait dit Ira, n'avait que ce qu'il méritait. Si Dennis et Laverne n'arrivaient pas à se joindre, c'était leur problème, pas celui de Maggie. Mais elle n'avait pas arrêté :

« Ne bouge pas, gémissait-elle, il a dit : surtout ne bouge pas. Qui sait ce qui lui arrive, à cette pauvre Laverne. »

Et toute la soirée, elle avait formé toutes les variations possibles de leur numéro, toutes les combinaisons de chiffres, dans l'espoir de tomber sur Laverne. Sans résultat, bien entendu.

À en croire Maggie, Cartwheel était si près que l'agglomération allait pratiquement surgir sous leurs roues : « C'est sur cette bretelle juste au-dessus de la limite d'État. J'ai oublié le nom. Mais ça ne figure pas sur la carte que tu as achetée tout à l'heure. »

Pas étonnant qu'elle l'ait si mal guidée : elle ne pensait qu'à repérer Cartwheel.

Pour un samedi, il y avait peu de circulation. C'étaient principalement des camions – des petits camions fatigués transportant des troncs d'arbres ou des vieux pneus, pas de ces monstres bien huilés qu'on voit sur la 195. La Dodge traversait une région agricole et les véhicules, l'un après l'autre, déposaient une nouvelle traînée de poussière sur les champs desséchés qui bordaient la route.

« Voilà ce qu'on va faire, dit Maggie. On s'arrête un moment chez Fiona. À peine. Pas même pour prendre le thé. On lui fait notre proposition, et on repart.

— Ça, tu pourrais le faire par téléphone.

— Mais non, je ne peux pas !

— Appelle quand on sera de retour à Baltimore, si tu tiens tellement à faire du baby-sitting.

— La petite n'a pas sept ans, dit Maggie. C'est tout juste si elle peut se souvenir de nous. On ne peut pas la prendre comme ça, à froid, pour une semaine. Il faut qu'elle se réhabitue.

— Pourquoi une semaine ? »

Elle était occupée à fouiller dans son sac.

« Hein ?

— Qui te dit que ce voyage de noces durera une semaine, Maggie ?

— Ben, je ne sais pas, moi. Peut-être ce sera deux

semaines. Peut-être un mois. Comment veux-tu que je sache ? »

Ira se demanda tout à coup si cette histoire de remariage tenait debout. N'était-ce pas un mythe, une invention de sa part ? Avec elle, tout était possible.

« Et en plus, dit-il, on ne peut pas s'absenter si longtemps. On travaille.

– On ne s'absentera pas. On la prendra chez nous, à Baltimore.

– Alors, elle manquera l'école.

– Oh, ce n'est pas un problème. On la met à l'école du coin. Le cours élémentaire est le même partout. »

Il y avait tant d'arguments à lui opposer qu'Ira en resta muet. Maggie venait de vider sur ses genoux le contenu de son sac.

« Oh, flûte », dit-elle en examinant son porte-billet, son rouge à lèvres, son peigne et le paquet de Kleenex. « Pourquoi est-ce que je n'ai pas pris cette carte ? »

Encore du temps perdu, se dit Ira : refaire l'inventaire d'un sac dont on connaît le contenu par cœur. Ira lui-même le savait par cœur. Et quel gaspillage de s'accrocher à Fiona, qui visiblement, elle, n'en avait cure et qui avait clairement montré qu'elle voulait vivre sa vie. Ne l'avait-elle pas proclamé ? « Je veux vivre ma vie. » Il l'entendait encore. C'était durant la grande scène finale, ou peut-être après, lors de ces tristes visites qu'ils lui rendirent, avec la petite Leroy intimidée, étrangère, et Mrs. Stuckey réduite à un œil accusateur et furibond dans l'angle de la porte du living. Ira grimaça. Quel gâchis, et tout ça pour rien. Le long trajet, la conversation forcée et les kilomètres au retour – absolument pour rien.

Et c'était du gâchis de donner sa vie de travail à des grabataires qui vous oubliaient dans l'instant, comme Ira ne cessait de le souligner. D'accord, quel dévouement admirable. Mais comment Maggie pouvait-elle supporter cette impermanence, cette absence de résultats durables – ces malades faibles, séniles, qui la prenaient pour leur mère morte depuis longtemps ou pour la sœur qui les avait offensés un jour de 1928.

Et du gaspillage encore de se tracasser pour les enfants – qui n'étaient plus des enfants, voyez Daisy. Le coup du papier à cigarette que Maggie avait trouvé le printemps dernier sur son bureau, en faisant la poussière. Elle était venue en courant le montrer à Ira.

« Que faire ? Que faire, mon Dieu ? se lamentait-elle. Notre fille fume de la marijuana. C'est un des indices qu'on trouve dans la brochure des parents d'élèves... »

Son angoisse avait gagné Ira ; ce qui arrivait plus souvent qu'il ne voulait l'admettre. Ils étaient restés debout tard dans la nuit, à discuter des façons d'aborder le problème.

« On s'est trompé, on a fait fausse route », clamait Maggie, et Ira la consolait :

« Calme-toi, mon petit cœur. On s'en sortira, je te promets. »

Tout ça pour des prunes. Il s'avéra que les papiers à cigarette étaient destinés à la flûte traversière de Daisy. On les glissait sous les clés quand elles se mettaient à coller, expliqua Daisy négligemment, sans même prendre la peine de se fâcher.

Ira, lui, s'était senti ridicule. Il avait l'impression d'avoir bêtement dépensé quelque chose de rare, de véritable, une monnaie solide.

Et la fois où un voyou avait volé le sac de Maggie. Il était entré dans la cuisine au moment où elle rangeait ses courses et l'avait piqué sur le plan de travail – pas gêné pour un sou. Et voilà qu'elle l'avait poursuivi. Elle aurait pu se faire assassiner ! (La chose à faire, raisonnable, logique, aurait été de hausser les épaules et de dire adieu à son sac, sans regrets – elle ne l'aimait pas d'ailleurs, et ce n'était pas les quelques dollars fripés dans le porte-monnaie qui lui manqueraient.) On était en février, les trottoirs luisaient de verglas : impossible de courir. Ira, qui rentrait du travail, avait été stupéfait de voir venir à sa rencontre, à pas d'escargot, un garçon le torse barré de la courroie rouge du sac de Maggie. Et derrière lui, Maggie trottinant avec peine, le bout de la langue entre les

dents, l'œil concentré sur ses pieds. L'un et l'autre ressemblaient à ces mimes qui simulent une course en faisant
du surplace. À la réflexion, c'était plutôt comique. Ira eut
un petit frémissement des lèvres. Il sourit.

« Quoi, fit Maggie, autoritaire.

— Tu étais folle de poursuivre ce voleur !

— Ira, franchement, qu'est-ce qui te passe par la tête ? »
Juste la question qu'il aurait pu lui poser à elle.

« Ça m'a permis de récupérer mon sac, dit-elle.

— T'as de la chance. Et s'il avait été armé ? Ou un peu
plus costaud ? Et s'il n'avait pas paniqué quand il m'a
vu ?

— Tiens, c'est drôle, je crois que j'ai rêvé de lui tout
récemment. Il était assis dans la cuisine, enfin, pas tout à
fait la même cuisine mais pas non plus le contraire, si tu
vois ce que je veux dire... »

Ne pouvait-elle pas s'empêcher de raconter ses rêves,
par exemple ? Ça le dérangeait, ça le rendait nerveux.

Et s'il ne s'était pas marié... Ou si, du moins, ils
n'avaient pas eu d'enfants... Mais c'était payer trop cher ;
même à ses heures les plus sombres, il le sentait bien. Ou
alors, il aurait pu placer sa sœur Dorrie dans une institu-
tion – un truc d'État, pas trop cher. Et dire à son père :

« Je ne t'entretiens plus. Maladie de cœur ou pas,
reprends ta satanée boutique et laisse-moi réaliser mon
plan initial, si j'arrive à retourner assez loin en arrière
pour me rappeler ce que c'était. »

Et pousser son autre sœur à sortir de sa coquille pour
trouver du travail : « Tu t'imagines que nous n'avons pas
peur, nous autres ? aurait-il dit. Eh bien, on se décarcasse
quand même et on gagne sa vie, et tu feras pareil. »

Mais elle en serait morte de terreur.

Quand il était petit, éveillé dans son lit, il s'imaginait
recevant ses malades. Ses genoux repliés faisaient office de
bureau. Il regardait la personne en face de lui et demandait gentiment :

« Alors, Mrs. Brown, qu'est-ce qui ne va pas ? »

Un temps, il s'était vu ostéopathe, car remettre les os en

place, ça se fait d'un seul coup. Un genre de bricolage. Il imaginait – clic – le petit bruit de l'os retrouvant l'articulation, et le patient cessant instantanément de souffrir.

« Hoosegow, dit Maggie.

– Quoi ? »

Elle rassembla d'une main ses petites affaires, les versa dans son sac, et le posa par terre à ses pieds.

« La bretelle vers Cartwheel, dit-elle, c'était pas un nom comme Hoosegow ?

– J'en ai pas la moindre idée.

– Moose Cow. Moose Lump.

– Appelle-ça comme tu voudras, je n'irai pas.

– Goose Bump.

– Écoute, lui dit-il. Je voudrais juste te rafraîchir la mémoire. Tu te souviens de nos précédentes visites ? Les deux ans de Leroy, où tu avais pourtant pris la peine de téléphoner ? Fiona a réussi à oublier qu'on venait. Elles étaient parties à Hershey Park. On a poireauté des heures sur le paillasson, et finalement on est rentrés chez nous. »

Mais pas un mot pour le cadeau qu'il tenait dans les bras : une gigantesque poupée de chiffon au sourire vide qui lui serrait le cœur.

« Et pour ses trois ans, quand tu as apporté un petit chat sans prévenir, alors que je t'avais pourtant conseillé de consulter Fiona d'abord. Et Leroy s'est mise à éternuer et Fiona a dit qu'elle ne pouvait pas le garder. Leroy a pleuré tout l'après-midi, tu te rappelles ? Quand on est repartis, elle pleurait toujours.

– On aurait pu la faire vacciner, s'entêta Maggie, ignorant le sens des remarques d'Ira. Des tas d'enfants sont allergiques, ça ne les empêche pas d'avoir une vraie ménagerie.

– Oui, mais Fiona ne voulait pas de ton vaccin. Elle ne voulait pas de nos conseils et elle ne voulait pas, au fond, qu'on vienne les voir. C'est pour ça que je t'ai dit qu'il ne fallait plus y aller. »

Maggie lui lança le coup d'œil oblique de la personne qui s'interroge. Elle se demandait probablement s'il se

131

doutait de ces autres expéditions – celles qu'elle avait faites seule. Cela dit, si elle avait voulu les garder secrètes, elle aurait fait le plein d'essence en rentrant.

« Moi, ce que j'en dis...

– Je sais ce que tu en dis! s'écria Maggie. Pas la peine d'insister lourdement! »

Un temps, il conduisit en silence. Une ligne discontinue ponctuait la route devant lui. Un envol de petits oiseaux, par dizaines, jaillit d'un bouquet d'arbres et couvrit de sa grisaille le bleu du ciel. Il les suivit de l'œil jusqu'à leur disparition.

« Grand-mère Daley avait un tableau dans son salon, dit Maggie. Une petite scène sculptée dans quelque chose de jaunâtre comme de l'ivoire, ou plutôt du celluloïd. Ça représentait un vieux couple assis près de la cheminée dans des rocking-chairs. Ça s'appelait : *Les petits vieux à la maison*. Elle tricotait et lui lisait un énorme livre. Ça ne pouvait être que la Bible. On se doutait qu'il y avait quelque part des enfants adultes. Enfin, c'était l'idée : les vieux restaient à la maison et leurs enfants étaient partis. Mais qu'ils étaient vieux, ces vieux! Avec des figures de pommes ridées et le corps comme un sac de patates ; de ces gens qu'on jette aux oubliettes après les avoir à peine identifiés. Je ne pouvais imaginer que je deviendrais une petite vieille.

– Toi, tu es en train de combiner quelque chose pour que cette gosse revienne à la maison », dit Ira. Ça le frappait d'un coup comme si elle l'avait prononcé tout haut : « C'est à ça que tu nous amènes. Comme tu es en train de perdre Daisy, tu veux rapatrier Leroy.

– Je n'en ai pas la moindre intention! affirma Maggie, un peu trop vite.

– On lit dans ta tête à livre ouvert. Cette histoire de baby-sitting, j'ai tout de suite flairé quelque chose de louche. Tu comptes sur Fiona pour être bien d'accord, occupée qu'elle est avec son mari tout nouveau tout beau.

– Eh bien, ça prouve que tu me connais mal, car je n'ai aucune envie de garder Leroy pour de bon, figure-toi.

Tout ce que je veux, c'est faire un saut chez elles cet après-midi – ce qui pourrait éventuellement faire réfléchir Fiona, à propos de Jesse.

– Jesse ?

– Jesse, oui. Notre fils, Ira.

– Oui, Maggie, je sais que Jesse est notre fils, mais ça m'a l'air tout réfléchi. C'est fini entre eux. Elle l'a quitté. Son avocat a envoyé des papiers que Jesse a tous signés et renvoyés depuis belle lurette.

– Et depuis, il n'a plus jamais, jamais été le même, dit Maggie. Ni Fiona, d'ailleurs. Seulement voilà, dès qu'il fait un geste de réconciliation, elle refuse d'abord de lui parler, et dès que c'est *elle* qui amorce un geste envers lui, il est déjà parti en claquant la porte, sans même comprendre qu'elle essaie de revenir. On dirait une espèce d'horrible danse, complètement désynchronisée, où on se trompe à chaque pas.

– Alors ? Justement ! Tu ne comprends pas ?

– Comprendre quoi ?

– Que ces deux-là, c'est une cause perdue, Maggie.

– Oh, Ira, laisse une chance à la chance. Fais attention à la voiture devant. »

Une Chevrolet rouge : un vieux modèle grand comme une péniche, ramenée par le temps à la couleur terne d'une gomme à effacer. Ira la surveillait depuis un moment déjà : il n'aimait pas trop sa façon de zigzaguer et de changer de vitesses.

« Klaxonne, ordonna Maggie.

– Oh, vaut mieux... »

Autant la dépasser, allait dire Ira. C'était probablement un de ces incapables qu'il valait mieux laisser loin derrière soi. Il appuya sur l'accélérateur en vérifiant son rétro, mais au même moment, Maggie tendit le bras et enfonça le klaxon. Le mugissement prolongé fit sursauter Ira ; il saisit la main de Maggie et la rabattit fermement sur ses genoux. Le conducteur de la Chevrolet, sans doute également surpris, ralentit brusquement et se retrouva à moins d'un mètre. Maggie se retint au tableau de bord.

133

Ira n'avait pas le choix; il braqua à droite et atterrit sur l'accotement. La poussière s'éleva autour d'eux comme une fumée. La Chevrolet accéléra, prit un tournant et disparut.

« Bon Dieu! » fit Ira.

Leur voiture avait stoppé sans qu'il ait souvenir d'avoir freiné. En fait, le moteur avait calé. Les mains d'Ira étaient toujours crispées sur le volant et les clés de contact se balançaient en cliquetant.

« Merci pour ton intervention, Maggie.

— Moi? C'est ma faute, peut-être? Qu'est-ce que j'ai fait?

— Oh! rien. Seulement corné à ma place. Seulement effrayé ce type à lui faire perdre le peu de tête qui lui restait. Maggie, une fois pour toutes, apprends à te mêler de tes affaires.

— Et qui se mêlera des tiennes, si ce n'est moi? Et ça me regarde après tout, c'est moi qui suis à la place du mort! Puis c'est pas grave, un coup de klaxon. C'est ce fou qui braque sans raison! »

Ira soupira.

« Enfin, dit-il. Tu ne t'es pas fait mal?

— Je pourrais l'étrangler, ce type! »

En d'autres termes, supposa Ira, elle ne s'était pas fait mal. Il remit en marche. Le moteur toussa deux, trois fois et repartit. Ira s'assura que la voie était libre et ramena la voiture sur la route. Après les graviers du bas-côté, la chaussée était trop lisse, trop facile. Il s'aperçut que ses mains tremblaient.

« C'est un malade, continuait Maggie.

— Heureusement qu'on avait la ceinture.

— On devrait le signaler à la police.

— Oh, tu sais. Tant qu'il n'y a pas eu de conséquences.

— Va plus vite, Ira, s'il te plaît. »

Il lui jeta un regard. Ses boucles emmêlées lui donnaient un air farouche:

« Je veux absolument relever son numéro.

— Écoute, Maggie, si tu réfléchis, c'était aussi bien notre faute que la sienne.

— Qu'est-ce que tu racontes ? Il conduisait par à-coups et serpentait dans tous les sens. Tu ne te souviens pas ? »

D'où sortait-elle tant d'énergie ? se demanda-t-il. De quelles réserves ? Il suait et son épaule gauche, brutalisée par la ceinture, lui faisait mal. Il changea de position, allégeant la pression de la courroie sur sa poitrine.

« Dis donc, tu ne voudrais pas qu'il cause un accident grave ?

— Euh... non.

— Il avait bu. Tu te rappelles ce communiqué à la télé ? C'est notre devoir de citoyens de le signaler à la police. Allez, Ira, accélère. »

Il obéit, plutôt par lassitude qu'autre chose.

Ils doublèrent une camionnette d'électricien qui les avait dépassés auparavant et, au sommet d'une côte, ils virent la Chevrolet devant eux. Elle filait comme si de rien n'était. Une bouffée de colère surprit Ira. Crétin de chauffard ! C'était certainement une femme, d'ailleurs, semant le trouble dans son sillage sans même une pensée. Il appuya plus fort sur la pédale.

« Bien, dit Maggie en baissant la vitre.

— Qu'est-ce que tu fabriques ?

— Plus vite, Ira.

— Pourquoi tu as ouvert ?

— Grouille-toi ! On va le rater.

— Ce serait la meilleure, qu'on chope une contravention pour excès de vitesse. »

Mais Ira laissa l'aiguille monter jusqu'à cent quinze, cent vingt. Ils avaient presque atteint la Chevrolet. La lunette arrière était si poussiéreuse qu'on voyait mal à l'intérieur. Ira distinguait seulement un chapeau, dépassant à peine du dossier. Pas de passager, apparemment. La plaque minéralogique était elle aussi couverte de poussière – un numéro de Pennsylvanie, bleu marine et jaune, un jaune moucheté de gris comme des taches de moisi.

« Y-2-8..., déchiffra Ira.

— Oui, oui, ça y est. (Maggie était de ces personnes qui savent encore par cœur le numéro de téléphone de leur enfance.) Maintenant, on le double, dit-elle.

– Tu crois?

– Tu vois bien le genre de conducteur que c'est. Je pense qu'il vaut mieux le dépasser. »

En effet, c'était raisonnable. Ira se déporta sur la gauche.

Arrivés à la hauteur de la Chevrolet, Maggie se pencha par la portière et pointa l'index :

« Votre roue ! cria-t-elle. Y a votre roue de devant qui se détache !

– Bon sang », dit Ira.

Il ajusta le rétroviseur. Ça ne fit pas un pli : la Chevrolet avait ralenti et gagnait l'accotement.

« Eh bien, ça a marché », dit-il.

Il éprouvait une certaine satisfaction.

Maggie se tordit pour regarder en arrière. Puis elle se tourna vers Ira. Il lui vit un air décontenancé qu'il ne s'expliqua pas.

« Oh, Ira !

– Quoi encore ?

– Il était vieux, Ira.

– Ces foutus conducteurs du troisième âge...

– C'est pas seulement qu'il était vieux – il était noir.

– Et alors ?

– Je ne l'ai pas bien vu avant de dire ça, dit-elle. Mais c'est pas possible, il ne voulait pas nous faire de crasse tout à l'heure... Je parie qu'il ne s'est rendu compte de rien. Il a une de ces figures toute ridée, toute digne, et quand j'ai parlé de la roue, sa bouche s'est ouverte en grand et il a porté la main à son chapeau. Son chapeau ! Un feutre gris comme en avait mon grand-père. »

Ira grommela.

« Maintenant, il pense qu'on s'est fichu de lui. Il pense qu'on est des racistes et qu'on lui a menti par pure méchanceté.

– Il ne pense rien de tout ça. En fait, il n'a aucun moyen de vérifier. Peut-être que sa roue se détache, après tout. Il faut qu'il la voie en mouvement.

– Tu veux dire qu'il est toujours arrêté, là-bas derrière ?

136

– Non, non, fit Ira promptement. Il doit s'être remis en route, mais il va un peu plus lentement, c'est tout, pour s'assurer que tout va bien.

– Ce n'est pas ce que je ferais à sa place.

– Mais tu n'es pas à sa place.

– Lui non plus, ce n'est pas ce qu'il ferait. Il est vieux et ahuri, et seul. Il est resté là-bas; il a trop peur pour faire un mètre de plus.

– Oh, écoute! dit Ira.

– Il faut y retourner. »

Ira sentait confusément qu'il allait céder.

« On ne lui dira pas qu'on a menti exprès, continua Maggie. On dira seulement qu'on n'était pas très sûrs. On lui demandera juste de rouler un peu pour voir, et puis on dira : " Désolés! On a dû se tromper. Votre roue va très bien. " »

– Et pourquoi " on "? demanda Ira. Moi, j'ai jamais dit qu'elle lâchait, sa roue.

– Ira, je te supplie à genoux de faire demi-tour et d'aller à son secours.

– Il est une heure et demie, dit Ira. Avec un peu de chance, on sera chez nous à trois heures. Peut-être même deux heures et demie. Je pourrais ouvrir le magasin une heure ou deux. Ce n'est pas beaucoup mais c'est mieux que rien.

– Le pauvre vieux est assis là, cramponné à son volant, les yeux dans le vide à ne pas savoir quoi faire, dit Maggie. Je le vois comme si j'y étais. »

Ira le voyait aussi, à vrai dire.

Il ralentit à l'approche d'une grosse ferme à l'air prospère. Une allée herbue conduisait à la grange; il s'y engagea sans mettre de clignotant pour que sa volte-face paraisse plus soudaine et plus exaspérée. Les lunettes de soleil de Maggie glissèrent tout le long du tableau de bord. Ira fit marche arrière, laissa passer un afflux de circulation qui s'était matérialisé d'un coup, et s'introduisit à nouveau sur la Route 1, face au nord cette fois.

« Merci, je savais bien que tu avais du cœur.

137

– Quand je pense, dit Ira, que tout au long de l'autoroute, d'autres couples font leur balade du week-end. Ils vont du point A au point B. Ils tiennent des conversations sensées sur, je ne sais pas, moi, l'actualité. Le désarmement. L'apartheid.

– Il a dû croire que c'était le Ku Klux Klan », dit Maggie. Elle se mit à mordiller sa lèvre inférieure comme toutes les fois qu'elle se faisait du souci.

« Aucun arrêt, pas de détours. S'ils font une pause, c'est pour un brunch dans une vieille auberge qui a du cachet. Un endroit qu'ils ont choisi d'avance. Peut-être même qu'ils ont réservé, tu te rends compte ? »

Il s'aperçut alors qu'il mourait de faim. Il n'avait rien mangé chez Serena.

« Ça doit être par ici, dit Maggie, soudain ranimée. Je reconnais ces silos. C'était juste avant. Tiens, le voilà ! »

Il était là, oui. Pas assis dans sa voiture, finalement, mais debout, décrivant autour d'elle un cercle hésitant : un homme aux épaules voûtées, la peau couleur de vieux chêne, avec un de ces vestons élimés qui semblent plus longs devant que derrière. Il examinait les pneus de la Chevrolet qu'on aurait pu croire abandonnée depuis des années, tant elle semblait établie là, résignée. Ira mit son clignotant et fit un demi-tour pour se ranger avec précision derrière lui, pare-chocs contre pare-chocs. Il ouvrit la portière et sortit.

« Voulez-vous un coup de main ? » lança-t-il.

Maggie sortit aussi mais, pour une fois, elle semblait vouloir laisser la parole à Ira.

« C'est ma roue, dit le vieil homme. Y a une dame, plus haut sur la route, qu'a dit qu'elle tombait.

– C'était nous... Enfin, c'était ma femme. Mais vous savez, elle a pu se tromper. Elle m'a l'air très bien, votre roue. »

Le vieil homme le regardait en face à présent. Il avait une de ces figures parcheminées, ravinées, où le blanc des yeux était si jaune qu'il paraissait marron.

« Pour sûr, elle a *l'air* bien. Quand elle bouge pas, quoi.

— Mais même avant, dit Ira. Quand vous rouliez. »

Le vieil homme ne paraissait pas convaincu. Il tâta le pneu du bout de son soulier.

« Tout de même, dit-il, c'est bien gentil de vous arrêter.

— Gentil ! fit Maggie. C'est la moindre des choses. »

Elle s'avança :

« Je m'appelle Maggie Moran. Et voilà Ira, mon mari.

— Daniel Otis, fit-il en portant la main à son chapeau.

— Voyez, monsieur Otis, j'ai eu comme.... une espèce de mirage en vous dépassant. J'ai cru voir la roue qui oscillait. Et puis, l'instant d'après, j'ai dit : Non, j'ai dû rêver. N'est-ce pas, Ira ? Demandez-lui. Je lui ai dit : Je crois que j'ai fait stopper ce monsieur pour rien.

— Y a toutes sortes de bonnes raisons possibles, si vous avez vu qu'elle bougeait.

— Bien sûr ! s'écria Maggie. Peut-être un courant d'air chaud qui ondulait sur la chaussée. Ou peut-être, je ne sais pas...

— Ou c'était peut-être un signe, dit M. Otis.

— Un signe ?

— Peut-être que le Seigneur essayait de m'avertir.

— Mais de quoi ?

— De m'arrêter, que ma roue avant allait se détacher.

— Euh, certes, mais...

— Monsieur Otis, dit Ira, je crois que le plus probable, c'est que ma femme s'est trompée.

— Ça, vous pouvez pas être sûr.

— Une erreur explicable, d'accord, mais une erreur quand même. Alors je crois que le mieux, c'est que vous preniez la voiture pour faire quelques mètres, doucement le long du bas-côté. Maggie et moi, on vous surveille. Si la roue tient, c'est bon et vous êtres tranquille. Sinon, on vous emmène à une station-service.

— Oh, merci, j'apprécie beaucoup, dit M. Otis. Buford, alors, si c'est pas trop demander.

— Pardon ?

— Buford Texaco. C'est un peu plus loin ; mais j'ai un neveu qui y travaille.

– OK, où vous voudrez. Mais je suis prêt à parier...

– En fait, si ça vous gêne pas, vous pourriez repartir et m'emmener tout de suite.

– Tout de suite ?

– Je tiens pas à conduire avec une roue qui se dévisse.

– Monsieur Otis, nous allons faire un essai. C'est ce que je suis en train de vous dire.

– Je vais faire l'essai moi-même, dit Maggie.

– Voilà, Maggie va le faire. Maggie ? Chérie, il vaut peut-être mieux que ce soit moi.

– Pour sûr ; c'est bien trop risqué pour une dame », dit M. Otis à Maggie.

Ira avait plutôt peur pour la Chevrolet. Il se contenta de dire : « C'est ça, toi et M. Otis vous regardez bien ; moi je prends le volant.

– Non, monsieur, je ne peux pas laisser faire ça. Merci, mais je ne peux vraiment pas. Trop dangereux. S'il vous plaît, emmenez-moi au Texaco et voilà. Mon neveu reviendra avec la dépanneuse. »

Ira regarda Maggie, qui lui rendit un regard impuissant. Le bruit des voitures passant en trombe rappelait ces téléfilms où flics et voyous se rencontrent en bordure d'autoroutes ou de complexes industriels cacophoniques.

« Écoutez, reprit Ira, je vais juste faire...

– Ou non, ne m'emmenez pas. Je vous ai causé assez d'ennuis comme ça, j'sais bien.

– C'est que, voyez-vous, dit Ira, nous nous sentons un peu responsables. En fait, ce que nous avons dit au sujet de la roue, c'était, plutôt qu'une erreur, une pure et simple, euh, exagération.

– Oui, une invention, quoi, dit Maggie.

– Bah, dit M. Otis en secouant la tête. Vous dites ça pour pas que je me fasse de bile.

– Tout à l'heure, sur la route, vous avez comme qui dirait, euh, ralenti trop vite, dit Maggie. On a dû déboîter sur le bas-côté. Ce n'était pas intentionnel, je comprends, mais...

– Moi, j'ai fait ça ?

— Pas exprès, l'assura Maggie.

— En plus, dit Ira, ça doit être parce que nous avons klaxonné sans le vouloir. C'est pas comme si...

— Oh, voyez-vous ça. Florence – c'est ma nièce – elle me tanne toujours pour que j'arrête de conduire. Mais je ne pensais pas que...

— Écoutez-moi, dit Maggie. J'ai été très bête. J'ai dit que la roue se détachait alors que tout allait bien.

— Eh bien moi, je dis que vous êtes vraiment une âme charitable. Alors que je vous ai fait déboîter! Vous êtes drôlement gentils, vous alors.

— Non, voyez-vous, en fait la roue était...

— Y en a d'autres qui m'auraient laissé courir à ma perte, dit M. Otis.

— Elle est parfaite votre roue dit Maggie. Elle n'oscillait pas le moins du monde. »

M. Otis rejeta la tête en arrière et scruta Maggie. Ses paupières baissées lui donnaient une expression si hautaine et secrète qu'on aurait pu croire qu'il avait enfin compris. Mais il dit :

« Naa, ça peut pas être ça. Vous croyez? Naa. Je vous dis : maintenant que je me rappelle, ça faisait bizarre ce matin. Je le savais, mais sans être sûr, comprenez? Et je pense que ça vous a fait pareil – comme si vous aviez mal vu, du coin de l'œil, en sorte que vous m'avez dit ça sans bien savoir pourquoi. »

C'en était trop. Ira passa à l'action.

« La seule chose à faire, dit-il, c'est un test. Les clés sont sur le contact? »

Il partit à grandes enjambées, ouvrit la Chevrolet et se glissa dedans.

« Ouh, ouh, non! cria M. Otis. N'allez pas vous casser le cou pour *moi*, monsieur.

— Il n'y a aucun danger », dit Maggie, tandis qu'Ira esquissait un geste rassurant par la portière.

Malgré la vitre ouverte, on étouffait dans la Chevrolet. Le revêtement de plastique clair des sièges semblait à moitié fondu et une puissante odeur de banane trop mûre flottait à l'intérieur. Rien d'étonnant à cela. À la place du passager, il y avait les restes d'un lunch – un sac froissé, une peau de banane et un tortillon de film plastique.

Ira mit le contact. Au rugissement du moteur, il se pencha vers Maggie et M. Otis : « Faites bien attention. »

Eux ne disaient rien. Chez deux êtres d'aspect aussi différent, l'expression était étonnamment la même : un mélange de prudence et de méfiance, comme s'ils se préparaient au pire.

Ira se mit à rouler le long du talus. Il avait l'impression de conduire un engin débordant de toutes parts – un genre de lit double. On entendait un râle dans le pot d'échappement.

Après quelques mètres, il s'arrêta et passa la tête. Les autres n'avaient pas bougé ; ils avaient seulement tourné la tête vers lui.

« Eh bien ? » questionna-t-il.

Un silence. M. Otis prit la parole :

« Ouais, m'sieur, je crois bien que j'ai vu comme un flottement.

– Ah bon ? »

Il haussa le sourcil en direction de Maggie.

« Mais toi, non.

– Eh bien, je suis pas sûre.

– Comment ça ?

– C'est peut-être une idée, mais il me semble qu'il y a un petit, une espèce de, je ne sais pas... »

Ira repartit en arrière avec une secousse. Revenu à la hauteur des autres, il recommanda :

« Maintenant, je veux que vous fassiez très, très attention tous les deux. »

Il roula plus loin cette fois, sur une dizaine de mètres environ. Ils furent obligés de suivre. Un coup d'œil au rétro lui montra Maggie trottinant les bras croisés sur l'estomac. Il stoppa et sortit de la voiture.

« Pas de doute, elle tient pas ! le héla M. Otis en arrivant.

– Maggie ? demanda Ira.

142

– Elle m'a fait l'effet d'une toupie en fin de course, juste avant qu'elle tombe sur le côté.

– Mais enfin, Maggie...

– Je sais! Je sais! dit-elle. Mais je n'y peux rien, Ira. Je l'ai vraiment vue osciller. Et elle a l'air comme aplatie.

– Ça, c'est une autre question, dit Ira. Il faudrait vérifier la pression. Mais cette roue tient bon, je vous jure. Je l'ai très bien senti. Maggie, mais qu'est-ce qui te prend?

– Je regrette, dit-elle, têtue, mais je l'ai vu de mes yeux. Je ne vais pas raconter que je ne l'ai pas vu! Il va falloir l'emmener au Texaco. »

Ira regarda M. Otis :

« Vous avez une manivelle?

– ... Pardon?

– Une manivelle : je pourrais resserrer les boulons moi-même.

– Euh..., une manivelle, c'est comme une clef à molette?

– Vous devez en avoir une dans le coffre, dit Ira. Là où vous gardez le cric.

– Ah, dit M. Otis, en regardant autour de lui. Mais qu'est-ce que j'ai bien pu faire du cric?

– Dans le coffre », répéta Ira d'un ton maussade, et il attrapa les clés qu'il lui tendit. Il tâchait de rester impassible, mais le désespoir l'envahissait comme à chaque fois qu'il s'arrêtait à la maison de retraite. Il ne pouvait pas imaginer comment ce pauvre M. Otis survivait, jour après jour, à cette allure égarée.

« Manivelle, manivelle », murmurait-il. Il ouvrit le coffre et souleva le capot : « Voyons voir... »

À première vue, l'intérieur du coffre se présentait comme une concrétion solide de tissus en tous genres. Couvertures, vêtements, oreillers étaient emballés si serrés qu'ils semblaient congelés. « Oh, misère », dit M. Otis en tirant un coin de couvre-pied grisâtre qui refusa de bouger.

« Ça ne fait rien, dit Ira, je vais prendre la mienne. » Il se dirigea vers la Dodge. Elle paraissait fort bien entretenue, soudain, abstraction faite des exploits de Maggie. Il sortit ses clés de contact et ouvrit le coffre.

Rien.

Là où devait se trouver la roue de secours, casée dans le creux sous le tapis, il y avait le vide. Et pas trace de la trousse en plastique gris où il gardait ses outils.

Il appela : « Maggie ? »

Elle se détourna mollement de la Chevrolet et tendit l'oreille.

« Où est passée ma roue de secours ?

— Elle est sur la voiture.

— *Sur* la voiture ? »

Vigoureux hochement de la tête de Maggie.

« Tu veux dire qu'on l'utilise ?

— C'est ça.

— Alors, où est celle d'avant ?

— Le pneu est en réparation au garage Exxon, près de chez nous.

— Mais, comment se fait-il... »

Non, tant pis ; ne pas s'éloigner du sujet.

« Et où sont les outils ? cria-t-il.

— Quels outils ? »

Il rabattit violemment le capot et revint à la Chevrolet. Inutile de s'énerver ; il voyait bien que sa manivelle n'allait pas réapparaître par miracle.

« Les outils avec lesquels tu as changé le pneu, dit-il.

— Oh, ce n'est pas moi qui l'ai fait. Quelqu'un s'est arrêté pour m'aider.

— Il s'est servi des outils dans le coffre ?

— Je suppose que oui.

— Il les a remis à leur place ?

— Il a dû le faire, oui, dit Maggie le sourcil froncé, creusant visiblement ses méninges.

— Ils n'y sont pas, Maggie.

— Écoute, il ne les a pas pris, si c'est ça que tu penses. C'était un monsieur très gentil. Il n'a même pas voulu accepter d'argent ; il a dit qu'il avait une femme, lui aussi, et que...

144

— Je ne dis pas qu'il les a volés; je demande simplement où ils sont.

— Peut-être sur... », et Maggie marmonna quelque chose d'inaudible.

« Tu dis?

— Peut-être au coin de Charles Street et de Northern Parkway! »

Ira se tourna vers M. Otis. Le vieil homme le regardait, les paupières à demi fermées. Il avait l'air de dormir debout.

« Je pense qu'il va falloir vider le coffre », lui dit Ira.

M. Otis fit oui de la tête, plusieurs fois, sans pour autant se mettre à l'œuvre.

« Bon, on le vide? demanda Ira.

— Mmoui, on pourrait », fit M. Otis d'une voix dubitative.

Il y eut une pause. Ira reprit:

« Alors? On s'y met?

— Faut voir. Si vous voulez. Mais ça m'étonnerait bien qu'on trouve une clef.

— Tout le monde en a une. Ça va avec la voiture.

— Jamais, je l'ai vue.

— Oh, Ira, intervint Maggie. Est-ce qu'on ne pourrait pas l'emmener au garage et que son neveu répare ça comme il faut?

— Et comment il s'y prendra, à ton avis? Il sortira sa manivelle et serrera les boulons, comme tout le monde — pas qu'ils en aient besoin, d'ailleurs. »

Entre-temps, M. Otis avait réussi à extraire quelque chose du coffre: un bas de pyjama en flanelle de coton. Il le tenait à deux mains et le considérait.

Était-ce son expression irrésolue, ou l'aspect du pyjama lui-même — tout froissé, traînant une cordelière effrangée — Ira céda brusquement:

« Au diable! Allons-y, à ce garage.

— Merci, Ira, fit gentiment Maggie.

— Eh bien, si vraiment ça vous dérange pas trop..., fit M. Otis.

« — Non, non..., dit Ira en se passant la main sur le front. Vaudrait mieux fermer la Chevrolet alors.

— Quelle Chevrolet ? demanda Maggie.

— C'est la marque de cette voiture, Maggie.

— P'têt' pas la peine de fermer, avec la roue qui s'envole... »

L'espace d'une seconde, Ira se demanda si tout cela n'était pas, de la part de M. Otis, une façon particulièrement passive et diabolique de leur rendre la monnaie de leur pièce.

Il repartit vers sa voiture. Dans son dos, il entendit claquer le coffre de la Chevrolet, puis le pas des deux autres sur le gravier. Mais il n'attendit pas.

La Dodge s'était transformée en fournaise, comme la Chevrolet, et le manche chromé du levier de vitesses lui brûla les doigts. Il était là, le moteur ronronnant, tandis que Maggie aidait M. Otis à s'installer à l'arrière. Elle semblait avoir su d'instinct qu'il aurait besoin d'aide; il lui fallut se plier en deux d'une façon compliquée. Les pieds furent les derniers à s'introduire, il les ramena sous lui en tirant sur les genoux des deux mains. Il laissa alors s'échapper un gros soupir et retira son chapeau. Ira vit dans le rétroviseur son crâne osseux et luisant, avec deux flocons rebelles de cheveux blancs dressés au-dessus des oreilles.

« Oh, merci, vous pouvez pas savoir..., dit Otis.

— Y a pas de mal ! » assura Maggie, sautant alertement sur le siège avant.

Parle pour toi, pensa aigrement Ira.

Avant d'aborder la chaussée, il laissa passer une cavalcade de motards, décrivant de longues courbes en S, tous des garçons, sans casque, libres comme des oiseaux.

« Et maintenant, de quel côté ? demanda-t-il.

— Oh, vous avez simplement à dépasser la grande ferme, dit M. Otis, et après c'est à droite. Pas plus de cinq ou six kilomètres. »

Maggie tourna la tête :

« Vous habitez par ici ?

— Oui, là-bas derrière, sur Dead Crow Street. Enfin, jusqu'à la semaine dernière en tout cas. Ces temps-ci, je suis chez ma sœur. »

Il se mit à parler de sa sœur Lurene, qui travaillait en intérim au supermarché K-Mart, quand son arthrose lui laissait un peu de répit. Ce qui conduisit naturellement à la propre arthrose de M. Otis, la façon lente et sournoise dont elle l'avait coincé, et les divers maux dont il s'était cru la victime au début, et l'ébahissement et les commentaires du médecin lorsqu'il s'était finalement décidé à consulter.

« Ah, m'en parlez pas, dit Maggie. Si vous saviez! À la maison de retraite où je travaille, y en a qui sont complètement noués. »

Elle avait tendance à adopter le rythme de ses interlocuteurs. Les yeux fermés, pensait Ira, on aurait pu croire à une grosse dame noire.

« C'est le diable, cette maladie, y a pas d'autre mot, fit M. Otis. Voilà la ferme, m'sieur, faut prendre à droite, la prochaine. »

Ira ralentit. Ils passèrent un petit groupe de vaches qui mâchonnaient l'air fixe et rêveur, puis se retrouvèrent sur une route étroite. Le goudron était rapiécé et des pancartes écrites à la main, plantées de travers sur les talus, avertissaient : DANGER : BÉTAIL, ou RALENTISSEZ, OUI, VOUS! ou PASSAGE DE CHEVAUX.

M. Otis expliquait comment l'arthrose l'avait contraint à la retraite. Il était couvreur, dit-il, là-bas au pays, en Caroline du Nord. Il se déplaçait le long du faîtage aussi léger qu'un écureuil, et voilà qu'il ne pouvait même plus gravir le premier barreau d'une échelle.

Maggie compatissait : « Tsss... »

Pourquoi fallait-il toujours qu'elle convie les uns et les autres dans sa vie? À croire qu'un mari ne suffisait pas, qu'être deux n'était pas assez. Ira se rappelait tous les errants qu'elle avait recueillis – son frère qui avait couché tout l'hiver dans le salon quand sa femme était tombée amoureuse du dentiste, et Serena, la fois où Max était

147

parti chercher du travail en Virginie, et, bien entendu, Fiona et le bébé, avec leur montagne d'équipement, la poussette, le parc et la balançoire. Dans son humeur actuelle, Ira était prêt à inclure ses propres enfants : Jesse et Daisy n'étaient-ils pas aussi des étrangers ? Gâchant leur intimité, s'immisçant entre eux deux ? (Difficile de croire qu'on faisait des enfants pour *consolider* les ménages.) Ni l'un, ni l'autre n'avaient été programmés, d'ailleurs – du moins pas de si tôt. Avant la naissance de Jesse, Ira conservait l'espoir de reprendre ses études. C'était la prochaine étape, une fois qu'on aurait réglé les frais médicaux de sa sœur et une nouvelle chaudière pour le père. Maggie continuerait à travailler à temps complet. Mais voilà qu'elle était tombée enceinte et qu'elle avait dû prendre un congé. Et là-dessus, un tout nouveau symptôme était apparu chez la sœur, un genre d'attaque nécessitant l'hospitalisation ; puis un fourgon de déménagement avait enfoncé la devanture du magasin, une veille de Noël, endommageant tout l'édifice. Enfin Maggie, autre surprise, s'était retrouvée enceinte de Daisy. (Aurait-il dû laisser la responsabilité du planning familial à quelqu'un d'aussi enclin aux accidents ?) Mais déjà huit ans s'étaient écoulés depuis la naissance de Jesse, et Ira, de toute façon, avait plus ou moins abandonné ses projets.

Parfois – un jour comme aujourd'hui, tiens, avec ces heures sous la chaleur et la poussière de la route – il ressentait la plus écrasante fatigue. C'était comme une chape sur ses épaules. Mais bon, ça devait arriver à tout le monde.

Maggie racontait à M. Otis le but de leur expédition :

« Ma plus vieille amie vient de perdre son mari, disait-elle, ma meilleure amie, et nous rentrons de l'enterrement. C'était vraiment triste.

– Ah, malheur ! Eh bien alors, permettez-moi de vous présenter mes sincères condoléances », dit M. Otis.

Ira ralentit derrière une voiture raplatie et minable qui datait des années quarante. Une vieille dame la conduisait, elle-même si raplatie qu'on voyait à peine sa tête au-dessus du volant. Route 1, l'autoroute du troisième âge, pensa-t-il, avant de se rappeler qu'il n'était plus sur la Route 1, qu'ils avaient dérivé, qu'ils étaient peut-être même revenus en arrière. Et il eut la sensation de rêver, de flotter. Comme ce sortilège ancien au moment du changement de saisons, lorsqu'on oublie en quelle phase de l'année on se trouve. Au printemps ou à l'automne ? L'été vient-il juste de commencer, ou touche-t-il à sa fin ?

Ils passèrent une maison moderne, sur deux niveaux, avec deux lutins de plâtre dans le jardin. Puis un camping, et des panneaux superposés annonçant église, association civique, et Al's Lawn : *Tout pour le jardin !* M. Otis se pencha avec un « aïe » et s'agrippa au siège de devant.

« Tout droit, c'est le Texaco, dit-il. Vous voyez ? »

Ira voyait : un petit rectangle blanc tout contre la route. Des ballons gonflés à l'hélium flottaient au-dessus des pompes, trois par pompe, rouge, argent et bleu, paresseusement enlacés les uns aux autres.

Ira s'engagea sur le bétonnage, s'arrêta, et tourna la tête vers M. Otis. Mais M. Otis ne bougeait pas ; c'est Maggie qui sortit de la voiture. Elle ouvrit la porte arrière et vint soutenir le vieil homme qui s'extirpait lentement.

« Bien, alors où est-il, ce neveu ? demanda-t-elle.

— Doit bien être quèque part.

— Vous êtes sûr ? Et s'il ne travaille pas aujourd'hui ?

— Certainement qu'il travaille. Pourquoi, il n'est pas là ? »

Mon Dieu ! Ça allait durer éternellement. Ira coupa le moteur et suivit des yeux sa femme et M. Otis qui traversaient l'espace de béton.

Devant la station-service, un jeune homme coiffé d'une maigre queue de cheval écouta ce qu'ils avaient à dire, puis secoua la tête en faisant un geste vague en direction de l'est. Ira gémit et s'affaissa dans son siège.

Maggie revint sur ses talons, et Ira reprit courage. Mais elle ne fit que se pencher et dire par la portière :

« On attend un peu.

– Pour quoi faire ?

– Son neveu est parti chez un client, il sera de retour d'une minute à l'autre.

– Alors, allons-nous-en !

– Non, je ne peux pas ! Je ne serais pas tranquille. Je veux être sûre que ça s'arrange.

– Que quoi s'arrange ? Sa roue est en parfait état, je te rappelle.

– Elle a bougé, Ira. Je l'ai vu. »

Il soupira. « Et si Lamont ne revient pas, pour une raison quelconque, continua Maggie. Et que M. Otis reste en carafe. Ou peut-être qu'il faudra payer. Je veux être sûre qu'il n'y est pas de sa poche. »

Lamont, déjà. Avant qu'il ne soit longtemps, elle aurait adopté le gars.

« Écoute, Maggie...

– Et si tu faisais le plein ? On va avoir besoin d'essence.

– Je n'ai pas de carte de crédit.

– Paie en liquide. Remplis le réservoir et je te parie que ça le fera venir. »

Il démarra en marmonnant, fit quelques mètres et sortit de la voiture. C'étaient de ces vieilles pompes qu'on ne voyait plus à Baltimore, avec des numéros qui défilaient en blanc sur fond noir au lieu du système digital, et un simple pivot pour amorcer le flot. Ira dut se reporter quelques années en arrière pour manœuvrer correctement. Pendant que l'essence se déversait, il regardait Maggie installer M. Otis sur un muret blanchi à la chaux qui séparait le garage d'un jardin potager. M. Otis avait remis son chapeau et semblait tapi là-dessous comme un chat sous une table, regardant pensivement devant lui, mâchonnant une bouchée d'air comme le font les vieillards.

C'était vraiment une antiquité ! Peut-être pas tellement plus âgé qu'Ira, au fond – une pensée qui donnait à réfléchir. Le tuyau sursauta à l'arrêt du flot, et Ira se retourna vers sa voiture. Au-dessus de sa tête, les ballons se frottaient avec un bruit d'imperméable.

En passant à la caisse, il remarqua un distributeur et ressortit voir si les autres ne voulaient pas quelque chose. Ils étaient en grande conversation. M. Otis n'en finissait pas de s'étendre sur une femme nommée Duluth.

« Maggie, dit Ira, il y a des chips ! Comme tu aimes : au chili. »

Maggie fit un signe de la main.

« Vous avez eu parfaitement raison, disait-elle à M. Otis.

— Et au bacon aussi ! On n'en trouve plus des comme ça. »

Elle lui jeta un regard distrait et dit :

« Tu sais bien que je suis au régime.

— Et pour vous, M. Otis ?

— Oh, euh, non, merci bien, m'sieur. Merci beaucoup. »

Il se tourna vers Maggie et poursuivit :

« Alors je lui demande, Duluth, comment peux-tu penser que c'est de ma faute, dis ?

— La femme de M. Otis lui en veut pour quelque chose qu'il a fait dans son rêve à elle, expliqua Maggie à Ira.

— Et me voilà, disait M. Otis, innocent comme un agneau, j'arrive à la cuisine et je dis : Où est le petit déjeuner ? " Fais-le toi-même ! " qu'elle me dit.

— C'est tout à fait injuste, soutint Maggie.

— Eh bien, *moi*, je vais me chercher un truc à grignoter », dit Ira.

Il repartit les mains enfoncées dans les poches, avec le sentiment de compter pour du beurre.

Régime, régime, pensait-il. Encore un exemple des vanités de Maggie. Régime sans sel, régime aux protéines, régime au pamplemousse. Se priver à chaque repas alors que, de l'avis d'Ira, elle était juste comme il faut – pas même ce qu'on appelle grassouillette, non, des seins tendres et soyeux, juste de quoi remplir plaisamment la main, et une chute de reins crémeuse. Mais l'avait-elle jamais écouté ? Maussade, Ira introduisit sa monnaie et poussa la touche sous un sachet de bretzels.

Quand il revint, Maggie racontait :

151

« Qu'est-ce que ce serait, si on faisait tous ça! Prendre ses rêves pour la réalité. Moi-même, tenez. Deux ou trois fois par an, je rêve que le voisin m'embrasse. Un voisin absolument sans intérêt qui s'appelle M. Simmons. Il a l'air d'un représentant ou quelque chose comme ça ; il travaille dans les assurances ou l'immobilier, je ne sais pas. Jamais je ne pense à lui! Mais la nuit, je rêve qu'on s'embrasse et qu'il défait mon corsage. Et le matin, à l'arrêt du bus, je suis si gênée que je n'ose même pas le regarder en face, et puis je vois qu'il est toujours le même bonhomme avec sa figure quelconque et son costume de V.R.P.

— Maggie, pour l'amour du ciel ! » dit Ira. Il tentait de visualiser le personnage, mais n'avait pas la moindre idée de qui elle parlait.

« Vous imaginez, si on devait me le reprocher ? continua Maggie. Il a dans les trente ans... Un gosse qui me fait ni chaud ni froid. Je ne suis pas responsable de ce rêve!

— Absolument pas, dit M. Otis. Et là en plus, c'est le rêve de Duluth, cette histoire. C'est même pas moi qui l'ai rêvé. Elle prétend que j'étais debout sur sa chaise en tapisserie, cette tapisserie qu'elle n'arrête pas de refaire. Elle m'a crié de descendre, mais en descendant, j'ai piétiné son châle et sa broderie aussi, et je traînais après mes souliers de la dentelle et des rubans. Le matin, elle me dit, " Si c'est pas toi tout craché !" Quoi, qu'est-ce que j'ai fait ? je lui dis. Fais-moi voir! Fais voir si j'ai marché sur un seul de tes chiffons! Et elle dit : " Tu saccages tout sur ton passage, Daniel Otis, et si j'avais su que j'allais te supporter si longtemps, j'aurais mieux choisi quand je me suis mariée. " Alors j'ai fait : Eh bien, puisque c'est comme ça, je m'en vais. " Et n'oublie pas tes affaires ", qu'elle me dit. Et je suis parti.

— M. Otis a vécu dans sa voiture ces derniers jours et va d'un parent à l'autre, dit Maggie à Ira.

— Vraiment, fit-il.

— C'est pour ça qu'il vaut mieux pas que ma roue se sauve! » ajouta M. Otis.

Ira soupira et prit place sur le muret à côté de Maggie. Les bretzels vernissés lui collaient aux dents, mais il avait si faim qu'il continuait.

Le garçon à la queue de cheval se dirigea vers eux d'une démarche si ferme et résolue, avec ses bottes ferrées, qu'Ira se releva, prêt à discuter. Mais le jeune homme se contenta d'enrouler un tuyau qui traînait en sifflant sur le sol et auquel personne n'avait pris garde. Pour sauver la face, Ira alla quand même à sa rencontre :

« Alors ! dit-il. Où en est-on avec Lamont ?

— Il est sorti.

— Vous ne viendriez pas avec nous, par hasard ? On vous emmène en voiture jusqu'à la Route 1, voir la roue de M. Otis que voilà.

— Impossible, dit le garçon en remettant son tuyau sur le crochet.

— En ce cas », dit Ira.

Il revint au petit mur et le garçon repartit.

« Je crois que ça s'appelle Moose Run, disait Maggie à M. Otis. Ce n'est pas ça, le nom ? Le raccourci pour Cartwheel ?

— Moose Run, mmh, connais pas. Mais j'ai entendu causer de Cartwheel. Peux pas vous dire au juste comment qu'on y va. Voyez, y a tant de patelins par ici qu'on croirait des villes, qu'on appelle des villes, mais pour dire vrai, c'est pas grand-chose d'autre qu'une épicerie avec une pompe à essence.

— C'est exactement Cartwheel, dit Maggie. Une seule rue. Pas de feux de croisement. Fiona habite sur une petite route de rien, qui n'a même pas de trottoirs. Fiona, c'est notre belle-fille. Notre ex-belle-fille, plutôt. C'était la femme de notre fils, Jesse, mais ils ont divorcé.

— Oui, c'est ça qu'on fait de nos jours. Lamont aussi est divorcé et Sally, la fille de ma sœur Florence, aussi. Je sais pas pourquoi ils prennent la peine de se marier. »

Comme si son mariage à lui marchait à la perfection.

« Prenez donc un bretzel ? » proposa Ira. M. Otis fit non de la tête d'un air absent, mais Maggie plongea la main dans le sac et en retira une demi-douzaine.

« C'était un malentendu, dit Maggie en mordant dans son bretzel. En réalité, ils étaient faits l'un pour l'autre. Rien qu'à les voir, Jesse si brun et Fiona si blonde. C'est seulement qu'avec sa musique Jesse n'avait pas d'horaire et sa vie était, je ne sais pas, instable, quoi. Et Fiona, si jeune, prenait facilement la mouche. Oh, ça me faisait mal au cœur. Jesse ne s'en est pas remis quand elle l'a quitté ; elle est partie avec leur petite fille pour retourner chez sa mère. Et Fiona non plus, ne s'en est pas remise, mais croiriez-vous qu'elle l'aurait montré ? Maintenant, ils sont si bien séparés qu'on croirait qu'ils n'ont jamais été ensemble. »

Jusque-là, c'était vrai, pensait Ira ; mais elle laissait de côté bien des choses. Ou plutôt, elle passait sur bien des choses – cette image de leur fils si absorbé par « sa musique » qu'il en négligeait « sa femme » et « son enfant ». Ira n'avait jamais considéré Jesse comme un musicien mais comme un type qui avait raté ses études et se trouvait au chômage, en somme. Et Ira n'avait jamais considéré Fiona comme une épouse mais plutôt comme une petite copine de Jesse, avec son voile chatoyant de cheveux blonds, si incongru sur ses tee-shirts étriqués et ses jeans moulants. Et la pauvre petite Leroy n'était guère plus qu'un jouet, une peluche qu'ils auraient gagnée dans une baraque de foire.

Il gardait un souvenir très vif de Jesse la nuit où il avait été arrêté, à seize ans. Il avait été interpellé avec plusieurs de ses amis pour ivresse sur la voie publique – ce qui ne s'était jamais reproduit, d'ailleurs, mais Ira avait voulu marquer le coup. Il fallait être très sévère. Il avait tenu à ce que Maggie reste à la maison pendant qu'il irait seul verser la caution. Il avait attendu au poste, sur un banc, et Jesse était enfin apparu, marchant courbé entre deux agents. On lui avait mis les menottes, et manifestement, il avait tenté de ramener par-devant ses poignets liés dans le dos, en tentant d'enjamber le cercle fermé de ses bras. Mais il avait renoncé ou il avait été interrompu dans sa manœuvre, si bien qu'il sautillait de biais, tordu comme un phénomène de foire, les poignets emprisonnés à l'entrejambe. Ira avait éprouvé devant ce spectacle le mélange le plus enchevêtré d'émotions : colère contre son fils, colère aussi contre les autorités qui soulignaient l'humiliation de Jesse, ainsi qu'une folle envie de rire doublée d'une poignante et douloureuse vague de pitié. Les manches du veston de Jesse étaient repoussées jusqu'au coude, comme c'était la mode (on ne faisait jamais ça du temps d'Ira), et il en paraissait encore plus vulnérable. De même son expression, une fois libéré et remis d'aplomb, bien qu'elle exprimât un sauvage défi et le refus de voir la présence de son père. Lorsque Ira pensait à Jesse, il le voyait toujours tel qu'en cette nuit-là, à la fois exaspérant et pathétique. Qu'en était-il de Maggie ? Peut-être plongeait-elle encore plus loin dans le passé. Peut-être le revoyait-elle à quatre ou cinq ans, un beau petit gosse particulièrement charmant, sans plus de problèmes que la moyenne. En tout cas, elle ne le voyait sûrement pas tel qu'il était en réalité.

Quant à leur fille, pas davantage, se dit-il. Maggie voyait Daisy comme une réplique de sa mère à elle – accomplie, efficace – et s'agitait autour d'elle comme quelqu'un qui n'est pas à la hauteur. L'agitation durait depuis que Daisy s'était révélée une petite fille à la chambre étonnamment ordonnée, avec un éventail de cahiers aux couleurs bien déterminées pour chaque matière. Mais Daisy aussi faisait pitié, à sa façon. Ira s'en rendait parfaitement compte bien qu'elle fût celle dont il était le plus proche. Quelque chose semblait manquer à sa jeunesse – elle n'avait jamais eu de petit copain, pour autant qu'on sache. Chaque fois que Jesse, enfant, faisait une bêtise, Daisy arborait un air pincé et désapprobateur, mais Ira aurait presque préféré qu'elle y participe. N'était-ce pas le but de l'opération ? N'était-ce pas l'usage dans les autres familles, ces joyeuses et bruyantes familles qu'Ira, petit garçon, observait avec mélancolie ? Et la voilà qui partait pour l'Université, ses bagages fin prêts depuis des semaines. Elle n'avait plus à se mettre que les

155

vêtements bons à jeter qu'elle n'emporterait pas. Elle allait et venait dans la maison, morne et sans éclat comme une nonne, avec ses blouses défraîchies et une jupe fatiguée. Mais Maggie la trouvait admirable.

« À son âge, disait-elle, je n'avais même pas commencé à réfléchir à ce que j'allais faire plus tard. »

Daisy voulait être physicienne et travailler sur la théorie des quanta.

« C'est fantastique » répétait Maggie jusqu'à ce que, par curiosité réelle, Ira lui demande :

« Maggie, mais qu'est-ce que la physique quantique ? En as-tu la moindre idée ? »

Et Maggie, supposant qu'il voulait la remettre à sa place, répondit : « Oh, je reconnais que je ne suis pas une scientifique ! Je n'ai jamais dit que j'avais l'esprit scientifique ! Je suis tout juste assistante en gériatrie, je sais bien ! »

Ira reprit : « Tout ce que je voulais dire, bon Dieu, c'est que... »

Daisy passa alors la tête dans l'entrebâillement de la porte : « S'il vous plaît, vous ne pouvez pas éviter de vous engueuler ; j'essaie de lire.

– Engueuler ! s'écria Maggie. Je fais juste une petite remarque... »

Et Ira dit à Daisy : « Écoute, miss, si ça te dérange, va donc lire à la bibliothèque. »

Daisy se retira avec sa figure pincée, et Maggie s'était pris la tête dans les mains.

« Toujours la même chanson » : voilà comment Jesse avait défini le mariage. C'était un matin où Fiona avait quitté en larmes la table du petit déjeuner. Ira avait demandé à Jesse ce qui n'allait pas.

« Tu sais ce que c'est, avait répondu Jesse, toujours la même histoire. »

Alors Ira (qui l'avait questionné non pour bavarder mais pour lui faire entendre : *C'est sérieux, mon garçon ; fais attention à elle*), Ira s'était demandé comment interpréter le « Tu sais ce que c'est » de son fils. Jesse voulait-il dire que le mariage de son père et le sien avaient quoi que ce soit de commun ? Auquel cas, il était à cent lieues de la vérité. C'étaient deux institutions radicalement opposées. Le mariage d'Ira était solide comme un roc ; lui-même ne pouvait pas dire jusqu'où il s'enfonçait dans le sol.

Pourtant, la petite phrase de Jesse lui était restée en mémoire : « la même chanson ». Les mêmes querelles éculées, les mêmes récriminations. Les mêmes blagues, aussi, et les mots de passe affectueux et les gestes de soutien et de consolation que nul autre ne saurait offrir, oui c'est vrai, mais toujours ces vieux ressentiments charriés d'une année sur l'autre, sans en rien oublier : la fois où Ira n'avait pas eu l'air heureux d'apprendre que Maggie était enceinte, la fois où Maggie n'avait pas défendu Ira devant sa mère, la fois où Ira avait refusé de lui rendre visite à l'hôpital, la fois où Maggie avait oublié d'inviter sa belle-famille au dîner de Noël.

Et la monotonie, mon Dieu ! Qui pourrait blâmer Jesse de se révolter contre la monotonie ? Probablement, le garçon avait observé ses parents du coin de l'œil pendant toute son enfance et s'était juré de ne jamais leur ressembler : ce piétinement jour après jour, Ira au magasin, Maggie dans sa clinique... Probablement, ces après-midi où il aidait à la boutique avaient été pour lui comme autant de leçons de choses. Il avait dû être dégoûté – Ira perpétuellement juché sur son tabouret, sifflotant à l'unisson d'une radio simplette, tout en prenant des mesures et en agitant sa boîte à onglets. Des dames venaient demander qu'on encadre leur maxime préférée brodée à la main, leur marine d'amateur, leur photo de mariage (deux profils exclusivement voués l'un à l'autre). Elles apportaient des images de revues : nichées de chiots ou canetons dans un panier. Comme un tailleur prenant les mesures d'un client à moitié nu, Ira restait neutre et discret, apparemment sans opinion sur la photo du chaton empêtré dans une pelote de laine.

« Il serait mignon sur un fond pastel, vous ne croyez pas ? » demandait la cliente. (Elles personnalisaient volontiers, comme si les images étaient vivantes.)

157

« Bien, madame, répondait Ira.

– Peut-être un bleu pâle qui rappellerait le bleu du ruban ?

– Oui, oui, c'est faisable. »

Et, à travers les yeux de Jesse, il se voyait soudain en tableau de genre : le Boutiquier, un homme terne et servile, d'âge incertain.

À l'étage, il percevait le grincement mécanique du fauteuil à bascule de son père et le frottement hésitant du pas de ses sœurs. Leurs voix étaient inaudibles, et Ira s'était plu à imaginer que sa famille était muette durant la journée, qu'elle ne recouvrait la parole qu'à son arrivée le soir. Il était leur soutien, leur colonne vertébrale; il le savait. Ils dépendaient entièrement de lui.

Dans son enfance, il avait été une pièce rapportée, le résultat d'un revenez-y, une demi-génération après ses sœurs. Un vrai petit dernier, qui appelait tout le monde « mon chou » parce que tous ces adultes, ou quasi-adultes, s'adressaient à lui ainsi. « Hé, mes lacets, disait-il à son père, attache-les, mon chou ! » Pourtant il ne jouissait pas du privilège habituel des enfants : jamais il n'était au centre de l'attention. Si quelqu'un avait pu occuper cette place, ç'aurait été Dorrie – handicapée mentale, fragile et gauche avec ses gestes saccadés et ses dents en avant – mais Dorrie elle-même paraissait négligée et avait tendance à rester seule dans son coin. Leur mère souffrait d'une maladie incurable qui l'emporta lorsque Ira avait quatorze ans. Il devait en garder pour toujours la hantise des maladies. Du reste, elle n'avait jamais été très maternelle. Elle penchait plutôt vers la religion, les télévangélistes, ou les brochures de développement personnel déposées au porte à porte. Le repas familial, à son idée, se composait de biscuits et de thé. Elle n'avait jamais faim comme les autres mortels et ne s'avisait jamais qu'ils pussent avoir faim. Elle se sustentait quand la pendule l'y faisait penser. S'ils voulaient quelque chose de solide, c'était au père de s'en occuper, car Dorrie en était bien incapable et Junie, la proie d'une phobie qui alla s'aggra-

158

vant au point de refuser de sortir ne fût-ce que pour acheter un demi-litre de lait. Le père devait veiller à tout en plus de sa journée au magasin. Il montait d'un pas lourd pour prendre la liste des commissions, redescendait de même, sortait, rentrait avec quelques boîtes de conserve et piétinait dans la cuisine avec les filles. Même lorsque Ira fut en âge d'aider, on se passa de lui. Il était l'intrus, la tache de couleur sur une photo sépia. La famille le tenait à l'écart tout en le traitant avec une bienveillance lointaine.

« Tu as fini tes devoirs, mon petit ? » demandait-on chaque jour, y compris à Noël et aux grandes vacances.

Puis Ira termina le lycée – il s'était déjà inscrit à l'université du Maryland, rêvant de faire sa médecine, quand son père abdiqua.

Un genre d'implosion, il n'y avait pas d'autre mot. Il annonça qu'il avait le cœur malade et ne pouvait pas continuer comme ça. Il s'assit dans son fauteuil à bascule et n'en décolla plus. Ira reprit le magasin, ce qui n'était pas facile car il n'avait jamais pris la moindre part aux affaires. De ce jour, il devint le pilier de la famille. Ils comptaient sur lui pour l'argent, les courses, les conseils, pour être emmenés chez le médecin, pour avoir des nouvelles du monde extérieur. C'était des : « Mon petit, est-ce que cette robe est démodée ? » et des : « Mon petit, on peut acheter un nouveau tapis ? » En un sens, Ira en fut flatté, surtout au début tant qu'il parut s'agir d'un état de choses provisoire, seulement pour l'été. Il n'était plus à part, il était au centre. Il fouillait dans les tiroirs de Dorrie pour retrouver la précieuse socquette rouge dépareillée, il coupait les cheveux grisonnants de Junie, il déposait sur les genoux de son père les recettes pour le mois, et pour tout cela, il était bien évident qu'on ne pouvait s'adresser qu'à lui.

Mais l'été fut suivi de l'automne. L'Université lui accorda une dérogation de six mois, puis d'un an, et puis, au bout d'un certain temps, il n'en fut plus question.

Bon, après tout, il y avait pire métier que de découper

des angles à quarante-cinq degrés dans des moulures dorées. Et Maggie était arrivée, comme un merveilleux cadeau tombé du ciel. Il avait deux enfants normaux et bien portants. Sa vie n'était peut-être pas celle qu'il avait imaginée à dix-huit ans, mais qui pouvait prétendre à cela ? Les choses avaient tourné comme elles le font la plupart du temps.

Mais Jesse ne le voyait pas de cet œil.

Pas de compromis pour Jesse Moran, non monsieur. Pas de conditions, pas d'arrangements terre à terre.

« Je refuse de croire que je mourrai inconnu », avait-il dit un jour, et Ira, au lieu d'afficher un sourire de circonstance, l'avait pris comme un soufflet en plein visage.

Inconnu.

« Ira, dit Maggie, aurais-tu remarqué, par hasard, un distributeur de boissons ? »

Il la regarda.

« Ira ? »

Il se ressaisit :

« Euh, oui, je crois bien.

— Avec du Coca Light ?

— Ben...

— Je vais voir, dit-elle. Ça m'a donné soif, ces bretzels. Monsieur Otis ? Vous voulez boire quelque chose ?

— Oh, non merci, ça va comme ça. »

Elle s'éloigna en balançant ses jupes. Les deux hommes la suivaient du regard.

« Une grande dame », dit M. Otis.

Ira ferma les yeux un bref instant et passa la main sur son front endolori.

« Un ange de miséricorde... »

Dans les magasins, il arrivait à Maggie de présenter ses courses au vendeur en disant : « Et vous croyez que je vais payer pour ça ? », du ton faussement bourru qu'adoptaient ses frères lorsqu'ils plaisantaient.

Ira craignait toujours qu'elle ne dépasse les bornes, mais le vendeur riait et répondait quelque chose comme :

« Hé, maintenant que vous m'y faites penser ! » De

toute évidence, le monde n'était pas tel que le percevait Ira. C'était la vision de Maggie qui prévalait. C'est elle qui se tirait le mieux d'affaire, avec sa façon de récolter les chiens perdus qui collaient à elle comme un cataplasme, ou de se déballer à cœur ouvert au premier venu. Ce M. Otis, par exemple, avec son air ravi et ses petits yeux plissés en triangle.

« Elle me fait penser à la dame de la cheminée, dit-il à Ira. Je savais bien qu'elle me faisait penser à quelqu'un.

— Quelle cheminée ?

— Une femme, blanche, que je ne connaissais ni d'Ève ni d'Adam. Elle avait une fuite du côté de la cheminée et j'ai été faire un devis. Mais j'ai fait un pas de travers en marchant sur le toit, et je suis tombé de là-haut. Bon, ça m'a juste coupé le souffle, il se trouve, mais Seigneur, j'ai bien cru que ça y était. Couché là par terre sans pouvoir respirer. La dame a insisté pour m'emmener à l'hôpital, et puis, en route, j'ai réussi à reprendre ma respiration et j'ai fait : « Madame, finalement je préfère pas, ils vont me siffler toutes mes économies pour me dire que j'ai rien », alors elle a dit d'accord mais elle m'a quand même emmené au McDonald's où elle m'a payé un café et des frites, et comme il y avait un magasin de jouets à côté, elle a demandé si ça m'ennuyait pas qu'on y fasse un tour pour acheter une locomotive pour son neveu dont c'était l'anniversaire le lendemain. J'ai dit oui et là-dessus elle en a acheté deux, une autre pour le fils de ma nièce, Elbert. Et après, il y avait une serre de l'autre côté, avec des plantes...

— Oui, c'est Maggie tout craché.

— Pas une de ces personnes raides.

— Ça, c'est sûr. »

La conversation semblait épuisée. En silence, ils regardèrent Maggie arriver avec un soda qu'elle tenait à bout de bras.

« Cette saleté m'a explosé à la figure, fit-elle gaiement. Tu en veux, Ira ?

— Non merci.

– Monsieur Otis ?

– Oh, je... non, je ne crois pas, mais merci beaucoup. »
Elle prit place entre eux et, renversant la tête en
arrière, but goulûment.

Ira eut envie de faire une réussite. Cette inaction lui
pesait. Mais à en juger par la danse des ballons, les cartes
s'envoleraient avec le vent. Alors il croisa les bras, les
mains sous les aisselles, et se tassa un peu plus en courbant les épaules.

C'étaient les mêmes ballons en mylar qu'à Harborplace. Des hommes à l'air morose, seuls au coin des rues,
en tenaient des grappes en forme de cœur ou de losange
qui flottaient au-dessus de leur tête. Il se rappela l'excitation de Junie la première fois qu'elle les vit. Pauvre
Junie : au fond plus à plaindre que Dorrie, parce qu'elle
était prisonnière d'elle-même. Ses terreurs du dehors semblaient inexplicables, car rien de bien horrible ne lui était
jamais arrivé. Au début, ils avaient essayé de la raisonner
avec des formules inutiles du genre : « Que veux-tu qu'il
se passe ? » et : « Je serai là, voyons ! » Et peu à peu, ils
avaient renoncé On n'y pouvait rien.

Sauf Maggie. Maggie était trop têtue pour lâcher prise.
Après des années de vaines tentatives, elle eut une illumi-
nation : peut-être que Junie se laisserait faire si elle sortait déguisée. Elle lui acheta donc une perruque rousse,
une robe moulante imprimée de pavots, ainsi que des souliers vernis à talons aiguilles, retenus par une bride à la
cheville. À la stupéfaction générale, le procédé réussit.
Junie, secouée d'un petit rire apeuré, se laissa mener
jusqu'au perron. Le lendemain, quelques pas plus loin.
Enfin, jusqu'au bout du pâté de maisons. Mais jamais
sans Ira. Avec Maggie seule, rien à faire. Maggie n'était
pas de la famille. (D'ailleurs, le père d'Ira ne l'appelait
pas « Maggie », mais « Madame ». « Est-ce que Madame
sera des nôtres, Ira ? » Ce titre reflétait exactement l'attitude moqueuse et sceptique qu'il avait adoptée à son
égard dès l'origine.)

« Vous voyez comment Junie fonctionne, disait Maggie.

162

Quand elle est costumée, ce n'est pas elle qui sort, c'est quelqu'un d'autre. Tandis que son moi véritable reste en sûreté à la maison. »

Et elle avait raison. Agrippée des deux mains au bras d'Ira, Junie était allée jusqu'au drugstore acheter un roman-photo. Puis à la boucherie où elle avait commandé des foies de poulet avec l'aplomb d'une tout autre femme – une femme haute en couleur, voire bohême, qui se moquait du qu'en-dira-t-on. Et prise de fou rire, elle avait demandé à Ira si elle s'en sortait comme il faut. Bon, bien sûr, Ira était content de ses progrès, mais au bout de quelque temps, toute cette affaire devint empoisonnante. Junie voulait aller partout, et c'était une telle comédie à chaque fois – les préparatifs, la robe, le maquillage, les encouragements! Et ces talons ridicules. Elle se lançait comme sur du carrelage fraîchement lavé. Franchement, il aurait été plus simple qu'elle reste à la maison comme d'habitude, se disait-il. Mais cette pensée lui faisait honte.

Un beau jour, l'envie lui prit de visiter Harborplace. Elle avait regardé l'inauguration de ce parc d'attractions à la télé et en avait conclu qu'il s'agissait de la huitième merveille du monde. Naturellement, dès qu'elle eut repris un petit peu confiance en elle, elle n'eut plus qu'une idée en tête : aller y voir par elle-même. Seulement, Ira ne voulait pas, lui. Il n'était pas fanatique de Harborplace, c'était le moins qu'on puisse dire. Il y voyait quelque chose d'indigne de Baltimore – une sorte d'apothéose du centre commercial. Et le parking devait coûter les yeux de la tête. Ne pouvait-elle pas choisir autre chose? Non, répondit-elle. Alors, est-ce que Maggie ne pouvait pas l'emmener? Non, il lui fallait Ira. Il savait bien qu'elle avait besoin de lui; qu'est-ce qui lui prenait? Là-dessus, leur père voulut se joindre à eux, puis Dorrie, tellement emballée qu'elle avait déjà fait sa « valise » (un carton d'emballage) pour l'occasion. Ira n'eut plus qu'à serrer les dents et à dire oui.

L'expédition se fit un dimanche – le seul jour de congé d'Ira. Malheureusement le matin, le temps se révéla brumeux et lourd ; on annonçait des averses pour l'après-midi. Ira proposa bien de reporter, mais personne ne voulut en entendre parler, pas même Maggie que l'enthousiasme avait gagnée. Il les embarqua donc tous. Arrivés à proximité, il trouva miraculeusement à se garer. Ils sortirent de voiture et continuèrent à pied. Le brouillard était si épais qu'à quelques mètres, les immeubles étaient invisibles. Au coin de Pratt et de Light Street, les pavillons de Harborplace en face d'eux n'étaient que des taches grises plus sombres. Le feu de croisement passant au vert était le seul point de couleur du paysage. Et personne en vue, sauf, de l'autre côté de la rue, un vendeur de ballons qui se matérialisa à leur approche.

C'étaient les ballons qui captivaient Junie. On les aurait dit faits de mercure ; ils étaient moelleux et argentés, avec des contours festonnés comme les coussins d'un divan.

« Oh ! » s'écria Junie.

Elle monta sur le trottoir, la bouche grande ouverte.

« Mais qu'est-ce que c'est ?!

– Des ballons, qu'est-ce que tu crois », dit Ira. Mais quand il essaya de l'entraîner, elle tordit le cou pour regarder en arrière, tout comme Dorrie, pendue à son autre bras.

Ira voyait bien le problème. La télévision informait Junie des grands événements de ce monde mais pas des petits, telle l'apparition de ce nouveau synthétique, le mylar. Son intérêt était bien compréhensible. Seulement, il n'était pas d'humeur à céder. Il n'avait pas du tout envie d'être là, point final. Alors il les mena au pas de course vers le premier stand. La main de Junie était crispée comme une serre sur son bras. Dorrie, dont la jambe gauche était à moitié paralysée depuis sa dernière attaque, se cramponnait en boitant de façon grotesque, avec son gros carton qui lui battait la hanche en mesure. Derrière eux, Maggie murmurait des encouragements à leur père qui soufflait bruyamment.

« Mais je n'ai jamais vu de ballons comme ça ! continuait Junie. C'est quoi, cette matière ? Comment ça s'appelle ? »

Ils avaient atteint la promenade au bord de la pièce d'eau, et au lieu de répondre, Ira désigna la vue du menton :

« Ce n'est pas ce que tu mourais d'envie de voir ? »

Mais il n'y avait rien à voir que des vapeurs blanches et opaques, et la silhouette incertaine du voilier *U.S.S. Constellation*, flottant comme sur un nuage. Harborplace n'était plus qu'un phénomène de condensation lourd et silencieux.

Et tout avait évidemment tourné au désastre. Junie observa que c'était bien mieux à la télé. Le père d'Ira commença à se plaindre que son cœur cognait dans sa poitrine, et Dorrie, pour une raison quelconque, se mit à pleurer. Il fallut la ramener toute affaire cessante, sans même avoir visité une seule des attractions. Ira ne savait plus ce qui l'avait blessée, mais ce dont il se souvenait, au point de jeter un voile noir sur ce garage Texaco éclatant de lumière, c'était de la sensation qui l'avait envahi alors qu'il se tenait là, debout, entre ses deux sœurs. Il suffoquait. Le brouillard formait une petite enclave autour d'eux, une chambre étouffante et sans air comme un bain de vapeur. Tous les sons lui parvenaient assourdis, sauf les voix toutes proches des siens, dans leur oppressante familiarité. Le brouillard les enveloppait, les enfermait, tandis que ses sœurs l'entraînaient vers le bas, comme ces noyés qui s'accrochent à leur sauveteur. Et Ira avait pensé : « *Mon Dieu, toute ma vie j'ai été prisonnier d'eux et jamais je ne serai libre.* »

Et c'est alors qu'il avait pris conscience d'être un raté, du jour où il avait repris le magasin.

Voilà pourquoi il était si sensible au gaspillage. Il avait abandonné la seule ambition sérieuse qu'il ait jamais eue : pouvait-il y avoir pire ?

« Lamont ! » s'écria Maggie.

Elle regardait l'éclair d'un gyrophare près des pompes à essence – une remorqueuse, qui ne remorquait rien.

L'engin s'arrêta dans un pénible grincement de freins et le moteur se tut. Un noir en veston de jeans sauta de son siège.

« C'est bien lui », dit M. Otis en se redressant petit à petit.

Lamont alla inspecter quelque chose à l'arrière du camion. Il donna un coup de pied à l'un des pneus et revint vers l'avant. Il n'était pas aussi jeune qu'Ira s'y attendait – ce n'était pas un garçon mais un homme mûr, solidement bâti, la peau d'un noir presque violet, la démarche lourde et le regard mauvais.

« Hé, ça va ? » cria M. Otis.

Lamont s'arrêta et regarda dans sa direction :

« Oncle Daniel ?

– Alors, fiston ?

– Qu'est-ce que tu fais là ? » fit Lamont en se rapprochant.

Maggie et Ira se levèrent, mais il ne leur accorda pas un regard.

« Pas encore rentré au bercail ? demanda-t-il à M. Otis.

– Lamont, je vais avoir besoin de ton camion.

– Pour quoi faire ?

– Je crois que j'ai une roue qui va lâcher.

– Quoi ? Où ça ?

– Là-bas sur la Route 1. Ce gentil monsieur a bien voulu me dépanner. »

Lamont toisa brièvement Ira.

« On passait par là, dit Ira.

– Hmm », fit Lamont d'un ton peu amical, puis se tournant vers son oncle : « Bon, qu'est-ce que tu me racontes ? Ta voiture est quelque part sur l'autoroute...

– C'est madame qui l'a remarqué », dit M. Otis en désignant Maggie, dont la face s'éclaira d'un sourire confiant. Un mince filet de mousse traçait le contour de sa lèvre supérieure ; Ira sentit monter en lui un désir protecteur.

« Je ne vous tends pas la main, dit-elle à Lamont. Ce Pepsi m'a tout éclaboussée. »

166

Lamont se contenta de l'examiner, les commissures des lèvres raidies vers le bas.

« Elle a sorti la tête pour crier : " Votre roue! ", dit M. Otis. " Votre roue se détache! "

— Mais c'était pour rire, dit Maggie à Lamont. Une pure invention. »

Doux Jésus.

« Comment ça ?

— J'ai bluffé, dit Maggie sur un ton léger. Nous l'avons reconnu tout de suite après, mais je ne sais pas, votre oncle n'est pas du genre facile à convaincre.

— Vous êtes en train de me dire que vous lui avez menti ?

— C'est cela. »

M. Otis sourit, l'air gêné, en regardant ses souliers.

« En fait..., commença Ira.

— Il venait de piler juste devant nous, dit Maggie. On est parti dans le décor et j'étais si en colère que je lui ai raconté ça une fois qu'on l'a rattrapé. Mais je ne savais pas qu'il était si vieux! Je ne savais pas qu'il était incapable de se débrouiller!

— Incapable ? répéta M. Otis, dont le sourire se fit moins assuré.

— Et là-dessus, on a vraiment trouvé que sa roue faisait un truc bizarre, alors on l'a conduit jusqu'ici. »

Lamont ne se fit pas plus menaçant qu'il ne l'était depuis le début, au grand soulagement d'Ira. Au contraire, il ne leur prêta plus aucune attention et se tourna vers son oncle.

« T'entends ça ? dit-il. Voilà que tu provoques des accidents ?

— Lamont, il faut que je te dise. Je crois bien que cette roue faisait de drôles de choses depuis quelques jours.

— Tu vois! Je t'avais bien dit d'arrêter de conduire! Tout le monde te l'a dit. Florence t'a supplié de résilier ton permis. La prochaine fois, tu auras peut-être moins de chance. Tu verras, tu tomberas sur un dingue de Blanc qui va te casser la gueule. »

167

M. Otis parut se ratatiner sur place. Il restait là sans rien dire, la figure cachée sous son galurin.

« Si t'étais resté à la maison où c'est ta place, t'en serais pas là, dit Lamont. On n'a pas idée. Courir les routes à ton âge! Dormir ici et là comme un hippie!

— Il me semblait pourtant que je conduisais très prudemment... »

Ira se racla la gorge :

« Donc, pour la roue...

— Tu vas rentrer chez toi et faire la paix, dit Lamont à M. Otis. C'est la seule chose à faire. Arrête avec cette histoire : fais tes excuses à tante Duluth, et vire ton tas de ferraille.

— J'ai pas d'excuses à faire! Je ne regrette rien.

— C'est pas le problème; excuse-toi quand même.

— C'était pas moi, tu comprends; c'était son rêve. Duluth a rêvé, l'autre nuit...

— Ça fait plus de cinquante ans que vous êtes mariés, dit Lamont, et vous êtes toujours là à vous chamailler pour quelque chose. Tu ne lui parles plus ou c'est elle qui ne te parle plus, ou elle se barre ou c'est toi qui te barres. Merde alors, un jour vous êtes partis tous les deux en laissant la maison vide. Il y en a qui donneraient beaucoup pour une belle petite maison comme ça, et qu'est-ce que vous faites? Vous laissez tout tomber, tu disparais en Chevrolet et tante Duluth atterrit sur le canapé de Florence, en plein milieu du salon. »

Un sourire réminiscent affleura sur le visage de M. Otis :

« C'est vrai. Je croyais que je la quittais, cette fois, et elle aussi, elle croyait qu'elle me quittait.

— Deux vrais gosses, dit Lamont.

— Oui, mais mon mariage tient bon, comme tu vois! C'est pas comme d'autres!

— Bon, en tout cas..., coupa Ira.

— Pire que des gosses, continua Lamont comme s'il n'avait rien entendu. Les gosses ont du temps devant eux, au moins, mais vous deux, vous êtes vieux et au bout du rouleau. Bientôt y en a un qui va casser sa pipe et celui qui restera pourra se dire : pourquoi j'ai été si moche ? Elle était ce qu'elle était, cette personne ; j'étais avec elle en tout cas ; et on s'est fichu dedans par pur orgueil. Voilà ce que tu diras.

— Probable que c'est moi qui mourrai le premier, dit M. Otis. Alors, pour sûr, je vais pas m'en faire pour ça.

— Je suis très sérieux, oncle Otis.

— Moi aussi, je suis sérieux. Finalement ce qu'on laisse derrière soi, c'est peut-être la seule chose qui compte ; ça se peut que ce soit ça l'idée. Ce serait quelque chose ! Allez, jetez-moi tout ça ! A la poubelle, je te dis ! Et regarde la vie qu'on a eue, tous les deux. Peut-être c'est ça que je me dirai, à la fin. Bon sang, ce qu'on s'en est payé ! On n'a pas arrêté : le meilleur et le pire, les hauts et les bas. Je te prends, je te jette, et on recommence. Un vrai couple, on a été. Ça me fera de quoi penser à la clinique. »

Lamont leva les yeux au ciel.

« Bon, ce n'est pas pour changer de sujet, dit Ira, mais pour cette affaire de roue, on est d'accord maintenant ? »

Les deux hommes le regardèrent.

« Ah, finit par dire M. Otis. Vous devez avoir envie de repartir, tous les deux.

— Seulement si vous êtes sûr que tout va bien, dit Maggie.

— Je m'en charge, dit Lamont. Vous pouvez y aller.

— Oui, ne vous inquiétez pas pour moi, dit M. Otis. Laissez-moi vous raccompagner. »

Lamont, l'air dégoûté, le regarda s'éloigner entre Ira et Maggie.

« Toujours de mauvais poil, çui-là, dit M. Otis. Je sais pas de qui il tient.

— Il va vous donner un coup de main, quand même ?

— Oh, bien sûr. Mais faut qu'il râle un peu d'abord. »

Arrivés à la Dodge, M. Otis tint à ouvrir la portière pour Maggie. Ce fut beaucoup plus long que si elle l'avait fait elle-même ; il lui fallut prendre position et s'assurer d'un point d'appui, tout en s'adressant à Ira :

169

« Et ça lui va bien de critiquer. Un divorcé! À prodiguer les conseils comme un expert! »

Il referma la portière avec un bruit mat, inefficace, si bien que Maggie dut la rouvrir pour la claquer. Il revint à la charge :

« Un type qui se rebiffe et se décompose au moindre ennui. Qui vit seul, tout dépouillé, sec comme un vieux pruneau. Tous les soirs devant sa télé. Refuse de voir les filles de peur qu'elles lui jouent un sale tour, comme sa première femme.

— Tss! dit Maggie, c'est vraiment lamentable.

— Et vous croyez qu'il s'en rend compte? Pas du tout! » dit M. Otis en suivant Ira jusqu'à sa place. « Il trouve que c'est tout à fait normal.

— Bon, écoutez, dit Ira en s'installant. S'il y a des frais quelconques pour le dépannage, dites-le-moi, c'est entendu? » Il ferma la portière et sortit la tête : « Je vais vous donner notre adresse.

— Ça ne coûtera rien, dit M. Otis, mais merci quand même. » Il repoussa un peu son chapeau en arrière et se gratta la tête. « Vous savez, j'avais une chienne, reprit-il. Bessie. La bête la plus intelligente que j'aie jamais vue. Elle adorait sa balle de caoutchouc. Je la lançais et elle courait après. Mais quand ça tombait sur la chaise de la cuisine, Bessie passait le museau entre les barreaux, et elle restait là à couiner et à gémir, alors qu'il aurait suffi de passer sous la table et de la récupérer par-devant.

— Ah bon, dit Ira.

— Ça me fait penser à Lamont.

— Lamont?

— Pas toujours les yeux en face des trous, çui-là.

— Ah! oui, Lamont! fit Ira, soulagé de voir le rapport.

— Bon, je voudrais pas vous retenir », dit M. Otis en tendant la main. Une main légère et fragile comme un squelette d'oiseau. « Soyez prudent sur la route, hein? » Il se pencha pour héler Maggie : « Prenez soin de vous!

— Vous aussi, lui dit-elle. Et j'espère que ça va s'arranger avec Duluth.

« – Oh! ça ira, ça ira. Tôt ou tard. »

Il recula avec un petit rire tandis qu'Ira mettait en marche. Comme un hôte qui reconduit ses invités, il resta sur place et les suivit du regard jusqu'à ce qu'ils aient repris la route et qu'il ait disparu du rétroviseur.

« Bien! » dit Maggie, en se calant plus confortablement dans son siège. « Voilà, voilà. »

Comme si toute cette équipée n'avait été qu'une parenthèse.

Ira mit la radio mais ne trouva que des chaînes locales – le cours du blé, un incendie au siège des chevaliers de Colomb. Il éteignit. Maggie fouillait dans son sac.

« Ça alors, qu'est-ce que j'ai fait de...?

– Tu cherches quoi?

– Mes lunettes.

– Devant toi.

– Ah! oui, c'est vrai. »

Elle les prit et les percha sur le bout de son nez. Elle tourna la tête, regardant de tous côtés comme pour s'assurer qu'on voyait bien au travers.

« Le soleil ne te gêne pas?

– Non, ça va.

– Tu veux que je conduise?

– Non, non...

– Je n'ai pas touché le volant de la journée.

– Ça ne fait rien. Merci quand même, chérie.

– Bon, tu me diras si tu changes d'avis. »

Elle s'enfonça dans son siège et contempla le paysage. Ira s'accouda à la portière et se mit à siffloter. Maggie se redressa et l'examina.

« Tu crois peut-être que je suis un danger public?

– Hein?

– Il faudrait que tu sois inconscient pour me passer le volant, voilà ce que tu te dis. »

Il cligna des yeux. Il avait cru le sujet clos.

« Bon sang, Maggie, pourquoi tu prends toujours les choses aussi personnellement?

– Parce que je suis comme ça, c'est tout. »

171

Mais elle parlait sans chaleur, comme absente de ses propres paroles. Et elle reprit sa contemplation.

Une fois revenus sur la Route 1, Ira accéléra. La circulation était plus dense, mais le flot allait vite. Les fermes cédaient la place à des lotissements industriels – une montagne de pneus usagés; un dépôt de parpaings en escalier; un terrain rempli de ces carénages qu'on peut adapter sur une semi-remorque pour faire du camping. Ira ne savait plus leur nom et ça le tracassait. Il aimait identifier les choses par leur nom, le terme exact et spécifique qui les définissait.

« Spruce Gum, dit Maggie.

– Pardon? »

Elle regardait derrière elle, le cou tendu.

« Spruce Gum! Le chemin de chez Fiona! On vient de le dépasser.

– Ah! oui, Spruce Gum, fit Ira. Ça lui disait quelque chose.

– Ira.

– Hmm?

– C'est pas vraiment un détour? »

Il lui jeta un regard. Elle joignait les mains, le visage tourné vers lui, les lèvres entrouvertes comme si elle voulait lui souffler une réponse (comme elle faisait autrefois pour faire réciter ses tables de multiplication à Jesse).

« Si?

– Non », dit-il.

Elle comprit mal et aspira profondément, prête à argumenter. Mais lui reprit :

« Non, pas vraiment.

– Quoi : tu veux dire qu'on y va?

– Eh bien... Ma foi, la journée est fichue de toute façon, alors... »

Et il mit son clignotant, cherchant des yeux un endroit où tourner.

« Merci, Ira. »

Maggie se pencha aussi loin que la ceinture le lui permettait et lui posa un petit baiser léger sous l'oreille.

172

« Hmf », fit Ira, l'air plus bourru qu'il ne l'était.

Après une manœuvre en bordure d'une scierie, il repartit en sens inverse sur la Route 1, et prit à gauche le chemin de Spruce Gum. Ils avaient à présent le soleil en face. Des rayons de poussière lumineuse voilaient le pare-brise. Maggie rajusta ses lunettes et Ira baissa le pare-soleil.

Était-ce cette seconde d'aveuglement ? Il se rappela soudain sa visite à Harborplace et pourquoi Dorrie avait pleuré. Alors qu'ils étaient au bord de l'eau, entourés de brouillard, elle avait décidé d'ouvrir sa valise pour en exhiber le contenu. Rien de bien différent des choses habituelles : deux ou trois bandes dessinées, probablement une sucrerie pour le petit creux – un cake dans son moule plissé, le glaçage fondu au papier sulfurisé –, plus, bien entendu, la garniture en pierres du Rhin de leur mère, et enfin son plus cher trésor : un fanzine d'Elvis Presley avec le King en couverture. Dorrie lui vouait un véritable culte. D'habitude, Ira se montrait indulgent, allant jusqu'à lui acheter des posters de son idole, mais ce jour-là il était si accablé qu'il perdit patience. « Elvis », prononça Dorrie avec bonheur, et Ira rétorqua :

« Pour l'amour du ciel, Dorrie, tu ne sais donc pas que le mec est mort et enterré ? »

Son sourire s'était figé, ses yeux s'étaient remplis de larmes. Ira s'était senti percé au cœur. Tout en elle, soudain, l'avait déprimé : sa pauvre coupe de cheveux, ses lèvres gercées, son mince visage, pas joli mais si touchant, si seulement on prenait la peine de la regarder. Il la saisit par les épaules et serra contre lui ce petit corps osseux, tandis que le *Constellation* flottait au-delà. Le sommet des mâts s'était évanoui, les cordages et les chaînes avaient disparu. Le vieux navire faisait bien son âge, dans cet écran de brume qui figurait l'usure du temps. Junie se pressait contre son flanc de l'autre côté, tandis que Sam et Maggie attendaient sans bouger qu'il annonce la suite du programme. Alors seulement, il avait compris ce qu'était le gâchis. Non pas d'avoir la charge de tous ces êtres, mais de n'avoir pas su combien il les aimait. Même son père, usé, vaincu, et jusqu'au souvenir de sa pauvre mère, qui était si jolie et ne s'en était jamais rendu compte, car la seule vue d'un miroir la faisait grimacer de pudeur.

Mais le charme s'était rompu (Junie se plaignait déjà de vouloir rentrer) et Ira oublia sur-le-champ ce qu'il venait de comprendre. Et sans doute oublierait-il à chaque fois, tout comme Dorrie, le temps qu'ils rentrent chez eux, avait oublié qu'Elvis n'était plus le roi du rock'n'roll.

5

En voyage avec Ira, Maggie aimait à chanter *On the Road Again* – non pas le titre de Willie Nelson, mais un vieux tube de Canned Heat appartenant à la collection de Jesse – un genre de blues entraînant et massif. Ira faisait la batterie : « Boum-da-da, boum-da-da, boum-da-da, boum, boum ! » Et Maggie entonnait : « *Take a hint from me, mama, please, don't you cry no more* ! » Les poteaux télégraphiques se mettaient à défiler en rythme. Maggie se sentait partir ; elle larguait les amarres. Elle renversait la tête et battait le tempo en balançant le pied.

Autrefois, lors de ses virées clandestines, le paysage lui avait semblé hostile tel un territoire ennemi. Parmi ces bois et ces verts pâturages, on gardait sa petite-fille en otage. Calfeutrée dans ses écharpes ou son trench couleur muraille, enfouie sous les boucles rousses de la perruque de Junie, Maggie filait comme dans un mauvais rêve. Elle était en cavale, l'enfant était son idée fixe. Elle imaginait son petit visage rond et clair comme un sou neuf, ses yeux toujours émerveillés dès qu'elle rentrait, ses menottes brandies et enthousiastes. Me voilà, Leroy ! Ne m'oublie pas ! Mais ces expéditions s'étaient avérées si décevantes, à la longue. L'ultime visite avait été dramatique : la petite s'était retournée dans sa poussette pour retrouver sa « Mom-Mom » – l'*autre* grand-mère, l'usurpatrice. Alors Maggie avait fini par renoncer. Elle se cantonnait aux

175

visites officielles avec Ira. Et puis celles-ci avaient cessé à leur tour. L'image de Leroy s'était estompée et apparaissait diminuée, comme quelqu'un que l'on observe par le gros bout de la lorgnette – toujours chère à leur cœur, mais si loin.

Maggie eut une pensée pour le chat Pumpkin, mort l'été précédent. Son absence l'avait tellement hantée qu'il n'en avait été que plus présent. Finis les enroulements veloutés entre les chevilles devant le réfrigérateur, finis les ronronnements de hors-bord lorsqu'elle s'éveillait la nuit. Bêtement, car c'était sans comparaison, sa disparition lui avait rappelé le départ de Fiona et de Leroy. Il y avait même pire : à l'automne, avec l'arrivée du froid, Maggie était comme chaque année descendue à la cave pour débrancher le déshumidificateur. Elle ne s'en était pas remise. Elle avait regretté, pour ainsi dire *personnellement*, l'extinction du ronronnement intime et fidèle qui animait les lames du parquet. Décidément, elle avait quelque chose qui clochait. Allait-elle passer le restant de ses jours en deuil, uniformément pour sa bru, son chat, et tout l'électroménager ?

Était-ce cela, vieillir ?

Au-dehors, les champs avaient viré au bronze comme dans une belle photo de calendrier. Ils n'exprimaient rien de particulier. Peut-être la présence complice d'Ira à ses côtés l'aidait-elle ? Ou était-ce simplement que, tôt ou tard, même les chagrins les plus aigus finissent par s'émousser ?

« *But I ain't going down that long old lonesome road by myself* », continuait-elle par cœur, et Ira scandait : « Boum-da-da, boum ! »

Si Fiona se remariait, elle aurait sans doute affaire à une nouvelle belle-mère. Maggie n'avait pas pensé à ça. Est-ce qu'elles s'entendraient bien ? Est-ce qu'elles partageraient leur moindre moment de liberté, comme les meilleures amies du monde ?

« Tu imagines, si elle a un autre enfant ? »

Ira interrompit son solo de batterie :

« Hein ?

— Je l'ai couvée pendant neuf mois ! Que va-t-elle devenir sans moi ?

— Mais de qui parles-tu ?

— De Fiona, voyons. Qui d'autre à ton avis ?

— Eh bien, elle est assez grande pour se débrouiller.

— Oui et non », dit Maggie en se détournant.

Les champs semblaient étrangement immatériels. Elle reprit : « C'est moi qui la traînais au cours de gymnastique. C'est moi qui lui faisais faire ses exercices. J'étais son entraîneur officiel.

— Elle connaît la musique, alors.

— Mais tu sais bien qu'il faut recommencer à chaque grossesse. Il faut persévérer. »

Elle avait harcelé Fiona jusqu'au terme d'une grossesse qui avait pris des allures de dépression. Sans elle, Fiona aurait passé son dernier trimestre affalée devant la télé. Alors Maggie entrait en claquant des mains – « Debout là-dedans ! » – elle éteignait sur-le-champ une énième rediffusion de *Love Boat* et ouvrait les rideaux, laissant le soleil inonder le salon renfermé, l'amoncellement des magazines et des cannettes de soda.

« Tes contractions pelviennes ! » lançait-elle, et Fiona se rencognait dans son canapé, l'avant-bras levé pour se protéger de la lumière.

« Quelle horreur ! disait-elle. Les contractions pelviennes ! Le plancher périnéal... Tout ça me dégoûte. »

Elle se levait néanmoins en soupirant. Même enceinte, elle conservait un corps d'adolescente, élastique et mince, comme ces filles qu'on voyait sur les plages et qui semblaient à Maggie d'une espèce entièrement différente de la sienne. Le ballonnement du bébé, pointant incongrûment par-devant, semblait séparé d'elle.

« De la gymnastique respiratoire... tu parles ! » disait Fiona en s'affaissant lourdement à terre. « Comme si je savais pas respirer, à mon âge.

— Mais ma chérie, tu ne sais pas la chance que tu as, arguait Maggie. De mon temps, on nous laissait mourir de peur. Aucune pédagogie, pas le moindre enseignement! Et ensuite... Je me souviens encore de ma sortie de l'hôpital avec Jesse dans les bras. Je me disais : Minute. On me laisse vraiment partir comme ça? Mais j'y connais rien! J'ai pas mon permis! On est complètement amateur, avec Ira! Quand je pense qu'on vous assomme de cours pour tout ce qui est accessoire – jouer du piano, taper à la machine. On apprend pendant des années à résoudre une équation, et Dieu sait qu'on aura d'autres chats à fouetter dans la vie... Et que dire de la maternité! Et du mariage, d'ailleurs. Pour avoir une voiture, il faut passer le code, la conduite, mais apprendre à conduire n'est rien – rien! – comparé à une vie à deux, rien comparé à l'éducation d'un enfant! »

Ce qui n'était pas très diplomate, peut-être, car Fiona s'était pris la tête entre les mains en murmurant :

« Ah! la vache!...

– Mais tout ira très bien, s'était empressée de dire Maggie. Et de toute façon, tu sais que tu peux compter sur moi.

– La vache! » avait répété Fiona.

Ira tourna sur Elm Lane, une petite route flanquée de maisonnettes à étage, avec l'inévitable break dans l'allée, et à l'occasion le profil d'une remorque saillant par-derrière.

« Et la nuit, qui se relèvera pour amener le bébé à l'heure des tétées?

– Son mari, je suppose. Ou peut-être qu'elle le prendra dans sa chambre, cette fois, comme elle aurait dû le faire chez nous. »

Ira haussa les épaules comme pour se débarrasser d'une mouche.

« Et quel bébé, d'ailleurs? Fiona n'est pas enceinte, elle se marie, c'est tout. Et encore, c'est toi qui le dis. Commençons par le commencement, s'il te plaît. »

Le commencement, facile à dire! Fiona était enceinte de deux mois lorsqu'elle s'était mariée avec Jesse. Maggie n'allait pas insister. D'autant que ses pensées étaient ailleurs. Au souvenir poignant, physique, du nourrisson dans ses bras aux petites heures de la nuit, lorsqu'elle l'amenait auprès de Fiona. Sa tête duveteuse ballottant au creux de l'épaule, fouissant de sa bouche d'oisillon sous le col de la robe de chambre. Puis la tiédeur endormie, enveloppante, de la chambre à coucher du jeune couple. Un « Ooh » de lamentation lui échappa, suivi d'un « Oh ! » de surprise, cette fois. Car devant chez Mrs. Stuckey (c'était un coin de terre battue plutôt qu'une pelouse), se tenait une fillette filiforme, coiffée d'un court carré de cheveux blond pâle. Elle venait de lancer un Frisbee qui tangua dans leur direction, pour atterrir d'un coup mat sur le capot tandis qu'ils s'engageaient dans l'allée.

« Ce n'est pas..., est-ce que ce serait... ? bredouilla Maggie.

– Ça doit être Leroy.

– C'est pas possible ! »

Mais ça ne pouvait être qu'elle. L'espace d'une seconde, Maggie fut contrainte à un saut périlleux dans le temps : du bébé en son giron à cette gamine plutôt maladroite sous ses yeux. Elle se rétablit avec difficulté. L'enfant, les bras ballants, les regardait fixement. Elle fronçait le sourcil d'un petit air adulte. Son débardeur rose était auréolé d'une tache rougeâtre : de la glace ou du jus de fruit. Elle portait un short à pinces aux impressions fluo. Ses membres semblaient de minces rameaux blancs, son visage triangulaire celui d'un chat des rues.

« C'est peut-être la fille des voisins », émit Maggie à tout hasard.

Ira ne répondit même pas.

À peine le moteur coupé, elle ouvrit la portière et appela : « Leroy ?

– Quoi ?

– C'est bien toi ? Leroy ? »

Dans le doute, l'enfant délibéra un petit moment avant d'acquiescer.

« Coucou, c'est nous ! » s'exclama Maggie.

Leroy les dévisageait sans bouger d'un air soupçonneux.

En fait, réfléchissait Maggie (déjà lancée dans de nouveaux développements), elle était à un âge fascinant. Sept ans et demi : l'âge de raison. Assez grande pour soutenir une conversation avec les adultes, mais pas assez pour ne plus être impressionnée par eux. Il fallait jouer serré. Prudemment, Maggie contourna la voiture et s'avança, tenant son sac des deux mains, réprimant l'envie de tendre les bras vers sa petite-fille.

« Je crois que tu ne te souviens pas de moi », fit-elle, parvenue à une distance respectable.

Leroy fit non de la tête.

« Mais c'est moi, ma cocotte ! Je suis ta mamie.

— Ah bon ? »

La petite semblait chercher à travers un brouillard.

« Ton autre grand-mère. Mamie Moran. »

Quelle folie d'avoir à se présenter ainsi à la chair de sa chair ! Et dire que Jesse lui-même... Depuis combien de temps n'avait-il pas vu sa fille ? Depuis leur rupture, ou juste après. Leroy n'avait pas même un an. Quelle triste existence ils menaient donc, les uns comme les autres, chacun dans leur coin !

« C'est la famille du côté de ton père », dit-elle à Leroy, qui fit : « Ah. »

Au moins, elle savait qu'elle avait un père.

« Et voici ton grand-père. »

Leroy tourna les yeux vers Ira. De profil, son petit nez pointait sous la frange. Maggie aurait craqué rien que pour ce petit nez.

Ira était descendu de voiture. Sans se presser, il avait récupéré le Frisbee. Il s'approchait, les yeux rivés sur l'objet qu'il tournait et retournait en tous sens, comme s'il n'en avait jamais vu. Typique ! Laisser Maggie filer au casse-pipe tandis que lui restait sur ses arrières. Bien entendu, il finirait par la suivre pour partager le bénéfice de ce qu'elle accomplissait. Arrivé à la hauteur de Leroy, Ira lui expédia le Frisbee d'une pichenette. Deux petites mains dressées, comme deux araignées, l'agrippèrent au vol : « Merci ! »

Maggie regretta de n'y avoir pas pensé.

« Tu ne nous reconnais pas ? »

Leroy secoua la tête.

« Figurez-vous, mademoiselle, que j'étais là quand vous êtes venue au monde. Auprès de votre maman, à l'hôpital. Que vous avez passé chez moi la première année de votre vie.

— C'est vrai ?

— Tu ne te rappelles vraiment pas quand tu habitais chez nous ?

— Maggie, comment veux-tu, fit Ira.

— On ne sait jamais », dit Maggie, qui haïssait encore certaine robe de bébé engoncée dont le col la grattait. Et enfin, était-il possible que tant d'amour et de soin eussent été prodigués en vain ?

« Fiona lui a peut-être raconté...

— Fiona m'a dit qu'avant, j'habitais à Baltimore, énonça Leroy.

— Oui, c'est ça, c'était chez nous ! Dans la chambre de ton papa quand il était petit !

— Ah.

— Et puis tu es partie avec ta mère. »

Leroy se frotta le mollet de la cambrure du pied. Elle se tenait très droite, comme un militaire, donnant l'impression de monter la garde uniquement par devoir.

« Et nous sommes venus pour tes anniversaires, tu sais ?

— Ben non.

— C'était une toute petite chose, Maggie...

— Chaque année pendant trois ans », persistait Maggie. (Il fallait faire remonter un souvenir à la surface, débloquer la mémoire.) « Mais tu étais à Hershey Park pour ton deuxième anniversaire, alors on n'a pas pu te voir.

— J'y ai été six fois, dit Leroy. Mindy Brant deux fois, seulement.

— Pour tes trois ans, on t'a donné un petit chat. »

Leroy inclina la tête. Un rideau de cheveux passa de l'autre côté, plus léger que l'air.

« Un chat tigré, dit-elle.

— Exactement.

— Avec des raies partout, même sur le ventre.

— Tu vois bien que tu te rappelles!

— Et c'est vous qui avez apporté le minet?

— C'est nous, parfaitement. »

Leroy allait de l'un à l'autre. Elle avait de fines taches de rousseur, comme une poussière de cannelle. Ça devait venir des Stuckey. Personne n'en avait chez Maggie, et encore moins du côté d'Ira, avec son sang indien.

« Et après, qu'est-ce qui s'est passé?

— Qu'est-ce qui s'est passé quand?

— Qu'est-ce qu'il est devenu, le chat! Vous l'avez repris?

— On ne l'a pas repris, ma chérie. Enfin, si, mais c'est parce que tu étais allergique. Tu t'es mise à éternuer, avec des yeux tout rouges.

— Et après? demanda Leroy.

— Après? Eh bien, je voulais revenir, mais ton grand-père trouvait que ce n'était pas une bonne idée. J'en mourais d'envie, mais il m'a dit...

— Non, avec le minet, je veux dire.

— Ah. Le minet. Eh bien, on l'a donné aux sœurs de ton grand-père. Tes... grand-tantes, je suppose; mon Dieu.

— Et alors? Elles l'ont toujours?

— Non. Il s'est fait écraser, dit Maggie.

— Ah.

— Quelqu'un a dû laisser la porte ouverte et il a filé dans la rue. »

Leroy avait le regard fixe. Maggie se mordit la langue. Elle changea de sujet.

« Et dis-moi, ta mère est là?

— Ma mère? Ben oui.

— On peut la voir, tu crois?

— Peut-être qu'elle est occupée, dit Ira.

— Pas vraiment », dit Leroy, qui partit vers la maison. Maggie n'était pas sûre qu'il s'agisse d'une invitation. Elle jeta un regard à Ira. Il attendait, le dos voûté, les mains dans les poches. Elle s'aligna et demeura sur place.

182

« M'man ! » appela Leroy en grimpant les deux marches de l'entrée. Sa voix de moustique allait bien à son minois. « M'man ? T'es là ? » Elle ouvrit la porte-écran et passa la tête. « Hé, m'man ! »

Et voilà que Fiona apparut sur le seuil, un bras tendu pour empêcher la porte de claquer. Elle s'était fait un short avec un vieux jean et portait un tee-shirt orné d'une inscription.

« Pas la peine de crier », dit-elle.

C'est alors qu'elle aperçut Ira et Maggie. Elle se redressa.

Maggie fit un pas en avant.

« Comment vas-tu, Fiona ?

— Euh..., bien, merci. »

Et son regard passa au-dessus d'eux. Il n'y avait pas de doute : elle balaya le jardin et contrôla la voiture en un éclair. Elle se demandait si Jesse était venu. Elle était encore suffisamment attachée à lui pour s'interroger.

Ses yeux revinrent sur Maggie.

« J'espère qu'on ne te dérange pas, dit Maggie.

— Oh, hum, non...

— On était dans le coin. On est juste passé dire bonjour. »

Fiona repoussa ses cheveux en arrière, d'un geste qui révélait la peau satinée de l'avant-bras. Elle paraissait désemparée, vulnérable. Ses cheveux étaient plutôt longs, mais elle avait adopté une nouvelle coiffure qui leur donnait du volume ; ils ne tombaient plus en nappes raides sur ses épaules. Et elle avait un peu grossi. Ses pommettes étaient plus remplies. Ses clavicules moins saillantes. Elle était restée d'une pâleur translucide, mais se maquillait, à présent. Maggie distingua une demi-lune d'ombre bistre sur chaque paupière, selon cette mode qui donnait aux jeunes femmes plutôt mauvaise mine.

Maggie alla les rejoindre, toujours cramponnée à son sac, comme pour signifier qu'elle ne s'attendait pas même à une poignée de main. De près, on pouvait lire *Lime Spiders* sur le tee-shirt de Fiona – ce qui ne voulait rien dire pour elle.

« Je t'ai entendue à la radio ce matin.

– La radio, répéta Fiona, mal à son aise.

– Sur *Baltimore matin*.

– Baltimore ? »

Entre-temps, Leroy s'était réfugiée sous le bras de sa mère et levait vers Maggie la même paire d'yeux délavés, étrangers. Il n'y avait pas la moindre trace de Jesse en elle. Sa pigmentation, au moins, aurait pu l'emporter.

« Alors j'ai dit à Ira, si on allait les voir ? On était à l'enterrement de Max Gill. Tu sais ? Le mari de mon amie Serena. Il est mort d'un cancer. J'ai dit, si on faisait une petite visite. On ne fait que passer.

– Ça fait drôle de vous voir, dit Fiona.

– Drôle ?

– Enfin... Mais entrez donc.

– Euh, on ne voudrait surtout pas te déranger, dit Maggie.

– Non, non, vous ne me dérangez pas. Entrez donc. »

Fiona s'engagea dans la maison, suivie de Leroy, puis de Maggie. Ira traînait derrière. Maggie le vit relacer sa chaussure, une mèche tombant sur le front.

« Et alors, tu viens ou quoi ? » lui dit-elle.

Il se releva et s'avança vers elle. Elle en oublia sa contrariété. Ira et ses allures de grande perche, pensait-elle, sa gaucherie de jeune homme peu doué pour le monde.

L'entrée donnait directement sur le salon. La lumière, filtrée par les stores à lamelles, zébrait un tapis verdâtre. Un monceau de coussins au crochet dégringolait sur un canapé usé, tendu de motifs tropicaux. Il y avait des piles instables de magazines et de bandes dessinées sur la table basse, ainsi qu'un cendrier en céramique en forme de barque. Maggie se rappelait ce cendrier. Elle se souvenait l'avoir contemplé lors des précédentes visites, dans un silence gêné : elle se demandait s'il flottait, auquel cas il ferait un très bon jouet pour le bain de Leroy. Le souvenir lui revenait à présent, après quelques années passées dans un recoin de sa mémoire.

Fiona retapa un coussin. « Assieds-toi », dit-elle, et à l'adresse d'Ira qui passait la tête dans la porte :

« Alors, comment ça va ?

— Oh, comme ci, comme ça. »

Maggie opta pour le canapé, dans l'espoir que Leroy se mettrait à côté d'elle. Mais Leroy se laissa choir sur le tapis, ses jambes grêles tendues devant elle. Fiona prit le fauteuil. Ira faisait le tour de la pièce et se planta devant un agrandissement représentant deux chiots dans un carton à chapeaux. Il suivit du doigt les moulures du cadre doré.

« Vous voulez boire quelque chose ? demanda Fiona.

— Non merci, dit Maggie.

— Un jus de fruit, un Coca ?

— Oh, vraiment, nous n'avons pas soif, merci.

— *Moi*, je voudrais un Coca, dit Leroy.

— Ce n'est pas à toi que je parle. »

Maggie aurait vraiment dû amener un petit cadeau. Car comment renouer ? Leur temps était si chichement compté ; elle se sentait nerveuse et oppressée.

« Leroy, fit-elle avec entrain, tu t'intéresses beaucoup au Frisbee ?

— Pas vraiment, fit Leroy en regardant ses doigts de pied.

— Mmh.

— Je suis encore en train d'apprendre, quoi. J'arrive pas vraiment à le faire aller où je veux.

— Oui, c'est le plus difficile, c'est sûr. »

Malheureusement, Maggie n'était pas une spécialiste. Elle jeta un regard plein d'espoir vers Ira, lequel était maintenant absorbé dans l'examen d'un appareil métallique occupant un coin de la pièce – un convecteur peut-être, ou un climatiseur. Elle revint à Leroy.

« Est-ce qu'il est phosphorescent ? dit-elle après une pause.

— Hein ? fit la petite.

— Comment, rectifia Fiona.

— Comment ?

– Est-ce qu'il brille dans le noir, ton Frisbee ? Je crois bien qu'on en fait, des comme ça.

– Pas celui-là en tout cas.

– Aha ! On va peut-être t'en acheter un, alors. »

Leroy réfléchit un moment.

« Je joue pas au Frisbee dans le noir.

– C'est une bonne objection », fit Maggie, qui se radossa au canapé, ne sachant plus du tout quoi dire. Ira était maintenant penché sur l'appareil, inspectant les diverses commandes avec le plus grand sérieux.

Bon. Inutile de tourner plus longtemps autour du pot. Maggie prit l'air engageant et dit avec un sourire compréhensif :

« Fiona, tu ne nous avais pas parlé de tes projets de mariage.

– Mes quoi ?

– Tes projets de mariage.

– C'est une plaisanterie ou quoi ?

– Une plaisanterie ? Maggie chancela. Tu ne vas pas te marier ?

– Pas que je sache.

– Mais je l'ai entendu à la radio !

– Qu'est-ce que c'est que cette histoire de radio ? De quoi tu parles ?

– Sur WNTK, répondit Maggie. Tu as appelé pour dire...

– Moi j'écoute WXLR, lui dit Fiona.

– Non, c'était...

– *Excellent Rock Around the Clock.* Une radio de Brittstown.

– C'était sur WNTK.

– Et ils ont dit que je me mariais ?

– C'est toi qui l'as dit. Tu as appelé pour annoncer ton mariage samedi prochain.

– Mais c'était pas moi », dit Fiona.

Il y eut comme un changement de rythme dans l'atmosphère.

Maggie ressentit une bouffée de soulagement, suivie

d'une honte abominable. Mais qu'est-ce qui lui avait pris ? Comment avait-elle pu identifier cette voix à coup sûr ? Pas une seconde, elle n'avait douté. Et sur un autoradio, encore, et de mauvaise qualité par-dessus le marché. Plein de parasites.

Elle anticipa le « je-te-l'avais-bien-dit » d'Ira. Il semblait toujours aussi absorbé par l'appareil, ce qui était assez généreux de sa part.

« J'ai dû me tromper, alors, finit-elle par dire.

– Je ne vois que ça », dit Fiona.

Et Leroy s'exclama : « Un mariage ! », avec un petit sifflement admiratif. Elle remua ses doigts de pied. Chacun d'eux portait, remarqua Maggie, un minuscule reste de vernis rouge.

« Et qui était l'heureux élu ? demanda Fiona.

– Tu n'en as rien dit.

– Quoi, j'ai juste débarqué sur les ondes pour annoncer mes noces ?

– Il s'agit d'une émission où les auditeurs discutent entre eux. »

Maggie parlait lentement et tâchait de remettre de l'ordre dans ses idées. Voilà que ce mariage s'écroulait. Fiona était libre. Il y avait encore une chance, alors. On pouvait peut-être faire quelque chose ! En dépit de la logique, Maggie restait pourtant chiffonnée, comme s'il avait réellement été question de mariage et qu'elle prenait Fiona en flagrant délit d'adultère.

« Les auditeurs intervenaient pour parler de leur mariage avec le présentateur », expliqua-t-elle.

Fiona eut l'air perplexe, comme si elle s'imaginait parmi eux.

Elle était si jolie, et Leroy si piquante, une vraie petite sorcière ! Maggie se repaissait de leur vue. Comme aux premiers temps de sa propre maternité, quand la moindre fossette, le moindre coussinet de chair la plongeaient dans la rêverie. Quel éclat jetait la chevelure de Fiona – ses cheveux semblaient des rayons de satin ! Et quelles adorables petites perles aux oreilles de Leroy !

187

« Et ça marche bien, ce truc ? » demanda Ira, nez à nez avec le coffrage grillagé. Sa voix prit une résonance métallique.

« Pas mal, répondit Fiona.

— Par rapport à la surface d'encombrement ?

— Aucune idée, dit-elle en levant les paumes vers le ciel.

— Ça chauffe à combien de degrés, à peu près ?

— Oh, c'est juste un truc que maman met l'hiver pour avoir les pieds au chaud. J'suis pas vraiment au courant. »

Ira cala sa tête contre le mur pour déchiffrer quelque chose derrière l'appareil. Maggie en profita pour changer de sujet.

« Et raconte-moi, Fiona, comment va ta mère ?

— Ça va. Elle est sortie faire des courses.

— Formidable, dit Maggie. (Qu'elle se porte bien, pensait-elle, mais surtout qu'elle se soit absentée.) Tu as l'air en pleine forme, toi aussi. Ça te va bien, les cheveux comme ça.

— Je me les crêpe. Avec un fer, tu sais. J'ai l'air plus mince.

— Mince ! Mais tu n'as pas besoin d'avoir l'air mince !

— Si. J'ai bien pris trois kilos cet été.

— Mais non, voyons. Comment veux-tu ? Tu as l'air de... d'un... d'une crevette ! »

Ce n'est pas exactement ce qu'elle voulait dire. Fiona lui jeta un regard noir.

« Tu n'as que la peau et les os, je veux dire. »

Maggie réprima un rire nerveux. Elle retrouvait leur relation intacte dans toute sa précarité, et Fiona mal à l'aise, presque toujours sur la défensive. Maggie joignit les mains et rangea ses pieds bien droit sur le tapis.

Ainsi donc, Fiona ne se remariait pas.

« Comment va Daisy ? demanda Fiona.

— Elle va bien.

— Daisy qui ? dit Leroy.

— Daisy Moran », répondit Fiona. Elle se tourna vers Maggie sans autre explication. « Elle doit être grande, maintenant.

– C'est ta tante. La petite sœur de ton papa, expliqua Maggie. » Et à l'adresse de Fiona : « Oui, elle part demain pour l'Université.

– L'Université! Il faut dire que c'était une tête!

– Oh, non... Enfin, c'est vrai qu'elle a obtenu une bourse!

– La petite Daisy! Quand tu penses... », songeait Fiona.

Ira avait fini par abandonner son convecteur. Il se dirigea vers la table basse. Le Frisbee était là, sur une pile de bandes dessinées. Il se remit à l'examiner sous toutes les coutures. Maggie lui jeta un regard. Il lui avait épargné son « je-te-l'avais-bien-dit », mais elle détectait quelque chose d'à la fois victorieux et modeste dans les poses qu'il prenait.

« En un sens, moi aussi, je fais des études, dit Fiona.

– Ah bon? Et qu'est-ce que tu fais?

– J'apprends l'électrolyse.

– Mais c'est formidable, Fiona », dit Maggie.

Comme elle sonnait faux. On aurait dit la voix de quelqu'un d'autre, d'une dame patronnesse en plein radotage, pleine d'extase et d'effusions.

« Le salon de beauté où je travaille me paie les cours. Ils veulent donner une formation à leurs esthéticiennes. Ils disent que je vais gagner plein d'argent.

– Épatant! Alors, tu vas peut-être te chercher un appartement? » (Et laisser là l'autre grand-mère, sous-entendait-elle.) Mais Fiona ne sourcilla pas.

« Montre-leur ton matériel, m'man, dit Leroy.

– Oui, oui, montre-nous.

– Oh, ça n'a aucun intérêt, dit Fiona.

– Mais si, voyons. N'est-ce pas, Ira?

– Hmm? Oh, absolument! »

Ira tenait le Frisbee d'une main, pensivement, comme un plateau, et lui fit faire un petit tour.

« Bon, d'accord. Je reviens », dit Fiona en se levant. Ses sandales résonnèrent dans le couloir d'un bruit délicat.

« Ils vont mettre une affiche dans la vitrine, dit Leroy. Peinte à la main avec le nom de maman dessus.

– Génial !

– C'est une véritable science, maman m'a dit. Il faut des experts diplômés pour vous l'enseigner. »

Leroy arborait une expression triomphante. Maggie aurait voulu serrer dans ses paumes les structures délicates de ses genoux.

Fiona revint munie d'une grosse éponge rectangulaire et d'une baguette de métal de la taille d'un stylo.

« C'est pour s'exercer », dit-elle en se laissant tomber à côté de Maggie. « Il faut travailler l'angle d'attaque. »

Elle posa l'éponge sur ses genoux et saisit la tige de métal, qui avait une aiguille en son extrémité. Jusqu'à présent, l'électrolyse n'avait guère eu de prestige social aux yeux de Maggie. Mais Fiona, l'air de rien, était si adroite ! D'un geste sûr, elle guidait l'aiguille dans les pores de l'éponge, selon une inclinaison étudiée. Maggie était impressionnée malgré elle.

Voilà qui témoignait d'une technique pointue, pensait-elle, c'était comme pour l'hygiène dentaire. Fiona commentait :

« On pénètre le bulbe capillaire, tout doucement, comme ça... Ooops ! » Elle releva la main. « Je prenais appui sur son œil ! Toutes mes excuses, chère madame », dit-elle à l'éponge, sur laquelle on pouvait lire en lettres marron : STABLER'S DARK BEER.

Ira s'était rapproché.

« C'est l'école qui fournit l'éponge ?

– Oui, c'est compris dans le stage, dit Fiona.

– Ils doivent les avoir gratuitement. Ça fait de la publicité pour Stabler's. Intéressant.

– Ah oui ? Enfin bref, on s'exerce d'abord avec ça, puis on passe aux essais. On travaille toutes entre nous : les sourcils, la moustache, etc. Ma coéquipière, Hilary elle s'appelle, veut que je lui fasse l'épilation maillot. »

Le temps d'enregistrer, Ira battit précipitamment en retraite.

« Tu sais, avec ces maillots de bain très échancrés qu'on fait aujourd'hui, on voit tout.

– Ne m'en parle pas! s'exclama Maggie. Tant pis pour la mode, moi je garde mon vieux modèle!»

Ira se racla la gorge : « Leroy, ça te dit, une partie de Frisbee ? »

Leroy le regarda.

« Je peux t'apprendre à le lancer où tu veux. »

Elle hésita si longtemps que Maggie en eut de la peine pour Ira.

« Bon, d'accord », finit-elle par répondre en se relevant. « N'oublie pas de lui dire, pour l'affiche », ajouta-t-elle à l'intention de Fiona.

Elle sortit de la pièce à la suite d'Ira. La porte-écran rendit un son d'harmonica avant de claquer.

Donc.

Pour la première fois depuis cette douloureuse matinée, Maggie et Fiona se retrouvaient seules. Pour une fois, elles étaient débarrassées de l'influence d'Ira comme de la présence hostile et soupçonneuse de Mrs. Stuckey. Maggie s'assit sur le bord du canapé. Elle joignit les doigts et pencha les genoux vers Fiona.

« Il y aura écrit FIONA MORAN sur l'affiche. ÉLECTRONICIENNE DIPLÔMÉE. ÉPILATION SANS DOULEUR DES POILS INDÉSIRABLES.

– J'ai hâte de voir ça. »

Si vraiment Fiona n'aimait plus Jesse, pourquoi portait-elle son nom ?

« À la radio, tu parlais d'un mariage de raison.

– Maggie, je te promets, je n'écoute que...

– WXLR, oui je sais. Mais je me suis mis ça dans la tête, et j'ai... »

Elle observa Fiona qui posait son matériel dans le cendrier en forme de barque.

« Enfin. Toujours est-il que cette personne disait qu'elle s'était mariée une première fois par amour, et que ça n'avait pas marché. Cette fois-ci, elle comptait assurer sa sécurité.

– Bonne chance! Si le mariage l'assommait quand elle aimait son mec, qu'est-ce que ce sera si elle ne l'aime pas ?

191

– Je suis bien d'accord. Oh, Fiona, ce n'était pas toi! Quel bonheur!

– Ça risque pas. J'ai même pas de petit ami.

– Tu n'en as pas? »

Maggie s'inquiéta du ton définitif et tenta de nuancer : « Tu veux dire, pas de petit ami *régulier* ?

– À peine si je sors de temps en temps.

– Ttt, quel dommage. »

Elle prit l'air compréhensif.

« Regarde, dit Fiona. Mark Derby, par exemple. Je suis sortie à peu près trois mois avec lui, puis on s'est disputés. Je lui ai abîmé sa voiture, voilà pourquoi. Mais vraiment, j'y étais pour rien. J'allais tourner à gauche, là-dessus une voiture essaie de me dépasser. Des adolescents. Bien sûr je leur rentre dedans. Et ils ont le culot de m'accuser. Soi-disant que j'aurais mis mon clignotant à droite.

– Faut dire que si on se fâche pour *ça*...

– Je lui ai dit, j'avais mon clignotant à gauche. Je reconnais ma gauche de ma droite, quand même!

– C'est évident », fit Maggie d'un ton apaisant, en levant la main gauche pour actionner une manette imaginaire : « C'est ça, gauche en bas, et droite... mais c'est peut-être différent selon les voitures?

– C'est exactement pareil. Enfin, il me semble.

– Et si c'étaient les essuie-glaces? Ça m'est arrivé, à moi, de mettre les essuie-glaces au lieu du clignotant. »

Fiona réfléchit.

« Non, dit-elle. Il devait y avoir quelque chose d'allumé. Sans ça, ils n'auraient pas dit que je tournais à droite.

– Une fois, je pensais à autre chose, et au lieu du clignotant j'ai changé les vitesses! » Maggie se mit à rire. « À quatre-vingt-dix à l'heure et je passe en marche arrière. Grands dieux! » Elle se reprit : « Écoute, ça vaut mieux comme ça.

– Comme quoi? Ah, Mark. Oui. C'est pas comme si on était amoureux, de toute façon. Je suis sortie avec lui parce qu'il me l'a demandé, c'est tout. Et sa mère est une amie de maman. Elle est vraiment gentille, sa mère, très douce. Elle bégaie légèrement. Je trouve que c'est le signe d'une grande sincérité, pas toi ?

— Mais, c-c-certainement, Fiona. »

Fiona mit une seconde à comprendre. Elle éclata de rire et lui donna une tape sur le poignet :

« J'avais oublié que tu étais un numéro !

— Alors tout est fini entre vous ? demanda Maggie.

— Pardon ?

— Ce... cette histoire avec Mark Derby. Je veux dire, s'il te demande de le revoir ?

— Ah non alors. Lui et sa précieuse Subaru. Ils peuvent bien aller se faire voir.

— Ça paraît le plus raisonnable, dit Maggie.

— Dis donc, il faudrait que je sois idiote.

— C'est lui qui est idiot, de n'avoir pas su t'apprécier. »

Fiona s'exclama :

« Hé ! Si on prenait une bière ?

— Excellente idée ! »

Elle sauta sur ses pieds, tira sur son short, et quitta la pièce. Maggie se renfonça dans le canapé. Les bruits lui parvenaient par la fenêtre — une voiture qui passait, les petits gloussements de Leroy. Si c'était chez elle, elle aurait vite fait de nettoyer tout ça : on ne voyait même plus la table basse, et le tas de coussins sur le canapé repoussait désagréablement les reins.

« Budweiser Light, ça te va ? »

Fiona apportait deux cannettes et un sachet de chips.

« C'est parfait. Je suis au régime. »

Maggie décapsula une bière tandis que Fiona s'installait à ses côtés.

« C'est moi qui devrais faire un régime, dit-elle en ouvrant les chips. J'adore ces cochonneries.

— Et moi donc, fit Maggie. » Elle but une gorgée de bière. C'était pétillant et amer ; cela remuait des souvenirs, comme un parfum. À quand remontait sa dernière bière ? Y avait-elle touché depuis le départ de Leroy ? Elle se souvint (en déclinant poliment les chips) qu'elle en prenait jusqu'à deux ou trois par jour, pour accompagner Fiona. On disait que c'était bon pour l'allaitement. Dieu sait quelles étaient les nouvelles théories, mais à l'époque, elles avaient le sentiment du devoir accompli tandis qu'elles sirotaient leur Miller, avec le bébé qui s'endormait au sein. Fiona disait qu'elle sentait la bière monter droit dans sa poitrine. Elles commençaient à boire au retour de Maggie – en fin d'après-midi, rien que toutes les deux. Elles se détendaient et c'était l'heure des confidences. Lorsque Maggie finissait par aller préparer le dîner, elle se sentait, oh, pas vraiment soûle, mais pleine d'optimisme, et à table, plus tard, elle était plus causante que d'ordinaire. Juste un brin. Personne ne remarquait la différence, sauf Daisy peut-être : « Maman, franchement », disait-elle. Mais enfin elle disait toujours ça.

Comme sa propre mère, d'ailleurs. « Franchement, Maggie. » Une fois, Mrs. Daley qui passait à l'improviste avait trouvé Maggie sur son canapé, avec une bière en équilibre sur l'estomac, tandis que Fiona à ses côtés berçait l'enfant.

« Comment en es-tu arrivée à quelque chose d'aussi vulgaire ? » avait demandé Mrs. Daley.

Et il y avait de quoi se poser la question. D'un regard circulaire, Maggie avait enregistré les magazines colorés traînant un peu partout, les couches sales roulées en boule, la belle-fille un peu trop jeune, et vivant sous le même toit – c'est vrai, ça, que s'était-il passé ?

« Je me demande si Claudine et Peter se sont mariés, dit Maggie en reprenant une gorgée.

– Claudine ? Peter ?

– Notre feuilleton, tu te souviens ? Il avait une sœur, Natacha, qui semait la zizanie.

– Natacha. Perfide créature ! dit Fiona, la main dans les chips.

– Ils venaient de se fiancer quand tu nous a quittés. Ils voulaient donner une grande réception, mais Natacha s'en est aperçue – tu te rappelles ?

194

— Elle ressemblait à une fille que je détestais à l'école.

— Et puis tu es partie, dit Maggie.

— En fait, maintenant que j'y pense, elle n'a pas réussi son coup puisque après, ils ont eu cet enfant qui s'est fait kidnapper par une hôtesse de l'air...

— Au début, je ne croyais pas que tu étais partie pour de bon. Des mois ont passé durant lesquels je mettais la télé en rentrant pour voir Claudine et Peter, histoire de te faire le résumé à ton retour.

— Enfin, soupira Fiona, en posant sa bière sur la table basse.

— C'était idiot de ma part, non ? Où que tu sois, il devait bien y avoir un poste de télé ! Mais je ne sais pas ; je voulais peut-être suivre l'histoire de toute façon, pour continuer comme avant quand tu reviendrais. J'étais sûre que tu reviendrais.

— Enfin. C'est le passé, n'en parlons plus.

— Ce n'est pas le passé ! On dit toujours ça ; mais si le passé était vraiment le passé, on n'en serait pas là ! Fiona, c'est de ton mariage qu'il s'agit. Vous vous êtes tellement investis, tous les deux, vous vous êtes donné tant de peine. Et un beau jour, pour une dispute de rien du tout, pas plus grave que d'habitude, tu laisses tout tomber ! Vlan ! Tu tournes les talons et tu t'en vas. Comment est-ce possible ?

— C'est possible, point final. On va pas en parler pendant cent sept ans », dit Fiona en attrapant sa bière.

Elle but la tête renversée. Elle portait une bague à chaque doigt – des bagues en argent, certaines incrustées de turquoise. C'était nouveau, ça. Mais elle conservait son vernis à ongles rose et nacré, sa couleur fétiche, que Maggie ne pouvait plus voir sans penser à elle.

Maggie tournait pensivement sa cannette entre les mains, en l'observant du coin de l'œil.

« Je me demande ce que fait Leroy », dit Fiona.

Elle se défilait : c'était pourtant évident, ce que faisait Leroy. On l'entendait juste derrière la fenêtre. « Envoie-le bien à plat », disait Ira, et Leroy criait : « Attention, le v'là ! »

« Tu as dit à la radio que c'était un mariage d'amour, dit Maggie.

— Écoute, combien de fois...

— Je sais, je sais. Ce n'était pas toi; j'ai compris. Mais quand même, il y avait dans ce que disait cette fille... Je ne sais pas, quelque chose qui la dépassait. Comme si tout un tas de gens pouvaient le reprendre à leur compte. " La sécurité ", disait-elle, et j'ai eu l'impression tout à coup que le monde entier se rétrécissait, se desséchait, se durcissait. J'étais si..., si déçue tout à coup. Fiona, je ne devrais peut-être pas t'en parler, mais ce printemps, Jesse a amené une jeune femme à dîner – oh, rien d'important, vraiment personne d'important! – et je me suis dit, bon, c'est bien joli tout ça, mais ça n'ira pas loin. C'est à défaut de mieux, quoi. Pour faire semblant, j'ai pensé. Oh, pourquoi est-ce qu'il faut se contenter de peu? Et c'est la même chose pour ton trucmuche. Mark Derby. Depuis quand sors-tu avec quelqu'un, simplement parce qu'il te le demande? Alors que vous vous aimez si fort, toi et Jesse?

— Lui, m'aimer? Quand il a signé les papiers de l'avocat et qu'il les a renvoyés sans un mot, sans même discuter? Quand il est en retard de trois mois pour son chèque, qu'il me l'expédie sans la moindre petite lettre, et qu'il n'est pas foutu d'écrire mon nom correctement sur l'enveloppe? Seulement F. Moran?

— Voyons, c'est de la fierté, Fiona. Tous les deux, vous êtes si...

— Et qu'il n'a pas vu sa fille depuis deux ans et demi? Essaie d'expliquer ça à une gosse. " Leroy, ma chérie, ton père est bien trop fier... "

— Deux ans et demi?

— Elle est obsédée par les pères des autres enfants. Même ceux dont les parents sont divorcés – ils voient leur père le week-end au moins.

— Il est venu il y a deux ans et demi? demanda Maggie.

— Regarde-moi ça! Il ne te l'a même pas dit.

196

– Quoi : il a débarqué comme ça ?

– Oui, il s'est pointé avec une bagnole bourrée de cadeaux tous plus inutiles les uns que les autres. Des peluches, des poupées, et un ours si énorme qu'il avait dû l'attacher devant, comme une grande personne, parce qu'il n'entrait pas dans le coffre. C'était beaucoup trop gros pour un enfant! Et d'ailleurs, elle n'aime pas les peluches. C'est plutôt le genre sportif. Il aurait dû lui acheter du matériel, une combinaison de plongée, des patins à roulettes, je ne sais pas, moi...

– Mais Fiona, il ne pouvait pas deviner! »

Maggie sentait le chagrin l'envahir; elle souffrait pour son fils et sa voiture de cadeaux absurdes, qui avaient dû lui coûter jusqu'à son dernier sou et Dieu sait qu'il n'avait pas d'argent. Elle répéta :

« Il voulait bien faire, il ne pouvait pas savoir! »

– Justement, il ne pouvait pas savoir! C'est bien ça le problème; la dernière fois qu'il l'avait vue, c'était un bébé. Et là il nous sort cette poupée qui fait pipi au lit et qui dit " Maman ", et il s'arrête net en voyant Leroy dans sa salopette; on voit bien que ça le contrarie. " Mais qui est-ce? il dit, mais elle est si... " J'avais dû foncer la récupérer chez le voisin et la recoiffer dans l'allée : " Rentre bien ta chemise, mon toutou. Tiens, laisse-moi te mettre ma bar-rette... " Et Leroy s'est laissé faire, ce qui est plutôt rare, crois-moi. Je l'ai recoiffée et j'ai dit : " Fais voir que je te regarde ", alors elle a reculé d'un pas, elle s'est mordu les lèvres et elle m'a regardée : " Je suis bien comme ça ? Ou non ? – Tu es parfaite, ma cocotte " j'ai dit; alors elle rentre et tout ce que Jesse trouve à dire c'est : " Mais elle est si... "

– Elle avait grandi; il était étonné, c'est tout!

– J'ai failli en chialer pour elle.

– Je comprends », fit doucement Maggie.

Fiona continua :

« " Elle est si *quoi*, Jesse? je lui demande. Pour qui tu te prends, de débarquer avec des critiques alors que le dernier chèque date de décembre? Et tu fous ton argent en l'air avec ces trucs, je lui dis, avec ce poupon à la con ! alors qu'elle n'aime que les G.I. Joe. "

– Oh, Fiona.

– Mais il s'attendait à quoi, au juste ?

– Oh, pourquoi est-ce que tout va de travers entre vous ? Il t'aime, Fiona. Il vous aime, toutes les deux. Seulement il est incapable de le montrer. Si tu savais ce que ce voyage a dû lui coûter ! Combien de fois je lui ai dit : " Tu comptes laisser ta fille te filer entre les mains ? C'est ce qui va arriver, Jesse, je te préviens ", et il répondait : " Non, mais je ne peux pas... J'y arrive pas. Je supporte pas d'être comme ces pères artificiels, qui traînent leurs mômes au zoo ou au MacDo, pour des séances obligatoires. " Alors j'ai dit : " C'est mieux que rien, non ? " et il a dit : " Non, c'est pas mieux que rien. Pas du tout ! Et de quoi tu te mêles, d'abord ? " – comme il fait, tu sais comment il fait, quand il a l'air vraiment furieux mais si tu regardes par en dessous, il a deux petits cernes tout à coup, comme quand il était petit et qu'il luttait pour ne pas pleurer. »

Fiona baissa la tête. Elle suivait d'un doigt la circonférence de sa cannette.

« Il devait venir avec nous pour le premier anniversaire de Leroy, je te l'ai dit. J'ai insisté : " Jesse, je suis sûre que Fiona y tient beaucoup ", et il a dit : " Bon, peut-être que je viendrai, alors. D'accord. " Et il m'a demandé à peu près cinquante fois quel genre de cadeau il fallait t'acheter pour le bébé. Il a fait des courses tout le samedi et il a rapporté un jeu de construction, mais il l'a échangé lundi soir après le travail pour un mouton en peluche parce que, m'a-t-il dit, il ne voulait pas avoir l'air de la pousser intellectuellement. " Je ne veux pas faire comme Mamie Daley avec ses jouets éducatifs ", il a dit, et là-dessus le jeudi – son anniversaire était un vendredi cette année-là, tu te souviens ? – il m'a demandé exactement comment tu avais formulé ton invitation : " Je veux dire, tu as l'impression qu'elle s'attend que je reste pour le week-end ? Auquel cas, je vais prendre la camionnette de

Dave, et j'irai de mon côté. » Et j'ai dit : " Pourquoi pas, Jesse. Ça me paraît une bonne idée ; vas-y ; vas-y. – Mais qu'est-ce qu'elle a dit, c'est ça que je veux savoir ", et j'ai dit : " Oh, je sais plus ", il m'a dit : " Réfléchis. " J'ai dit : " A vrai dire... enfin, elle n'a rien dit de spécifique, pas directement en tout cas ", et il a dit : " Attends. Je croyais qu'elle t'avait dit qu'elle tenait beaucoup à ce que je vienne. " J'ai dit : " Non, c'est moi qui ai dit ça, mais je sais que c'est vrai. Je sais qu'elle y tient énormément. " Il s'est fâché : " Qu'est-ce que tu me racontes à la fin ? Tu m'as dit qu'elle t'avait dit ça. " J'ai dit : " Je n'ai rien dit de tel ! Enfin je ne crois pas ; je me suis mal exprimée, peut-être... – Tu veux dire qu'elle n'a pas parlé de moi ? – Enfin je sais, j'ai expliqué, qu'elle t'aurait invité si vous ne teniez pas tous les deux tant à votre dignité. Je te jure que c'est vrai, Jesse... " Mais il avait déjà tourné le dos. Claqué la porte et disparu. On ne l'a pas revu de la soirée, et le vendredi matin, on a dû partir sans lui. J'étais terriblement déçue.

– Toi, tu étais déçue ? dit Fiona. Tu m'avais promis qu'il viendrait. J'ai attendu, je me suis sapée, je suis allée au salon pour me faire coiffer. Et là-dessus, vous arrivez sans lui.

– Écoute, quand on est rentré, je lui ai dit : " On a fait ce qu'on a pu, Jesse, mais c'est pas pour nous que Fiona s'est faite belle, tu peux en être sûr. C'est pour toi, et tu aurais dû voir sa tête quand tu n'es pas descendu de voiture. " »

Fiona gifla un coussin du plat de la main :
« J'aurais dû me douter que tu allais faire ça !

– Faire quoi ?

– Oh, me rendre pitoyable devant Jesse.

– Comment ça, pitoyable ? J'ai juste dit...

– Il a appelé, du coup. Je savais que c'était à cause de ça. " Fiona ? Ça va ? " Je voyais au ton de sa voix qu'il croyait que j'étais triste. J'imaginais bien ce que tu avais pu dire. J'ai répondu : " Qu'est-ce que tu veux ? Pourquoi tu m'appelles ? ", il a bafouillé : " Euh, je t'appelle sans raison particulière. – Eh bien, pas la peine de gaspiller ton argent ! " j'ai dit. Et j'ai raccroché.

– Fiona, enfin ! Il ne t'est pas venu à l'idée qu'il t'appelait parce que tu lui manquais ?

– Peuh, dit Fiona, et elle avala une nouvelle rasade.

– Tu aurais dû le voir comme moi je l'ai vu. Après votre séparation, je veux dire. Il était dévasté ! Une vraie loque. Il chérissait plus que tout ta petite boîte à savon.

– Comment ?

– Tu ne te souviens pas, avec le couvercle en écaille ?

– Euh, oui.

– Il l'ouvrait de temps en temps pour s'imprégner de ton odeur. Je l'ai vu faire, je te promets ! Le jour où tu es partie, le soir même, j'ai trouvé Jesse dans sa chambre, le nez enfoui dedans. Il fermait les yeux.

– Allons bon.

– Je pense qu'il a hérité de mon odorat. J'ai un odorat très développé.

– Tu parles de cette petite boîte en plastique, où je gardais mon savon pour le visage ?

– Il l'a cachée dès qu'il m'a vue. Il a eu honte. À force de jouer le bel indifférent ; tu sais comment il est. Mais quand ta sœur est venue chercher tes affaires, quelques jours plus tard, impossible de remettre la main dessus ! Elle remplissait ta trousse de toilette, c'est alors que j'y ai pensé. Je me suis mise à chercher. Et je ne pouvais pas demander à Jesse, qui s'était éclipsé à l'arrivée de ta sœur, alors j'ai ouvert son bureau : et elle était là, dans sa boîte à trésors, parmi les choses qu'il ne jettera jamais : sa collection de vignettes de joueurs de base-ball, et les coupures de presse sur son groupe. Mais je ne l'ai pas prise. J'ai refermé le bureau. Et je crois bien qu'il l'a gardée jusqu'à ce jour, Fiona, et ne va pas me dire que c'est parce qu'il a de la peine pour toi. Il ne veut pas t'oublier. Il est très olfactif, comme moi ; c'est un parfum qui lui rappelle le mieux une personne. »

Fiona contemplait sa bière. Son fard à paupières n'était pas si vilain, finalement. On aurait dit une peau de pêche.

« Est-ce qu'il a changé ? finit-elle par demander.

— En quel sens ?

— Il s'habille toujours pareil ?

— Mais..., oui. »

Fiona poussa un bref soupir. Il y eut un silence pendant lequel on entendit Leroy : « Zut ! Raté. » Une voiture passa, laissant flotter des bribes de musique country.

« Tu sais, reprit Fiona, il y a des fois où je me réveille la nuit et je me demande, comment en est-on arrivés là ? C'était si simple, au début. J'étais folle de lui, et je le suivais partout en concert, et y avait pas d'histoires. Comme il m'avait pas remarquée, j'ai envoyé un télégramme — est-ce qu'il t'a raconté ? *Fiona Stuckey voudrait vous accompagner à Deep Creek Lake*, c'était ça mon télégramme, parce que je savais qu'il y allait avec ses copains. Et il m'a emmenée, et c'est là que tout a commencé. Comme tu vois, simple et sans histoires. Mais après, comment t'expliquer, tout s'est compliqué, c'est devenu un vrai sac de nœuds, je ne sais même pas comment. Parfois je me dis, flûte, allons-y avec un nouveau télégramme. *Jesse*, je dirais, *je t'aime encore et on dirait que c'est pour toujours*. J'attends même pas de réponse. Je veux juste qu'il le sache. Ou bien je suis chez ma sœur à Baltimore et je me dis : si j'allais lui faire une petite visite ? Si j'arrivais à l'improviste ? Juste pour voir ?

— Surtout, n'hésite pas, dit Maggie.

— Mais il dira un truc du genre : qu'est-ce que tu fais là ? Et ce sera reparti pour un tour. Je veux dire que c'est voué à l'échec. C'est un cercle vicieux.

— Oh, Fiona, il est grand temps de briser ce cercle. Admettons qu'il dise ça — ça m'étonnerait, mais admettons. Et après ? Tu ne peux pas tenir bon, pour une fois, et dire : " Je suis venue pour te voir, Jesse. " Couper court à tous ces malentendus, ces fausses manœuvres, cette susceptibilité de part et d'autre. Dis-lui : " Tu me manques ", et tu verras !

— Oui, tu as peut-être raison, dit lentement Fiona.

— Ça coûte rien d'essayer.

201

– Je devrais peut-être rentrer avec vous.

– Avec nous?

– Enfin, peut-être pas.

– Tu veux dire... cet après-midi?

– Non, vaut mieux pas; qu'est-ce que je raconte? Je ne devrais pas boire pendant la journée; je suis complètement dans les vapes.

– Mais c'est une excellente idée! dit Maggie.

– Mettons que Leroy m'accompagne, par exemple; et on passe vous voir. Je veux dire, vous deux, pas Jesse. Après tout, vous êtes bien ses grands-parents, non? C'est assez naturel. Et on passe la nuit chez ma sœur...

– Pourquoi chez ta sœur? Il y a toute la place du monde à la maison. »

On entendit une voiture crisser sur le gravier. Maggie se raidit, mais Fiona n'y prit pas garde.

« Et demain après déjeuner, on peut prendre le car, disait-elle, ou voyons, au plus tard vers quatre heures. Leroy a école lundi... »

Une portière claqua. Une voix haute et geignarde appela : « Leroy? »

Fiona se tut.

« Maman », dit-elle, l'air embarrassé.

« C'est qui avec toi, Leroy? » fit la voix. Puis d'un ton interloqué : « Tiens? Monsieur Moran. »

Maggie n'entendit pas ce que disait Ira, qui grommela quelque chose.

« Eh bien, fit Mrs. Stuckey, comme c'est... »

Le reste se perdit dans la nature.

« C'est maman, répéta Fiona.

– Comme ça tombe bien; on ne l'a pas ratée, finalement, dit Maggie d'une petite voix.

– Elle va faire une crise.

– Une crise?

– Elle me tuerait si jamais je devais aller vous voir. »

Maggie n'apprécia pas tous ces conditionnels.

La porte s'ouvrit et Mrs. Stuckey entra lourdement, la cigarette au bec, avec sa tignasse grise et une vieille robe

202

sans manches. Elle traînait deux gros sacs beiges. Oh, comment cette femme avait-elle pu donner le jour à Fiona, Fiona si délicate ? Mrs. Stuckey déchargea ses sacs au milieu du tapis.

« S'il y a une chose que je déteste, dit-elle en retirant sa cigarette, c'est bien ces nouveaux sacs plastique qui vous scient les doigts avec leurs poignées.

— Comment allez-vous, Mrs. Stuckey ? demanda Maggie.

— Et ça se renverse dans le coffre et tout dégringole... Ooh, pas trop mal, on fait aller.

— On s'est arrêté en route, dit Maggie. On revient d'un enterrement à Deer Lick.

— Hmm. »

Mrs. Stuckey tira sur la cigarette qu'elle tenait entre le pouce et l'index. L'aurait-elle voulu qu'elle n'aurait pu trouver robe moins seyante. Le gras du bras, boursouflé, était largement exposé, ainsi que la bretelle du soutien-gorge.

Maggie attendait que Fiona prenne la parole, mais Fiona tripotait sa plus grosse bague, la tête baissée. Elle remontait la première phalange, faisait pivoter l'anneau, et redescendait. Maggie se jeta à l'eau :

« J'essaie de convaincre Fiona de nous faire une petite visite.

— Y a pas de danger », dit Mrs. Stuckey.

Maggie interrogea Fiona du regard. Mais Fiona tripotait obstinément sa bague.

« Eh bien, justement, elle y songe », dit finalement Maggie.

Mrs. Stuckey prit du recul pour scruter une longue étendue de cendre sur son mégot, qu'elle écrasa dans la barque, dangereusement près de l'éponge de Fiona. Un filet de fumée monta vers Maggie.

« Je vais peut-être y aller avec Leroy, juste pour le week-end, dit Fiona d'une voix faible.

— Pourquoi ?

— Pour le week-end. »

Mrs. Stuckey prit un sac sous chaque bras et partit en se dandinant, les genoux fléchis. De la porte, elle lança :

« Je préférerais te voir morte !

– Mais maman ! »

Fiona poursuivit sa mère dans le couloir :

« Maman, le week-end est déjà à moitié entamé. Il s'agit d'une nuit, une seule nuit chez les grands-parents de Leroy !

– Et pas chez Jesse Moran, bien entendu », dit de loin Mrs. Stuckey. On entendit un grand bruit – sans doute les sacs jetés sur une table.

« Oh, il se peut que Jesse soit dans les parages, mais...

– Ouais, ouais, dit-elle dans une expiration.

– Et alors ? Tu ne crois pas que Leroy devrait connaître son père ? »

Mrs. Stuckey se contenta de maugréer, mais Maggie n'en perdit pas une miette :

« S'il se trouve que le père est Jesse Moran, mieux vaut rester le plus loin possible. »

Ça alors ! Maggie sentit le rouge lui monter au visage. Elle faillit marcher droit à la cuisine pour dire son fait à cette mégère :

« Dites donc, vous, vous croyez que votre fille est une sainte ? Elle a fait beaucoup de mal autour d'elle. J'aurais bien aimé lui tordre le cou quelquefois, mais je n'en ai jamais dit de mal ! »

Voilà ce qu'elle dirait. Elle avait sauté sur ses pieds, d'ailleurs, d'un mouvement brusque qui fit couiner le canapé. Mais elle s'arrêta net. Elle lissa sa robe, comme si elle lissait ses pensées, et au lieu de la cuisine, opta pour la salle de bains. Elle saisit sa pochette et sortit, les lèvres serrées. Pourvu que la salle de bains ne soit pas de l'autre côté de la cuisine ! Non, c'était là – la porte ouverte au bout du couloir. Le reflet vert d'un rideau de douche attira son œil.

Après avoir utilisé les toilettes, elle ouvrit le robinet d'eau froide et se tamponna les joues. Elle se pencha vers le miroir. Elle avait vraiment l'air agité. Il fallait à tout prix se ressaisir. Elle n'avait même pas fini sa bière, mais l'alcool ne devait pas aider. Or, c'était le moment ou jamais d'emporter le morceau.

Jesse, entre autres. Elle avait omis de le dire à Fiona, mais il louait un appartement à l'autre bout de la ville, et rien ne permettait d'affirmer qu'il passerait au moment où Fiona serait là. Il faudrait l'inviter expressément. Pourvu qu'il n'ait pas d'autres engagements. Samedi : il pouvait y avoir des problèmes. Elle regarda sa montre. Le soir, il aurait certainement un concert, ou il sortirait avec des copains. Ou avec une fille d'ailleurs – rien de sérieux, mais quand même...

Elle tira la chasse, et profita du bruit pour se faufiler dans la chambre voisine. Elle était chez Leroy : partout des bandes dessinées et des habits en tapons. Elle referma la porte, poussa celle d'en face. Ah, une chambre d'adulte. Avec un dessus-de-lit en synthétique et un téléphone sur la table de nuit.

« Après tout ce que tu as fait pour t'en sortir, tu vas retomber dans ses griffes », disait Mrs. Stuckey dans un cliquetis de boîtes de conserve.

« Quelles griffes ? Je fais une petite visite, voilà tout.

– Il va te faire tourner en bourrique, exactement comme avant.

– Maman, j'ai vingt-cinq ans. Je ne suis plus une gamine. »

Maggie referma doucement la porte et décrocha le combiné. Pas de veine, un téléphone sans touches. Elle tressaillait à chaque retour du cadran. Mais apparemment, la dicussion continuait dans la cuisine. Elle se calma et colla l'écouteur à son oreille.

Un coup, deux coups.

Heureusement que Jesse était au travail. Depuis quelques semaines, son téléphone chez lui ne sonnait plus. Lui pouvait bien appeler, mais rien ne signalait les appels extérieurs. « Tu ne peux pas le faire réparer ? Ou achètes-en un autre ; c'est pas pour le prix que ça coûte », avait dit Maggie. Mais il avait répondu : « Oh, je ne sais pas. C'est plutôt amusant, en fait. Quand je passe, je décroche à tout hasard : " Allô ? " je dis, et deux fois j'ai eu quelqu'un au bout du fil. » Maggie ne put réprimer un sourire. C'était toujours comme ça, avec Jesse : au petit bonheur la chance. Quel sacré personnage !

« Chick's Cycle Shop, répondit une voix.

— Pourrais-je parler à Jesse, s'il vous plaît ? »

Le téléphone retomba sans cérémonie sur une surface dure. « Jesse ! » appela le garçon en s'éloignant. Il y eut un silence et le bruissement des coups de fil longue distance.

D'accord, ça ne se faisait pas d'appeler ainsi de chez les gens. Elle devrait peut-être laisser un peu de monnaie sur la table de nuit. Mais cela pouvait être mal pris. Pas moyen de savoir, avec Mrs. Stuckey.

« Allô.

— Jesse ?

— Maman ? »

C'était la voix d'Ira, avec vingt ans de moins.

« Jesse, je ne peux pas te parler longtemps, chuchota-t-elle.

— Quoi ? Parle plus fort, j'entends rien.

— Je ne peux pas.

— Quoi ? »

Elle étouffa le téléphone d'une main :

« Je me demandais, tu crois que tu pourrais venir dîner ce soir ?

— Ce soir ? Euh, j'avais vaguement l'intention d'aller...

— C'est important.

— En quel honneur ?

— Je te dis que c'est important », dit-elle pour gagner du temps.

Que faire ? Elle pouvait prétexter le départ de Daisy. Malgré leurs disputes enfantines, Jesse l'aimait profondément et lui avait demandé pas plus tard que la semaine dernière si elle l'oublierait une fois à l'Université. Ou bien dire la vérité, au risque de déclencher un de ces imbroglios dont ils avaient le secret.

Mais ne fallait-il pas justement couper court à tout cela ?

Elle respira un grand coup :

« Fiona et Leroy viennent dîner.

— Pardon ?

— Non, ne raccroche pas ! Ne refuse pas ! C'est ta fille ! jeta-t-elle dans un cri. Elle regarda anxieusement vers la porte.

— Attends, maman, restons calme.

— Eh bien, il se trouve que je suis là en Pennsylvanie, reprit-elle en faisant effort sur elle-même, parce qu'on était à un enterrement. Max Gill est décédé – je ne sais pas si Daisy te l'a dit. Et comme on était dans le coin... Et Fiona m'a dit textuellement qu'elle voulait te revoir.

— Écoute, maman. On ne va pas recommencer ?

— Recommencer quoi ?

— C'est comme la fois où tu m'as dit qu'elle avait appelé et que j'ai rappelé...

— Mais elle *avait* appelé ! Je te promets !

— *Quelqu'un* avait appelé, et ça avait raccroché. Tu t'étais bien gardée de me le présenter comme ça.

— Non. Le téléphone a sonné, et j'ai décroché : " Allô ? " Pas de réponse. C'était quelques semaines après son départ, qui ça pouvait être d'autre ? J'ai dit : " Fiona ? " Et elle a raccroché. C'était elle ! Pourquoi est-ce qu'elle aurait raccroché, sinon ?

— Et tout ce que tu me dis, c'est : " Fiona a appelé. " Alors je me rue sur le téléphone, et j'ai vraiment l'air d'un con. " Fiona ? Qu'est-ce que tu voulais ? – À qui ai-je l'honneur ? " elle fait. " Fiona, bordel, tu sais très bien qui c'est ", et elle me dit : " Je te prie de rester poli, Jesse Moran. " Alors je lui fais remarquer que c'est *elle* qui m'a appelé, mais elle dit : " Non, c'est toi. Car c'est bien toi au bout du fil, si je ne m'abuse ? Mais, bordel... "

— Jesse, l'interrompit Maggie, Fiona songe à t'envoyer un autre télégramme.

— Un télégramme ?

— Comme la première fois. Tu te souviens ?

– Oui, répondit Jesse. Je me souviens.

– Tu ne m'en avais jamais parlé. Mais quoi qu'il en soit, se dépêcha-t-elle, ce serait pour dire : *Jesse, je t'aime encore, et on dirait que c'est pour toujours.* »

Un ange passa.

Puis il dit : « Tu ne peux vraiment pas t'en empêcher.

– Tu crois que j'inventerais un truc pareil ?

– Si elle y songe tant que ça, elle n'a qu'à aller à la poste. Tu crois que j'ai reçu quelque chose ? Hmm ?

– Je n'étais même pas au courant du premier. D'où est-ce que je sortirais ça, Jesse ? Tu peux me dire ? Et je la cite mot pour mot. Pour une fois, je peux te répéter exactement. Je me souviens, parce que c'est comme un refrain. Tu sais, ces vers qu'on fait, sans en avoir l'air. Que si on se creusait la tête, on n'y arriverait pas. Même avec un dictionnaire des rimes... »

Elle disait n'importe quoi, pour lui laisser le temps de trouver une réponse. Il avait si peur de perdre la face! Seule Fiona pouvait rivaliser avec lui sur ce point.

Elle sentit comme un changement dans la qualité de son silence. De la négation pure et simple, à l'expectative. Elle bredouilla quelque chose. Puis elle attendit.

« Si jamais je pouvais me libérer, finit-il par dire, ce serait vers quelle heure ?

– Oh! c'est vrai ? Tu viens ? Tu veux bien! Disons vers six heures et demie, alors. À ce soir! »

Elle raccrocha très vite, de peur qu'il n'en arrive au stade dubitatif. Elle resta un moment près du lit. On entendait Ira :

« À la une, à la deux, à la trois! »

Elle prit son sac et quitta la chambre.

Fiona était agenouillée dans le couloir, en train de fouiller dans un placard. Elle extirpa une paire de bottes en caoutchouc, qu'elle jeta derrière elle. Elle replongea et sortit un fourre-tout en toile.

« Ça y est, j'ai parlé à Jesse. »

Fiona se figea. Le fourre-tout resta suspendu dans les airs.

« Il est ravi que tu viennes.

– Il a dit ça ?

– Absolument.

– Je veux dire, ce sont ses propres mots ? »

Maggie avala sa salive.

« Non », dit-elle.

Elle avait eu sa part de responsabilité dans le cycle des malentendus. Elle le savait.

« Il m'a simplement dit qu'il serait là pour dîner. Mais je sais ce que ça représente. »

Fiona l'observait, l'air sceptique.

« Il a dit : je serai là ! » répéta-t-elle.

Silence.

« Directement du boulot, maman ! Tu peux compter sur moi, je tiens pas à les rater !

– Bon », finit par dire Fiona.

Elle ouvrit la fermeture Éclair de son sac.

« Si j'étais toute seule, il suffirait d'une brosse à dents... Mais tu sais ce que c'est, avec les enfants. Entre les pyjamas, les bouquins, le coloriage pour la voiture..., et son gant de base-ball chéri. On ne sait jamais, comme elle dit, " des fois qu'on puisse faire une partie... ".

« Non, c'est vrai, on ne sait jamais ", dit Maggie. Et de bonheur, elle éclata de rire.

6

Dans les cas extrêmes, la stupéfaction d'Ira se manifestait par un blocage des zygomatiques. En l'occurrence, Maggie craignait qu'il ne se fâchât, mais non. Il recula d'un pas pour la toiser et clac! son expression se verrouilla, raide comme une gravure sur bois.

« Tu peux répéter ?

– Fiona passe nous voir. Tu es content ? »

Pas de réaction.

« Avec Leroy. »

Toujours rien. Il aurait peut-être mieux valu qu'il se fâche. Elle le contourna, un grand sourire aux lèvres.

« Leroy, ma chérie, ta mère t'appelle. Il faut que tu l'aides à faire les bagages. »

Il en fallait plus pour étonner Leroy.

« Oh, OK », dit-elle, expédiant le Frisbee d'une main experte avant de sautiller vers la maison. Le Frisbee alla frapper Ira au genou et tomba dans la poussière. Il suivit sa chute d'un air distrait.

« On aurait dû nettoyer la voiture, dit Maggie. Si j'avais su qu'on aurait tout ce monde. »

Elle se dirigea vers la Dodge, maintenant coincée par la Maverick rouge de Mrs. Stuckey. On voyait qu'elle avait fait de la route ; elle était fatiguée et couverte de poussière. Maggie ouvrit la porte arrière et secoua la tête. Une pile de livres s'étalait sur la banquette. Un chandail au crochet, qu'elle cherchait depuis plusieurs jours, gisait en un tas raplati : il avait dû servir de couche à M. Otis. De vieux couvercles de gobelets traînaient sous les sièges. Maggie s'introduisit à mi-corps pour rassembler les bouquins – de grands classiques incontournables, Thomas Mann, Dostoïevski, qu'elle avait pris à la bibliothèque au début de l'été dans un élan de bonnes intentions, et qu'elle rendrait intacts et considérablement en retard.

« Ouvre le coffre, s'il te plaît. »

Ira s'exécuta lentement, sans changer d'expression. Elle se déchargea de ses livres et repartit chercher le pull.

« Comment ça s'est fait ? demanda Ira.

– Eh bien, on discutait de sa boîte à savon, et tu vois...

– Je veux dire, tu pourrais me prévenir quand même. C'est un peu fort. Je sors le temps d'une partie de Frisbee et je te retrouve, l'haleine chargée de bière, avec un paquet d'invités sur les bras.

– Mais Ira, je pensais que ça te ferait plaisir ! »

Elle replia son chandail qu'elle rangea dans le coffre.

« On dirait qu'à la seconde où je passe la porte, les affaires commencent. Comment tu fais ton compte, à la fin ? »

Maggie procédait maintenant au ramassage des couvercles.

« Tu peux refermer le coffre, merci. »

Les mains pleines de détritus, elle disparut derrière la maison à la recherche d'une poubelle. Elle trouva une vieille chose défoncée et replaça comme elle put, une fois sa tâche acquittée, la rondelle métallique qui tenait lieu de couvercle. Le revêtement extérieur de la maison était tacheté de moisissures ; des traînées de rouille émanaient d'une bonbonne de fuel, fixée sous une fenêtre.

« Elles vont rester longtemps ? questionna Ira quand elle revint.

– Jusqu'à demain.

– Je te rappelle qu'on emmène Daisy à l'Université demain.

– Je n'ai pas oublié.

— Ah! ah! Le voilà donc, ton plan machiavélique : laisser Fiona et Jesse en tête à tête. Tu crois que je ne te connais pas, Maggie Daley ?

— Tu ne me connais pas aussi bien que tu le crois », répondit-elle.

En effet, si tout se déroulait comme prévu, Jesse serait là ce soir et point n'était besoin d'échafauder des plans. Elle ouvrit la portière et se laissa tomber sur son siège. C'était une vraie fournaise. Elle s'essuya sous le nez avec l'ourlet de sa jupe.

« Et on présente ça comment, d'après toi ? Devine qui vient dîner ? Ton ex-femme et la fillette que tu croyais perdue! demanda Ira. Quelle bonne surprise! Peu importe que vous soyez légalement séparés depuis des siècles. *Nous* avons décidé de vous remettre ensemble.

— Eh bien, si tu veux tout savoir, j'ai prévenu Jesse de leur arrivée, et il sera là pour le dîner. »

Ira se pencha pour la regarder en face.

« Tu l'as prévenu ?

— Exact.

— Comment ça ?

— J'ai téléphoné, tiens.

— Quoi, maintenant, tu veux dire ?

— Exactement.

— Et il vient dîner ?

— C'est cela, oui. »

Il se redressa et s'accouda sur le toit de la voiture.

« Je ne comprends pas.

— Mais il n'y a rien à comprendre.

— Ça me paraît trop facile. »

Elle ne voyait de lui qu'un plan abdominal : un pan de chemise blanche creusé sur une ceinture. Il devait cuire, là-haut. Le métal irradiait comme un fer à repasser. Remarque le plus fort de la chaleur était passé, et le soleil amorçait sa descente au loin, derrière un moutonnement d'arbres.

« Ça m'embête, cette voiture, dit-elle, s'adressant à la boucle de ceinture.

« – Hmm ?

– La Maverick de Mrs. Stuckey. Je préfère ne rien lui demander, mais j'ai peur qu'on n'ait pas la place de sortir. »

Un ennui technique : cela fit diversion, comme prévu. Ira s'en alla brusquement inspecter les positions respectives ; Maggie sentit la voiture tanguer et se remettre en place. Elle renversa la tête et ferma les yeux.

Pourquoi Ira était-il si négatif dès qu'il s'agissait de Jesse ? Pourquoi systématiquement cette ironie, ce ton sceptique ? Jesse était loin d'être parfait, certes, mais il avait toutes sortes de qualités attachantes. Il était généreux et tendre. D'accord, il était soupe au lait, mais il regagnait aussi vite sa bonne humeur. Et il n'était pas rancunier. Pas comme d'autres.

Ira était-il jaloux, tout bêtement ? La jalousie d'un homme réservé, frustré, à l'égard de l'insouciance ?

Quand Jesse était bébé, Ira avait coutume de dire :

« Ne le prends pas dès qu'il pleure. Ne lui donne pas à manger dès qu'il ouvre la bouche. Tu le gâtes trop.

– Tu appelles ça le gâter ? le nourrir quand il a faim ? avait rétorqué Maggie. N'importe quoi ! »

Mais en son for intérieur, elle se posait des questions. Peut-être bien qu'elle en faisait trop. C'était la première fois qu'elle s'occupait d'un bébé. Elle n'avait pas eu, comme nombre de ses amies, de petits frères ou sœurs derrière elle pour se faire la main. Sans compter que Jesse n'était pas facile – avec ses coliques, au début, rien ne laissait présager le joyeux petit garçon qu'il allait devenir. Il piquait des crises au beau milieu de la nuit, sans aucune raison ; il devenait tout rouge. Maggie le promenait inlassablement autour de la table de la salle à manger. À force, ses pas avaient creusé un sillon sur le tapis. Il lui venait des idées saugrenues : se pouvait-il que cet enfant ne l'aime pas ? Où était-il écrit que géniteurs et progéniture fussent forcément compatibles ? À y réfléchir, c'était miraculeux, l'harmonie qui régnait dans la plupart des foyers. Comme s'il suffisait de s'en remettre au hasard pour tirer les gènes appropriés, à la grande loterie des familles. Décidément, elle n'avait pas eu de chance avec Jesse. Il semblait en permanence irrité contre ses parents, contre leur petite vie étriquée, si plan-plan, si conservatrice.

Un jour où elle luttait pour sortir du bus un Jesse en pleines convulsions, elle le sentit brusquement se calmer dans ses bras. Elle le regarda. Il fixait une grande blonde bien habillée assise un peu plus loin. Enfin, en voilà une qui était son genre! Hélas, la créature était plongée dans un magazine et ne s'aperçut de rien.

En revanche, dès qu'il fut en contact avec les autres enfants – qui l'adorèrent au premier abord – il se mit à courir les rues et déserta la maison. Cela non plus ne trouva pas grâce aux yeux d'Ira. Jesse disparaissait, oubliait le dîner, ou négligeait ses devoirs pour une partie de basket improvisée dans une allée. Ira l'avait baptisé Monsieur Au-Jour-le-Jour. Maggie dut admettre que c'était bien trouvé. Si d'autres naissaient avec le sens de la durée, de la continuité, le pauvre Jesse, lui, en était totalement dépourvu. Ignorant de la chaîne causale, il se butait pour peu qu'on lui reproche une chose passée : quoi, depuis déjà des heures, des jours, même! Toute une semaine! Il ne comprenait pas qu'on pût se fâcher quand lui-même oubliait instantanément.

Une fois (il devait avoir onze ou douze ans), il faisait le fou dans la cuisine. Il taquinait sa mère sur ses talents culinaires, en tapant du poing dans son gant de base-ball. Le téléphone sonna ; c'était M. Bunch, le professeur de sixième ; Maggie continua de vaquer à ses affaires.

« Hein ? ! fit Jesse. Mais c'est pas possible! Vous savez bien que c'est pas ma faute! »

Et il raccrocha brutalement tandis qu'apparaissaient les fameux petits cernes.

« Jesse ? Mon coco ? Qu'est-ce qui se passe ?

– Rien! » dit-il, irrité.

Et il sortit en abandonnant le vieux gant de base-ball, creusé en son milieu, étrangement animé, sur la table.

215

À peine dix minutes après, elle l'aperçut devant la maison avec Herbie Albright, en train de rire aux éclats et de sauter à travers la petite haie de buis, comme on lui avait dit cent fois de ne pas le faire.

Oui, c'était d'abord son rire qu'elle revoyait – ses yeux mobiles et pétillants, ses dents toutes blanches et la ligne brune et nette de son cou. (Pourquoi Maggie se rappelait-elle les fous rires, et Ira les crises de nerfs ?) Au sein d'un foyer sans grande activité mondaine, Jesse était intensément, presque ridiculement sociable et submergé d'amis. Ses copains arrivaient chaque après-midi après la classe. Et le week-end, il n'était pas rare d'en compter jusqu'à sept ou huit, entassés dans sa chambre avec leur sac de couchage. Blousons, pistolets et maquettes en tous genres débordaient jusque sur le palier. Au matin, lorsqu'elle montait les réveiller pour le petit déjeuner, une odeur forte et musquée barrait l'entrée comme une porte. Elle clignait des yeux et battait en retraite jusqu'au havre de la cuisine, où la petite Daisy, debout sur une chaise, drapée jusqu'aux pieds dans son tablier, touillait avec ardeur la pâte à pancakes.

Pour ses quinze ans, Jesse se lança dans la course à pied. Il s'y jeta à corps perdu, comme pour ses précédentes toquades. N'ayant pas encore le droit de conduire, c'est Maggie qui l'emmenait à son circuit préféré : la piste tapissée d'aiguilles de pin de Ralston School, dans le bois au nord de Baltimore. Elle l'attendait dans la voiture, installée avec un livre, et levait les yeux de temps à autre pour suivre sa progression. Elle le repérait tout de suite, même quand la piste était encombrée de grosses dames en jogging et d'étudiants en maillots numérotés. Jesse portait un short en jeans effiloché et un débardeur noir. Mais ça n'était pas une question d'habit. C'était son style qui le distinguait entre mille. Sa foulée ouverte et dégagée, comme s'il ne gardait rien en réserve pour la suivante. Ses lancers de bras comme pour attraper l'air au vol. Le cœur de Maggie bondissait d'amour. Puis Jesse disparaissait dans la forêt, et elle reprenait sa lecture.

Mais un jour, il ne reparut plus. Elle l'attendit en vain. Tous les autres finissaient par ressortir, même les plus lents, même les adeptes du pas du marcheur, avec leur déhanchement ridicule et leurs coudes au corps comme des ailerons de poulet. Elle descendit de voiture et gagna la piste, la main en visière. Pas de Jesse. Elle pénétra dans la forêt le long de la courbe ovale. Ses semelles de crêpe s'enfonçaient sous elle, tiraillant désagréablement le muscle du mollet. Les coureurs la dépassaient en vagues successives et se retournaient sur elle une fraction de seconde, de sorte que leur visage semblait flotter derrière eux. Dans les bois sur sa gauche, il y eut un éclat blanc. C'était une fille, en short et chemise, allongée par terre dans les feuilles. Et Jesse était couché sur elle. Tout habillé, certes, mais en plein sur elle, avec les bras de la fille noués autour du cou.

« Jesse, va falloir que j'y aille ! » cria-t-elle.

Et penaude, elle repartit en sens inverse, avec la sourde impression d'être moche et plutôt minable. À peine quelque secondes après, elle entendit le craquement rapproché des aiguilles de pin : Jesse la dépassa à longues enjambées, ses tennis immenses rebondissant avec souplesse, plop, plop, ses bras nerveux moulinant l'air du soir.

Alors vinrent les filles, encore des filles et toujours des filles. Un vrai défilé : toutes châtain clair, minces et jolies, bon chic, bon genre, avec des visages anonymes. Elles appelaient au téléphone, le poursuivaient de lettres parfumées, ou tout simplement se présentaient à la porte. Elles avaient pour Maggie une déférence qui ne la rajeunissait pas.

« Oh, quel ravissant chemisier, Mrs. Moran ! » disaient-elles, en regardant par-dessus son épaule à la recherche de Jesse.

Maggie se hérissait et luttait pour ne pas faire obstruction. Elle était bien placée pour connaître la perversité des jeunes filles. Un pauvre garçon ne faisait pas le poids ! C'est alors qu'il arrivait, sans se presser, sans même se repeigner, avec des mèches dans les yeux et un tee-shirt imprégné de l'odeur de levure de la sueur fraîche. Les filles ne se sentaient plus de joie : c'était elles qui ne faisaient pas le poids. Maggie était triste, mais ne pouvait s'empêcher d'être fière des bonnes fortunes de son fils. Alors elle avait honte, et pour compenser se montrait particulièrement gentille avec ses petites amies. Si gentille que bien souvent, elles continuaient leurs visites des mois après que Jesse les avait plaquées.

Elles s'installaient dans la cuisine et lui faisaient des confidences, pas seulement sur Jesse, mais sur leur vie en général : leurs parents, leurs problèmes. Maggie aimait ça. Souvent, Daisy était là, penchée sur ses devoirs. Il lui semblait alors qu'elles formaient toutes trois comme un sous-ensemble de la vaste et solidaire communauté féminine – quelque chose qu'elle avait raté en grandissant parmi des frères.

Est-ce alors que commença la musique ? De la musique à fond la caisse, sur un rythme d'enfer. Un beau jour, elle déferla dans la maison, comme si la puberté de Jesse avait ouvert les vannes au vacarme des guitares électriques et des synthétiseurs. Passait-il dans la cuisine prendre un en-cas, que le radio-réveil se mettait à tonitruer. Qu'il aille chercher son gant de base-ball dans sa chambre et la stéréo entonnait Led Zeppelin. Et comme il n'éteignait jamais rien, la musique continuait à jouer longtemps après son départ. C'était peut-être inconscient. Comme une signature, la marque de son territoire dans la vie familiale. « J'appartiens au monde extérieur désormais, mais ne m'oubliez pas », semblait-il signifier. Et Maggie et Ira se retrouvaient, face à face, deux adultes rassis avec leur petite fille modèle, tandis que *When Will I Be Loved* résonnait dans le vide qu'il laissait derrière lui.

Puis il n'aima plus ce que ses camarades aimaient et décréta que ses idoles faisaient de la musique de salle d'attente. (« Ah bon », avait dit Maggie tristement, parce qu'elle aimait bien Carly Simon ou Elton John, du moins, certaines de leurs chansons.) Les murs renvoyèrent alors des refrains geignards et louches, ou carrément mal embouchés. Les interprètes, des beatniks vêtus de loques paramilitaires, faisaient figure d'ennemis de la société. (Entre-temps, les albums au rebut descendaient progressivement garnir l'étagère du salon sous la hi-fi, chaque nouvelle période de Jesse enrichissant d'autant la collection de vieilleries que Maggie se passait en secret, quand elle était seule à la maison.)

Puis il se mit à composer lui-même. Des chansons résolument modernes, qui s'intitulaient *Microwave Quartet* ou *VCR Blues*. Il les essayait sur Maggie en l'absence d'Ira. Avec sa voix nasale et son style monocorde, il semblait parler plus qu'il ne chantait. Maggie trouvait ça très professionnel : on aurait dit quelque chose à la radio – évidemment, elle était sa mère. Mais les amis aussi étaient impressionnés. Don Burnham, dont le cousin germain avait failli être engagé comme *roadie* par les Ramones, avait déclaré que Jesse était assez bon pour monter son propre groupe et se produire en public.

Don Burnham arriva en classe de première dans l'école de Jesse. C'était un gentil garçon, parfaitement bien élévé. La première fois qu'il vint à la maison, il fit la conversation à Maggie (ce qui n'était pas courant chez les jeunes de cet âge) et examina poliment la collection complète des cartes postales de Daisy.

« La prochaine fois, je vous apporterai mon recueil de poèmes, dit-il.

– Oh, avec plaisir », répondit Maggie.

Mais la fois d'après, il avait une guitare à la main. Jesse interpréta *Seems like this old world is on fast forward today,* tandis qu'il grattait en cadence. Dès lors, Don devint son mentor et Jesse disparut du jour au lendemain. En tout cas, c'est ce qu'il lui semblait rétrospectivement.

Jesse forma son groupe, *Spin the Cat,* avec une bande de garçons plus âgés que lui, dont la plupart avaient abandonné le lycée. Maggie n'avait aucune idée d'où ils sortaient. Il adopta une tenue de combat : chemises en toile noire, jeans noirs, bottes de moto au cuir usagé. Il rentrait à pas d'heure, dans des effluves de bière et de tabac – ou peut-être même pire. Le cortège de filles fut entièrement relooké : elles étaient plus voyantes, plus remuantes, et ne s'embarrassaient ni de Maggie ni de faire la causette au coin du feu. Au printemps, il apparut que Jesse n'allait plus aux cours et qu'il ne passerait pas en terminale.

Dix-sept ans et c'est foutu, maugréait Ira. Et tout ça sur un conseil d'ami. Peu importe que Don Burnham ne fasse pas partie du groupe ni qu'il passe sans problème en terminale, lui. Selon Ira, ses bons offices avaient fait tilt, et rien ne serait plus jamais comme avant. Don avait été l'instrument du destin, l'exécuteur de la providence. Selon Ira.

Remue-toi ou tire-toi, dit-il à Jesse. Qu'il prenne des cours par correspondance, ou qu'il se trouve un job et un appartement. Jesse répondit qu'il en avait par-dessus la tête des cours. Qu'il ne demandait que ça, de se trouver un job et de se mettre à son compte, pour aller et venir à sa guise sans avoir personne sur le dos. « Bon débarras », fit Ira qui grimpa l'escalier sans un mot de plus. Jesse prit la porte et traversa le porche dans un lourd bruit de bottes. Maggie éclata en sanglots.

Que pouvait-il comprendre à Jesse ? Ira était de ces gens qui naissent compétents. Tout lui était facile. Que pouvait-il savoir de ce que ressentait Jesse lors de ses départs quotidiens pour l'école – le dos courbé en prévision de l'échec, le col du caban de travers, les poings enfoncés dans les poches. Ce n'était vraiment pas drôle, d'être Jesse ! Entre une petite sœur si convenable et un père infaillible, lisse et sans défauts ! Heureusement qu'elle était là, elle, son idiote de mère, avec ses gaffes et sa maladresse ! Elle aurait voulu lui léguer aussi sa capacité à voir le bon côté des choses, ses facultés d'adaptation, d'acceptation.

Mais non. L'œil bridé, taciturne, toute sa gaieté jetée aux orties, Jesse arpentait la ville en quête de travail. Il espérait trouver quelque chose dans un magasin de disques. Il n'avait pas un sou (c'était l'époque où ils

jouaient gratuitement pour se faire de la publicité soi-
disant) et devait taper Maggie pour des tickets d'autobus.
Et chaque jour il rentrait plus sinistre, et chaque soir il se
disputait avec Ira.

« Si tu te présentais habillé normalement, lui disait Ira.

— S'ils jugent seulement sur les apparences, alors moi
ça m'intéresse pas.

— Parfait, eh bien, tu n'as qu'à devenir cantonnier.
Pour creuser des trous, ça n'a aucune importance. »

Et Jesse repartait en claquant la porte. Et comme tout
était triste et plat après son départ! L'esprit ne soufflait
plus. Chacun à un bout du salon, Ira et Maggie se jetaient
un regard blanc. Une scène s'ensuivait : elle lui reprochait
d'être trop dur, lui d'être trop bonne.

Parfois, à l'heure des bilans, Maggie s'en voulait aussi.
Elle s'apercevait qu'une directive unique avait présidé à
ses décisions en tant que parent : le seul fait que ses
enfants étaient des enfants, destinés comme tels à
l'impuissance, à la dépendance, à la réclusion pendant des
années, l'emplissait d'une telle pitié qu'ajouter quoi que
ce soit à leur fardeau lui semblait impensable. Elle par-
donnait tout, elle trouvait toutes les excuses. Elle aurait
été meilleure mère, peut-être, si elle ne s'était pas rappelée si vivement sa propre enfance.

Elle rêva que Jesse était mort – il était mort depuis des
années, en fait, au temps où il était un petit garçon rieur
et rayonnant – et qu'elle ne s'en était pas rendu compte.
Elle sanglotait irrépressiblement ; elle ne pourrait survivre
à un tel choc. C'est alors qu'elle vit sur le pont, parmi la
foule (elle était en bateau), un enfant qui ressemblait à
Jesse, entouré de ses parents. Il détourna les yeux, mais
elle crut y voir une lueur de reconnaissance. Elle lui fit un
sourire et se rapprocha sous prétexte de contempler l'horizon. De nouveau, il lui jeta un regard. Il était ressuscité
au sein d'une nouvelle famille ; c'était la seule explication
possible. Il ne lui appartenait plus, mais qu'à cela ne
tienne, ils avaient toute la vie pour se rattraper. Elle le
regagnerait insensiblement. Elle sentait les yeux de

l'enfant posés sur elle, et son émerveillement à la connaître sans la reconnaître. Et elle comprit que jamais ils ne cesseraient de s'aimer.

À l'époque, Daisy devait avoir neuf ans, par là – de quoi occuper pleinement une mère. Mais précisément, elle choisit ce moment pour se mettre en tête de grandir toute seule. Elle avait toujours été précoce. Dans sa petite enfance, Ira la surnommait « Lady Baby » pour sa réserve, sa maturité, et son petit visage catégorique comme un concentré d'opinions. À treize mois, elle était propre. Au cours préparatoire, elle mettait le réveil une heure avant tout le monde et descendait chercher ses habits dans le linge propre. Déjà, elle repassait mieux que Maggie. Elle était tirée à quatre épingles et veillait à l'assortiment des couleurs. Et voilà qu'elle brûlait les étapes et que le monde extérieur prenait le pas sur sa famille. Elle avait quatre amies de son acabit, parmi elles Lavinia Murphy, dont la mère était impeccable. La parfaite Mrs. Murphy dirigeait l'association des parents d'élèves et (comme elle ne travaillait pas) prenait le temps de mener les petites à toutes sortes d'activités culturelles. Elle recevait admirablement et organisait des chasses au trésor pour les anniversaires. Au printemps de 1978, Daisy habitait pratiquement chez les Murphy. Maggie rentrait pour trouver une maison vide, avec un petit mot sur l'étagère de l'entrée.

Un jour, au lieu du silence habituel, Maggie perçut un bruissement suspect. Là-haut, la porte de Jesse était fermée. Elle frappa trois coups. Il y eut comme une commotion. La voix de Jesse s'éleva : « Une seconde ! » On entendit des froissements. Quand il sortit de la chambre, une fille se tenait derrière lui. Elle avait de longs cheveux blonds emmêlés, et ses lèvres paraissaient meurtries. Elle se faufila devant Maggie et descendit l'escalier les yeux baissés, derrière Jesse. La porte de l'entrée se referma ; Jesse disait au revoir à mi-voix. Dès qu'il remonta, nullement gêné, elle lui fit remarquer que la mère de cette jeune personne – qu'elle n'avait jamais vue – serait horrifiée d'apprendre que sa fille avait passé l'après-midi enfermée avec un garçon.

« Mais non, fit Jesse. Sa mère est en Pennsylvanie quelque part. Fiona descend chez sa sœur, et sa sœur s'en fiche.

– Eh bien, moi pas », avait dit Maggie.

Jesse n'avait pas discuté et la fille n'avait pas reparu. Du moins, pas quand Maggie était là. Mais elle avait un mauvais pressentiment. Jesse s'absentait plus que jamais ; lorsqu'il rentrait, il était distrait. Ses apparitions sporadiques coïncidaient avec de longues séances au téléphone là-haut, et c'était toujours la même voix, douce et inquiète, quand Maggie décrochait par hasard.

Il finit par trouver un travail dans une fabrique d'enveloppes (il s'occupait d'expédition ou quelque chose), et se mit à chercher un appartement. Le seul problème, c'était le prix des loyers.

« Très bien », disait Ira : il allait comprendre sa douleur.

Ah, s'il pouvait se taire, celui-là !

« Ne t'inquiète pas, l'encourageait Maggie. Ça va s'arranger. »

On était au début de l'été. En juillet, il était toujours à la maison. Et un mercredi soir, en plein mois d'août, il prit Maggie à part dans la cuisine pour lui annoncer très calmement qu'il avait un gros ennui avec une fille.

L'amtosphère sembla se figer. Maggie s'essuya les mains à son tablier.

« C'est Fiona ? »

Il fit oui de la tête.

« Alors ? Qu'est-ce qu'on fait ? » demanda Maggie.

Elle était étrangement calme, elle aussi. Comme s'il s'agissait d'autres gens. Ou peut-être qu'elle s'y attendait, inconsciemment. Cela se profilait depuis toujours, comme la marche lente des glaciers.

« Eh bien, justement, dit Jesse. C'est ce dont je voulais parler avec toi. Je veux dire, elle et moi, on n'est pas d'accord.

– Qu'est-ce que tu veux, toi ? demanda Maggie, anticipant la réponse.

– Je veux garder le bébé. »

Il y eut comme un blanc. Le mot faisait bizarre dans la bouche de Jesse. Avec un effet, c'était pénible à dire, plutôt mignon.

« Le garder ?

– Je crois que je vais chercher un appartement pour nous trois.

– Tu veux dire que tu veux l'épouser ?

– Oui.

– Mais tu n'as même pas dix-huit ans, dit Maggie. Et je parie qu'elle non plus. Vous êtes beaucoup trop jeunes !

– Mon anniversaire est dans deux semaines, maman, et Fiona pas longtemps après. Et de toute façon, elle ne veut plus faire d'études. La plupart du temps, elle sèche les cours pour être avec moi. Et puis j'ai toujours eu envie d'un enfant. C'est exactement ce dont j'ai besoin : quelque chose de bien à moi.

– À toi ?

– Faut juste que je me trouve un meilleur job.

– Jesse, nous sommes là ! Tu as déjà une famille à toi, qu'est-ce que tu racontes ?

– C'est pas pareil. Je ne me suis jamais senti... Oh, je ne sais pas. Enfin, je cherche un travail mieux payé. Tu comprends, il faut un sacré matos, pour le bébé. J'ai fait une liste avec le livre du Dr. Spock. »

Maggie le regardait stupéfaite. La seule question qui lui vint à l'esprit fut :

« Et tu as trouvé ça où ?

– Ben dans une librairie, voyons.

– Tu es entré, et tu as demandé *Comment élever et éduquer son enfant* ?

– Ben oui. »

Elle n'en revenait pas.

« J'ai appris une foule de choses, continuait Jesse. Je pense qu'on devrait l'allaiter.

– Jesse...

224

— Il y a une maquette de berceau dans le *Home Hobby Journal.*

— Jesse, tu ne sais pas ce que c'est. Vous n'êtes que des gosses! Vous ne pouvez pas vous charger d'un enfant...

— Maman, je t'en supplie. Je suis très sérieux. »

Et Jesse avait les lèvres tirées, comme quand sa décision était prise.

— Mais tu me supplies de quoi, au juste?

— Je veux que tu parles à Fiona.

— Mais pour quoi faire?

— Dis-lui qu'elle devrait le garder.

— Parce qu'elle veut, euh... le mettre à la DDASS ou... avorter?

— Oui, c'est ce qu'elle dit; mais elle ne veut pas vraiment, tu comprends. C'est une vraie tête de mule. On dirait, je ne sais pas moi, qu'elle s'attend au pire de ma part. Elle croit que je vais la larguer ou Dieu sait quoi. Primo, elle me prévient même pas – tu te rends compte? Grand silence. Elle passe des semaines à se ronger les sangs. Pas un mot alors qu'on se voit presque tous les jours! Et dès qu'elle a son test, qu'est-ce qu'elle fait? Elle me réclame du fric pour s'en débarrasser! " Minute, je lui dis. Tu n'oublies pas un petit détail? Ce que j'en pense moi, par exemple? C'est une décision commune, non? Tu ne peux pas me faire confiance? – Confiance pour faire quoi? – Pour t'épouser, entre autres, pour travailler, nom d'un chien. " Elle répond : " Je t'ai rien demandé, Jesse Moran. – Comment, rien? Il s'agit de mon fils, tout de même! – Oh, je ne me fais pas d'illusions (elle prend son air désabusé), je ne me fais pas d'illusions. J'ai su à quoi m'en tenir dès que je t'ai vu. La grande star. Libre et sans attaches. Pas la peine de te justifier. " Je me suis senti étiqueté. Je ne sais pas d'où elle sort cette image de moi. Pas de la réalité, en tout cas. Alors j'ai dit : " Non, ma vieille. Tu n'auras pas un centime " et elle répond : " J'aurais dû m'y attendre " – en faisant exprès de ne pas comprendre. J'ai horreur de ça, quand elle joue les martyres! Et elle me lance ce truc en pleine figure : " Je savais bien que je pouvais pas compter sur toi pour me faire avorter. » Ça m'a coupé la respiration pendant une seconde. J'ai dit : " Putain, Fiona... " et elle : " Vas-y, insulte-moi pendant que t'y es ", alors...

— Écoute, Jesse. » Maggie se frottait les tempes. Elle essayait de garder le fil et commença : « Je crois vraiment que si sa décision est prise...

— Elle a rendez-vous lundi matin à la clinique de Whitside. Sa sœur a congé le lundi. Elle l'accompagne. Tu vois, je suis même pas invité, moi. Et j'ai discuté pendant des heures. Je ne sais plus quoi lui dire. Alors voilà. Vas-y, s'il te plaît. Empêche-la de faire ça.

— Moi ?

— Tu t'entends si bien avec toutes mes copines ! Tu y arriveras, j'en suis sûr. Parle-lui de mon boulot. J'arrête les enveloppes ; je vais travailler dans l'informatique. Je postule pour un stage. On me paie pour apprendre à réparer des ordinateurs. Je crois que ça va marcher. Et aussi Dave, le batteur. Sa mère a une maison près du stade. Le dernier étage se libère en novembre : tout un appart pour des cacahuètes, a dit Dave, avec une petite chambre pour le bébé. Je pense que c'est mieux s'il a sa chambre séparée. J'ai lu ça quelque part. Tu n'imagines pas tout ce que j'ai lu ! J'ai décidé, par exemple, que j'étais pour les tétines. On trouve que ça fait pas très chic, mai ça leur évite de sucer le pouce. Et il est absolument faux que cela déforme la dentition. »

Jesse n'en avait jamais tant dit, mais hélas, plus il parlait, plus il avait l'air jeune. Il était hirsute d'un côté, à force de passer la main dans ses cheveux. Son corps était tout en angles et aspérités, tandis qu'il tournoyait dans la cuisine.

« Jesse, mon chéri. Je sais que tu ferais un père merveilleux, mais le fait est que c'est à elle de se décider. C'est elle qui doit subir cette grossesse.

— Mais elle n'est pas toute seule. Je peux m'occuper d'elle ! L'entretenir. La choyer... Je ne veux pas autre chose, maman. »

Elle était à court d'arguments et Jesse le sentait bien. Il arrêta de faire les cent pas et se planta devant elle.

« Écoute, maman. Tu es mon seul espoir. Tout ce que je demande, c'est qu'elle comprenne un peu ce que je ressens. Après, elle se décidera en connaissance de cause. Quel mal y a-t-il à cela ?

— Qu'est-ce qui t'empêche de le lui dire toi-même ?

— J'ai essayé, je te dis. J'aurais mieux fait de garder ma salive ! Tout ce que je dis sort de travers. Elle le prend mal, je me fâche ; et on se retrouve dans un sac de nœuds, je sais pas comment. On n'en peut plus. Je suis lessivé. »

Ça, Maggie connaissait par cœur.

« Tu ne veux pas y réfléchir ? » demanda-t-il.

Maggie pencha la tête.

« C'est juste une possibilité...

— Une possibilité, dit-elle lentement. En ce cas peut-être que...

— Alors c'est oui ! Oh, merci, maman ! C'est tout ce que je te demande, c'est promis !

— Mais, Jesse...

— Et pas un mot à papa, surtout.

— Ben, pas pour l'instant, dit Maggie sans conviction.

— Tu peux t'imaginer la tête qu'il ferait. »

Il lui sauta au cou et disparut.

Elle passa les jours suivants dans le doute et l'anxiété. Il lui revenait tant d'exemples de l'instabilité de Jesse. Volage comme les jeunes gens de son âge, il allait d'une passion à l'autre, d'une lubie à la suivante. Mais on ne pouvait pas se débarrasser aussi facilement d'une femme et d'un bébé ! D'autres souvenirs pesaient dans la balance. L'année où, seul rescapé d'une épidémie de grippe, Jesse avait soigné toute la famille. Elle le revoyait à son chevet à travers une brume de fièvre. Un bol de bouillon à la main, il attendait patiemment qu'elle veuille bien se réveiller entre deux gorgées. Maggie émergeait en sursaut, pour trouver la cuiller obligeamment tendue à ses lèvres.

« Tu n'oublies pas notre conversation ? demandait Jesse chaque fois qu'ils se croisaient. Tu as promis !

– Non, bien sûr... », répondait-elle faiblement.

Quelle promesse ? À quoi s'était-elle engagée, au juste ? Un soir, il lui glissa un papier dans la main – une adresse sur Whitside Avenue. La clinique. Elle le mit dans sa poche et commença :

« Écoute, tu comprends bien que... »

Mais Jesse était déjà parti, aussi preste qu'un chat de gouttière.

Ira était plutôt content, ces jours-ci. Il avait eu vent du nouveau job : Jesse était engagé, il commençait en septembre.

« Au moins, ça ressemble à quelque chose, disait Ira. Il y a de l'avenir là-dedans. Et qui sait ? Ça lui redonnera peut-être le goût des études. D'ailleurs, je suis sûr qu'ils tiennent à ce qu'il termine le lycée. »

Maggie gardait le silence. Elle réfléchissait.

Elle travailla le samedi, ce qui eut pour effet de la distraire. Mais le dimanche, elle resta longtemps assise sous le porche. C'était une journée chaude et dorée. Chacun semblait s'être donné le mot pour promener bébé. Poussettes et landaus de tous modèles se croisaient. Des hommes passaient, un petit enfant calé sur le dos. Maggie se demanda si Jesse avait envisagé l'acquisition d'un porte-bébé. Certainement. Elle tendit l'oreille vers la maison. Ira regardait le base-ball à la télé et Daisy était chez Mme Parfaite. Jesse dormait encore. Il avait joué la veille dans une maison des jeunes à Howard County. Elle l'avait entendu rentrer un peu après trois heures, chantant dans sa barbe *Girlie if I could I would put you on defrost...*

« Ça n'est plus ce que c'était, avait-elle dit à Jesse un jour qu'ils parlaient musique. On est passé de *Love me Tender* à *Let's Spend the Night Together...*

– Voyons, t'as rien compris, maman ! Dans le temps, on dissimulait mieux. Mais c'était toujours *Let's Spend the Night Together...* »

Une ritournelle de sa jeunesse lui revint en mémoire : *Je t'aime encore plus quand tu n'es plus là...*

Quand Jesse était petit, il venait lui raconter des histoires pendant qu'elle préparait le dîner, comme s'il jugeait utile de la distraire : « Il était une fois une dame qui nourrissait ses enfants de pain d'épice », ou bien : « Un vieil homme habitait tout en haut d'une grande roue. » Elles témoignaient de beaucoup de fantaisie, et, à y repenser, leur morale commune était le triomphe du rire sur les puissances matérielles. Il avait notamment élaboré l'histoire d'un père un peu attardé, qui avait acheté un orgue de Barbarie avec l'argent du marché. Le côté crétin lui venait sans doute de Dorrie. Mais dans l'histoire, c'était plutôt positif. « Assez de nourriture ! disait le père. Je préfère que mes enfants aient de la belle musique ! » Ira ne voyait pas ce qu'il y avait de drôle là-dedans. Il se vexa pour Dorrie (il n'aimait pas le mot attardé) et pour lui-même. Qu'est-ce que c'était que ce père anormal ? Jesse s'était trompé, ce devait être la mère. Ç'aurait été plus réaliste, vu les circonstances. Ou peut-être qu'Ira n'avait pas voulu dire ça, mais Maggie l'avait pris très mal, et l'affaire avait dégénéré en dispute.

Au fond, cela durait depuis la naissance de Jesse. Chacun campait sur ses positions. Ira critiquait, Maggie excusait. Jesse était mal élevé, c'était une vraie tête de lard. « Totalement incapable d'aider au magasin », disait Ira. « C'est qu'il se cherchait », répliquait Maggie. « Il fallait lui laisser le temps. » « Parce que ça va durer longtemps ? ! » s'exaspérait Ira. (Les rôles étaient inversés : en principe, c'était elle qui bousculait les choses.)

Pourquoi n'avait-elle pas compris quand elle était jeune les pouvoirs de la jeunesse ? C'est comme si elle avait raté le coche. Elle-même avait été un modèle de soumission ; jamais elle n'aurait imaginé à quel point un enfant pouvait semer la zizanie dans les ménages.

Le couple tâchait de mettre une sourdine aux disputes, mais Jesse n'en perdait pas une miette. Ou simplement, il comprenait la situation. Car au fur et à mesure, il se tourna vers Maggie : c'est à elle qu'il offrait ses bribes de conversation, tandis qu'un fossé se creusait entre lui et

Ira. Au moment de l'annonce du bébé, Maggie elle-même se sentait éloignée d'Ira. Tant de fois, ils s'étaient querellés à cause de Jesse. Tant de fois, ils avaient remâché les mêmes arguments. Ce n'était pas en vertu d'une promesse, mais par lassitude, qu'elle avait gardé le secret. Sans compter qu'Ira aurait sauté au plafond ! Et il aurait eu raison, comme d'habitude.

Tout de même, avec quel art Jesse l'avait-il nourrie lorsqu'elle avait été malade, à force de cajoleries ! Au plus fort de sa fièvre, elle percevait un petit filet de musique, tout triste et lointain. C'était les écouteurs que Jesse avait sur les oreilles. Mais dans son délire, elle avait cru capter le son de ses pensées les plus intimes. Enfin, ils communiquaient.

Le lundi matin, elle partit travailler à sept heures comme d'habitude. Mais à neuf heures moins le quart, elle se fit porter malade. Elle prit la voiture pour rejoindre Whitside Avenue. La clinique avait dû reprendre les locaux d'une boutique quelconque : il y avait une grande baie vitrée. Ce n'est pas au numéro de l'avenue qu'elle l'identifia, mais à cause d'un petit groupe de manifestants devant la porte. Trois femmes, quelques enfants, et un petit monsieur bien habillé. ON TUE DES INNOCENTS, proclamait une banderole. Une autre présentait la photo d'un superbe bébé tout sourire, avec la légende LAISSEZ-LES VIVRE en blanc sur ses boucles noires. Maggie se gara une porte plus loin, devant une compagnie d'assurances. Le petit groupe l'examina du regard avant de retourner à sa surveillance.

Arriva une voiture d'où sortit une fille en jeans, suivie d'un très jeune garçon. Elle se pencha pour dire quelques mots au conducteur, puis fit un signe de la main et la voiture s'éloigna. Le jeune couple se dépêcha vers l'entrée, avec les manifestants qui s'agitaient autour d'eux. « Dieu vous regarde ! » cria une femme, tandis qu'une autre barrait le chemin de la fille, qui s'esquiva. « Qu'avez-vous fait de votre conscience ? » fit l'homme d'une voix forte alors qu'ils s'engouffraient à l'intérieur. Après quelques secondes, les manifestants se regroupèrent sur le trottoir. Ils discutaient ferme et s'échauffaient. Maggie eut l'impression que certains réclamaient des mesures plus musclées.

Quelques minutes plus tard, une femme seule descendit d'un taxi. Elle était très élégante, et pouvait avoir l'âge de Maggie. Les manifestants voulurent se rattraper. Ils l'encerclèrent; ils parlaient tous en même temps, dans un vrombissement d'abeille. Ils brandissaient des pamphlets. Une grosse dame prit la femme par l'épaule. La femme lui enfonça un coude dans les côtes : « Ne me touchez pas! » et à son tour, elle disparut. La grosse dame se plia en deux – de douleur, crut Maggie, mais non, elle ramassait un des enfants dans ses bras. Les protestataires reprirent leur position. Par cette chaleur, ils se mouvaient si lentement que leur indignation semblait contrefaite et comme forcée.

Maggie farfouilla dans son sac à la recherche d'un bout de papier pour s'éventer. Elle aurait aimé descendre de voiture, mais pour aller où? Avec ces gens?

Des pas résonnèrent sur le pavé. Maggie leva la tête et reconnut instantanément Fiona, avec une fille un peu plus âgée qui devait être sa sœur.

Elle l'identifia sur-le-champ – ces longs cheveux clairs, ce visage pâle que la vie n'avait pas encore marqué. Elle portait des jeans et un tee-shirt rose bonbon. Il se trouvait que Maggie avait un préjugé de classe contre le rose bonbon. Cela faisait pauvre. (Qu'il était étrange de se remémorer cette première impression de Fiona. Elle l'avait trouvée plutôt vulgaire; la pâleur de son teint lui avait déplu, et le maquillage trop chargé de sa sœur dissimulait certainement une peau malsaine. Pure étroitesse d'esprit de sa part, maintenant qu'elle la connaissait...)

En tout cas, elle sortit de voiture pour aller à leur rencontre. « Fiona ? » demanda-t-elle. « J'en étais sûre », murmura la sœur. Elle devait prendre Maggie pour l'une des manifestantes. Fiona continua, les yeux rivés au sol, ses paupières blanches baissées comme deux croissants translucides.

« Fiona, je suis la mère de Jesse. »

Fiona ralentit et la regarda. La sœur s'arrêta.

« Je ne voudrais pas me mêler de ce qui ne me regarde pas, commença Maggie, mais Fiona, êtes-vous sûre d'avoir envisagé tous les aspects de la question ?

– Y en a pas trente-six mille, coupa la sœur. Elle a dix-sept ans. »

Fiona se laissa entraîner, fixant Maggie par-dessus son épaule.

« En avez-vous parlé avec Jesse ? Jesse veut garder le bébé ! Il me l'a dit. »

Maggie leur courait après. La sœur se retourna :

« Et c'est lui qui va le porter pendant neuf mois ? C'est lui qui va le changer et se lever la nuit ?

– Absolument ! dit Maggie. Enfin, pas le porter, bien sûr... »

Elles étaient arrivées à la hauteur du petit groupe. Une femme brandit l'une de ses brochures, avec en couverture la photo d'un fœtus presque à terme. Fiona eut un mouvement de recul.

« Laissez-la tranquille », dit Maggie, et elle continua : « Il tient beaucoup à toi, Fiona. Tu peux me croire.

– On l'a assez vu, celui-là », dit la sœur en jouant des coudes.

Elle franchit une grosse dame et un paquet d'enfants.

« Vous lui donnez le mauvais rôle, c'est tout ! Le chanteur de rock qui a mis la petite sœur enceinte... Mais ce n'est pas si simple ! Ce n'est pas tout blanc tout noir ! Il s'est acheté le livre du Dr Spock – tu sais ça, Fiona ? Il a déjà planché la question des tétines. Et il aimerait que tu allaites.

– Les anges au ciel pleurent sur toi, dit la grosse dame à Fiona.

– Vous, lui dit Maggie, c'est pas parce que vous êtes couverte de mômes qu'il faut le souhaiter aux autres !

– On assassine l'un des leurs », continua la grosse dame.

Fiona tressaillit.

232

« Fichez-lui la paix! » cria Maggie.

Elles avaient atteint l'entrée mais le petit monsieur leur barrait la route. « Poussez-vous de là », lui dit Maggie. « Fiona, réfléchis bien, je t'en supplie. » L'homme tenait bon, ce qui permit à Fiona de se retourner. Elle avait l'air au bord des larmes.

« Jesse s'en fout, dit-elle.

— Il ne s'en fout pas du tout!

— Il me dit : " T'inquiète pas, je vais pas te laisser tomber. " Comme si j'étais un devoir! Une de ses bonnes œuvres!

— Ce n'est pas ce qu'il voulait dire. Tu ne *veux* pas comprendre. Ce qu'il veut, c'est se marier avec toi.

— Et avec quel argent? » protesta la sœur. Elle avait une voix déplaisante, comme un braiment, beaucoup plus grave que celle de Fiona. C'est pas avec son job qu'il pourra les faire vivre!

— Il change de travail, justement! L'informatique! Possibilités de carrière! »

Maggie l'apostrophait maintenant en style télégraphique, car la sœur de Fiona s'arc-boutait pour dégager la porte. Une autre dame agita une carte postale sous le nez de Fiona : encore le bébé à bouclettes. Maggie la repoussa d'une tape.

« Écoute, viens à la maison, qu'on en reparle avec Jesse. Ça ne t'engage à rien. »

Fiona hésitait.

« Nom d'un chien, Fiona », dit la sœur, mais Maggie saisit son avantage et l'attira par le poignet.

Elle repartit en sens inverse, multipliant les encouragements :

« Il est en train de construire un berceau; il a découpé les plans dans un journal; j'en aurais pleuré. Laissez-la tranquille, je vous dis! Ou j'appelle la police! De quel droit vous nous harcelez?

— De quel droit tuer un innocent? lança une femme.

— De tous les droits du monde! rétorqua Maggie. Fiona, il est né pour fonder un foyer. Tu aurais dû le voir pendant l'épidémie de grippe espagnole.

– De quoi ?

– Ou de Hong Kong, je ne sais plus, peu importe. C'est tout sauf un devoir. C'est la seule chose qu'il désire au monde, ce bébé. »

Fiona la regardait droit dans les yeux.

« Et c'est vrai qu'il construit... ?

– Un berceau, oui. Superbe, avec une nacelle. »

S'il n'y avait pas de nacelle, elle pourrait toujours dire qu'elle s'était trompée. La sœur de Fiona les rattrapa dans un cliquetis de talons exaspéré.

« Fiona, tu as rendez-vous. Je te préviens : si tu ne rentres pas immédiatement là-dedans, je me lave les mains de toute cette histoire. »

Les manifestants piétinaient derrière, ne sachant plus trop quoi faire. Fiona avait des attaches douces et incroyablement fines, comme un rameau de bambou. Maggie la lâcha à regret, le temps d'ouvrir la portière.

« Monte », lui dit-elle. « Et vous, dégagez ! » Elle se tourna vers la sœur : « Enchantée, mademoiselle. »

Les protestataires reculèrent d'un pas. Une voix s'éleva :

« Dites-donc, euh...

– C'est notre droit le plus légal selon les termes de la Constitution », prononça Maggie.

La dame eut l'air dérouté.

« Je me décarcasse pour lui trouver une clinique, disait la sœur. Je lui fais faire les tests, je prends rendez-vous. Je sacrifie toute une journée où j'aurais pu aller à Ocean City avec mon petit ami...

– Il n'est pas trop tard », dit Maggie en regardant sa montre.

Elle se dépêcha de faire le tour de la voiture de peur que Fiona ne s'échappe, mais quand elle monta, la petite attendait sans bouger, la tête appuyée au dossier, les yeux fermés. La sœur s'inclina devant la fenêtre.

« Fiona, explique-moi une chose. Si Jesse Moran y tient tant, à ce bébé, qu'est-ce qui l'empêchait de venir te chercher lui-même ? »

Fiona souleva les paupières et coula un regard vers Maggie.

« Justement, il a essayé, dit Maggie à Fiona. Ça fait des jours qu'il essaie, tu le sais très bien. Mais vous prenez tout de travers. »

Fiona referma les yeux et Maggie démarra.

Pour autant, elle était loin de se sentir triomphante. Sa victoire – au moins provisoire – la laissait épuisée, et plutôt embêtée, à vrai dire. Comment les choses en étaient-elles arrivées là, alors qu'elle avait tout fait pour dissuader Jesse? Comment s'était-elle débrouillée? Elle regarda Fiona à la dérobée. Sa peau était toute lisse et diaphane.

« Tu te sens bien?

– Je crois que j'ai envie de vomir, dit Fiona en bougeant à peine les lèvres.

– Tu veux qu'on s'arrête?

– Non, allons-y. »

Maggie roula avec précaution, comme si elle conduisait un chargement d'œufs.

Arrivée devant chez elle, elle descendit de voiture pour aider Fiona. Fiona était inerte et pesait lourdement sur l'épaule de Maggie. Mais elle respirait la jeunesse : le coton fraîchement repassé et l'odeur sucrée des cosmétiques de supermarché. C'était plutôt rassurant. Allons, elle ne pouvait pas être si mauvaise! C'était une gosse après tout, à peine plus âgée que Daisy. Une enfant comme une autre, confiante et traumatisée par ce qui lui arrivait.

Elles montèrent les marches du porche; leurs chaussures sonnaient creux sur les planches de bois.

« Assieds-toi là », dit Maggie, et elle l'installa dans la chaise où elle-même avait passé l'après-midi du dimanche.

« Un peu d'air te fera du bien. Respire bien profondément. Je vais chercher Jesse. »

Fiona ferma les yeux.

Les pièces à l'intérieur étaient sombres et fraîches.

Maggie grimpa l'escalier et frappa chez Jesse. Elle passa la tête.

« Jesse ?

– Mmf. »

Les stores étaient fermés et l'on devinait la masse sombre du mobilier. Les draps s'entortillaient sur le lit.

« Jesse, j'ai ramené Fiona. Tu peux descendre ?

– Hein ?

– Tu peux descendre et parler à Fiona ? Elle t'attend. »

Jesse bougea un peu et redressa la tête. Il avait compris le message. Maggie redescendit à la cuisine, où elle disposa un grand verre de thé glacé sur une assiette, avec des crackers tout autour.

« Tiens, dit-elle en tendant le tout à Fiona. Prends un peu de salé. Et voilà du thé. »

Fiona avait déjà repris des couleurs et se tenait plus droite.

« Merci », dit-elle.

Elle prit l'assiette sur ses genoux et grignota un coin de biscuit. Maggie s'assit dans le rocking-chair à côté d'elle.

« Quand j'attendais Daisy, j'ai vécu de thé et de crackers, exclusivement, pendant deux mois. C'est un miracle qu'on s'en soit sorties ! J'avais des nausées épouvantables. Mais pour Jesse, c'est bizarre, je n'ai jamais eu le moindre malaise. C'est drôle, non ? On aurait cru que ce serait le contraire. »

Fiona reposa son cracker.

« J'aurais dû rester à la clinique.

– Mais non, mais non », dit Maggie.

Elle se sentit brusquement déprimée. L'espace d'un instant, elle eut la vision implacable de la figure d'Ira quand il saurait ce qu'elle avait fait.

« Fiona, il n'est pas trop tard. Tu es venue pour discuter, c'est tout. Rien ne t'empêche de faire ce que tu veux. »

Mais la clinique semblait reculer à toute vitesse. C'était comme de sauter à la corde, pensait Maggie. On rate l'entrée à un dixième de seconde, et tout est fichu. Elle avança la main et toucha le bras de Fiona.

« De toute façon, vous vous aimez, n'est-ce pas ? N'est-ce pas que vous vous aimez ?

— Oui, mais si on se mariait, peut-être qu'il m'en voudrait. C'est un artiste, je veux dire. Il va vouloir partir en Angleterre ou en Australie ou Dieu sait où si ça marche. En attendant, le groupe commence à peine à gagner des sous. Alors où est-ce qu'on habitera ? Et comment on fera ?

— Au début, vous pourriez rester ici, dit Maggie. Puis en novembre, aller dans un appartement que Jesse connaît à Waverly. Jesse a pensé à tout. »

Fiona regardait fixement la rue.

« Si j'étais restée à la clinique, tout serait déjà terminé, dit-elle au bout d'une minute.

— Oh ! non, Fiona, soupira Maggie. Ne me dis pas que je me suis trompée ! »

Maggie chercha Jesse du regard. Qu'est-ce qu'il attendait ? Ce n'était pas à elle de courtiser Fiona.

« Reste ici », dit-elle en se levant.

Elle fonça dans la maison et appela :

« Jesse ! » Pas de réponse, sinon le bruit de la douche. Celui-là, même si la maison brûlait, il prendrait d'abord sa douche. Elle courut au premier et tambourina sur la porte de la salle de bains.

« Jesse, tu viens ? »

L'eau s'arrêta.

« Quoi ?

— Sors de là, je te dis ! »

Il ne répondit pas mais elle entendit le rideau coulisser en crissant.

Elle fila dans sa chambre et ouvrit les stores d'un coup sec. Elle cherchait l'exemplaire de *Comment élever et éduquer son enfant*. Ce serait un genre d'argument en l'attendant, en tout cas un sujet de conversation. Mais impossible de mettre la main dessus – que des habits sales, de vieux cartons de frites, des disques hors de leur pochette. Les plans du berceau, alors. Des photocopies, peut-être ? Rien non plus. Bon sang, il avait dû les descendre à la cave, là où Ira gardait ses outils. Elle redescendit en trombe, clama au passage vers le porche :

« Il arrive ! » (Elle voyait bien Fiona se lever et partir.)

Passa la cuisine, puis une volée de marches étroites, direction l'établi d'Ira. Pas le moindre plan. Les outils étaient impeccablement rangés, chacun accroché au tableau sur sa propre silhouette – preuve que Jesse n'avait pas mis les pieds ici récemment. Sur l'établi, il y avait deux carrés de papier de verre et un faisceau de baguettes encore sous élastique – éléments d'un sèche-linge qu'Ira avait promis d'installer sur le porche arrière. Elle s'en saisit et remonta quatre à quatre les marches de la cave.

« Regarde, dit-elle en faisant irruption. Le berceau de Jesse. »

Fiona abaissa son verre. Elle accepta les baguettes et les considéra, médusée.

« Un berceau ?

– C'est pour, comment ça s'appelle..., la nacelle, voilà ! Style rétro. »

Fiona tentait de déchiffrer les baguettes une à une. C'est alors qu'arriva Jesse, auréolé d'une odeur de shampooing, le cheveu lustré et la peau éclatante.

« Fiona ? dit-il, alors tu as renoncé ? »

Fiona leva la tête, tenant toujours ses baguettes comme une sorte de sceptre.

« Bon ben, d'accord, Jesse. On peut se marier, si tu veux. »

Alors Jesse l'entoura de ses bras et laissa tomber la tête sur son épaule, et quelque chose dans cette image – tête brune contre tête blonde – rappela à Maggie comment elle envisageait le mariage avant d'y passer. Elle avait imaginé quelque chose de radicalement différent de ce que c'était vraiment, comme une altération de la personnalité de chacun – le rapprochement fulgurant des contraires. Elle avait voulu croire que ses vieux problèmes disparaîtraient une fois mariée, un peu comme on part en vacances en laissant tout en plan, comme si l'on ne devait jamais revenir. Et une fois de plus, elle s'était trompée. Mais à contempler Jesse et Fiona enlacés, elle pouvait presque sentir l'illusion renaître. Elle se glissa dans la maison en tirant tout doucement la porte derrière elle, et se dit que finalement, tout allait s'arranger.

Ils furent mariés à Cartwheel dans le salon de Mrs. Stuckey. En présence de la famille uniquement : Ira particulièrement sinistre, la mère de Maggie raide comme un passe-lacets, son père l'air hagard. Seule Mrs. Stuckey manifestait l'humeur festive propre à la circonstance. Elle portait une combinaison de velours côtelé fuchsia, sur un corsage bouffant. Elle n'avait qu'un regret, dit-elle avant la cérémonie, c'est que feu M. Stuckey ne soit pas avec elle en ce jour. Mais peut-être était-il là en esprit ? Et elle embraya assez longuement sur sa théorie personnelle des fantômes. (Ils étaient la réalisation des intentions des morts, leurs dernières volontés suspendues dans les airs – comme quand on oublie ce qu'on est venu faire dans une pièce, et qu'un geste vous le rappelle, une inflexion du poignet pour éteindre le robinet de la cuisine, par exemple.) N'y avait-il donc pas une chance qu'il soit parmi eux, ce pauvre M. Stuckey, qui avait tant rêvé de conduire ses chères filles à l'autel ? Puis elle déclara que la mariage était au moins aussi éducatif que les études.

« D'ailleurs, j'ai laissé tomber en troisième, dit-elle, et je ne l'ai jamais regretté. »

La sœur de Fiona leva les yeux au ciel. Mais tant mieux si Mrs. Stuckey était dans un bon jour, puisqu'il fallait son consentement pour que Fiona, encore mineure, puisse se marier.

Fiona portait une robe beige taille basse qu'elle avait achetée avec Maggie, et Jesse était très distingué en costume cravate. Il avait l'air d'un adulte, en somme, et Daisy tout intimidée n'arrêtait pas de le regarder en se cramponnant à sa mère.

« Qu'est-ce que tu as, toi ? Arrête, à la fin », lui avait dit Maggie.

Elle était très énervée, pour une raison ou une autre. Elle craignait qu'Ira lui en veuille éternellement. On aurait dit qu'il la tenait pour seule responsable de la situation.

Après le mariage, Fiona et Jesse partirent une semaine à Ocean City. Puis ils réintégrèrent la chambre de Jesse. Maggie avait rajouté une commode et un miroir, et remplacé les vieux lits superposés par un grand lit tout neuf. On était un peu les uns sur les autres, bien sûr, mais c'était une animation plaisante, et grosse d'espérance. C'était comme si Fiona avait toujours été là, tant elle était docile et agréable, s'en remettant entièrement à Maggie pour la marche de la maison – comme ses enfants ne l'avaient jamais fait. Jesse partait travailler le cœur léger tous les matins, et rentrait chaque soir avec un *nouveau* gadget pour le bébé : des épingles à nourrice en forme de lapin, ou une tasse ingénieusement percée pour apprendre à boire. Il étudiait l'accouchement sans douleur et adhéra successivement à différentes doctrines, toutes plus bizarres les unes que les autres. (À un moment, il opta pour l'accouchement dans l'eau, mais ne put trouver aucun médecin dans la région qui le pratiquât.)

Daisy et ses amies en oublièrent Mme Parfaite. Elles montaient la garde dans le salon. Cinq petites filles bouche bée et pétries de respect pour le ventre de Fiona. Fiona se prenait au jeu et les invitait parfois dans sa chambre pour leur montrer la layette qui s'accumulait, après quoi elle les asseyait l'une après l'autre devant le miroir pour essayer des coiffures. (Sa sœur était esthéticienne et lui avait appris tout ce qu'elle savait, disait Fiona.) Le soir, si Jesse avait un concert, ils sortaient ensemble et ne rentraient pas avant deux ou trois heures du matin. Dans son sommeil, Maggie entendait des chuchotements dans l'escalier. Le verrou de leur chambre à coucher cliquetait discrètement, et Maggie se rendormait satisfaite.

Même Ira semblait s'être résigné, une fois passé le premier choc. Oh, au début, il était si ulcéré que Maggie craignit de le voir partir en claquant la porte. Il garda le silence pendant plusieurs jours et quittait la pièce dès que Jesse entrait. Mais petit à petit, il se radoucit. En fait, constatait Maggie, il était assez à l'aise dans les rôles de saint et martyr. Et là, il était servi. Toutes ses appréhensions se voyaient confirmées : son fils avait mis une fille enceinte, sa femme s'en était mêlée, et la fille terminait chez eux, dans la chambre de Jesse, parmi les posters d'Iggy Pop. Il pouvait soupirer ses « Je-te-l'avais-bien-dit » (ou se payer le luxe de donner cette impression sans même ouvrir la bouche). Ira et Fiona se croisaient tous les matins dans la salle de bains, Fiona dans sa robe de chambre mousseuse et ses mules roses, sa boîte à savon à la main. Ira s'aplatissait contre le mur, comme si elle avait été trois fois plus grosse qu'en réalité. Mais il la traitait avec une courtoisie sans failles. Il lui enseigna même les complexités de son jeu de réussite, quand elle s'ennuyait trop de rester immobile, et mit à sa disposition sa *Bibliothèque du voyageur* – toute une collection de Mémoires écrits par des navigateurs solitaires et autres explorateurs. Pendant des années, il avait tenté de les imposer à ses enfants. (« Personnellement, avoua Fiona, c'est encore des bouquins pour dire comment j'ai pris telle route plutôt que telle autre et pourquoi j'ai bifurqué ici ou là, bref ce genre de choses que les hommes trouvent fascinantes. » Mais elle n'en laissa rien paraître à Ira.) Et quand arriva novembre, date à laquelle l'appartement devait se libérer, et que personne ne bougea, Ira ne posa pas de questions.

Ni Maggie, qui évita soigneusement le sujet. Apparemment, c'était tombé à l'eau, soit que les locataires actuels aient changé d'avis, soit du fait de la propriétaire. Quoi qu'il en soit, il ne fut plus question de déménager. À la maison, Fiona traînait dans les jupes de Maggie comme les enfants quand ils étaient petits. Elle la suivait de pièce en pièce en posant des questions en l'air : « Pourquoi je me sens si molle ? » et : « Est-ce que j'ai l'air normale ? » Elle avait commencé les séances de gymnastique prénatale et voulait que Maggie assiste à son accouchement. Jesse, disait-elle, manquerait tourner de l'œil.

« Mais Jesse meurt d'envie d'être avec toi, objectait Maggie.

– Non! Je ne veux pas qu'il me voie comme ça! Il n'est même pas de ma famille. »

Moi non plus, aurait pu dire Maggie, qui se sentait pourtant étrangement proche de Fiona.

En présence de Jesse, Fiona se mit à prendre un ton maladif et geignard. Elle se plaignait de l'injustice de la situation – lui partait tout les matins alors qu'elle restait coincée là à enfler comme une outre. Elle n'aurait pas dû quitter le lycée; faire au moins la rentrée, mais non, non, ça n'entrait pas dans les plans de monsieur. Il lui fallait une femme au foyer, une vraie petite maman. Quand elle brodait sur ce thème, sa voix prenait des inflexions de vieille dame, et Jesse répondait en bougonnant.

« Tu m'écoutes ou quoi ? » demandait-elle, et il répondait : « Ouais, ouais, je sais. » Maggie avait déjà entendu ça quelque part, mais où ? C'était toujours la même chanson. Celle des disputes qu'ils avaient eues avec Jesse; voilà. Jesse et Fiona étaient plutôt comme un fils et sa mère, que mari et femme.

Mais Fiona était réellement patraque; pas étonnant qu'elle réagisse si mal. La torpeur des débuts ne l'avait pas quittée, même au sixième mois, où d'habitude les femmes rayonnent d'énergie. Jesse rentrait et lui disait :

« Habille-toi! On joue au Granite Tavern, et bien payé en plus!

– Oh, je ne sais pas; tu ferais peut-être mieux d'y aller sans moi...

– Sans toi ?! Tu veux dire tout seul ?! »

Il partait néanmoins, la figure contractée de dépit. Une fois, il n'attendit pas le dîner et disparut dès qu'elle ouvrit la bouche, alors qu'il n'était pas même six heures. Du coup, Fiona ne put rien avaler. Elle restait là à tripoter sa fourchette, de grosses larmes roulant sur ses joues par intermittence. Et après, elle endossa son anorak, qui ne fermait plus sur le ventre, et partit faire une longue, longue promenade. Ou bien elle était chez sa sœur ; on ne savait pas. Jesse appela vers huit heures et Maggie dut lui dire qu'elle était sortie.

« Comment ça, sortie ? demanda-t-il.

— Sortie. Dehors, quoi. Elle va rentrer d'une minute à l'autre.

— Je croyais qu'elle était trop fatiguée pour sortir ? Elle n'est pas venue au club à cause de ça !

— Ou elle est peut-être... »

Mais il avait déjà raccroché.

Après tout, ce genre de chose pouvait arriver. (Maggie était bien placée pour le savoir.) Et le lendemain matin, Jesse et Fiona – ils s'étaient réconciliés – semblaient plus amoureux que jamais. Une fois de plus, Maggie s'était fait des angoisses pour rien.

C'était pour début mars, mais le premier février, Fiona se réveilla avec une douleur dans le dos. Maggie était tout excitée.

« C'est pour bientôt, tu vas voir, dit-elle à Fiona.

— Mais c'est impossible ! Je ne suis pas prête.

— Mais si, tu es prête. Tu as ta layette ; la valise est faite...

— Mais on n'a pas de berceau ! »

C'était la vérité. En dépit de tout l'équipement que Jesse avait entassé, le fameux berceau ne s'était jamais matérialisé.

« Ça ne fait rien ; il le fera quand tu seras à l'hôpital.

— De toute façon, j'ai juste mal au dos. Ça m'est déjà arrivé, même avant d'être enceinte. »

Vers midi toutefois, quand Maggie appela du travail, Fiona n'était plus si sûre. « J'ai des crampes, euh, à l'estomac, dit-elle. Tu pourrais rentrer tôt ?

— Je serai là. Tu as appelé Jesse ?

— Jesse ? Non, pourquoi ?

— Tu devrais l'appeler.

243

– OK, mais tu me promets de rentrer ? Pars tout de suite, s'il te plaît.

– J'arrive. »

Elle rentra pour trouver Jesse en train de minuter les contractions, à l'aide d'un chronomètre d'aspect très professionnel acheté spécialement pour l'occasion. Il jubilait.

« Ça va comme sur des roulettes ! » dit-il à Maggie.

Fiona avait peur. Elle poussait des petits gémissements entre deux contractions.

« Mon chou, je sais pas si tu respires très bien, lui dit Jesse.

– Fiche-moi la paix avec ça. Je respire comme je peux.

– Bon, bon, c'était juste pour ton confort personnel. Tu te sens bien ? Le bébé bouge ?

– Je ne sais pas.

– Il bouge ou quoi ? Fiona ? Tu dois bien sentir quelque chose !

– J'en sais rien, je te dis. Non. Il ne bouge pas.

– Le bébé ne bouge plus, dit Jesse à Maggie.

– Ne t'inquiète pas. Il se prépare, c'est tout, dit Maggie.

– C'est pas normal.

– C'est tout à fait normal, Jesse. Je t'assure. »

Il ne fut pas rassuré pour autant, c'est pourquoi ils partirent beaucoup trop en avance pour l'hôpital. C'est Maggie qui conduisait, Jesse ayant déclaré qu'il aurait un accident dans l'état où il était. Ce qui ne l'empêcha pas d'engueuler copieusement sa mère durant tout le trajet.

« Qu'est-ce qui t'a pris de nous coller derrière un bus ? Change de file. Pas maintenant, nom de Dieu ! T'as regardé dans ton rétroviseur ? C'est pas vrai, on va tous crever ! Faudra lui ouvrir le ventre en pleine rue pour extirper le bébé ! »

Fiona poussa un cri. Maggie freina violemment et les projeta tous trois contre le pare-brise.

« Laisse-nous sortir ! Mieux vaut y aller à pied ! Quitte à accoucher sur le trottoir !

– Très bien, dit Maggie. Descendez.

– Quoi ? dit Fiona.

– Bon, allez maman, dit Jesse. Pas d'hystérie collective. Il se pencha vers Fiona : " En cas d'urgence, comptez sur Maggie ! " »

Ils firent le reste de la route en silence. Maggie les déposa devant l'entrée de l'hôpital pour aller se garer.

Quand elle les retrouva aux admissions, on avançait un fauteuil roulant pour Fiona.

« Je veux y aller avec ma belle-mère, dit-elle à l'infirmière.

– Non, non, seul le papa peut venir avec vous, répondit-elle. La mamie doit rester en salle d'attente. »

La mamie ?

– Non ! Pas papa ! Mamie ! cria Fiona comme une gosse de six ans.

– Allez, on y va », fit l'infirmière en s'ébranlant.

Jesse suivit, avec cette mine blessée, défaite, que Maggie lui avait vue si souvent ces derniers temps.

Maggie se rendit dans une salle d'attente grande comme un stade : une vaste étendue de moquette beige, entrecoupée d'arrangements de fauteuils et de banquettes en Skaï du même ton. Elle choisit un canapé vide et saisit un vieux magazine sur une table en bois clair. « Rallumer l'Étincelle dans votre Couple ! » disait l'un des titres. L'article recommandait d'être imprévisible. D'accueillir son époux le soir entièrement nue sous un tablier noir, par exemple. Elle voyait d'ici la tête d'Ira, sans parler de Jesse, Fiona, et des cinq petites filles. Elle aurait dû apporter son tricot, tiens. Non qu'elle soit une professionnelle – ses mailles avaient une façon de se courir après pour finir embouteillées en petits godets rêches, comme une voiture qui cale et repart en cahotant – mais elle avait commencé une grenouillère bordeaux pour le bébé. (De l'avis général, on attendait un garçon. Pas un seul prénom de fille n'avait été envisagé.) Elle rejeta le magazine et se dirigea vers la rangée de téléphones sur le mur. Elle commença par appeler chez elle : personne, pas même Daisy qui devait rentrer vers trois heures. Elle vérifia sa montre : deux heures, même pas. Cela lui avait semblé une éternité. Elle appela Ira au travail.

« Chez Sam, répondit-il.

— Ira ? Tu ne devineras jamais — je suis à l'hôpital.

— Quoi !? Qu'est-ce que tu as ?

— Moi, rien. C'est Fiona qui va accoucher.

— Ouf, dit-il. J'ai cru que tu avais eu un accident.

— Tu viens nous rejoindre ? Ce n'est pas pour tout de suite.

— Euh, faudrait peut-être que je rentre pour m'occuper de Daisy. »

Maggie soupira.

« Daisy est en classe. Et ça fait un bout de temps qu'elle peut se passer de nous.

— Il faut bien que quelqu'un mette le dîner en train, non ? »

Elle renonça. (Que Dieu la préserve de mourir à l'hôpital ; jamais il n'y mettrait les pieds.)

« Fais comme tu veux, Ira, mais je pensais que tu aimerais voir ton petit-fils.

— Je le verrai bien assez tôt, tu ne crois pas ? »

Maggie aperçut Jesse de l'autre côté de la salle.

« Je dois y aller », dit-elle en raccrochant. « Jesse ? » Elle se dépêcha vers lui : « Quelles sont les nouvelles ?

— Tout va bien, il paraît.

— Comment va Fiona ?

— Elle est morte de peur. J'essaie de la rassurer, mais on n'arrête pas de me mettre dehors. Dès qu'une blouse blanche arrive, je dois sortir. »

Autant pour les méthodes modernes, pensa Maggie. Comme toujours, on cachait l'essentiel à la gent masculine.

Jesse repartit voir Fiona. Il revenait toutes les demi-heures pour tenir Maggie au courant, parlant avec assurance dilatation et centimètres.

« Ça va aller très vite, maintenant », dit-il. Et une autre fois : « On dit que les bébés de huit mois sont plus fragiles que les prématurés. Mais c'est des histoires de bonnes femmes, tout ça. De la superstition. »

Ses cheveux se dressaient en touffes compactes, comme une prairie travaillée par le vent. Maggie lutta pour ne pas le repeigner. Il lui rappela Ira, soudain. Malgré leurs différences, ce même côté consciencieux, cette propension à lire et à s'équiper dans l'idée de maîtriser les événements.

Elle songea un moment à rentrer chez elle (il était bientôt cinq heures) mais se dit qu'elle ne tiendrait pas en place. Alors elle resta, se contentant d'assurer la liaison téléphonique. Daisy l'informa qu'Ira préparait un dîner de crêpes.

« Pas de légumes verts ? demanda Maggie. Il faut absolument des légumes verts. »

Ira prit le téléphone pour expliquer qu'il y avait aussi des beignets aux pommes.

« Ce n'est pas ce que j'appelle des légumes verts, Ira », lui dit Maggie.

Elle sentit monter en elle une envie de pleurer. Elle aurait dû être à la maison pour veiller à l'alimentation des siens ; ou en salle de travail pour réconforter Fiona ; elle aurait dû prendre Jesse dans ses bras et le bercer, car il n'était qu'un enfant, si jeune encore ! Mais elle était là, le nez sur un téléphone public aux relents salés. Son estomac se noua. Il n'y a pas si longtemps qu'elle était parturiente elle-même, et tout son corps s'en souvenait.

Elle dit au revoir et prit la double porte derrière laquelle Jesse disparaissait. Elle marcha le long d'un couloir. Qui sait ? Elle tomberait peut-être sur une nursery, pleine de bébés qui l'amuseraient. Elle croisa une autre salle d'attente, toute petite celle-là, attenante à un genre de laboratoire. Un vieux couple patientait sur deux coques en plastique. Un gros costaud en bleu de travail leur faisait face. Comme Maggie ralentissait, une infirmière appela :

« M. Plume ? » et le vieil homme se dirigea vers la pièce du fond, laissant à sa place un magazine flambant neuf. Maggie se précipita et saisit le magazine d'un air dégagé, tout en exécutant une mimique polie à l'égard de la vieille dame. Elle s'installa à côté de l'homme en bleu de travail. Au moins, ce magazine-là sentait bon l'odeur laquée de la pâte à papier, et les stars qui y étalaient leurs secrets étaient coiffées à la dernière mode. Elle parcourut un article vantant un nouveau régime : il suffisait de choisir son mets préféré, et d'en manger à satiété trois fois par jour. Rien d'autre. Maggie aurait choisi les *tacos* mexicains.

Au fond, l'infirmière disait :

« Voilà M. Plume, le récipient pour les analyses d'urine.

— De quoi ?

— D'urine.

— Comment ?

— C'est pour vos urines !

— Parlez plus fort — je vous entends mal.

— U-rine ! Vous emportez ce flacon ! Vous prenez vos urines ! Pendant vingt-quatre heures ! Vous rapportez le flacon ! »

Assise en face de Maggie, la vieille dame eut un petit rire gêné. « Il est sourd comme un pot, dit-elle. Tout le monde en profite. »

Maggie sourit en secouant la tête, ne sachant trop comment répondre. Son voisin réagit. Il cala ses mains d'équarrisseur sur ses genoux et se racla la gorge :

« Vous savez quoi ? C'est drôle. Elle a une voix qui porte, mais moi-même je comprends rien de ce qu'elle dit. »

Maggie en eut les larmes aux yeux. Elle laissa tomber son magazine et tâtonna dans son sac à la recherche d'un Kleenex.

« Madame ? Quelque chose ne va pas ? »

C'était sa gentillesse qui l'avait fait craquer — une telle délicatesse, sous une telle masse de muscles. « C'est mon fils, dit-elle. Il va avoir un bébé. Enfin, la femme de mon fils... »

L'homme et la vieille femme étaient suspendus à ses lèvres, prêts à prendre l'expression appropriée pour la terrible histoire qui ne manquerait pas de suivre. Comme elle ne pouvait pas tout expliquer et dire que c'était sa faute, qu'elle n'avait pas réfléchi aux conséquences, etc., elle se lamenta :

« Il n'est pas à terme, il a des semaines et des semaines d'avance... »

L'homme fit : « Ttt », et son front se plissa comme une peau de chagrin. La vieille dame s'exclama :

« Oh, mon Dieu, vous m'avez fait peur ! Mais il ne faut jamais perdre espoir. Figurez-vous que la femme de mon neveu Brady, Angela... »

Et c'est ainsi que Jesse, arrivant sur ces entrefaites de la salle d'accouchement, trouva sa mère menant grand deuil auprès d'inconnus. On la tapotait avec des murmures de consolation – une vieille dame, un genre d'ouvrier, une infirmière avec un bloc-notes, et un petit vieux plié en deux, muni d'un énorme flacon.

« Maman ? dit Jesse en entrant. Ça y est. La mère et l'enfant se portent bien.

– Loué soit le Seigneur ! s'écria la vieille dame en jetant les bras au plafond.

– La seule chose, dit Jesse en lorgnant de son côté, c'est que c'est une fille. Je ne m'y attendais pas, je sais pas pourquoi.

– Mais voyons, quelle importance, dans un moment pareil ? reprit la vieille. Cet enfant a été sauvé des griffes de la mort !

– Pardon... ? dit Jesse, et il ajouta : Non, c'est juste une superstition qu'à huit mois...

– Allons-nous-en », dit Maggie, qui se dégagea de son petit comité et l'entraîna par le bras.

Quel chamboulement dans la maison sous le règne du bébé ! Ses cris de fureur et ses roucoulements de colombe, ses odeurs de talc et d'ammoniaque ! Elle avait le teint de Fiona mais le tempérament de Jesse, avec son côté bagarreur et force moulinets des bras et des jambes (tout, sauf une Lady-Baby). Avec ses jolis petits traits, massés tout en bas du visage, et le toupet effilé que Fiona nouait sur son crâne, elle ressemblait à une poupée de chiffon. Et comme telle, elle était trimbalée par les cinq petites filles qui envoyaient promener l'école pour la soulever par les aisselles, lui agiter son hochet trop près des yeux, et partager leurs miasmes en lui soufflant sous le nez. Même Ira y avait pris goût, bien qu'il s'en défendît.

« Préviens-moi quand elle jouera au base-ball », avait-il dit, mais après une semaine, Maggie l'avait surpris penché sur le tiroir de la commode où l'enfant dormait. Et dès qu'elle put s'asseoir, s'ouvrit l'ère des longs conciliabules en tête à tête.

Et Jesse ? Il était tout dévoué – toujours à offrir ses services, au point d'en devenir pesant, d'après Fiona. Il calmait Leroy durant ses crises et la nuit, quittait son lit douillet pour lui faire faire son rot, la changer, et la ramener chez Maggie. Et une fois, pour leur permettre de faire des courses, il la garda tout un samedi matin. Elles retrouvèrent Leroy en pleine forme, mais les soins qu'il avait apportés à sa toilette – les bretelles attachées de travers écrabouillant le col en dentelle – firent de la peine à Maggie. Il prétendit qu'il n'avait jamais désiré un garçon, ou que si cela avait été le cas, il ne se rappelait plus pourquoi. « Leroy est parfaite, disait-il, sauf que...

– Sauf que quoi ?

– Ben c'est que, avant sa naissance, j'avais une sorte d'impatience, quoi. Là, je n'ai plus rien à attendre, tu comprends ?

– Oh, ça passera. Ne t'inquiète pas. »

Mais le soir, Maggie dit à Ira :

« Je n'ai jamais entendu parler de dépression post-natale chez les hommes... »

Peut-être si la mère ne l'avait pas, le père s'en chargeait-il ? En tout cas, Fiona était tout insouciance. À la voir pouponner son bébé, elle ressemblait à une fillette plutôt qu'à une mère. Tant d'attention pour les fanfreluches – les robes à smocks, le toupet enrubanné ! Maggie était-elle jalouse ? C'est vrai qu'elle n'aimait pas trop quitter les parages.

« Que va-t-elle devenir sans moi, disait-elle à Ira. Fiona n'y connaît rien ! Elle n'est vraiment pas maternelle.

— C'est le moment ou jamais d'apprendre. »

Et Maggie partait au travail à contrecœur, appelant plusieurs fois par jour pour prendre des nouvelles. Mais tout allait toujours très bien.

À la maison de retraite, une fois, elle avait surpris une conversation entre un homme d'âge mûr et sa mère – une vieille femme au regard vide, la mâchoire pendante, sur un fauteuil roulant. Il lui donnait des nouvelles de sa femme, de ses enfants. Elle lissait le plaid sur ses genoux. Il lui donnait des nouvelles de son travail. Elle saisit une peluche qu'elle laissa tomber à terre. Il lui parla d'une carte qu'elle avait reçue : l'église organisait une kermesse pour Pâques et recrutait des volontaires. Le fils trouvait ça comique, vu l'état de sa mère.

« À toi de choisir, gloussait-il, ou le vestiaire, ou la garderie avec les bébés. »

Les mains s'immobilisèrent. Elle leva la tête, son visage s'éclaira : « Oh oui ! s'écria-t-elle doucement. Je m'occuperai des petits ! »

Comme Maggie la comprenait !

Leroy était longue et mince, et bientôt le tiroir serait trop petit pour elle.

« Quand est-ce que tu comptes t'y mettre, à ce berceau ? demanda Fiona à Jesse.

— Oh, d'un jour à l'autre.

— On devrait peut-être acheter un lit à barreaux, intervint Maggie. Elle est grande, maintenant.

— Non, non, j'y tiens à ce berceau, dit Fiona. Tu me l'avais promis.

— J'ai rien promis du tout, dit Jesse.

— Si, tu me l'as dit.

— Bon ça va ! Je vais le faire ! Qu'est-ce que je viens de te dire ?

– C'est pas la peine de crier.

– Je ne crie pas.

– Si, tu cries.

– Mais non!

– Mais si!

– Mes enfants, mes enfants! » s'écria Maggie sur le ton de la plaisanterie.

Mais elle ne trouvait pas ça drôle.

Une fois, Fiona s'était enfuie chez sa sœur avec le bébé sous le bras. Ils venaient de se disputer. Encore un malentendu : le groupe devait jouer en ville et Fiona comptait bien venir, jusqu'à ce que Jesse, préoccupé par un rhume de Leroy, décrète qu'on ne pouvait pas la laisser seule. Maggie pouvait très bien s'en occuper, dit Fiona. Non, un bébé malade avait besoin de sa maman, dit Jesse. Incroyable! les égards qu'il avait pour Leroy, alors que pour elle, tintin! continua Fiona. Et Jesse...

Bref.

Fiona disparut et ne rentra que le lendemain matin; Maggie tremblait qu'elle ne soit partie pour de bon, au péril de ce pauvre bébé malade, qui réclamait une attention de tous les instants. En fait, elle devait avoir préparé son coup. Sa boîte à savon, tiens! C'était quand même étrange, après un an, de continuer à apporter et remporter deux fois par jour sa boîte façon écaille, son tube de dentifrice (elle utilisait sa propre marque) et sa brosse à dents dans son étui plastique. Et que ses accessoires de toilette ne quittent pas la trousse posée sur sa commode. Elle se considérait comme une invitée. C'était clair. Jamais, elle n'avait voulu rester.

« Va la chercher, dit Maggie à Jesse.

– Pourquoi moi ? C'est elle qui a décidé de partir. »

Il était au travail quand elle réapparut le lendemain, pâle et les yeux bouffis. Des mèches éparses se mêlaient à la fourrure synthétique de son capuchon. Leroy était ficelée à la va-vite dans un châle de grosses marguerites aux couleurs criardes, sans doute un prêt de la sœur.

La mère de Maggie avait raison : la famille était sur la

mauvaise pente. Les générations se paupérisaient à vue d'œil, qu'il s'agisse de la profession, du niveau d'études ou, plus grave, de la façon dont ils élevaient leurs propres enfants ou tenaient une maison. (Le « c'est d'un vulgaire » résonnait encore aux oreilles de Maggie.) Mrs. Daley, penché sur l'enfant endormie, plissait les lèvres avec réprobation.

« Ils la mettent à dormir dans un tiroir ? Dans ta chambre avec Ira ? À quoi pensent-ils ? C'est sûrement cette Fiona... Enfin, quoi, elle n'est même pas de Baltimore ! Et qu'est-ce que c'est que ce boucan là-haut ? »

Maggie tendit l'oreille et répondit :

« C'est Canned Heat.

– Candide ? Je ne te demande pas qui c'est ; je veux dire qu'est-ce que c'est que ça ? Quand vous étiez petits, je mettais Beethoven et Brahms, je vous faisais écouter l'intégrale des opéras de Wagner ! »

Oui, et Maggie se rappelait encore combien l'assommaient les décibels grandioses qui envahissaient la maison. Et sa mortification quand, prenant la parole pour une histoire d'importance : « Moi et Emma, on a été... », sa mère la coupait court : « Emma et moi, pour commencer. » Elle s'était juré de ne jamais reprendre ses enfants, préférant écouter ce qu'ils avaient à dire, quitte à laisser la grammaire en faire les frais. Avec le piètre résultat que l'on savait, du moins pour son fils.

Peut-être avait-elle inconsciemment orchestré le déclin. Auquel cas, elle devait des excuses au pauvre Jesse, qui ne faisait qu'accomplir les menées révolutionnaires secrètes de sa maman, et qui aurait pu, pourquoi pas, devenir avocat comme le père de Mrs. Daley.

De toute façon, il était trop tard.

Leroy se mit à ramper et tomba de son tiroir. Dès le lendemain, Ira rentra avec un lit à barreaux qu'il assembla, sans commentaires, dans leur chambre à coucher. En silence ; Fiona observa du pas de la porte. Ses paupières inférieures étaient jaunâtres et comme souillées.

Un samedi de septembre, ils organisèrent une fête pour l'anniversaire du père d'Ira. Traditionnellement, ils fermaient le magasin et se retrouvaient au champ de courses. Ils emportaient de quoi faire un pique-nique, et dix dollars par personne pour miser. Avant, ils s'entassaient tous dans la voiture d'Ira, mais maintenant qu'il y avait Fiona et Jesse (partis en voyage de noces l'année dernière à la même époque), ce n'était plus possible. Et il y avait Leroy, ainsi que la sœur d'Ira, Junie, qui avait décidé de tenter l'expérience. Jesse emprunta donc la camionnette qui leur servait pour les tournées. SPIN THE CAT s'étalait en grosses lettres sur les côtés, avec le S et le C rayés comme des queues de tigre. Ils chargèrent l'arrière de paniers garnis et de tout un attirail pour le bébé, et passèrent prendre le père et les sœurs d'Ira. Junie avait mis son costume de sortie, entièrement coupé dans le biais, et s'était munie d'une ombrelle, qui refusa de se fermer, ce qui ne fut pas sans lui poser quelques problèmes pour monter dans la voiture. Dorrie serrait dans ses bras son carton de rangement, ce qui n'était guère plus pratique. Mais tout le monde le prit bien – y compris le père d'Ira, qui répétait comme chaque année qu'il était bien trop vieux pour fêter son anniversaire.

C'était une belle journée, de celles qui commencent fraîchement : les rayons du soleil réchauffaient d'abord à fleur de peau, avant de pénétrer le corps. Daisy avait entonné une chanson de troupe, et le père d'Ira, imbu de son rôle, souriait d'un air contraint. Voilà une vraie famille, se disait Maggie. Et dans la navette qui les emmenait depuis le parking – ils la remplissaient à moitié avec les paniers sur les sièges vides, le paquet de couches, et la poussette pliante qui bloquait le passage – elle plaignit sincèrement les autres passagers, assis par deux ou esseulés. Ils avaient l'air d'aller au travail : la mine rébarbative et déterminée, la mise conventionnelle. Ils étaient là pour gagner. Les Moran pour faire la fête.

Ils investirent toute une rangée de gradins, avec Leroy

en bout de banc dans sa poussette. Puis M. Moran père, qui se targuait d'être connaisseur, alla inspecter le paddock pour se rendre compte par lui-même. Ira l'accompagna. Jesse rencontra un couple de sa connaissance – un type habillé en motard avec une fille vêtue d'un pantalon de daim à franges – et s'éclipsa avec eux; les courses, c'était pas vraiment son truc. Les femmes se mirent à sélectionner leurs chevaux suivant le nom, une méthode qui en valait bien une autre. Maggie penchait pour Compassion, mais Junie n'était pas d'accord. Cela manquait d'ardeur combative.

À cause du bébé qui était grognon (il devait faire ses dents), elles se scindèrent en deux groupes pour aller miser. Fiona partit en premier avec les sœurs d'Ira. Puis ce fut le tour de Maggie et de Daisy. Daisy prodiguait des conseils.

« Ce que tu fais, disait-elle, tu commences par deux dollars, c'est plus sûr.

– Pour la sécurité, objecta Maggie, je peux rester chez moi », et elle misa tout sur le quatre.

(Autrefois, elle tentait de convaincre la famille de se cotiser pour miser au guichet à cinquante dollars minimum – un lieu de perdition qu'elle n'avait jamais osé approcher, et auquel elle avait renoncé depuis longtemps.) Elles tombèrent sur Ira et son père, qui discutaient probabilités. Le poids des jockeys, leur palmarès, celui des chevaux, la qualité du turf – toutes sortes de choses entraient en ligne de compte. Maggie joua ses dix dollars et repartit, tandis que Daisy se joignait aux messieurs pour délibérer.

« Cette gosse me tue », dit Fiona à son retour.

Leroy ne voulait pas rester sur les genoux et tirait de tout son poids vers le sol, jonché de mégots et de cannettes de bière. Au lieu de l'aider, Dorrie avait ouvert son carton et alignait un par un des marshmallows le long du gradin. Maggie s'offrit à la prendre, pauvre petite, et l'emmena jusqu'à la clôture admirer les chevaux, lesquels se rassemblaient justement derrière le starting-gate, à petits pas nerveux et maniérés.

« Qu'est-ce qu'il fait, le cheval ? demanda Maggie.

« Hi-hi-hi-hi-hi ! » se répondit-elle. Ira et son père arrivaient, commentant cette fois une feuille de pronostics qu'Ira avait achetée à un homme édenté.

« Pour qui vous avez voté ? demanda Maggie.

– Maggie, on ne *vote* pas », dit Ira. Les chevaux s'élancèrent, avec un petit cachet pittoresque et vieillot, comme autant de jouets. Ils passèrent au galop dans un bruit de drapeaux qui claquent. Et d'un seul coup, c'était fini.

« Déjà ? » geignit Maggie. Elle n'en revenait pas de la rapidité de la course ; elle n'avait pratiquement rien vu.

« Vraiment, dit-elle au bébé, le base-ball rend mieux la sensation du temps. »

Les résultats s'affichèrent sur un panneau lumineux : pas le moindre numéro quatre. Maggie était discrètement soulagée. Plus la peine de miser et de se creuser la tête. M. Moran avait gagné six dollars sur le huit, un cheval recommandé par la feuille volante.

« Tu vois », dit-il à Ira.

Daisy n'avait pas parié et gardait son argent pour une meilleure occasion.

Maggie passa le bébé à Daisy et entreprit de défaire les provisions.

« Il y a des sandwiches au jambon, à la dinde, au rosbif, annonça-t-elle. Il y a aussi de la salade de poulet, des œufs durs mayo, de la salade de chou. Des pêches, des fraises, du melon. Et gardez une petite place pour le dessert ! »

Les gens tout autour mastiquaient des hot dogs achetés sur place. Ils examinèrent avec intérêt les paniers, joliment tapissés de torchons à carreaux par les bons soins de Daisy. Maggie commença à distribuer des serviettes.

« Où est passé Jesse ? dit-elle en scrutant la foule.

– Aucune idée », dit Fiona, à qui on avait recollé le bébé.

Elle le secouait vivement contre son épaule, tandis que Leroy grimaçait et chouinait de plus belle. Pas étonnant, pensait Maggie. On n'agite pas un bébé de cette manière ;

comment se faisait-il que Fiona n'ait pas encore compris ? Elle n'avait donc pas d'instinct maternel ? Maggie sentit une pointe d'irritation remonter le long de sa colonne vertébrale. Pour être juste, plus que Fiona, c'étaient les petits bruits de Leroy qui commençaient à l'exaspérer – ses « eh, eh ». Si elle n'avait pas été en train de faire le service, elle s'en serait chargée, mais pour l'heure, elle devait se contenter de suggestions :

« Essaie de la remettre dans sa poussette, Fiona. Elle va peut-être s'endormir.

– Tu parles. Je la connais, elle va pas y rester une seconde... Ffff, mais où est Jesse ?

– Daisy, va chercher ton frère, ordonna Maggie.

– Pas maintenant ; je suis en train de manger.

– Vas-y quand même. Bonté divine, je ne peux pas tout faire !

– C'est pas ma faute s'il est parti avec ces mecs. Je viens de commencer mon sandwich.

– Écoute-moi bien, ma petite... Ira... ? »

Mais Ira et son père étaient repartis au guichet.

« C'est pas vrai, dit Maggie. Dorrie, peux-tu s'il te plaît nous retrouver Jesse ?

– Ben, c'est que je distribue mes marshmallows, là... »

Elle alignait les marshmallows en pointillé avec une régularité parfaite. Du coup, personne ne pouvait s'asseoir. Les gens s'arrêtaient, avisant des places vides, et rebroussaient chemin à la vue des marshmallows. Maggie soupira. Un clairon retentit dans l'air pur. Elle continuait à chercher du regard. Là-dessus, Junie poussa deux trois marshmallows et s'assit brusquement, son ombrelle entre les mains.

« Maggie, murmura-t-elle. Je ne sais ce que j'ai, je me sens...

– Respire un grand coup, coupa Maggie. Fais comme si tu étais quelqu'un d'autre. »

Ça la prenait de temps en temps.

« Je crois que je vais m'évanouir », dit Junie.

Et sans crier gare, elle balança ses talons aiguilles à

l'horizontale et s'allongea de tout son long. Son ombrelle, fichée sur la poitrine, semblait avoir été plantée là. Dorrie se précipita pour tenter de sauver quelques marshmallows.

« Daisy, ce serait pas ton frère, là-haut avec ces gens ? demanda Maggie.

– Où ça ? » fit Daisy.

Mais Fiona réagit comme l'éclair et pivota sur elle-même :

« C'est lui, parfaitement. Elle hurla : Jesse Moran ! Ramène ta fraise et plus vite que ça ! »

Elle avait une voix perçante. Tout le monde se retourna.

« Écoute, euh, à ta place..., fit Maggie.

– Tu m'entends ou quoi ? » cria Fiona.

Et Leroy se mit à pleurer pour de bon.

« Ce n'est pas la peine de crier, Fiona, dit Maggie.

– Hein ? »

Fiona avait le regard fixe. Elle ignorait complètement les cris du bébé. Dans un moment pareil, Maggie aurait donné cher pour tout effacer et recommencer à zéro. (Elle était paralysée par les femmes en colère.) Jesse, qui n'avait pas manqué d'entendre son nom, se frayait un chemin vers elles.

« Le voilà, dit Maggie.

– Dis-donc, tu vas pas m'empêcher de crier après mon mari ? »

Fiona continuait à crier en disant cela. Elle était bien obligée, pour couvrir les cris du bébé. Leroy était toute rouge. Avec ses rares cheveux plaqués par la sueur, elle était franchement moche. Maggie eut une impulsion soudaine : se lever et partir, comme si elle n'avait rien à voir avec ces gens ; au lieu de quoi, elle fit sur un ton radouci :

« Non, je voulais dire qu'il n'était pas si loin que ça...

– Rien du tout ! dit Fiona, qui serrait le bébé beaucoup trop fort. Tu veux nous commander, comme toujours ! Tu veux tout diriger !

– Mais non, Fiona, voyons.

– Quoi de neuf? fit Jesse en arrivant d'un pas léger.

– Maman et Fiona sont en train de se disputer, dit Daisy, en mordant délicatement dans son sandwich.

– Pas du tout! s'écria Maggie. Je ne faisais que suggérer...

– Quoi? Qu'est-ce que j'entends? » dit Ira.

Lui et son père étaient apparus comme par magie, juste derrière Jesse.

« Qu'est-ce qui se passe ici? demanda-t-il en élevant la voix.

– Mais rien, enfin! lui dit Maggie. Tout ce que j'ai dit, c'est...

– On ne peut vraiment pas vous laisser seules une minute? dit Ira. Et qu'est-ce qu'elle fait, Junie, allongée comme ça?! Mais enfin, comment est-ce que tout peut dégénérer si *vite*? »

C'était trop injuste. À l'entendre, on aurait dit que la scène se reproduisait tous les jours. Et qu'Ira était candidat au prix Nobel de la paix.

« Si tu veux tout savoir, lui dit Maggie, j'étais là bien tranquille avec mes petites affaires...

– Tu es incapable de t'occuper de tes affaires! dit Fiona. Depuis le temps que je te connais...

– Bon, ça suffit, Fiona, dit Jesse.

– Et toi! hurla-t-elle en se retournant. Tu crois qu'il n'appartient qu'à moi, ce bébé? Pourquoi c'est toujours moi qui me retrouve coincée, pendant que tu pars avec tes potes?! Réponds-moi!

– Ce ne sont pas des potes, c'est juste...

– Je les ai vus boire, aussi, murmura Daisy, les yeux sur son sandwich.

– Et alors, qu'est-ce que ça peut te faire?

– Directement d'une flasque que la fille avait dans sa poche.

– Et alors, espèce de concierge?

– Écoutez, les filles, dit Ira. On va essayer de s'asseoir et de se contrôler un peu. On empêche les gens de voir. »

Il s'assit pour donner l'exemple. Puis souleva une fesse.

« Mes marshmallows ! glapit Dorrie.

— Mais il ne faut pas les laisser là, Dorrie. Tu vois bien qu'on ne peut plus s'asseoir.

— Regarde ce que tu as fait !

— Je crois que je vais vomir », dit Junie, soufflant verticalement dans les baleines de son ombrelle.

Leroy en était au stade où elle s'étouffait de rage entre deux hurlements. Ira se releva, époussetant son fond de culotte du plat de la main.

« Bon, les filles...

— Tu as fini de nous appeler *les filles* ? » demanda Fiona.

Ira resta bouche bée.

Maggie sentit qu'on la tirait par la manche. C'était M. Moran, qui s'était faufilé jusqu'à elle. Il tenait un ticket à la main.

« Qu'est-ce qu'il y a ?

— J'ai gagné.

— Gagné quoi ?

— J'ai gagné cette course ! Mon cheval est arrivé en premier.

— Ah, la course, dit Maggie. Quelle bonne nouvelle. »

Son attention revint vers Fiona, qui débitait une liste de torts qu'elle semblait avoir gardée en réserve pour cet instant : « ... je l'avais bien dit, que j'étais idiote de t'épouser ! Et toi qui faisais le malin, avec tes tétines, et ton Dr Spock... »

Les gens derrière eux détournaient la tête, mais ils se lançaient des petits sourires et des regards de connivence. Les Moran se donnaient en spectacle. Maggie ne put supporter cette idée.

« Je vous en supplie, asseyons-nous !

— Toi et ton berceau à la con, continuait Fiona, on en a jamais rien vu, alors que tu m'avais promis, tu avais juré...

— J'ai jamais rien promis ! Qu'est-ce que c'est que cette histoire de berceau à la fin ?

— Tu l'as juré sur la tête de ta mère !

– Mais bon sang! Je veux dire, d'accord, ça m'a peut-être traversé l'esprit, mais ç'aurait été une folie de se lancer là-dedans! Avec papa, je le vois d'ici, pour critiquer le moindre coup de marteau et dire que je suis une cloche, et tu te serais liguée avec lui, comme d'habitude, je parie, jusqu'à ce que j'aie fini le boulot. Non, jamais je ne me serais lancé là-dedans!

– Et le bois que tu avais acheté, alors?

– Quel bois?

– Ces espèces de baguettes?

– Des baguettes? Pour un berceau? J'ai jamais acheté de baguettes.

– Ta mère m'a dit...

– Qu'est-ce que tu veux que je fasse avec des baguettes?

– Pour la nacelle, elle m'a dit. »

Ils se tournèrent tous deux vers Maggie. Juste à ce moment, le bébé s'arrêta pour reprendre sa respiration. Une voix de basse parcourut les haut-parleurs pour annoncer que Boeing s'était retiré de la course.

Ira se racla la gorge et intervint:

« Vous voulez dire les chevilles en bois qui étaient à la cave? C'est à moi.

– Ira, non! » gémit Maggie, parce qu'il restait encore une petite chance de s'en sortir, si seulement il évitait de détailler la vérité par le menu. « C'était des baguettes pour ton berceau, expliqua-t-elle à Jesse. Tu avais découpé les plans, non?

– Quels plans? Tout ce que j'ai dit, c'est que...

– Si je me souviens bien, interrompit Ira de son air le plus bouché, j'avais acheté ces chevilles pour le sèche-linge que j'ai installé derrière la maison. Vous connaissez tous ce sèche-linge.

– Sèche-linge, répéta Fiona, les yeux rivés sur Maggie.

– Oh, que voulez-vous, soupira Maggie. C'est tellement ridicule, cette histoire de berceau. C'est comme le collier à trois sous que la famille se dispute après l'enterrement. C'est juste un... Et d'ailleurs, Leroy est bien trop grande maintenant! Elle a son joli lit à barreaux. »

261

Leroy se taisait ; elle avait le hoquet et fixait Maggie intensément.

« Je t'ai épousé pour ce berceau, dit Fiona à Jesse.

— Ah non ! Il faut pas exagérer ! dit Maggie. Pour un berceau ? J'ai jamais entendu...

— Maggie, ça suffit », dit Ira.

Maggie resta la bouche ouverte.

« Si tu as épousé Jesse pour son berceau, dit-il à Fiona, c'était une triste erreur.

— Oh, Ira ! s'écria Maggie.

— Tais-toi, Maggie. Elle t'a raconté des bobards, continua-t-il à l'adresse de Fiona. Mais c'est son point faible. Elle croit qu'elle peut changer le cours des choses. Elle surestime les gens qu'elle aime. Alors après, elle est obligée de s'arranger pour que la réalité colle à ses vues.

— C'est parfaitement faux.

— Mais le fait est, poursuivit Ira, que Jesse n'est pas capable de mener à bien quoi que ce soit, pas même un berceau. Je sais bien que c'est mon fils, mais il a un défaut ; un manque, si tu préfères. Il faut voir les choses en face, Fiona. Il ne sait pas persévérer. Il a perdu son job le mois dernier, et il reste toute la journée à traîner au lieu de chercher du travail.

— Quoi ? s'écrièrent d'une seule voix Fiona et Maggie.

— Ils se sont aperçus qu'il n'avait pas son diplôme de fin d'études. » Et Ira ajouta, comme en arrière-pensée :

« Et il voit une fille, aussi.

— Qu'est-ce que tu racontes ? dit Jesse. C'est juste une amie.

— Je ne sais pas qui c'est. Mais elle fait partie d'un groupe de rock qui s'appelle Babies in Trouble.

— On est seulement copains, je te dis ! C'est la petite amie de Dave ! »

Le visage de Fiona était blanc comme de la porcelaine. Ses pupilles s'étaient contractées en deux pointes noires.

« Si tu le savais, pourquoi ne pas nous en avoir parlé plus tôt ? demanda Maggie.

— Ça ne me semblait pas être mon rôle. Déjà, je ne suis pas partisan de trafiquer le cours des choses... »

Là-dessus (alors que Maggie s'apprêtait à le haïr), la figure d'Ira se décomposa et il se laissa choir sur le banc :

« Je n'aurais pas dû vous le dire... »

Il avait délogé toute une section de marshmallows, mais Dorrie, qui n'était pas insensible à certaines situations, se contenta de se baisser en silence pour les ramasser. Fiona tendit la main :

« Donne-moi les clés, dit-elle à Jesse.

— Hein ?

— Les clés de la camionnette. Passe-les-moi.

— Où est-ce que tu vas ?

— J'en sais rien. Comment veux-tu que je le sache ? Je m'en vais, c'est tout.

— Fiona, j'ai adressé la parole à cette fille pour la seule raison qu'elle n'a pas l'air de me prendre pour un crétin, à la différence de vous tous. Je t'assure, Fiona.

— Les clés.

— Donne-lui les clés, fit Ira.

— Mais...

— On prendra le bus. »

Jesse sortit de la poche arrière de son jeans un trousseau de clés attaché à une petite chaussure de basket en caoutchouc noir.

« Alors, tu seras à la maison ?

— J'en ai aucune idée, lui dit Fiona en attrapant les clés.

— Bon, mais où alors ? Chez ta sœur ?

— Où tu veux. Ça ne te regarde pas. J'ai besoin de réfléchir. Je veux vivre ma vie. »

Elle rehaussa le bébé d'un cran sur sa hanche et partit d'un air digne, laissant là le paquet de couches, la poussette, et son assiette en papier où de pathétiques bouts de poulet viraient au gris.

« Elle reviendra », dit Maggie, qui ajouta à voix basse pour Ira : « je ne te pardonnerai jamais ce que tu viens de faire. »

On la tira par la manche. C'était encore le père d'Ira, son ticket à la main.

« J'ai vraiment bien fait d'acheter ces feuilles de pronostics. Qu'est-ce qu'il y connaît, Ira, je te le demande ?

— Absolument rien », dit Maggie hors d'elle, et elle se mit à empaqueter le sandwich de Fiona.

Tout autour d'elle, comme une onde concentrique, elle entendit un murmure :

« Qu'est-ce qu'il a dit ? Qu'est-ce qu'il a dit ?

— Une histoire de pronostics.

— Et elle, qu'est-ce qu'elle a dit ?

— *Rien.*

— Mais j'ai vu ses lèvres qui remuaient...

— *Rien*, je te dis.

— Mais il m'a semblé... »

Maggie se redressa et fit face aux gradins :

« J'ai dit *Rien*, voilà ce que j'ai dit », fit-elle à haute et intelligible voix.

Quelqu'un ravala sa salive, et toute l'assistance se dépêcha de regarder ailleurs.

Incroyable, quand on y pensait, la capacité des gens à se leurrer quand ça les arrangeait. Ira le fit remarquer quand Maggie menaça de poursuivre la police qui avait arrêté Jesse pour tapage nocturne. Il le répéta quand elle soutint qu'elle préférait Spin the Cat aux Beatles. Et enfin, quand elle refusa d'admettre que Fiona était partie pour de bon.

Le soir des courses, Maggie veilla tard auprès de Jesse sous prétexte de tricoter, encore qu'elle massacrât son ouvrage plutôt qu'autre chose. Jesse pianotait sur le bras du fauteuil.

« Tu ne peux pas rester tranquille ? demanda Maggie. Peut-être que tu devrais essayer de rappeler ?

— Ça fait la troisième fois ! Elles doivent laisser sonner, c'est pas possible !

— Et si tu y allais en personne ?

— Et puis quoi encore. Rester comme un con derrière la porte pendant qu'elles se cachent pour écouter. Je les vois d'ici, rigoler et se faire des clins d'œil.

« — Mais non, voyons !

— Je crois que je vais ramener la camionnette », soupira Jesse.

Maggie ne fit rien pour l'en empêcher, escomptant secrètement qu'il irait chez la sœur.

La camionnette était stationnée devant la maison quand ils revinrent du champ de courses. Pendant une seconde, tout le monde crut que Fiona était rentrée. Les clés étaient sur l'étagère, là où on laissait les gants et les messages. Mais pas un mot de Fiona. Dans leur chambre à coucher, le lit défait était comme gelé ; les plis des draps s'étaient figés. Dans la chambre de Maggie et d'Ira, le petit lit à barreaux était vide et désolé. Mais ça ne pouvait pas être définitif. Rien ne manquait ; il n'y avait aucun préparatif de bagages. Les objets de toilette de Fiona étaient à leur place sur la commode.

« Tu vois ? » dit Maggie à Jesse qui se rongeait les sangs.

Et elle désigna la trousse de toilette.

« Oui, c'est vrai », fit-il, un peu rassuré.

Elle se rendit à la salle de bains, où veillait l'habituelle flottille de canards et de petits bateaux en plastique.

« Salut, tout le monde ! » lança-t-elle gaiement.

Repassant devant chez Jesse, elle l'aperçut debout devant la commode, les yeux à moitié fermés, le nez enfoui dans la boîte à savon de Fiona. Ah, les odeurs ! Comme elle le comprenait !

La nuit avançant sans nouvelles de Jesse, Maggie en conclut qu'il avait retrouvé Fiona. Ils avaient certainement beaucoup de choses à se dire. Elle défit les rangs qu'elle avait tricotés, rembobina sa pelote, et monta se coucher. Dans le noir, Ira marmonna :

« Jesse est rentré ?

— Non, ni lui ni Fiona. Aucun des deux, dit-elle.

— Oh, Fiona. Tu peux faire une croix dessus. »

Sa voix s'était clarifiée soudain. Comme lorsqu'on parle en rêve, les mots avaient pris une résonance prophétique et sans appel. Maggie eut une nouvelle bouffée de colère.

Facile à dire, pour lui! Ira pouvait envoyer promener les gens sans le moindre scrupule.

N'était-il pas révélateur qu'il ait pour distraction ces interminables récits de navigateurs solitaires?

Mais c'est lui qui avait raison : au matin, Fiona manquait toujours. Jesse descendit pour le petit déjeuner, avec son air des mauvais jours. Maggie ne put résister bien longtemps :

« Mon chéri Tu ne l'as pas retrouvée ?

— Non », répondit-il sèchement, et il réclama la confiture d'un ton qui signifiait que le chapitre était clos.

Ce n'est que dans l'après-midi qu'elle conçut l'hypothèse de l'enlèvement. Comment n'y avaient-ils pas pensé plus tôt? C'était évident : on ne pouvait pas, avec un enfant en bas âge, abandonner, comme Fiona l'avait fait, les couches, la poussette, et le gobelet rose que Leroy affectionnait tant! Elles avaient été kidnappées, ou pire : tuées lors d'un hold-up. Il fallait immédiatement prévenir la police. Elle s'en ouvrit à Ira, qui lisait le journal du dimanche au salon. Ira ne leva pas même les yeux.

« Évite, Maggie, dit-il sobrement.

— Éviter quoi?

— Elle est partie de son plein gré. Ne va pas embêter la police pour des prunes.

— Ira, une jeune mère ne peut pas lever le pied avec uniquement son sac. Elle prend une valise. C'est obligé! Regarde tout ce qu'il fallait rien que pour l'après-midi. Tu sais quoi? Je crois qu'elle est rentrée ici, qu'elle est ressortie avec Leroy pour lui acheter ses biscuits pour les dents – je l'ai entendue dire qu'il n'y en avait presque plus – et qu'elles sont tombées droit dans un hold-up. Tu sais bien qu'on prend toujours les femmes et les enfants en otage. C'est moins risqué. Plus facile pour le chantage. »

Ira lui jeta un regard distrait par-dessus son journal, comme s'il commençait à peine à soupçonner son existence.

« Regarde, elle n'a même pas pris son savon! Sa brosse à dents!

— Sa trousse de toilette, ajouta Ira.

— Oui, et si elle était partie de son plein gré...

— Sa trousse de toilette, Maggie. Qu'elle aurait pris pour l'hôtel. Mais comme elle est rentrée chez elle — je ne sais pas moi, chez sa mère ou chez sa sœur —, où elle a ses affaires, elle n'a pas besoin de trousse de toilette.

— Tu dis n'importe quoi. Tu as vu son placard, seulement ? Il est plein à craquer !

— Tu es sûre ?

— Absolument, c'est la première chose que j'ai vérifiée.

— Tu es sûre que rien ne manque ? Son pull préféré ? La veste qu'elle met tout le temps ? »

Maggie réfléchit un moment. Puis elle se leva et retourna dans la chambre de Jesse.

Il était étendu tout habillé sur le lit, les bras croisés derrière la tête.

« J'en ai pour une minute », s'excusa-t-elle, et elle ouvrit la penderie.

C'était bien les habits de Fiona, mais il manquait l'anorak, et cette grande tunique rayée qu'elle aimait mettre à la maison. Il n'y avait plus que deux ou trois jupes (elle n'en portait jamais), quelques blouses, et une robe à fronces qui la grossissait, d'après elle. Maggie se tourna vers la commode. Jesse la suivait des yeux. Elle ouvrit un tiroir où se trouvait une unique paire de jeans (délavés, ce qui n'était plus la mode), puis deux cols roulés de l'hiver dernier, et enfin un pantalon de grossesse monté sur élastique. C'était comme les sédiments d'un champ de fouilles. Elle eut la fantaisie de penser que si elle creusait plus loin, elle trouverait les sweat-shirts du lycée, les tabliers de l'écolière, et enfin la layette de Fiona. Elle referma doucement le tiroir.

« Mais enfin, où peut-elle être ? »

Le silence dura assez longtemps pour que Maggie désespère d'une réponse.

« Chez sa sœur, je suppose, finit par dire Jesse.

— Mais je croyais que tu ne l'avais pas trouvée ?

— J'y suis pas allé. »

Maggie enregistra cette nouvelle donnée.

« Oh, Jesse.

— Je ne tiens pas à me ridiculiser.

— Jesse, mon chéri...

— Si elle doit se faire prier, je préfère qu'elle s'en aille. »

Et il mit fin à la conversation en se tournant du côté du mur. C'est deux ou trois jours après que la sœur de Fiona téléphona : « Mrs. Moran ? » fit-elle de la voix éraillée que Maggie reconnut instantanément. « C'est Crystal Stuckey à l'appareil.

— La sœur de Fiona ?

— Elle-même. Je voudrais savoir s'il y aura quelqu'un tout à l'heure, parce qu'on va venir chercher ses affaires.

— Mais bien sûr, dit Maggie. Venez dès que possible. »

Il se trouvait que Jesse était là, justement — encore sur son lit. Elle monta vite le voir.

« C'était la sœur de Fiona. Christina ? »

Il tourna son regard vers elle.

« Crystal.

— Crystal. Elles vont venir chercher ses affaires. »

Il se mit sur son séant, lentement, et posa ses bottes au pied du lit.

« Je dois sortir faire des courses, lui dit Maggie.

— Quoi ? Non, attends.

— Comme ça, vous serez entre vous.

— Attends. Ne t'en va pas. Qu'est-ce que... ? On aura peut-être besoin de toi.

— Besoin de moi ? Pour quoi faire ?

— J'ai peur de faire des gaffes.

— Mais non, mon chéri.

— Maman. S'il te plaît. »

Alors Maggie resta, mais dans sa chambre, pour être à l'écart. Comme ses fenêtres donnaient sur la rue, elle put épier l'arrivée de la voiture. Crystal en descendit, flanquée d'un jeune homme bovin — sans doute le fameux fiancé dont Fiona leur rebattait les oreilles. C'était donc lui, ce « on ». Fiona n'était pas avec eux. Maggie laissa retomber le rideau. Elle entendit sonner, puis Jesse crier :

« J'arrive ! » en dégringolant l'escalier.

Il y eut un temps mort, puis un bref grommellement, et la porte se referma en claquant. Est-ce qu'il les avait jetés dehors, ou quoi ? Maggie tira un coin du rideau : c'était Jesse sur le seuil, et non les autres. Jesse s'éloignant à grands pas, enfilant son blouson de cuir dans de grands mouvements d'épaules. Depuis l'entrée, Crystal appela :

« Mrs. Moran ? », d'une voix moins pénible déjà, plus hésitante. « Je descends », dit Maggie.

Ils avaient apporté des cartons de supermarché et Maggie leur donna un coup de main. Enfin, elle essaya. Elle prit une blouse sur un cintre et commençait à la plier, comme à regret, quand Crystal l'arrêta :

« Vous pouvez vous débarrasser de tout ça. Pas de synthétiques, m'a dit Fiona. Elle est de retour à la maison maintenant, et y a pas beaucoup de place.

— Ah », fit Maggie, et elle posa sa blouse de côté.

Elle ressentit une vague de jalousie. Quel rêve, de garder uniquement le dessus du panier, le cent pour cent pure soie, et de tourner le dos à tout le reste ! Quand ils repartirent avec leur voiture, il ne restait que des rebuts.

Par la suite, Jesse retrouva un job dans un magasin de disques et cessa de traînasser sur son lit ; Daisy et les petites filles retournèrent à leur idylle chez Mme Parfaite. Maggie se retrouva seule. D'un seul coup, elle fut privée de l'animation et des petits potins que procurent les enfants sur les autres foyers. C'est là que commencèrent les voyages clandestins à Cartwheel — non qu'ils lui apportent beaucoup de satisfaction, d'ailleurs. Ou parfois, elle se rendait directement du travail au magasin, pour éviter la maison vide. Ira était en général trop occupé pour lui faire la conversation, et de toute manière, disait-il, il rentrerait dans une heure ou deux, non ? Elle finissait par se demander ce qu'elle faisait là.

Alors elle grimpait à l'appartement familial pour passer le temps. Les sœurs d'Ira commentaient le dernier feuilleton, le père égrenait la liste de ses divers maux. En plus du soi-disant cœur fragile, M. Moran souffrait d'arthrite, et sa vue baissait de jour en jour. Les hommes avaient procréé si tard dans cette famille, que son arrière-grand-père était un citoyen du XVIIIᵉ siècle. Cela n'avait jamais frappé Maggie auparavant, et lui donnait froid dans le dos. Dans quelle atmosphère vieillie et moribonde elle vivait maintenant ! Le matin à la maison de retraite, l'après-midi chez les Moran, les soirées en solitaire avec Ira... Elle tira son chandail sur ses cuisses et secoua la tête à la nouvelle de l'indigestion de son beau-père.

« Avant, je pouvais manger n'importe quoi, lui disait-il. Je ne sais pas ce qui s'est passé. »

Il la fixait de ses yeux d'étain, comme s'il attendait une réponse. Depuis quelque temps, ses paupières retombaient en plis lourds et gonflés ; la grand-mère cherokee ressortait de jour en jour.

« Rona n'a jamais eu la moindre idée de tout cela », continuait-il.

Rona était la mère d'Ira.

« Elle est morte avant d'être vieille. Les rides, les mains noueuses, les brûlures d'estomac – tout lui a été épargné.

– Oui, mais elle souffrait pour d'autres raisons, lui rappela Maggie. C'était peut-être même pire.

– C'est comme si elle n'avait jamais vécu, continua-t-il sans l'écouter. Je veux dire tout ce cirque, là, le quatrième âge avec son cortège de misères. »

Il était maussade et semblait en vouloir à sa femme de s'en être tirée à si bon compte. Maggie secoua la tête encore une fois et lui tapota la main. Elle eut la sensation de caresser la serre d'un aigle.

Elle finissait par redescendre et convaincre Ira de fermer un peu plus tôt pour rentrer à pied avec elle. Il suivait cahin-caha dans un genre de brouillard, le regard tourné vers l'intérieur. Quand ils passaient la maison des sœurs Larkin, Maggie jetait un coup d'œil malgré elle. Dans le temps, quand elle rentrait avec Leroy dans sa poussette, un cheval à bascule les attendait sur le porche.

270

Il faisait son apparition en haut des marches, comme par magie : un petit cheval au sourire modeste et fané, aux longs cils baissés. C'était bien fini tout ça ; même ces deux antiques vieilles dames avaient eu vent de l'échec des Moran.

Mon Dieu, où Fiona trouverait-elle la vigilance nécessaire à cette enfant ? Il ne suffisait pas de la nourrir et de la changer, loin de là. Leroy était de cette espèce intrépide qui se jette des paliers ou de la chaise avec l'assurance qu'il y aura toujours quelqu'un pour la rattraper. Fiona manquait de réflexes. Et en plus, elle n'avait pas d'odorat. Maggie, elle, pouvait détecter un feu avant même qu'il n'ait commencé. Elle n'avait pas son pareil pour repérer les nourritures mal conservées – une âcreté de moisi, d'éther, un peu comparable à l'odeur d'une fièvre d'enfant. Maggie donnait l'alerte, la paume levée : « Stop ! », tandis que les autres se dirigeaient innocemment vers tel ou tel rayon du supermarché :

« Pas là ! Où vous voulez, mais pas là ! »

Tant de qualités qui passaient inaperçues !

Elle n'avait plus aucune raison de préparer le dîner. Jesse n'était jamais là, et Daisy avait repris ses habitudes chez Mme Parfaite. Elle faisait la tête si on la forçait à rester, et ça ne valait vraiment pas le coup. Alors Maggie réchauffait des surgelés ou une boîte de soupe. Même pas. Un soir, alors qu'elle était restée assise deux heures à la table de la cuisine à regarder un point dans le vide, Ira fit son entrée en claironnant :

« Qu'est-ce qu'on mange ?

– Je n'y arriverai jamais, répondit-elle. Regarde-moi ça ! »

Et elle désigna la boîte de soupe devant son nez.

« Deux portions trois quarts, lut-elle tout haut. Qu'est-ce qu'ils s'imaginent ? Que j'ai deux personnes trois quarts à nourrir ?! Ou trois, et que quelqu'un en aura un petit peu moins ? Ou deux, et je dois garder le reste pour la prochaine fois ? Mais tu te rends compte, combien de temps il me faudra pour retomber sur mes pattes ? D'abord, j'aurai trois quarts de soupe, puis ça me fera six quarts, puis neuf quarts en trop. Il faut donc que j'ouvre quatre boîtes de soupe avant de constituer des restes présentables pour trois personnes. Quatre boîtes, je te dis! Quatre boîtes de poireaux pommes de terre! »

Et elle s'effondra dans un torrent de larmes. C'était comme si elle retombait en enfance, quand elle faisait des horreurs pour choquer les adultes, sachant pertinemment qu'elle était une peste, *voulant* l'être et s'en donnant à cœur joie.

Ira aurait pu tourner les talons; il y avait une chance sur deux. Mais non, il se laissa tomber sur la chaise en face d'elle et prit sa tête entre ses mains.

Maggie cessa immédiatement.

« Ira ? » dit-elle.

Il ne répondit pas.

« Ira, qu'est-ce que tu as ? »

Elle alla l'entourer de ses bras. Elle s'agenouilla et tâcha d'attraper son regard. Quelque chose était-il arrivé à son père ? À l'une de ses sœurs ? Était-il à ce point lassé et dégoûté de Maggie ? Quoi, enfin ?

Sa posture répondit pour lui – ses vertèbres saillantes le long de la courbure du dos mince et tiède. Maggie le comprit du bout de ses doigts.

Il était aussi déprimé qu'elle, et pour les mêmes raisons. Il était seul et fatigué et n'avait plus rien à attendre de la vie. Son fils avait mal tourné, sa fille ne l'estimait pas, et qu'avait-il fait de mal ? Il posa sa tête sur l'épaule de Maggie. Ses cheveux broussailleux étaient striés de gris, c'était la première fois qu'elle le voyait. Cela lui fendit le cœur, bien plus que ses cheveux blancs à elle. Elle le serra bien fort et fourra son nez contre sa joue. Elle murmura : « Ça va passer, ça va passer, tu verras. »

Et contre toute attente, cela passa effectivement. Pour commencer, Jesse se sentait bien dans son nouveau job et retrouvait la forme petit à petit. Ensuite, Daisy finit par décider que Mme Parfaite était trop dadame, et elle réintégra le foyer. Enfin Maggie renonça à ses expéditions secrètes, comme si Fiona et Leroy avaient cessé de la tourmenter. Mais tout cela était secondaire. Le plus important, c'était Ira, et ce qui s'était passé entre eux dans la cuisine ce soir-là. Même s'il n'y fut plus jamais fait allusion, et qu'Ira continua exactement comme avant, et que la vie reprit son cours.

Elle haussa la tête derrière le pare-brise pour apercevoir les autres. Les filles devaient être prêtes, à l'heure qu'il était. Oui, voilà Leroy qui arrivait à reculons, avec une valise plus grande qu'elle. Ira s'agitait dans le coffre en sifflotant. C'était *King of the Road*. Maggie descendit pour ouvrir la porte arrière. Il lui parut qu'inconsciemment, elle avait œuvré toute la journée, depuis son réveil ce matin, dans ce seul but : ramener – enfin ! – Fiona et Leroy à la maison.

7

Avec la voiture de Mrs. Stuckey collée derrière eux, ils avaient tout juste la place de manœuvrer. Ira affirma que ça passait. Maggie n'était pas d'accord :

« Ça passerait si la boîte aux lettres n'était pas là. Or elle est là, et tu vas lui rentrer dedans dès que tu redresseras.

— Il faudrait être aveugle, Maggie. »

Sur la banquette arrière, Fiona émit un petit soupir.

« Bon, dit Ira à Maggie. Va te mettre près de la boîte, tu me diras si je touche. Il suffit de mordre un peu sur le terrain, puis je braque à gauche pour retrouver l'allée, et...

— Je refuse d'être impliquée là-dedans. Tu vas cogner la boîte aux lettres et ce sera encore ma faute.

— On peut demander à maman de déplacer la Maverick, suggéra Fiona.

— Euh, dit Maggie.

— Non, non, dit Ira, c'est jouable. »

Ni l'un ni l'autre n'avaient envie de voir surgir Mrs. Stuckey, tel un diable hors de sa boîte.

« Bon. En ce cas, tu prends le volant, dit Ira à Maggie. Et je te guide.

— Comme ça, c'est moi qui vais rentrer dedans et ce sera de ma faute.

— Maggie. Il y a au moins trois mètres entre la Mave-

rick et la boîte aux lettres. Dès que tu as passé la Maverick, tu braques à droite. Je te dirai quand. »

Maggie supputa.

« D'accord, mais tu me promets de ne pas crier s'il se
passe quelque chose ?

– Il ne se passera rien.

– Promis ?

– Grands dieux ! Oui, c'est promis.

– Et ne va pas regarder au ciel ou siffler entre tes dents
comme...

– Je crois que je vais chercher maman, intervint Fiona.

– Non, non, c'est bon, lui dit Ira. C'est à la portée du
premier imbécile venu, je t'assure. »

Maggie n'apprécia pas vraiment.

Ira alla se poster près de la boîte aux lettres. Maggie se
glissa sur le siège du conducteur. Elle prit le volant des
deux mains et vérifia son rétro. Il était réglé pour Ira ; elle
le rajusta, attrapant au passage un bout de Leroy, une
section de crâne au reflet terne. Au dernier plan, la silhouette d'Ira les poings sur les hanches. La boîte aux
lettres, en forme de tunnel miniature, se dressait à ses
côtés. Le siège était beaucoup trop loin, aussi, mais tant
pis ; il n'y en avait pas pour longtemps. Ira cria :

« OK, tu nous fais ta marche arrière, tout doux ma
belle... »

En cas de complications, Ira passait au féminin ; sa voiture devenait « ma belle », « ma vieille », ou pire. Il en
allait de même pour les vis récalcitrantes, les couvercles
impossibles à ouvrir, ou les meubles massifs quand il
s'agissait de les déplacer.

Elle vira sur la terre battue et contourna la Maverick,
un peu trop vite à son goût, mais néanmoins maîtresse du
véhicule. Elle voulut freiner : plus de frein. Ou plutôt si,
mais il était bizarrement trop près, considérant que le
siège était reculé. Elle débraya au lieu de freiner, et la voiture continua en roue libre. Ira s'égosilla :

« Mais qu'est-ce que... ? ! »

Maggie, les yeux sur le rétroviseur, eut juste le temps
de le voir plonger et pan ! dans la boîte aux lettres.

« Oh! la la! », fit Leroy d'une voix blanche.

Maggie se mit au point mort et passa la tête par la portière. Ira se relevait en s'époussetant.

« Tu ferais n'importe quoi pour avoir raison!

– Tu as promis, Ira.

– Le clignotant est foutu », dit-il en se courbant en deux.

Il tira sur quelque chose avec bruit. Maggie rentra la tête et fit face au pare-brise.

« Vous allez voir comme il tient ses promesses », dit-elle aux filles.

Fiona tapotait mécaniquement le genou de Leroy.

« Complètement foutu! cria Ira.

– Tu as promis de ne pas faire d'histoires. »

Ira maugréa. Elle le vit redresser la boîte aux lettres, qui avait l'air indemne.

« On n'est peut-être pas obligés de le dire à ta mère, proposa Maggie.

– C'est pas la peine, elle a tout vu. »

Maggie regarda vers la maison : indubitablement, une lamelle du store était à l'oblique.

« Ooh, dit Maggie, cette journée commence à, je ne sais pas, mais... »

Et elle s'affaissa dans son siège jusqu'à finir, en gros, assise sur les omoplates.

La figure d'Ira s'encadra dans l'ouverture de la portière.

« Mets les phares, lui dit-il.

– Hmm?

– Les phares. Je veux voir si ça marche. »

Sans changer de position, Maggie tira le bouton d'une main gourde.

« J'en étais sûr! lança Ira depuis l'arrière. Plus de feux de position!

– Pitié », soupira Maggie à l'adresse du plafond.

Ira réapparut et lui fit signe de se pousser.

« Je parie qu'on va se taper une contravention, maintenant, dit-il en s'installant.

– Je crois que je m'en fiche, dit Maggie faiblement.

– Avec le retard qu'on a pris (encore un reproche), il va faire nuit à la moitié du chemin, et on va se faire arrêter.

– On n'a qu'à le faire réparer, alors.

– Peuh, tu les connais ces stations en bordure d'autoroute... »

Il passa en première, avança d'un poil, et recula sans encombre jusqu'à la chaussée.

« Ça coûte la peau des fesses pour une bricole que je peux trouver chez Rudy's. Je préfère prendre le risque.

– Tu pourras toujours dire que ta femme est débile. »

Pas d'objection.

Maggie vit la boîte aux lettres en passant. Elle était légèrement de traviole, mais ça allait. Elle se retourna pour regarder Fiona et Leroy : c'était le même visage, fixe et pâle, en deux exemplaires.

« Ça va bien, derrière ?

– Ça va, répondit Leroy, le gant de base-ball serré contre son cœur.

– Tu ne t'attendais pas à ça, hein ? dit Ira. Un accident, et juste devant ta porte !

– Je m'attendais pas à ce que tu le provoques », répliqua Fiona.

Ira regarda Maggie, les sourcils arqués.

Le soleil avait disparu et le ciel était incolore. Le vent se leva, rebroussant l'herbe des pâturages.

« Et ça va mettre combien de temps ? demanda Leroy.

– Une heure à peu près, lui dit Fiona. Tu sais bien, Baltimore.

– Leroy se souvient de Baltimore ? demanda Maggie.

– Quand on va chez ma sœur.

– Ah oui. C'est vrai. »

Elle contempla la route un moment. Le crépuscule revêtait les maisons d'un air humble et soumis. Elle se força à demander :

« Et comment va ta sœur, à propos ?

– Pas trop mal, vu les circonstances... Vous savez qu'elle a perdu son mari.

– Je ne savais même pas qu'elle s'était mariée.

– Oui, après tout, y a pas de raison. Donc, elle avait épousé son petit ami, Avery. Et il est mort pas deux mois plus tard sur un chantier.

– Oh, la pauvre! C'est quelque chose, tout de même. On dirait que tout le monde perd son mari. Je t'ai pas dit qu'on vient d'enterrer Max Gill?

– Si, mais, j'ai pas eu l'honneur...

– Je suis sûre que tu l'as rencontré. C'était le mari de Serena, celle avec qui je suis allée à l'école, mon amie d'enfance. Les Gill.

– Ouais, mais ils sont vieux, ces gens. Pas vieux vieux, d'accord, mais tu vois, Crystal et Avery, ils rentraient à peine de leur voyage de noces. Après six semaines de mariage, la vie est belle encore! »

Sous-entendu, après c'est terminé. Maggie se tut, constatant tristement qu'ils étaient tous d'accord sur le principe.

Ils arrivèrent à un stop et prirent la Route 1. Après les petits chemins, la voie express était impressionnante. Des files de poids lourds arrivaient sur eux; les phares commençaient à s'allumer. À la devanture d'un café, on avait accroché une pancarte : DÎNER À PARTIR DE 6 H. Des produits de la ferme, sans doute – du maïs, des omelettes.

« On devrait peut-être faire des courses pour le dîner, dit Maggie. Leroy, tu as très faim? »

Leroy hocha énergiquement la tête.

« Moi, j'ai rien mangé depuis ce matin, à part des chips et des bretzels.

– Et une bonne bière pour arroser ça », lui rappela Ira. Maggie fit semblant de rien.

« Leroy, dis-moi, quel est ton plat préféré?

– Ben, j'sais pas.

– Réfléchis. Il doit bien y avoir quelque chose. »

Leroy enfonça son poing dans le gant de base-ball.

« Les hamburgers? Les hot dogs? Un steak au barbecue? Du crabe, peut-être?

– Du crabe? Avec les pinces? Beurk! »

279

Maggie se sentit à court d'inspiration, tout à coup.

« Elle aime le poulet frit, dit Fiona. Elle en réclame toujours à maman. N'est-ce pas, Leroy ?

– Du poulet frit ! Parfait, s'exclama Maggie. On va acheter tout ce qu'il faut en arrivant. Quelle bonne idée ! »

Leroy ne répondit pas. Et pour cause, Maggie avait l'air si artificielle à babiller comme ça. Une personne âgée, en somme, qui forçait la note. Si seulement Leroy pouvait voir combien elle était restée jeune, sous le masque !

Ira toussota. Maggie se mit sur ses gardes.

« Hum, Fiona, Leroy... Vous êtes au courant qu'on emmène Daisy à l'Université demain.

– Oui, je sais, dit Fiona. J'en reviens pas. La petite Daisy !

– Je veux dire, on l'emmène en voiture, tous les deux. On partira tôt le matin.

– N'exagérons rien, dit Maggie très vite.

– Hé, huit ou neuf heures, Maggie.

– Quel est le problème ? demanda Fiona à Ira. Ce n'est pas une bonne idée qu'on vienne ?

– Mais non, voyons, ce n'est pas ce qu'il veut dire !

– Ah bon. J'ai mal compris alors.

– Je voulais juste m'assurer que tu savais à quoi t'en tenir, dit Ira. Sur la durée du séjour, je veux dire.

– Aucun problème, Ira. Si elle veut, elle peut rejoindre sa sœur plus tard dans la matinée...

– OK, mais, il va faire nuit, on n'est pas arrivé ; il me semble que...

– C'est peut-être pas la peine d'aller plus loin, coupa Fiona. On peut rentrer tout de suite.

– Oh non, Fiona ! s'écria Maggie. On a tout arrangé !

– Je sais plus pourquoi je viens, pour commencer. Mon Dieu, qu'est-ce qui m'a pris ? »

Maggie défit sa ceinture et pivota à 180 degrés pour faire face à Fiona.

« Fiona, s'il te plaît. C'est juste une petite visite. On n'a pas vu Leroy depuis si longtemps ! J'ai plein de choses à lui montrer. Je voudrais qu'elle voie Daisy et j'avais l'intention de l'emmener chez les sœurs Larkin ; qu'elles voient comme elle a grandi.

« C'est qui, ça ? demanda Leroy.

— Les deux vieilles dames, qui sortaient le cheval à bascule.

— Ça ne me dit rien, dit Fiona.

— On passait devant leur porche avec la poussette : il était vide. Mais au retour, le petit cheval nous attendait en haut des marches.

— Je me rappelle pas du tout, répéta Fiona.

— Et moi non plus, dit Leroy.

— Ben évidemment que tu te rappelles pas, toi. T'étais un bébé. T'as pratiquement pas habité là. »

Maggie se sentit froissée.

« Quand même, dit-elle. Elle avait presque un an quand vous êtes parties.

— Ça m'étonnerait. Elle n'avait pas sept mois.

— Comment ça ? Elle avait forcément, euh, huit mois au moins. Voyons, vous êtes parties en septembre...

— Sept mois, huit mois, qu'est-ce que ça peut faire ? » demanda Ira.

Il rencontra le regard de Leroy dans le rétroviseur et dit :

« Je parie que tu as oublié comment ta grand-mère t'apprenait à dire *papa*.

— J'ai fait ça, moi ? demanda Maggie.

— C'était pour faire la surprise à Jesse pour son anniversaire. Maggie frappait dans ses mains et tu devais dire *papa*. Mais quand elle tapait des mains, ça te faisait rire. Tu croyais que c'était un jeu. »

Maggie fit un effort de mémoire. Ses souvenirs ne coïncidaient jamais avec ceux d'Ira. Ils semblaient plutôt se relayer – un coup lui, un coup elle, comme s'ils s'étaient mis d'accord pour scinder en deux leur vie commune. (Elle se demandait d'ailleurs comment elle se comportait, dans ces moments qu'elle avait oubliés.)

« Et ça a marché ? demandait Leroy.

« – Si ça a marché ? dit Ira

– Oui, j'ai appris à dire papa, ou non ?

– Eh bien non, à vrai dire, tu étais bien trop petite pour parler.

– Ah. »

Leroy semblait encaisser la chose. Puis elle s'avança tout au bord du siège et se trouva nez à nez avec Maggie. Elle avait des étincelles bleu foncé dans les yeux, comme si les taches de rousseur les avait gagnés.

– Alors, je vais le voir, cette fois ? Il n'a pas un concert ou une fête ?

– Qui ça ? demanda Maggie innocemment.

– Mon... Jesse.

– Bien sûr que tu vas le voir. Au dîner, après son travail. Il a une passion pour le poulet frit, justement. Ça doit être héréditaire.

– Ce qu'il y a, c'est que..., commença Ira.

– Et qu'est-ce que tu veux pour le dessert, Leroy ?

– Ce qu'il y a, c'est qu'on est samedi soir. Et s'il a des engagements et qu'il ne peut pas venir ?

– Mais il *va* venir, Ira. Je te l'ai déjà dit.

– Ou s'il doit repartir juste après ? Je veux dire, tu te rends compte de la situation ? Il n'y a plus un seul jouet, pas le moindre équipement sportif, et la télé est détraquée. On n'a rien pour occuper cette enfant. Et tu peux t'asseoir correctement et rattacher ta ceinture, s'il te plaît ? Ça commence à m'énerver.

– Laisse-moi faire mon menu tranquille, dit Maggie. Mais elle se tourna et remit sa ceinture.

« Ce que ton papa préfère, c'est la glace aux pépites de chocolat à la menthe, dit-elle à Leroy.

– Moi aussi, moi aussi !

– Qu'est-ce que tu nous chantes ? dit Fiona. Tu détestes le chocolat à la menthe.

– J'adore ça.

– Tu n'aimes pas ça du tout !

– Si, maman. C'est quand j'étais petite que j'aimais pas ça.

282

– En ce cas, t'as beaucoup grandi depuis la semaine dernière, Miss. »

Maggie s'interposa à la hâte :

« Et quels autres parfums tu aimes, Leroy ?

– Ben, pistache, par exemple.

– Quelle coïncidence ! Jesse est fou de glace à la pistache. »

Fiona roula les yeux au ciel. Leroy approuva :

« Ah oui ? C'est carrément excellent, je trouve.

– Je t'ai vue te priver de dessert, lui dit Fiona, plutôt que d'avaler des petits bouts de chocolat à la menthe.

– Tu crois que tu sais *tout* sur moi ! » s'écria la petite.

Fiona soupira : « Ooh, Leroy », et se renfonça dans son siège en croisant les bras.

Ils traversaient le Maryland à présent, et Maggie trouvait le paysage changé, plus luxuriant. Vides de bétail, les collines étaient d'un vert profond et doux. Dans la lumière déclinante, les longues barrières de bois blanc ressortaient avec des reflets lunaires. Ira sifflait *Sleepytime Gal*. Peut-être qu'il avait sommeil ? Non, c'est qu'il se rappelait Leroy quand elle était bébé. C'était la berceuse qu'ils lui chantaient tous deux, en canon. Maggie renversa la tête et retrouva les paroles sur l'air d'Ira :

When you're stay-at-home, play-at-home, eight o'clock
Sleepytime gal...

Tout à coup, elle vit qu'elle portait deux montres à son poignet. Sa Timex de tous les jours, plus une vieille montre d'homme avec un épais bracelet de cuir. C'était celle de son père ; voilà longtemps pourtant qu'elle était cassée ou perdue. Le boîtier était rectangulaire et rosâtre, avec des chiffres phosphorescents. Maggie se pencha, la main en cornet, pour voir s'illuminer leur bleu pâle. Ses doigts sentaient le chewing-gum. À ses côtés, Serena disait : « Encore cinq minutes et c'est bon. Si rien ne se passe, on y va. »

Maggie releva la tête et fixa les deux lions de pierre de l'autre côté de la rue, à travers le feuillage. Ils ouvraient une allée sablonneuse qui menait, par une pelouse impeccable, au seuil d'une belle demeure coloniale en briques rouges. C'est là qu'habitait l'homme qui était le père de Serena. La porte d'entrée en bois plein n'avait pas même un petit vantail de verre. Maggie ne comprenait pas qu'on pût tant attendre d'une chose aussi manifestement aveugle et fermée. Elles étaient tapies inconfortablement toutes les deux, accroupies dans les branches entremêlées d'un massif de rhododendrons.

« Tu m'as dit ça il y a une demi-heure. Personne ne va venir. »

Serena lui fit signe de se taire : la porte s'ouvrait. M. Barrett fit un pas en avant et se retourna pour dire quelque chose. Sa femme apparut à son tour, enfilant des gants. Elle portait une robe beige à manches longues, et le costume de M. Barrett, d'une teinte plus foncée, lui était comme assorti. Jamais elles ne l'avaient vu autrement qu'en veston, même le week-end. C'était comme dans une maison de poupée, pensait Maggie – une de ces figurines aux habits peints directement sur le plastique, avec un visage net et anonyme. Il referma la porte, prit sa femme par le bras, et descendit l'allée de gravier qui crissait sous leurs pas. À la hauteur des lions, il leur sembla qu'ils les regardaient droit dans les yeux ; Maggie pouvait voir les tempes grisonnantes de M. Barrett. Mais leur expression resta de marbre. Ils tournèrent à gauche, vers une longue Cadillac bleue garée sur le trottoir. Serena souffla un grand coup. Maggie se sentit frustrée au point d'étouffer. Quelle distance, quelle froideur ! On aurait pu passer sa vie à les épier sans jamais les connaître. (Ou était-ce le fait de tous les couples ?) Combien de moments de leur vie – la première fois qu'ils avaient fait l'amour, par exemple, ou une conversation la nuit après un cauchemar – restaient totalement ignorés du monde ?

Maggie se tourna vers son amie et lui dit :

« Oh, Serena, je suis si triste pour toi. »

Serena, dans la robe rouge des funérailles, s'épongeait les yeux d'un coin de son châle noir.

« Pauvre cher cœur, je suis désolée », répéta Maggie, qui se réveilla en pleurs. Elle croyait être au lit avec Ira, la tête reposant sur son bras nu et tiède, bercée par une respiration régulière comme le passage des voitures sur la chaussée – mais c'était le dossier du siège sous sa nuque. Elle se redressa en se frottant les yeux.

La lumière avait baissé d'un ton. Ils avaient atteint la dernière ligne droite avant Baltimore : une zone commerciale où les enseignes se succédaient pêle-mêle. Ira n'était plus qu'un profil gris, et Fiona et Leroy, deux formes sombres renvoyant alternativement les couleurs des néons.

« J'ai failli m'endormir », dit-elle, et elles hochèrent la tête. « C'est encore loin ? demanda-t-elle à Ira.

– Oh, un quart d'heure à peu près. On est déjà sur la ceinture.

– N'oublie pas qu'on doit faire des courses. »

Elle s'en voulait d'avoir raté la conversation (ou pire, peut-être qu'il n'y en avait pas eu). Elle était ankylosée et tout défilait comme en rêve. Ils passèrent devant une maison au porche allumé où s'entassait une batterie, les caisses les unes sur les autres, certaines pailletées sur la tranche comme une robe en lamé. Les chromes resplendissaient. Elle se demanda si c'était pour de vrai. Elle suivit la maison du regard : la batterie se fit toute petite mais continua de briller de façon surnaturelle, comme des poissons dans un aquarium.

« J'ai fait un drôle de rêve, dit-elle après un silence.

– J'y étais ? s'informa Leroy.

– Pas que je me souvienne. Mais c'est bien possible.

– L'autre jour, mon amie Valérie a rêvé que j'étais morte.

– Ooh, ne me dis pas une chose pareille !

– Je m'étais fait écraser par un tracteur », dit Leroy non sans fierté.

Maggie jeta un coup d'œil à Fiona. Pour l'assurer que ça ne voulait rien dire, ou se rassurer elle-même. Mais Fiona n'écoutait pas. Elle contemplait à travers la vitre l'accumulation des grandes surfaces et des fast-foods.

« Un supermarché Mighty Value, dit Ira en mettant son clignotant.

– Hum, connais pas, dit Maggie.

– En tout cas c'est pratique, et c'est le principal. »

Il dut attendre une ouverture dans la file qui venait en sens inverse, traversa comme une flèche, et débarqua dans un parking parsemé de chariots abandonnés. Il se gara près d'un camion et coupa le moteur.

Leroy souhaitait venir.

« Bien sûr », fit Maggie, et Ira qui commençait à s'étirer derrière le volant se remit d'aplomb et ouvrit la portière, comme s'il avait toujours compté venir aussi. Cela fit sourire Maggie. (Qu'on n'aille pas lui raconter qu'il était indifférent à sa petite-fille !)

« Je tiens pas à rester ici toute seule », dit Fiona qui sortit à son tour.

Pour autant que Maggie s'en souvienne, Fiona n'était pas une passionnée des courses au supermarché.

Celui-ci s'avéra être un de ces vastes espaces brillants et froids, avec caisse sur caisse la plupart fermées. Une chanson sirupeuse animait les travées. Malgré elle, Maggie ralentit le pas. Elle passa rêveusement les fruits et légumes en balançant son sac, bientôt distancée par les autres. Leroy s'élança sur un chariot vide et débola sur Ira, penché sur les volailles. Il se retourna et lui sourit. De loin, il y avait quelque chose de gourmand et d'animal dans ses traits – la faim sans doute. Maggie dépassa Fiona et arriva à sa hauteur. Elle passa son bras sous le sien, effleurant son épaule de la joue.

« La cuisse ou l'aile ? demandait Ira à Leroy.

– Le pilon. Moi et m'man, on aime les pilons.

– Nous aussi, dit Ira, qui en balança un paquet dans son chariot.

– Et des fois la cuisse, aussi... Mais alors le blanc, m'man et moi, on voit pas l'intérêt. »

M'man et moi par-ci, moi et m'man par-là. Depuis quand Maggie m'avait-elle plus été au centre de l'univers de qui que ce soit ? Et cette « m'man » toute-puissante n'était autre que Fiona, pauvre petite créature dans ses shorts effilochés.

Fredonnant au son de la musique, Ira rajouta un paquet de cuisses.

« Direction la glace », dit-il.

Leroy s'éloigna sur sa trottinette improvisée, suivie d'Ira et Maggie, bras dessus, bras dessous. Fiona traînait derrière.

Au rayon surgelés, il y avait l'embarras du choix : outre la marque du supermarché, les marques habituelles et les glaces chics aux consonances scandinaves. Ira était contre ce qu'il appelait « les desserts à la mode », et penchait pour le Mighty Value. Fiona, absorbée au rayon des cosmétiques, s'abstenait ; mais Leroy rapporta qu'elle et m'man achetaient souvent les Breyer's. Maggie désirait quelque chose d'exotique pour changer. Ç'aurait pu durer longtemps, si les haut-parleurs n'étaient passés à *Tonight You Belong to Me* et qu'Ira ne s'était mis à chantonner distraitement : *Way down... by the stream...* Maggie ne put s'empêcher de faire chorus : *How sweet it will seem...*

Ce qui était parti comme une blague prit des proportions. *Once more, just to dream, in the moonlight!* Leurs voix s'enflaient pour le refrain puis voguaient séparément avant de se retrouver et de s'enrouler l'une à l'autre. Fiona en oublia le shampooing colorant dont elle lisait la notice ; Leroy les regardait avec admiration, le menton dans les mains ; une vieille dame s'arrêta pour leur faire un sourire reconnaissant. C'est elle qui ramena Maggie sur terre. Elle eut soudain le sentiment d'une imposture, d'une supercherie dans le spectacle qu'ils offraient, avec cette mélodie à l'unisson et leurs yeux chavirés. Elle s'arrêta en plein solo et dit sèchement :

« *Patience and Prudence*, 1957.

– 1956, dit Ira.

– Peu importe. »

Ils retournèrent à leur glace.

Ils finirent par opter pour la marque Breyer's, agrémentée d'un sirop de chocolat.

« Hershey ou Nestlé ? » demanda Ira en regardant le linéaire au-dessus du compartiment des glaces.

« Je vous laisse décider.

— Tiens, revoilà du Mighty Value. Si on essayait ?

— Tout ce que tu veux sauf Brown Cow, dit Leroy. Je ne supporte pas le Brown Cow.

— Brown Cow est hors de question.

— Ça sent la cire de bougie, expliqua Leroy à Maggie.

— Ah », dit Maggie.

Elle regarda le petit museau de Leroy pointé vers elle et sourit. Fiona demanda sur ces entrefaites :

« Tu n'as jamais envisagé une mousse ?

— Une quoi ?

— Une mousse traitante. Pour les cheveux.

— Ah ! Mes cheveux », dit Maggie, qui en était restée aux sauces au chocolat.

« À vrai dire, je ne crois pas, non.

— La plupart de nos esthéticiennes les recommandent. »

S'agissait-il d'un conseil déguisé ? Ou Fiona parlait-elle en général ?

« Et qu'est-ce qu'elles font, au juste ? demanda Maggie.

— Eh bien, dans ton cas, cela donnerait, je ne sais pas moi, du volume, une espèce de tenue à ta coiffure.

— Je vais en acheter », décida Maggie.

Elle choisit une bombe argentée, ainsi qu'une bouteille de shampooing Affinity, puisqu'elle avait toujours son bon de réduction. (*Retrouvez vos cheveux d'antan*, promettait une affichette.) Ils allèrent tous ensemble à la caisse *moins de dix articles*, pressés par Maggie car il était six heures passées et qu'elle avait convié Jesse à six heures et demie.

« Tu as assez d'argent ? demanda Ira. Je vais chercher la voiture pendant que tu paies. »

Maggie approuva d'un signe de tête et il disparut. Leroy disposa soigneusement leurs emplettes sur le tapis roulant. Le client devant eux n'achetait que des pains : pain de mie en tranches, pain complet, viennoiseries sous cellophane, plus des biscuits. Peut-être qu'il engraissait sa femme. S'il était jaloux, par exemple, et qu'elle était très

288

mince et jolie. Il s'éloigna les bras chargés d'hydrates de carbone.

« Un sac double épaisseur, s.v.p. ! » lança Leroy avec l'assurance de l'expérience.

Le caissier grogna sans regarder. C'était un beau garçon bronzé et baraqué, avec une chaîne en or sous son col ouvert, et une petite lame de rasoir en pendentif. Que diable voulait-il dire par là ? Il allait à toute allure en matraquant les touches. Arriva le shampooing. Maggie produisit le bon :

« Tenez, dit-elle. C'est pour vous. »

Il le prit et le retourna. Il déchiffra le verso en bougeant à peine les lèvres. Puis il le lui tendit : « Euh, voilà, merci, dit-il. Ça fera 16 dollars et 43 cents. »

Maggie était un peu désemparée, mais elle fit l'appoint et ramassa ses courses. Elle dit à Fiona tout fort en quittant la caisse :

« Ils n'acceptent pas les coupons ici, ou quoi ?

— J'en sais rien, moi.

— Peut-être qu'il n'est plus valable. »

Elle pencha le sac qu'elle tenait dans les bras pour pouvoir lire la date. Mais le texte était recouvert par la grosse écriture au stylo bille de Durwood Clegg : *Tiens-moi près, serre-moi fort, fais-moi mourir de plaisir...*

Maggie rougit violemment.

« Ça alors ! Quel culot ! s'exclama-t-elle.

— Pardon ? » demanda Fiona.

Pour toute réponse, Maggie froissa le coupon et le jeta par terre.

Il faisait presque nuit à présent. L'air était bleu foncé et là-haut, des insectes tournoyaient autour des réverbères. Ira attendait adossé à la voiture le long du trottoir.

« Tu veux le mettre dans le coffre ? » demanda-t-il à Maggie qui répondit : « Non, ça va. »

Elle se sentit brusquement un coup de vieux. C'était comme s'ils n'arriveraient jamais à bon port. Elle s'affala lourdement sur le siège, le sac en travers des genoux.

L'église Saint-Michel-de-l'Archange. Chez Charlie,

vins et spiritueux. Une succession de garagistes. Un magasin de pompes funèbres. *Le Crabe aux pinces d'or.* Happy hour nitely, avec une envolée de bulles de néon au-dessus d'une coupe de champagne. Un cimetière et des maisons délabrées. Des terrains de jeux. Ils prirent à droite sur Belair – enfin! – quittant la Route 1. Ils allaient vers leur rue. Les maisons de bois se resserraient, avec leurs façades trouées de rectangles de lumière jaune, parfois tamisés de voilages, d'autres fois ouverts sur de jolies lampes ou de petits bibelots disposés sur l'appui des fenêtres. Sans raison précise, Maggie se remémora ses trajets avec Ira du temps où il lui faisait la cour : ces maisons où tous les autres couples leur semblaient avoir un abri, eux. Combien elle aurait donné, jadis, pour la plus petite d'entre elles, même quatre murs avec un lit! Sa poitrine s'enfla doucement, tristement, à ce souvenir des désirs passés.

Ils passèrent le centre de voyance et de chiromancie, un simple appartement en vérité, avec une enseigne sur la baie du salon. Une fille attendait sur le perron, avec un petit visage en cœur, toute de noir vêtue à l'exception de ses escarpins violets, exposés à la lumière du porche. Un homme avançait sur le trottoir avec une fillette sur les épaules. Elle s'accrochait à ses cheveux. La scène était plus intime, plus locale. Maggie se tourna vers Leroy et dit :

« Alors, ça ne te dit rien, je suppose?

– Oh, je connais.

– Ah bon ?

– Seulement en passant, s'empressa de dire Fiona.

– Mais quand ça ? »

Leroy regardait Fiona, qui expliqua :

« On a dû passer par ici une ou deux fois.

– Tiens donc », dit Maggie.

Ira s'arrêta devant chez eux. C'était une de ces maisons dont on ne voyait que le porche, le front bas, pas du tout impressionnante – Maggie était la première à l'admettre. Elle aurait dû laisser les lumières en partant. Ç'aurait été plus accueillant. Tout était noir.

« Bien ! » lança-t-elle avec un entrain excessif. Elle s'extirpa avec ses provisions. « Tout le monde descend ! »

Ils avaient l'air de gens un peu éméchés à s'agiter sur le trottoir. La route avait été longue. Ira cogna la valise de Fiona en grimpant les marches, et tâtonna un certain temps avant de réussir à ouvrir la porte.

L'entrée sentait le renfermé. Il alluma. Maggie appela :

« Daisy ? » – sans espoir de réponse. Clairement, tout était désert. Elle cala les courses sur sa hanche et s'empara du bloc-notes sur l'étagère. *Suis allée dire au revoir à Lavinia* : les italiques précises de Daisy.

« Elle est chez Mme Parfaite, dit Maggie à Ira. Bon, elle ne va pas tarder ! On ne met pas des heures pour dire au revoir ! »

Ceci à l'intention de Leroy, pour dire que Daisy existait bel et bien, qu'il n'y avait pas que des vieux ici.

Leroy tournait en rond dans l'entrée, son gant de base-ball coincé sous l'aisselle. Elle examinait les photos qui recouvraient les murs.

« C'est qui, ça ? » demanda-t-elle en pointant l'index.

Ira dans une lumière mouchetée, tenant maladroitement un bébé dans ses bras.

« C'est ton grand-père, lui dit Maggie. Avec ton papa.

– Ah », dit Leroy, qui passa à autre chose.

Elle aurait voulu que ce soit Jesse sans doute, avec elle. Maggie chercha des yeux ; on ne pouvait plus distinguer le motif du papier peint sous les photos, chacune encadrée professionnellement par Ira avec une marie-louise et une baguette distinctes, comme autant d'échantillons de son art. Jesse à quatre pattes, Jesse petit garçon sur un scooter, Jesse son visage pas plus gros qu'une punaise dans une photo de classe. Mais pas de Jesse adulte ; rien sur son adolescence, se dit-elle. Et encore moins de Jesse père de famille. Il n'y avait plus de place sur le mur depuis belle lurette. D'ailleurs, la mère de Maggie condamnait formellement l'exposition de photos de famille excepté dans les chambres à coucher.

Fiona traîna sa valise vers l'escalier, laissant deux longues et minces rainures sur le parquet.

« Laisse, laisse, lui dit Maggie. Ira va la monter. »

Que devait-elle ressentir, après une si longue absence – passer ce porche où elle avait décidé de garder son enfant, cette porte qu'elle avait si souvent claquée sur un coup de tête ? Elle avait les traits tirés et plissait les yeux sous la lumière électrique. Elle abandonna sa valise et désigna une photo tout en haut.

« Et là, c'est moi, dit-elle à Leroy. Au cas où ça t'intéresserait. »

Sa photo de mariage : une fille toute jeunette dans une robe fripée. Maggie l'avait oubliée, celle-là. C'était un cadeau de Crystal, qui l'avait prise le jour de la cérémonie. Le cadre de plastique noir, comme pour un diplôme, venait droit d'un Prisunic. Leroy étudia la photo sans rien dire. Puis elle passa au salon, où Ira allumait les lampes.

Suivie par Fiona, Maggie se dirigea vers la cuisine avec ses commissions.

« Alors, où est-il ? » demanda Fiona en baissant la voix.

« Eh bien, dit Maggie, probablement... » Elle alluma le plafonnier et regarda le réveil : « Je lui ai dit six heures et demie, ce n'est pas tout à fait l'heure ; et tu sais comme il est distrait, alors ne t'inquiète pas...

– Je ne m'inquiète pas ! Pourquoi tu dis ça ? Je m'en fiche qu'il vienne ou pas.

– Oui, je sais bien, dit Maggie d'un ton rassurant.

– C'est pour vous voir, vous, que j'ai amené Leroy. Je m'en fiche s'il vient.

– Je sais, je sais. »

Fiona prit une chaise et posa son sac sur la table. Comme une invitée de marque, elle transportait son réticule de pièce en pièce ; il n'y avait rien à faire. Maggie poussa un soupir et se mit à ranger : la glace dans le freezer, les deux paquets de poulet vidés dans un saladier.

« Quel genre de légumes je peux faire pour Leroy ? demanda-t-elle.

– Humm ? Des légumes ? »

La question semblait dépasser Fiona, qui contemplait le calendrier mural arrêté au mois d'août. Oh, tout ça n'était guère organisé, c'est vrai, mais Fiona était mal placée pour se plaindre. Des objets épars s'accumulaient sur les étagères. Les placards étaient remplis de flacons poussiéreux, de fonds de boîtes de céréales, de vaisselle dépareillée. Les tiroirs bâillaient, d'où apparaissaient toutes sortes d'objets disparates. Maggie alla trafiquer dans l'un d'eux, parmi des piles de papiers :

« Attends, quelque part là-dedans... Je suis presque sûre... »

Une recette de soufflé, des garanties et modes d'emploi, un prospectus, un paquet de cartes d'anniversaire qu'elle cherchait depuis le jour où elle l'avait acheté.

« Aha ! s'écria-t-elle en brandissant un dépliant.

— Qu'est-ce que c'est ?

— Une photo récente de Jesse. Pour Leroy. »

Elle l'apporta à Fiona : c'était une photocopie trop encrée d'une photo du groupe. Lorimer était assis au premier plan derrière sa batterie, Jesse se tenait debout, enlaçant les deux autres, Dave et Machin-chouette, par le cou. Tous de noir vêtus. Jesse fronçait les sourcils en une moue étudiée. En majuscules tigrées et velues, Spin the cat s'étalait en bas de la photo, sous laquelle un espace blanc permettait de noter les futurs concerts.

« Ce n'est pas très flatteur, tu me diras. Ces groupes de rock, il faut toujours avoir l'air de mauvais poil, tu as remarqué ? Je ferais peut-être mieux de lui montrer le photomaton que j'ai dans mon portefeuille. Il ne sourit pas non plus, d'ailleurs, mais au moins il ne fait pas la grimace. »

Fiona prit le document pour l'étudier de plus près.

« C'est drôle, dit-elle. Personne n'a changé.

— Changé ? En quel sens ?

— Je veux dire, ils étaient toujours en train de *bouger* ; toujours sur la brèche. Avec des plans d'enfer et toujours des changements. Et des théories sur la musique... Une fois Leroy m'a demandé ce qu'il jouait au juste son papa :

du punk, du rock, du new wave ? Je crois qu'elle voulait frimer devant ses copines. Oh! la la, je lui ai dit, tu m'en demandes trop! Ça pourrait être Dieu sait quoi à l'heure qu'il est. – Mais regarde-les donc!

– Eh bien? Je ne vois pas ce qu'il y a...

– Lorimer est exactement pareil, avec sa houppe et son espèce de queue de cheval que j'avais toujours envie de couper. Et les mêmes fringues. Le même style démodé à la Hell's Angels.

– Démodé?

– On peut déjà les voir à quarante berges, quand ils feront leur numéro le week-end au Rotary Club, avec la permission de leurs femmes. »

Vexée, Maggie n'en fit rien paraître et se tourna vers ses cuisses de poulet.

« Qui c'est qu'il avait amené, à ce dîner?

– Pardon?

– Tu dis qu'il a amené quelqu'un, une fois. »

Maggie jeta un coup d'œil à Fiona. Elle tenait toujours la photo, comme hypnotisée.

« Personne d'important, dit-elle.

– D'accord, mais qui est-ce?

– Une fille qu'il avait rencontrée je ne sais où; c'était pas la première fois, d'ailleurs. Ça n'a jamais duré... »

Fiona reposa la photo sans la lâcher des yeux.

Du salon parvenait une musique qui faisait grésiller les baffles. Apparemment, Leroy avait mis la main sur une cassette de Jesse. Maggie reconnut *Hey Hey* et *Every day* puis des arpèges familiers, mais sans distinguer qui jouait. Elle versa un carton de crème sur le poulet. Le mal à la tête lui crispait le front. Maintenant qu'elle en prenait conscience, il la tenaillait depuis quelque temps déjà.

« Je vais appeler Jesse », dit-elle abruptement.

Elle décrocha le téléphone mural. Pas de tonalité, mais ça sonnait à l'autre bout.

« Ira doit être sur l'autre poste, dit-elle en raccrochant. Bon reprenons. Les légumes. Qu'est-ce que je fais comme légumes?

– Leroy aime la salade mixte, dit Fiona.

– Oh! zut, j'aurais dû prendre une salade.

– Maggie, interrompit Ira en faisant irruption, qu'est-ce que tu as fait à mon répondeur?

– Moi? Rien du tout.

– Tu es sûre?

– Je ne l'ai pas touché! Je t'ai dit que j'avais eu un petit problème hier soir, mais j'ai pu enregistrer un nouveau message. »

Recourbant le doigt, Ira fit signe à Maggie de s'approcher.

« Allez, dit-il en désignant le téléphone.

– Pour quoi faire?

– Essaie d'appeler le magasin. »

Maggie haussa les épaules et composa le numéro. Après trois sonneries, il y eut un déclic : « C'est parti, disait sa petite voix au loin. Voyons voir : Appuyer sur Rec., Attendre le signal... Eh, merde. »

Maggie cligna des yeux.

« J'ai dû me tromper », continuait-elle. Et d'une voix de fausset pour rire : « Moi, me tromper? Moi? La perfection faite femme! »

Il y eut un affolement de la bande magnétique, suivi d'un bip sonore. Maggie raccrocha.

« Ben, c'est-à-dire que...

– Dieu sait ce que les clients ont pu penser.

– Peut-être que personne n'a appelé? émit-elle avec espoir.

– Je ne comprends même pas comment tu as réussi ton coup. C'est pourtant enfantin, cette machine!

– C'est bien ce que je dis toujours : on ne peut jamais compter sur ces gadgets modernes! »

Et Maggie reprit le téléphone pour appeler Jesse. Elle laissa sonner un nombre incalculable de fois, tortillant le fil entre ses doigts. Elle sentait sur eux le regard de Fiona, assise à table le menton dans la main.

« Tu appelles où? » demanda Ira.

Maggie ne répondit pas.

« Qui est-ce qu'elle appelle, Fiona ?

– Oh, Jesse, je suppose.

– Tu oublies que son téléphone ne sonne pas ? »

Maggie leva les yeux sur Ira. « Ttt », dit-elle en replaçant le combiné qu'elle contempla douloureusement.

« Allons, dit Fiona. Il est peut-être en route. C'est samedi soir, il doit y avoir du monde. Il travaille tard ?

– Pas spécialement, dit Ira.

– Il travaille où, d'ailleurs ?

– Chez Chick's Cycle Shop. Il vend des mobylettes.

– Et ça reste ouvert si tard ?

– Bien sûr que non. Ça ferme à cinq heures.

– Mais pourquoi téléphoner, alors ?

– Non, non, elle essayait son domicile, lui dit Ira.

– Son... »

Maggie revint à son poulet. Elle remua le tout et sortit un sac en papier qu'elle emplit de farine.

« Jesse a un appartement ? demanda Fiona.

– Mais oui. »

Du sel, du poivre, une pincée de levure.

« C'est loin d'ici ?

– Assez, oui. Sur Calvert Street. »

Fiona songea.

« Ah, Fiona ! dit Maggie. Il y a quelque chose que j'ai toujours voulu te demander. » Comme par hasard, elle avait repris sa voix haut perchée :

« Tu te souviens quelque temps après ton départ ? La fois où Jesse t'a téléphoné parce que tu l'avais appelé – mais tu as dit que tu ne l'avais jamais appelé ? Alors, oui ou non ? C'était bien toi, quand j'ai dit " Fiona ? " et que tu as raccroché ?

– Oh, c'est pas vrai..., marmonna Fiona.

– Ça ne pouvait être que toi ! Qui d'autre aurait raccroché en entendant ton nom ?

– Vraiment je ne m'en souviens pas », dit Fiona, qui ramassa ses affaires et se leva. D'un air vague et distrait, comme une somnambule, elle quitta la cuisine en s'inquiétant : « Leroy ? Tu es où ?

« – Qu'est-ce que je t'avais dit ? dit Maggie à Ira.

– Hmm ?

– C'était elle. Je le savais.

– Elle n'a jamais dit ça.

– Oh, Ira. Tu manques de subtilité parfois. »

Elle referma le sac qu'elle secoua énergiquement. Elle aurait dû dire à Fiona : Tu ne peux pas avoir le beurre et l'argent du beurre. Te moquer de lui parce qu'il est resté le même, et te fâcher parce qu'il a changé. Évidemment qu'il a déménagé ! Il n'allait pas rester là à t'attendre, comme Pénélope !

Pourtant, d'une certaine manière, Maggie sympathisait. On garde un instantané d'une personne. On la range dans sa mémoire, où elle ne bouge plus.

Elle examina la photo restée sur la table. Quel enthousiasme, au début ! Tant d'énergie investie ! Elle se rappelait les premières répétitions dans le garage des parents de Lorimer, et tout ce temps où ils étaient ravis de jouer, pour rien, même, jusqu'au soir où Jesse avait rapporté triomphalement son premier billet de dix dollars – sa part sur le groupe.

« Voilà Daisy, dit Ira.

– Quoi ?

– J'ai cru entendre la porte d'entrée.

– Oh ! s'écria Maggie. C'est peut-être Jesse.

– N'y compte pas trop », lui dit Ira.

Mais seul Jesse flanquait la porte dans l'étagère de cette façon. Maggie s'essuya les mains :

« Jesse ?

– C'est moi. »

Elle accourut, suivie à distance par Ira. Jesse se tenait dans l'encadrement de la porte et regardait en direction du salon, où Leroy était à l'arrêt comme un petit animal surpris, les mains par terre et un pied replié sous elle.

« Salut, toi, dit Jesse.

– Salut.

– Comment ça va ?

– Ça va. »

Il regarda Maggie, qui commenta :

« Tu as vu comme elle a grandi ? »

Ses longs yeux noirs revinrent sur Leroy. Maggie s'approcha pour le faire entrer. (Il avait toujours l'air sur le départ.) Elle le prit par le bras :

« Je fais du poulet frit ; j'en ai pour cinq minutes. Vous pouvez vous installer ici tous les deux. »

Mais il ne s'était jamais laissé faire. Sous le mince jersey de laine, dans la fine musculature au-dessus du coude, elle sentait une réticence. Il restait campé sur ses bottes. Il allait prendre tout son temps.

« Tu écoutes de la musique ? demanda-t-il à Leroy.

— Oh, un disque comme ça.

— Tu es une fan du Dead ?

— Du Dead ? Euh, oui.

— On va te trouver quelque chose de mieux, alors. Cet album-là, c'est pour les masses populaires.

— Ah. Ben justement, c'est ce que je commençais à me dire. »

Jesse jeta un coup d'œil vers Maggie. Son menton s'allongeait dans son visage impassible, exactement comme Ira lorsqu'il se retenait de rire.

« Et athlétique avec ça, dit Maggie. Elle a apporté son gant de base-ball.

— Ah bon ? »

Leroy fit oui de la tête. Elle tendit la pointe du pied, comme à la danse.

Il y eut un remue-ménage au premier puis la voix de Fiona : « Maggie, où est-ce que... ? »

Elle apparut sur le palier. Ils se tournèrent vers elle comme un seul homme.

« Ah », fit-elle.

Alors, elle descendit les marches, lentement, très lentement, la main glissant sur la rampe. On n'entendait plus que le bruit de ses sandales contre ses talons nus.

« Content de te voir, Fiona », lui dit Jesse.

Elle arriva devant lui.

« Moi aussi, ça me fait plaisir, dit-elle.

– Tu as changé de coiffure ? »

Les yeux levés sur lui, elle effleura le bout de ses cheveux.

« Oh ! pas vraiment. »

Maggie dit : « Bon, eh bien, je crois que je vais retourner...

– Tu as besoin d'aide à la cuisine ? demanda Ira.

– C'est pas de refus ! s'écria-t-elle joyeusement.

– J'étais en train de chercher ma boîte à savon », dit Fiona à Jesse.

Maggie vacilla dans son élan.

« Ta boîte à savon ?

– J'ai regardé dans la commode, mais le tiroir est vide. Il n'y a que de la naphtaline. Tu l'as emportée quand tu as déménagé ?

– De quoi tu parles ?

– De ma boîte à savon façon écaille ! Celle que tu as gardée. »

Jesse quêta sa mère du regard.

« Tu te souviens de cette boîte à savon, dit Maggie.

– Eh bien..., pas vraiment, non, fit Jesse en enroulant une mèche sur son front.

– Tu l'as gardée après son départ. Je t'ai vu avec. Il y avait un petit bout de savon à l'intérieur, transparent, tu sais ? À la glycérine.

– *Ah*, d'accord, dit Jesse en laissant retomber sa mèche.

– Tu te souviens ?

– Bien sûr. »

Maggie respira. Elle décocha un sourire lumineux à Leroy, qui avait ramené son autre pied devant elle et semblait hésitante.

« Alors, où est-elle ? demanda Fiona. Où est ma boîte, Jesse ?

– Mais euh, ta sœur l'a reprise, non ?

– Non.

– Je croyais qu'elle l'avait mise avec tes affaires.

– Non, dit Fiona. Tu l'avais dans ta commode.

– Bon, écoute, Fiona. Elle a peut-être disparu, en tout

ce temps. Mais si ça peut te faire plaisir, je serais heureux de...

— Mais tu l'avais gardée en souvenir de moi. C'était mon odeur! Tu fermais les yeux, le nez plongé dedans! »

Jesse se tourna vers Maggie :

« Maman? C'est toi qui as dit ça?

— Tu veux dire que c'est pas vrai? dit Fiona.

— Je sniffe des boîtes à savon, maman?

— Absolument! » affirma Maggie, qui aurait bien aimé ne pas insister pour ne pas lui faire honte. Elle prit Ira à témoin (il arborait exactement l'expression choquée et réprobatrice qu'elle attendait de lui) : « C'était dans le tiroir du haut!

— Ton tiroir secret, dit Fiona. Parce que tu crois que j'aurais fait tout ce chemin, comme une... groupie quelconque, si ta mère ne m'avait rien dit? Je n'étais pas obligée de venir! Je me débrouille très bien toute seule! Mais elle a dit que tu l'avais gardée pendant tout ce temps, que tu as empêché Crystal de la prendre! Tu fermais les yeux pour retrouver mon odeur, elle a dit, tu dors avec sous ton oreiller...

— J'ai jamais dit ça! s'écria Maggie.

— Tu me prends pour qui? demanda Jesse à Fiona. Ton Roméo?

— Attendez que je comprenne, intervint Ira, au grand soulagement de tout le monde. Il s'agit d'une boîte à savon.

— *Ma* boîte à savon, précisa Fiona. Façon écaille. Il dort avec.

— Il doit y avoir erreur, dit Ira. Qu'est-ce qu'elle en saurait, Maggie? Jesse habite chez lui, maintenant. Que je sache, la seule chose avec laquelle il dorme, c'est une réceptionniste.

— Une quoi? demanda Fiona.

— Oh, j'ai rien dit.

— Une réceptionniste? »

Il y eut une pause. Puis Ira dit :

« Tu sais : dans un hôtel ou au téléphone, la personne qui prend tes coordonnées pour te rappeler.

300

– Une personne ? Tu veux dire une femme ?

– C'est ça.

– Jesse couche avec une femme ?

– C'est ça.

– Ira ! dit Maggie. Tu ne pouvais vraiment pas t'en empêcher ?

– Non, Maggie. » C'est la stricte vérité qu'il ne pouvait pas s'en empêcher. « Jesse n'est pas disponible en ce moment, c'est tout.

– Mais cette femme n'a aucune importance ! Ils ne sont ni fiancés, ni mariés, ni rien ! Ça ne compte pas ! »

Maggie chercha confirmation du regard, mais Jesse fixait obstinément la pointe de ses bottes.

« Oh, Maggie, reconnais-le. C'est comme ça. Il n'est pas candidat au mariage ! Il change de petite copine sans arrêt. Il ne peut pas garder un job. Et c'est toujours la faute des autres s'il est viré. Le patron est un con, ou les clients sont des cons, ou les autres employés sont...

– Tu permets », commença Jesse, tandis que Maggie le coupait :

« Faut pas exagérer, Ira ! Il est resté plus d'un an dans son magasin de disques. Tu as déjà oublié ?

– Toutes les relations de Jesse, finit tranquillement Ira, un jour ou l'autre sombrent dans la connerie. »

Jesse tourna les talons et partit.

Au lieu de claquer la porte, il la referma tout doucement derrière lui. Ce fut presque pire.

« Il va revenir », dit Maggie à Fiona.

Mais comme Fiona, le visage dur, fixait la porte sans mot dire, elle se tourna vers Leroy :

« Tu as vu comme il était content de te voir ? »

Leroy restait la bouche ouverte.

« Il est fâché à cause d'Ira, c'est tout », lui dit Maggie. Et elle lâcha : « Ira, je ne te pardonnerai jamais ce coup-là.

– *Toi*, tu ne me pardonneras jamais ?

– Assez », dit Fiona.

Ils se retournèrent.

« Ça suffit, tous les deux. J'en ai vraiment ma claque. J'en ai marre de Jesse Moran et j'en ai marre d'entendre toujours vos mêmes disputes débiles. Toujours en train d'ergoter, de pinailler. Ira et sa bonne volonté. Maggie et sa mauvaise foi...

— Mais comment...? » dit Maggie, blessée. C'était peut-être idiot, mais elle pensait secrètement que de l'extérieur, on enviait leur mariage. « On n'ergote pas; on discute, répondit-elle. On confronte des points de vue.

— C'est ça, dit Fiona. Comment j'ai pu m'imaginer une seule seconde que ça aurait changé, ici ? »

Elle passa au salon pour serrer Leroy dans ses bras, Leroy aux grands yeux ébahis : « Là, là, ma chérie. »

Elle nicha sa tête au creux de son épaule. Clairement, c'était elle qui avait besoin d'être consolée.

Maggie jeta un œil noir sur Ira. Puis se détourna.

« Une boîte à savon ?! disait Ira. Il fallait y penser ! »

Elle garda le silence. Ce n'était pas le moment de chicaner. Elle préféra s'éloigner, direction la cuisine, drapée dans sa dignité. Mais Ira la poursuivit :

« Écoute, Maggie, tu ne peux pas continuer éternellement avec tes manipulations. Un fait est un fait ! Ouvre les yeux et ferme la télé ! »

La grande expression d'Ann Landers : « Ouvrez les yeux et fermez la télé. » Elle ne supportait pas qu'il cite Ann Landers. Debout à son plan de travail, elle remplit le sac en papier de morceaux de poulet.

« Une boîte à savon, s'émerveillait Ira.

— Tu veux des petits pois avec le poulet ? demanda-t-elle. Ou des haricots verts ?

— Bon, je vais me débarbouiller », dit Ira pour toute réponse.

Et il disparut. Elle se retrouvait seule dans la cuisine. Enfin ! Elle essuya une larme sur ses cils. Elle s'était mis tout le monde à dos, et c'était bien fait; comme d'habitude, elle s'était mêlée de ce qui ne la regardait pas. Mais sur le coup, elle n'avait pas eu le sentiment d'intriguer. C'est juste que les choses étaient floues, les couleurs mal imprimées, comme dans un prospectus minable. Il aurait suffi d'une petite mise au point, de régler la distance, pour que tout se remette en place.

« Imbécile! » se disait-elle en remuant le sac plein de poulet. « Vieille carcasse! » Elle abattit une poêle sur la cuisinière et versa trop d'huile dedans. Elle tourna sauvagement le bouton du gaz et recula d'un pas. Et voilà : une giclée d'huile sur sa plus belle robe, juste en travers de l'estomac. Avec son gros ventre et sa maladresse congénitale, elle n'avait même pas le réflexe de se mettre un tablier. En plus, cette robe avait coûté beaucoup trop cher, 164 dollars chez Hecht – Ira serait scandalisé s'il le savait. Comment pouvait-elle être si égoïste? Elle se tamponna le nez du dos de la main. Renifla bruyamment. Enfin!

Elle commença à disposer les morceaux, bien que l'huile ne soit pas assez chaude. Il y en avait beaucoup trop (sauf à rattraper Jesse pour le dîner). Après l'introduction des derniers pilons, tout se chevauchait.

Petits pois ou haricots verts? La question n'était pas résolue. Maggie s'essuya les mains et partit au salon.

« Leroy, dit-elle, qu'est-ce que... ? »

Mais le salon était désert. Le disque semblait éraillé, comme s'il avait joué plusieurs fois de suite. Un chœur de voix mâles et disparates s'acharnait : « *Truckin', got my chips cashed in...* » Personne sur le canapé ni dans les fauteuils. Maggie traversa l'entrée, déboucha sur le porche :

« Leroy? Fiona? » Pas de réponse. Quatre fauteuils à bascule regardaient vers la nuit.

« Ira?

– Là-haut », fit une voix étouffée.

Maggie se retourna. Dieu merci, la valise de Fiona était toujours là. Elles ne pouvaient pas être bien loin.

« Ira? Leroy est avec toi? »

Ira apparut sur le palier, une serviette autour du cou. Il s'essuyait le visage en la regardant.

« Je ne sais pas où elle est. Elles ont disparu, toutes les deux.

303

– Tu es allée sur le porche ?

– Oui. »

Il descendit avec la serviette.

« Elles sont peut-être derrière », dit-il.

Ils sortirent l'un après l'autre et contournèrent la maison. L'air était tiède et humide. Un moustique vint chouiner à l'oreille de Maggie. Elle le chassa de la main. Qui irait au jardin à cette heure ? Ni Leroy ni Fiona en tout cas : un espace vide et noir les y attendait.

« Elles sont parties, dit Ira.

– Parties ? Tu veux dire pour de bon ?

– On dirait.

– Mais la valise est là.

– C'était un peu lourd », dit-il en l'aidant du bras pour gravir le porche arrière. « Si elles sont à pied, elles n'allaient pas s'encombrer.

– À pied », répéta-t-elle.

À la cuisine, le poulet crépitait furieusement. Maggie n'y fit pas attention, mais Ira baissa le feu.

« On peut les rattraper, alors.

– Attends, Maggie... »

Trop tard ; elle avait filé. Elle retraversa l'entrée, le porche, descendit les marches : elle était dans la rue. La sœur de Fiona habitait à l'ouest d'ici, du côté de Broadway. Elles avaient dû prendre à gauche. La main en visière pour se protéger des réverbères, Maggie scruta le plus loin possible. Elle vit un chat blanc qui se faufilait la queue basse, les oreilles couchées. Un instant plus tard, une jeune fille déboula d'une allée et repartit en courant :

« T'es là ! Je t'ai vu ! » cria-t-elle.

Sa chevelure brune et sa jupe virevoltèrent. Une voiture passa, laissant en suspens un commentaire sportif :

« ... premier et dix sur la ligne de cinq mètres – ça va chauffer sur 33rd Street... »

Du côté de la zone industrielle, le ciel brillait d'une lueur grise. Ira vint lui mettre la main sur l'épaule.

« Maggie, chérie », dit-il.

Mais elle se dégagea et repartit vers la maison.

Quand elle était dans tous ses états, elle perdait le sens de l'orientation. Comme une aveugle, elle dut se concentrer pour marcher droit, et chercha à tâtons la petite haie de buis. Elle trébucha deux fois en grimpant sur la véranda.

« Ma chérie », fit Ira derrière elle. Elle s'arrêta au bas de l'escalier, coucha par terre la valise de Fiona et l'ouvrit.

Il y avait une chemise de nuit en coton rose et deux paires de pyjamas d'enfant, des petites culottes en dentelle – rien n'était plié, tout s'entassait pêle-mêle. Puis une trousse de toilette, deux piles de bandes dessinées, quelques magazines, une boîte de dominos, et un vieux livre grand format sur les chevaux. Toutes choses dont elles pouvaient bien se passer. En revanche, l'essentiel – le sac de Fiona et le gant de Leroy – avait disparu. Alors qu'elle fouillait dans les affaires sous l'œil muet d'Ira, Maggie eut une vision du cercle de sa vie. Les choses se répétaient, inlassablement; elle tournait en rond, et c'était sans espoir.

8

A la maison de retraite, il y avait un vieil homme qui croyait qu'une fois au ciel, tout ce qu'il avait perdu au cours de sa vie lui serait rendu. Maggie avait approuvé : « Oh! oui, quelle bonne idée! »

Dans son esprit, il s'agissait de choses abstraites — l'énergie de la jeunesse, par exemple, ou la capacité qu'ont les jeunes gens à s'exalter, à se passionner. Mais ce n'est pas ce que le vieillard avait en tête. Aux portes du paradis, expliquait-il, saint Pierre lui remettrait le tout dans un sac en toile de jute : le petit chandail rouge que sa mère lui avait tricoté juste avant de mourir et qu'il avait oublié dans un bus à l'âge de dix ans — il l'avait porté dans son cœur jusqu'au jour d'aujourd'hui! Le couteau suisse que son frère aîné avait balancé, de rage, dans un champ de maïs. La bague en diamant que son premier amour avait omis de lui rendre, lorsqu'elle avait rompu les fiançailles pour convoler avec le fils du pasteur.

Maggie se prit à imaginer le contenu de son propre sac — disques égarés, boucles d'oreilles dépareillées, et toute une série de parapluies (dont elle ne remarquait la disparition que plusieurs mois plus tard : est-ce que je n'avais pas un...? Où est-il donc passé?). Des objets donnés de bon cœur, comme ce lot de jupes des années cinquante pour l'Armée du salut et qu'elle regrettait maintenant que la mode avait rallongé. « Ah, d'accord », avait-elle acquiescé, avec moins de conviction cette fois, car il ne lui semblait pas avoir souffert de pertes aussi irréparables.

Mais à la réflexion (elle était en train de trier les restes de poulet frit qu'elle destinait au déjeuner d'Ira), son baluchon grossissait à vue d'œil. La robe verte, sur laquelle sa belle-sœur Natalie s'était extasiée un jour.

« Tiens, je te la donne, elle ira bien avec tes yeux », avait dit Maggie.

Et c'était vrai, et elle était ravie que Natalie la porte car elle l'aimait comme une sœur. Par la suite, Natalie avait divorcé de Josh; elle avait déménagé et n'avait plus donné signe de vie, comme si elle quittait Maggie par la même occasion. Et voilà que ce chiffon revenait hanter Maggie! Elle ondulait si gracieusement, elle était si facile à mettre, cette robe, si pratique en toute circonstance!

Et ce drôle de chaton aussi, Coquelicot, le premier cadeau d'Ira, au temps de leurs premières amours. C'était une créature diabolique et folâtre, avec ses dents effilées et ses petites pattes de velours gris toujours à batailler avec d'imaginaires ennemis. Ils jouaient ensemble pendant des heures. Hélas! Maggie s'était rendue coupable de meurtre en enfermant la pauvre bête dans le sèche-linge de sa mère. En allant pour le vider, elle avait retrouvé Coquelicot aussi flasque et ratatiné que la fleur du même nom, et elle avait pleuré toutes les larmes de son corps. Il avait inauguré toute une série de chats – Lucy, Chester et Pumpkin – mais c'était lui qu'elle voulait revoir. Assurément, les animaux seraient autorisés par saint Pierre. Accueillerait-il aussi les chiens efflanqués de Mulraney Street, ces braves toutous moitié ci, moitié ça, dont les jappements lointains l'avaient bercée toutes les nuits de son enfance? Et le hamster des enfants, qui trépignait jour après jour dans sa moulinette, jusqu'à ce que Maggie, saisie de pitié, le libère et qu'il se fasse dévorer par Pumpkin?

Il y avait encore ce porte-clés un peu bébête que lui avait donné Boris Drumm, un disque de métal qui tournait sur son axe : face IL M'AIME, pile IL NE M'AIME PAS.

Elle l'avait légué à Jesse le jour de l'obtention de son permis, non sans un pincement de cœur. Elle lui avait servi de chauffeur pour l'épreuve de conduite, et laissé le porte-clés choir dans sa paume ouverte une fois de retour à la maison. Seulement, elle avait oublié de mettre le frein à main en sortant, et la voiture s'était mise à rouler.

« Recalée, maman », avait dit Jesse en ajustant le frein, et quelque chose dans son détachement amusé le lui avait fait voir, pour la première fois, sous les traits d'un homme.

Jesse se servait d'une pochette en cuir maintenant, un truc en lézard. C'est qu'il lui manquait, son porte-clés! Elle le sentait encore au bout des doigts : le métal de pacotille tout léger, le relief des lettres, et comme elle en jouait distraitement en parlant à Boris : il m'aime, il ne m'aime pas. Elle le revit surgissant sous ses roues pour lui apprendre à freiner. Attention à moi! Je suis là! Pauvre Boris, n'était-ce pas là son message?

Aussi, son collier de perles brunes qui ressemblait à de l'ambre. De la bakélite, avait précisé la vendeuse du dépôt-vente, un plastique antique. C'était contradictoire, mais ça n'avait pas empêché Maggie d'adorer ce collier. Ni Daisy, qui le lui avait emprunté à maintes reprises, pour finir par le perdre dans une allée derrière la maison. Elle le portait en sautoir un soir d'été; elle était revenue en pleurs et le cou nu. Tout à fait indiqué pour le sac de jute. Et cette soirée d'été, pourquoi pas, avec les enfants qui sentaient la sueur, les lucioles, les planches tièdes de la véranda qui adhéraient légèrement, et l'écho des voix dans l'allée :

« Un, deux, trois, soleil! »

Elle rangea deux Tupperware de poulet au premier plan dans le réfrigérateur, pour qu'Ira ne puisse pas manquer de les voir. Elle se figurait saint Pierre éberlué à la vue du sac : une fiole de vent, une boîte de neige, ou l'une de ces nuées éclairées par la lune, de celles qui flottaient au-dessus de leur tête comme des dirigeables quand Ira la raccompagnait après la chorale.

La vaisselle avait séché dans l'égouttoir; elle empila verres, assiettes et couverts, et rangea. Puis, elle se prépara un grand bol de glace et planta une cuiller dedans. Ils auraient mieux fait d'acheter de la glace à la menthe; le chocolat était vraiment trop sucré. Elle monta l'escalier en entamant son dessert. Elle s'arrêta au seuil de la chambre de Daisy. Sa fille était agenouillée et remplissait un carton de livres.

« Tu veux de la glace ? » demanda Maggie.

Daisy jeta un coup d'œil :

« Non, merci.

– Tu as pris un pilon en tout et pour tout.

– Je n'ai pas faim. »

Daisy repoussa une mèche. Elle portait des habits qu'elle n'emporterait pas : des pantalons larges et une chemise où manquaient des boutons. La chambre semblait inhabitée; il y avait déjà des semaines que les babioles qui s'entassaient sur les étagères avaient été empaquetées.

« Où sont passées tes peluches ? demanda Maggie.

– Dans la valise.

– Je croyais que tu les laissais ?

– J'ai changé d'avis. »

Daisy avait gardé le silence pendant tout le dîner. Elle était évidemment angoissée pour le lendemain, et comme de bien entendu, elle n'en parlait pas. Il fallait décrypter – son manque d'appétit, le départ des peluches.

« Bon, ma chérie. Tu me dis si tu as besoin d'aide.

– OK, merci m'man. »

Maggie prit le couloir jusqu'à la chambre qu'elle partageait avec Ira. Elle le trouva assis en tailleur sur le lit, en train d'étaler une réussite. Il avait enlevé ses chaussures et remonté ses manches.

« Un peu de glace ?

– Non, merci.

– Je ne devrais pas non plus, dit Maggie. Mais c'est si fatigant, ces voyages! J'ai l'impression d'avoir brûlé un million de calories, rien qu'à être dans la voiture. »

Pourtant, dans le miroir au-dessus de la commode, elle

avait l'air carrément obèse. Elle posa sa glace sur le napperon et se pencha pour examiner son visage ; elle creusa les joues pour avoir l'air émacié. Mais rien n'y faisait. Elle soupira et s'éloigna vers la salle de bains pour prendre sa chemise de nuit.

« Ira, dit-elle, sa voix résonnant sur le carrelage, tu crois que Serena s'est calmée ? »

Elle dut passer la tête pour saisir sa réponse : un haussement d'épaules.

« Je pensais que je pourrais l'appeler pour voir comment ça va. Mais j'aimerais pas trop qu'elle me raccroche au nez. »

Elle déboutonna sa robe, l'enleva par le haut et la laissa tomber sur le couvercle des toilettes. Elle se déchaussa.

« Tu te rappelles quand je l'ai aidée pour sa mère, à la maison de retraite ? Ce coup-là, elle m'en a voulu pendant des mois. Si jamais j'appelais, elle raccrochait brutalement. Que c'était désagréable, ce choc au bout du fil. Je me sentais toute petite, j'avais l'impression de retomber en enfance.

— Mais c'est *elle* qui se comportait comme une gamine. »

Maggie émergea en combinaison pour reprendre de la glace.

« Qu'est-ce qui lui a pris ? dit-elle au reflet d'Ira dans le miroir. D'accord, je me suis plantée, mais ça partait des meilleures intentions ! J'ai dit à sa mère, écoute, tu veux faire un tabac parmi les pensionnaires ? Tu veux montrer au personnel que tu n'es pas une petite vieille comme les autres ? Je veux dire, c'était Anita, quand même ! Anita qui portait des pantalons de toréador ! Ils n'allaient pas la sous-estimer, non ? C'est pourquoi j'ai dit à Serena qu'on attendrait Halloween pour l'admettre, et j'ai cousu moi-même ce costume de clown et je suis allée au diable sur Eastern Avenue à ce magasin de... de quoi, déjà ?

— D'accessoires de théâtre, dit Ira en distribuant une rangée de cartes.

— D'accessoires de théâtre, oui, pour lui acheter du

311

fard. Est-ce que je pouvais deviner qu'ils donneraient leur bal costumé le samedi, au lieu du dimanche ? »

Elle apporta la glace et s'installa sur le lit, dressant l'oreiller contre le dossier. Ira regardait son jeu, le sourcil froncé.

« On aurait dit que je l'avais fait exprès, de la ridiculiser en public, à entendre les scènes qu'elle m'a faites. »

Mais ce n'était pas Serena qu'elle revoyait en cet instant, c'était Anita : son visage fardé de blanc, ses cheveux de coton rouge, les triangles que Maggie avait dessinés au rouge à lèvres sous ses yeux, qui les rendaient anormalement brillants et même larmoyants, comme un vrai clown de cirque. Puis, son menton tremblotant et son visage défait dans la chaise roulante, quand elle était partie.

« J'ai été vraiment lâche, dit Maggie brusquement, en abaissant son bol. J'aurais dû rester pour aider Serena à la changer. Mais c'était un tel fiasco, je me sentais au-dessous de tout ! J'ai juste dit : " Bon ben, bonsoir ! " et je suis partie, et ma dernière vision, c'est son air d'épouvantail avec sa perruque... Cette vieille complètement déplacée, sénile et pathétique avec tout le monde autour habillé normalement.

– Voyons, ma chérie, elle s'est très bien adaptée au bout du compte. Pourquoi veux-tu remuer tout ça ?

– Mais tu n'as rien vu, Ira. Et en plus, elle portait une minerve. Tu sais ? Un costume de clown avec une minerve ! J'ai été vraiment idiote, je t'assure. »

Elle espérait vaguement qu'Ira la contredirait, mais il ne fit qu'abattre un valet de trèfle sous une dame.

« Je crois que je ne l'emporterai pas en paradis. »
Silence.

« Alors, je l'appelle ou quoi ?

– Qui ça ?

– Serena, enfin ! On en parle depuis dix minutes !

– Fais-le si tu veux, lui dit Ira.

– Et si elle raccroche ?

– Ça nous fera faire des économies. »
Elle leva les yeux au ciel.

312

Elle prit le téléphone sur la table de nuit et le mit sur ses genoux. Le soupesa à plusieurs reprises. Décrocha. Diplomatiquement, Ira fit mine de s'absorber dans ses cartes et commença à siffloter. (Tout respectueux qu'il soit de l'intimité de chacun, ça ne l'empêchait pas de tout entendre.) Elle composa le numéro de Serena, posément et délibérément, comme si cela devait faciliter la conversation. Au lieu d'une longue sonnerie, deux brefs : bip-bip. Cela faisait un peu rural et démodé, trouva Maggie. Bip-bip.

Serena décrocha :

« Allô ?

— Serena ?

— Oui.

— C'est moi.

— Ah, bonsoir. »

Peut-être qu'elle ne l'avait pas reconnue. Maggie se racla la gorge et dit :

« C'est Maggie.

— Bonsoir, Maggie. »

Elle se détendit contre l'oreiller et allongea les jambes.

« J'appelais pour voir comment ça allait.

— Très bien ! répondit Serena. Enfin, ça dépend. À vrai dire, pas terrible. Je fais les cent pas, j'arpente la maison. Je n'arrive pas à rester en place.

— Linda n'est pas là ?

— Je l'ai renvoyée dans ses foyers.

— Mais pourquoi ?

— Elle me tapait sur les nerfs.

— Ah bon, comment ça ?

— Oh, de mille manières, je sais plus. Ils m'ont emmenée dîner et... je dois dire que c'est un peu ma faute. J'étais pas dans mon assiette. Tout me contrariait : le restaurant, la tête des clients qui ne me revenait pas. Je n'avais qu'une envie : me retrouver seule, avoir la maison pour moi toute seule. Eh bien, voilà qui est fait, et c'est d'un calme ! C'est comme si j'étais dans un cocon. J'étais ravie d'entendre la sonnerie du téléphone !

– Quel dommage que tu habites si loin...

– Je n'ai plus personne à qui raconter mes fadaises. Mes problèmes de tuyauterie et le retour des fourmis rouges dans la cuisine...

– Tu peux me les dire à *moi*.

– Ouais, mais ce ne sont pas tes fourmis rouges, tu vois ce que je veux dire ? Ça ne te concerne pas.

– Ah », dit Maggie.

Il y eut une pause.

Ira ramassa une suite de carreaux qu'il transféra sur un roi. C'était quoi, cet air ? Cela venait du disque que Leroy passait tout à l'heure ; Maggie avait les paroles sur le bout de la langue.

« Tu sais, dit Serena, quand Max rentrait de ses voyages d'affaires, on avait tant de choses à se dire. Il se mettait à parler, parler sans s'arrêter, alors je m'y mettais aussi, je parlais, je parlais, et après, devine ce qu'on faisait ?

– Quoi ?

– On avait une grosse dispute bien horrible. »

Maggie sourit.

« Puis on se raccommodait, puis on allait au lit. C'est fou, non ? Je n'arrête pas de me demander : si Max ressuscitait, s'il débarquait là, en pleine forme, est-ce qu'on recommencerait à se disputer ?

– Je suppose que oui », dit Maggie.

Cela devait faire une drôle d'impression. Comment serait-ce, de se dire qu'elle avait vu Ira pour la dernière fois ? Elle aurait peine à y croire, imaginait-elle. Pendant des mois sans doute, elle s'attendrait à le voir apparaître, exactement comme il était apparu un soir à la chorale, trente printemps plus tôt.

« Euh, aussi, Serena, je voulais te prier de m'excuser pour ce qui s'est passé après l'enterrement...

– Oh, laisse tomber.

– Non vraiment, on est tous les deux extrêmement... gênés... »

Pourvu qu'elle n'entende pas les bruits de fond ; Ira sifflotait joyeusement : *Lately it occurs to me, what a long, strange trip it's been...*

« Ne t'inquiète pas. J'ai pété les plombs! C'est les nerfs, le veuvage. C'est idiot. J'ai passé l'âge où l'on peut jeter ses vieux amis sans aucun remords. Je ne peux plus me payer ce luxe.

— Oh, ne dis pas ça!

— Quoi, tu préférerais que je te jette?

— Non, non...

— Je plaisante... Maggie, merci d'avoir appelé. Je te le dis du fond du cœur. Ça m'a fait plaisir de t'entendre.

— Quand tu veux, dit Maggie.

— Au revoir.

— Au revoir. »

Serena raccrocha. Maggie, une seconde après.

La glace n'était plus mangeable; c'était de la soupe. D'ailleurs, elle se sentait congestionnée. Elle contempla le bustier de sa combinaison distendu sur les seins.

« Je suis une vraie baleine, dit-elle à Ira.

— Encore!

— Je ne rigole pas. »

Il étudiait son jeu, tapotant de l'index sa lèvre supérieure.

Enfin, elle se leva et se dirigea vers la salle de bains, ôtant sa combinaison en marchant. Elle décrocha sa chemise de nuit et la glissa sur sa tête; l'étoffe se répandit autour d'elle, ample, fraîche et légère.

« Ouf! » fit-elle.

Elle se nettoya le visage et se brossa les dents. Des sous-vêtements jalonnaient le passage de la chambre à la salle de bains. Elle les ramassa et les mit au sale.

Parfois, après une journée particulièrement éprouvante, l'envie lui prenait de brûler tous ses habits.

Tandis qu'elle suspendait sa robe à un portemanteau, une pensée lui traversa l'esprit. Elle regarda dans la direction d'Ira. Puis revint à la penderie, où elle accrocha la robe à côté de son unique blouse en soie.

« Mon Dieu, dit-elle en se retournant. Ce que c'est minable, Cartwheel!

– Mm.

– J'avais oublié à quel point c'était minable.

– Mmoui.

– Je parie que leur école aussi, est minable. »

Sans commentaire.

« Franchement, tu crois qu'elle est d'un bon niveau, cette école ?

– Comment veux-tu que je le sache ? »

Maggie referma soigneusement le placard.

« Eh bien, *moi* je le sais, dit-elle. Ils doivent avoir au moins un an de retard sur Baltimore. Au moins.

– Baltimore, où toutes les écoles sont sublimes, c'est bien connu.

– Elles sont mieux que là-bas, en tout cas. »

Ira leva vers elle un sourcil inquisiteur.

« Enfin, il y a des chances... »

Il saisit une carte, la déplaça, changea d'avis et la reposa.

« Voilà ce qu'on pourrait faire, dit Maggie. On écrit et on demande à Fiona quels sont ses projets pour l'éducation de Leroy. On propose de l'inscrire quelque part à Baltimore, et on la prend chez nous durant l'année scolaire.

« Non, dit Ira.

– Ou durant toute l'année, si ça marche mieux comme ça. Tu sais comme les gosses s'attachent à leurs camarades de classe. Si ça se trouve, elle ne voudra plus nous quitter.

– Maggie, regarde-moi. »

Elle lui fit face, les mains sur les hanches.

« Non. »

Il y avait pourtant de bonnes raisons à lui objecter. Toutes sortes de bonnes raisons !

Mais elle se tut. Elle baissa les bras et se dirigea vers la fenêtre.

C'était une nuit calme, chaude et profonde, avec une petite brise qui agitait les ficelles des stores. Elle releva le sien et se pencha, le front appuyé contre l'écran anti-moustiques. Ça sentait l'herbe et les pneus de voiture. Des portées de musique palpitante s'échappaient de la télé des Locke, à côté. En face, les Simmons rentraient chez eux, un trousseau de clés à la main. Ce n'est pas eux qui iraient au lit à cette heure, non. C'était un de ces jeunes couples bénis et sans enfants, qui n'ont d'yeux l'un que pour l'autre. Ils avaient dû dîner dans un bon restaurant, et maintenant ils allaient... quoi, au fait ? Mettre un disque, peut-être, quelque chose de romantique avec des violons, et deviser gracieusement sur leur canapé immaculé, chacun levant une coupe de vin, de ces coupes en cristal d'Arques si fines et si fragiles. Ou alors ils danseraient. Une fois, Maggie les avait vus : elle en talons hauts, les cheveux coiffés, relevés en choucroute, tandis qu'il la tenait légèrement à distance, l'air cérémonieux et admiratif.

Maggie se détourna et rejoignit le lit.

« Oh, Ira, dit-elle en se laissant tomber à ses côtés, qu'est-ce qui nous reste à vivre, tous les deux ? »

La pente avait entraîné un paquet de cartes, mais au lieu de s'énerver, Ira passa gentiment le bras autour de sa taille.

« Allons, allons », dit-il en l'attirant à lui.

La tenant toujours enlacée, il mit un quatre de pique sur un cinq, et Maggie posa la tête sur sa poitrine pour regarder. Ça y est, le jeu se corsait. Il avait passé le stade superficiel et débutant, où tous les coups semblent possibles. C'est maintenant qu'il fallait montrer du jugement et de l'habileté, quand les choix étaient plus restreints. Quelque chose frissonna en elle, comme un élan, un afflux intérieur. Elle leva la tête pour l'embrasser sur le tranchant de la pommette. Puis, elle se dégagea et regagna son côté du lit, car une longue journée de voiture les attendait demain, et qu'il lui faudrait une bonne nuit de sommeil avant de repartir.

IMPRIMERIE QUEBECOR
L'ÉCLAIREUR